Evelyn Waugh

On ne présente plus Evelyn Waugh (1903-1966), cet écrivain catholique pas comme les autres qui n'a cessé tout au long d'une œuvre considérable – d'ailleurs considérée comme telle par ses contemporains, par la critique et les historiens de la littérature du XXe siècle – de mettre en scène avec verve, humour et souvent un cynisme naturel éloigné en apparence des voies du Seigneur, les impostures multiples de notre civilisation judéo-chrétienne. De *Grandeur et Décadence* – qui lui vaut une notoriété immédiate et teintée de scandale par sa dénonciation des milieux huppés de l'*establishment* britannique – à *Scoop*, satire du journalisme, de ces *Corps vils* à *Une poignée de cendres* où il poursuit une œuvre de moraliste teintée d'orthodoxie, du *Cher disparu* où il se moque avec une noire jubilation des rites funéraires jusqu'à son chef-d'œuvre. *Retour à Brideshead*, c'est donc à une véritable leçon d'éducation pas du tout politiquement – et moins encore socialement – correcte que le lecteur se trouve convié.

hommes
en armes

evelyn waugh

hommes en armes

traduit de l'anglais
par jean dumas-simart

pavillons poche
robert laffont

Titre original : MEN AT ARMS
© Chapman et Hall, éditeurs, Londres, 1952 ; Éditions Stock 1954 pour la traduction française, et Éditions Robert Laffont, S.A., Paris, 2012.

ISBN 978-2-221-11720-0

Prologue
L'épée d'honneur

I

Quand les grands-parents de Guy Crouchback, Gervase et Hermione, vinrent passer leur lune de miel en Italie, les troupes françaises organisaient la défense de Rome, le souverain pontife sortait dans une voiture découverte et les cardinaux, montés en amazone, faisaient leur petite promenade à cheval sur le mont Pincio.

Gervase et Hermione furent bien accueillis dans de nombreux palais remplis de fresques. Le pape Pie IX les reçut en audience privée et donna sa bénédiction particulière à cette union de deux familles anglaises qui, tout en souffrant pour leur foi, avaient cependant réussi à conserver une large prospérité matérielle. La chapelle de Broome n'avait jamais manqué de desservant durant la pénible période ; et les terres de Broome, intactes et libres d'hypothèques, s'étendaient toujours des collines de Quantocks aux collines de Blackdown. Des deux côtés, l'on comptait des ancêtres morts sur l'échafaud. La ville, recouverte maintenant d'une vague d'illustres convertis, se souvenait avec orgueil de ses vieux compagnons d'armes.

Gervase Crouchback se caressa les favoris ; un auditoire déférent se tint prêt à écouter son point de vue sur la question irlandaise et sur les missions catholiques de l'Inde. Hermione établit son chevalet au milieu des ruines ; pendant qu'elle peignait, Gervase lui lisait à haute voix des fragments de poèmes de Tennyson et de Patmore. Elle était jolie et parlait trois langues. Lui était exactement ce que les Romains pouvaient attendre d'un Anglais. Partout, l'on chantait les louanges de l'heureux couple et on le choyait. Pourtant tout n'était pas pour le mieux. L'infortune des Crouchback ne se traduisait par aucun signe extérieur ; mais, après le départ des dernières voitures, lorsqu'ils remontaient enfin dans leurs appartements privés, il y avait entre eux un écart regrettable, fait de pudeur, de tendresse et d'innocence. Ils n'y faisaient allusion ni l'un ni l'autre, si ce n'est dans leurs prières.

Quelques jours plus tard, ils s'embarquèrent à Naples sur un yacht à vapeur et remontèrent lentement la côte, en s'arrêtant dans des ports peu fréquentés. Et ce fut là qu'un soir, dans leur cabine, tout s'arrangea pour le mieux ; leur amour aboutit à un heureux accomplissement.

Avant de s'endormir, ils s'aperçurent que les machines étaient stoppées, et ils entendirent le ferraillement de la chaîne de l'ancre. À l'aube, lorsque Gervase monta sur le pont, il constata que le navire était mouillé à l'abri d'une péninsule élevée. Il alla chercher Hermione. La main dans la main, accoudés à la lisse humide, ils virent pour la première fois Santa-Dulcina-delle-Rocce, et ils se prirent à aimer de tout leur cœur le village et ses habitants.

La rive était couverte de monde, comme si un tremblement de terre avait jeté les gens hors de leurs lits. On entendait clairement résonner les voix à travers l'étendue d'eau. L'insolite navire était un objet d'admiration. Les maisons se dressaient sur le quai même. Deux constructions ressortaient, sur un fond de murs ocre et blanc et de dalles couleur de rouille. L'église était surmontée d'un dôme ; sa façade, ornée de volutes ; l'on apercevait une sorte de château, flanqué d'imposants bastions, et ce qui avait dû être une tour de guet, maintenant en ruine. Un peu en arrière, à flanc de coteau, s'étendaient des jardins cultivés ; plus haut, il n'y avait plus que des rochers et des bruyères.

À l'école, Gervase et Hermione s'étaient amusés à un jeu de cartes où le gagnant d'un tour devait crier : « Pour moi. »

— Pour moi, s'écria Hermione, forte du droit de son bonheur, en prenant possession de tout ce qu'elle voyait.

9

Plus tard, dans la matinée, le groupe anglais débarqua : deux matelots ouvraient la marche afin de prévenir d'éventuels incidents provoqués par la population locale. Puis suivaient quatre couples. Enfin venaient les domestiques portant les paniers de provisions, les châles et les instruments de dessin. Les dames arboraient des casquettes de *yachtmen* et retenaient leurs jupes pour les protéger des galets. Certaines d'entre elles avaient des lorgnettes. Les messieurs, munis d'ombrelles frangées, abritaient du soleil leurs compagnes. À Santa-Dulcina-delle-Rocce, jamais l'on n'avait encore vu semblable procession.

Le groupe se mit à flâner sous les arcades, s'enfonça un moment dans la demi-obscurité fraîche de l'église et monta les marches conduisant de la place aux fortifications. Il n'en restait que peu de chose. Les dalles de la grande plate-forme étaient rompues en maintes places par la poussée des pins et des genêts. Des éboulis de pierre obstruaient la tour de garde. Au flanc de la colline s'élevaient deux chalets, construits avec des pierres dont la taille soignée indiquait qu'elles provenaient du vieux château. De ces chalets, deux familles de paysans sortirent précipitamment, pour offrir aux visiteurs des branches de mimosa. On installa à l'ombre le matériel de pique-nique.

— C'est décevant lorsqu'on arrive en haut, s'excusa le propriétaire du yacht. C'est toujours ainsi dans des endroits pareils. Il vaut mieux les voir de loin.

— Moi, je trouve que c'est absolument parfait, déclara Hermione. Nous allons vivre ici. Ne dites pas de mal de mon vieux château, je vous en prie.

Gervase sourit avec indulgence, comme les autres. Mais, plus tard, après la mort de son père, lorsqu'il lui apparut qu'il était riche, le projet prit corps. Gervase se renseigna. Le château appartenait à un homme de loi assez âgé, habitant Gênes, qui était enchanté de vendre.

Bientôt, au-dessus des remparts, s'éleva une simple maison carrée ; des arbres d'origine anglaise ajoutèrent leur douceur au myrte et au pin. Gervase appela sa nouvelle maison la villa Hermione, mais ce nom ne fut jamais adopté par les gens du pays. Il était gravé en grosses lettres carrées sur les piliers entourant la grille, mais les chèvrefeuilles finirent par recouvrir l'inscription. À Santa-Dulcina, l'on parlait toujours du château Crouchback ; et cette appellation trouva en fin de compte sa place en haut du papier à lettres, laissant sans commémoration Hermione, la fière épousée.

Cependant, quel que fût son nom, le château conserva son caractère initial. Durant cinquante années, jusqu'à ce que les ombres fussent descendues sur la famille Crouchback, ce fut un lieu de bonheur et d'amour. Le père de Guy, puis Guy lui-même y vinrent passer leur lune de miel. On le prêtait souvent à des cousins, ou à des amis qui venaient de se marier.

C'est là que Guy, en compagnie de ses frères et de sa sœur, avait passé ses plus joyeuses vacances.

La ville changea un peu ; mais ni le chemin de fer ni la route nationale n'atteignaient l'heureuse péninsule. Quelques autres étrangers y construisirent leurs villas. L'auberge s'agrandit, installa un vague confort moderne et un café-restaurant et prit le nom d'*Hôtel de l'Eden*, pour le remplacer brusquement, au moment de l'affaire d'Abyssinie, par celui d'*Auberge du Soleil*. Le propriétaire du garage devint secrétaire de la section locale du parti fasciste.

Mais Guy descendant vers la place, la dernière matinée avant son départ, ne pouvait voir que peu de choses qui n'eussent pas été familières à Gervase et à Hermione.

Déjà, une heure avant midi, la chaleur était accablante ; néanmoins Guy marchait avec autant d'allégresse que ses grands-parents en montraient, ce fameux matin de leur secret bonheur. Pour lui, comme pour eux, l'amour désappointé avait trouvé son premier épanouissement.

Il était prêt à partir pour un long voyage ; il était déjà en route vers son propre pays, pour aller servir son roi.

Il y avait exactement une semaine qu'en ouvrant son journal du matin il avait lu en gros titres l'annonce de l'alliance entre la Russie et l'Allemagne. Ces nouvelles, qui avaient bouleversé les hommes politiques et les jeunes poètes d'une douzaine de capitales, apportaient une paix profonde dans un cœur anglais. Huit années de honte et de solitude étaient terminées. Durant huit ans, Guy, déjà isolé de ses semblables par sa propre blessure profonde, cet écoulement intérieur jamais tari de vie et d'amour, avait été privé des amitiés fidèles qui auraient été pour lui un soutien.

Il vivait trop près du fascisme italien pour partager l'enthousiaste hostilité de ses compatriotes. Il ne le voyait ni comme une calamité, ni comme une renaissance, mais simplement comme une grossière improvisation. Il n'aimait pas les hommes qui, autour de lui, se glissaient vers le pouvoir ; mais les accusations de l'Angleterre lui semblaient stupides et malhonnêtes ; et, depuis trois ans, il avait renoncé à ses journaux anglais. Il savait que les nazis allemands étaient fous et mauvais. Leur aide déshonorait la cause de l'Espagne ; mais les troubles en Bohême, l'année précédente, l'avaient laissé tout à fait indifférent. Lors de la chute de Prague, il sut que la guerre était inévitable. Il s'attendait à voir son pays aller vers la guerre dans l'affolement, pour de mauvaises raisons, ou sans raison du tout, avec les alliés qu'il ne fallait pas et au sein d'une pitoyable faiblesse.

Mais, maintenant, tout était devenu magnifiquement clair. L'ennemi enfin était en pleine vue, formidable et odieux, le masque baissé. C'était les temps modernes en armes. Quelle que fût l'issue, il y avait place pour Guy dans cette bataille. Tout était maintenant en ordre au château. Les adieux officiels du jeune homme étaient faits. La veille, il avait rendu visite à l'archiprêtre, au Podestat, à la mère supérieure du couvent, à Mrs Garry de la villa Datura, aux Wilmots du castelleto Musgrave et à Gräfin von Gluck de la casa Gluck. Maintenant, il restait une dernière affaire à régler, une affaire d'ordre privé.

Trente-cinq ans, svelte et soigné de sa personne, manifestement étranger, mais pas si manifestement anglais, jeune maintenant de cœur et d'allure, il allait faire ses adieux à un ami de toute une vie qui reposait, comme il était convenable pour un homme mort depuis huit cents ans, dans l'église paroissiale.

Santa Dulcina, patronne officielle de la ville, était, selon la tradition, une victime de Dioclétien. Son effigie en cire s'étendait langoureusement dans une vitrine sous le maître-autel. Ses os, rapportés des îles grecques lors d'un raid moyenâgeux, reposaient dans leur riche reliquaire à l'interieur du coffre-fort de la sacristie. Une fois par an, ils étaient portés en triomphe à travers les rues, au milieu de gerbes de feux d'artifice. Mais, à part le jour de sa fête, il n'était pas fait grand cas de la sainte dans la ville à laquelle elle avait donné son nom.

Sa situation de bienfaitrice avait été usurpée par une autre personnalité, dont le tombeau était toujours jonché de papiers enroulés contenant des requêtes, et dont les doigts des mains et des pieds étaient liés de bouts de laine de couleur, en guise d'aide-mémoire. Ce personnage était plus vieux que l'église, plus vieux que tout ce qui était dedans, excepté les os de santa Dulcina, et une météorite du préchristianisme, dissimulée dans la partie postérieure de l'autel (météorite dont l'archiprêtre niait toujours l'existence). Le nom du personnage, à peine encore lisible, était Roger de Waybroke, chevalier anglais. Ses armes : cinq faucons. Son épée et un gantelet étaient placés à côté de lui. L'oncle de Guy, Peregrine, expert en ce genre de choses, avait appris une partie de l'histoire de ce Roger Waybroke, maintenant Waybrook, se trouve tout près de Londres. Le château de Roger avait disparu depuis longtemps ; on l'avait reconstruit sur son premier emplacement. Le chevalier l'avait quitté pour la seconde croisade, s'était embarqué à Gênes et avait fait naufrage sur cette côte. Là, il s'était mis au service du comte de la région, qui avait promis de l'amener en Terre sainte, mais qui avait commencé par le faire combattre contre un voisin. Il était tombé sur les remparts du château de ce dernier au moment de la victoire. Le comte lui avait donné une sépulture honorable. C'est là qu'il avait reposé à travers les siècles, pendant que l'église s'effritait, puis était reconstruite au-dessus de lui ; loin de Jérusalem, loin de Waybroke ; homme qui avait encore devant lui un grand voyage à faire, et un grand vœu non accompli. Mais les gens de

Santa-Dulcina-delle-Rocce, pour qui l'ordre surnaturel, dans toutes ses ramifications, était toujours présent et toujours plus vivant que le monde banal qui les entourait, avaient adopté sir Roger, et, malgré toutes les observations du clergé, l'avaient canonisé. Les gens des environs apportaient leurs ennuis au chevalier et touchaient son épée porte-bonheur, à tel point que le tranchant ne cessait de briller. Toute sa vie, et particulièrement durant les dernières années, Guy avait ressenti une parenté spéciale avec *Il santo inglese*. Maintenant, pour son dernier jour, il alla droit au tombeau ; il passa son doigt, comme faisaient les pêcheurs, le long de l'épée du chevalier.

— Sir Roger, priez pour moi, dit-il. Et pour notre royaume en danger.

Le confessionnal était occupé, ce matin-là. C'était le jour où la sœur Tomasina menait les enfants de l'école se confesser. Assis sur un banc le long du mur, ils chuchotaient et se pinçaient l'un l'autre, pendant que la sœur, qui battait des ailes au-dessus d'eux comme une mère poule, les conduisait chacun à son tour devant la grille ; et ensuite devant le maître-autel, où ils récitaient leur pénitence. Emporté par une impulsion, Guy – non parce que sa conscience le troublait, mais parce que dans son enfance il avait appris à se confesser avant d'entreprendre un voyage – fit signe à la sœur et interrompit le défilé des jeunes pécheurs.

Benedite mi, padre, percho ho peccato... Guy trouvait cela facile, de se confesser en italien. Il parlait bien la langue, mais sans nuance. Il n'y avait pas de risque d'aller plus loin que l'aveu de ses quelques infractions à la foi, de ses faiblesses habituelles. Dans cette région imprécise où languissait son âme, il n'avait pas besoin de pénétrer. Il ne le pouvait pas non plus. Il n'avait pas de mots pour la décrire. Il n'y avait de mots dans aucune langue. Il n'y avait rien à décrire, seulement un vide. Son cas n'était pas un « cas intéressant », pensait-il. Aucun combat cosmique ne faisait rage dans son âme triste. C'était comme si, huit ans auparavant, il avait été victime d'une médiocre attaque de paralysie. Toutes ses facultés spirituelles étaient seulement un peu affaiblies. Il était « handicapé », comme aurait constaté Mrs Garry de la villa Datura. Il n'y avait rien à dire là-dessus.

Le prêtre lui donna l'absolution et prononça les paroles traditionnelles :

— *Sia lodato Gesu Cristo.*

Et il répondit :

— *Oggi sempre.*

Il se releva, dit trois *ave* devant la figure de cire de santa Dulcina, souleva le rideau de cuir et se trouva dans le soleil éblouissant de la place.

Enfants, petits-enfants, arrière-petits-enfants des paysans qui, pour la première fois, avaient accueilli Gervase et Hermione habitaient toujours les maisons derrière le château et labouraient les terrasses environnantes. Ils cultivaient la vigne et faisaient le vin ; ils vendaient les olives. Ils avaient une vache presque totalement anémiée, dans une étable en sous-sol. Parfois elle s'échappait, écrasait les carrés de légumes et fonçait par-dessus les murs bas jusqu'à ce qu'elle fût de nouveau capturée, dans une atmosphère de grande tragédie. Les paysans payaient leurs termes en produits du sol et en services. Deux sœurs, Josefina et Bianca, faisaient le travail de la maison. Elles avaient préparé le dernier repas de Guy sous les orangers. Il mangea ses spaghettis et but son *vino scelto*, le vin noir capiteux du pays. Alors, en grande cérémonie, Josefina lui apporta un énorme gâteau décoré, qui avait été fait en l'honneur de son départ. Son léger appétit était déjà satisfait. Il regarda avec inquiétude Josefina découper un morceau. Il le goûta, fit des compliments et l'émietta ; mais Josefina et Bianca restèrent implacablement devant lui jusqu'à ce qu'il eût avalé la dernière bouchée.

Le taxi attendait. Il n'y avait pas de chemin carrossable allant jusqu'au château. La grille était dans l'allée, au bas de quelques marches. Lorsque Guy se leva, toute sa petite maisonnée, une vingtaine de personnes en tout, était assemblée pour le voir partir. Elles resteraient quoi qu'il arrivât. Tous lui baisèrent la main ; la plupart pleuraient. Les enfants jetèrent des fleurs dans l'auto. Josefina lui déposa sur les genoux le reste du gâteau, enveloppé dans un journal. Ils lui firent des signes jusqu'à ce qu'il fût hors de vue, puis retournèrent à leur sieste. Guy mit le gâteau sur le siège arrière et s'essuya les mains avec son mouchoir. Il était satisfait que l'épreuve fût terminée, et il attendait avec résignation que le secrétaire fasciste entamât la conversation.

Guy savait qu'il n'était pas aimé, ni chez lui, ni dans la ville. On l'acceptait, on le respectait ; mais il n'était pas *simpatico*. Gräfin von Gluck, qui ne parlait pas un mot d'italien et qui vivait en concubinage non dissimulé avec son maître d'hôtel, était *simpatica* ; Mrs Garry, qui distribuait des brochures protestantes, s'immisçait dans les procédés employés par les pêcheurs pour tuer les poulpes et remplissait sa maison de chats égarés, était *simpatica*.

L'oncle de Guy, Peregrine, un raseur de réputation internationale, dont la présence redoutée pouvait faire le vide dans n'importe quel centre civilisé, l'oncle Peregrine était considéré comme *molto simpatico*. Les Wilmots étaient très vulgaires. Ils utilisaient Santa-Dulcina uniquement comme station d'agrément, ne donnaient rien aux souscriptions locales, organisaient des fêtes tapageuses, portaient des vêtements trop légers, parlaient des « métèques » et partaient souvent, à la fin de l'été, sans payer leurs notes aux commerçants ; mais ils avaient quatre filles agitées et peu attrayantes que les habitants de Santa-Dulcina avaient vues grandir. Mieux encore, c'est là qu'un de leurs fils s'était noyé, en se baignant près des rochers. Les habitants de Santa-Dulcina partageaient ces joies et ces peines. Ils regardaient avec soulagement leurs départs hâtifs et discrets à la fin des vacances. Ils étaient *simpatici*. Même Musgrave, à qui avait appartenu le castel avant les Wilmots et qui lui avait donné son nom ; Musgrave, qui, disait-on, ne pouvait aller ni en Angleterre, ni en Amérique, à cause de mandats d'arrêt ; « Musgrave le Monstre », comme le désignaient d'habitude les Crouchback, était *simpatico*. Les villageois connaissaient Guy depuis sa plus tendre enfance, il parlait leur langue et pratiquait leur religion ; il était libéral en affaires et respectait scrupuleusement leurs habitudes ; son grand-père avait construit leur école ; à l'occasion de la procession annuelle des reliques de santa Dulcina, sa mère avait fait don d'un assortiment de vêtements brodés par l'École royale de travaux de couture. Et pourtant Guy, seul, était un étranger parmi eux.

La chemise noire demanda :

— Vous partez pour longtemps ?

— Pour la durée de la guerre.

— Il n'y aura pas de guerre. Personne ne la veut. Qui y gagnerait ?

En roulant, ils voyaient sur chaque mur sans fenêtre la figure renfrognée de Mussolini et l'inscription : « Le Duce a toujours raison. » Le secrétaire fasciste lâcha le volant pour allumer une cigarette tout en accélérant. Le Duce a toujours raison, Le Duce a toujours raison défilait en éclair et se perdait dans la poussière.

— La guerre est une bêtise, déclara ce disciple imparfait. Vous verrez. Tout se terminera par un arrangement.

Guy ne discuta pas la question. Ce que pensait ou disait le chauffeur du taxi ne l'intéressait pas. Mrs Garry se serait lancée dans la discussion. Un jour, se trouvant dans cette même auto, elle avait fait arrêter et avait parcouru trois milles à pied par une forte chaleur pour montrer son horreur de la philosophie politique de cet homme. Mais Guy ne souhaitait ni persuader, ni convaincre, ni partager ses opinions avec quiconque. Même dans sa religion, il ne sentait aucune fraternité. Souvent, il souhaitait avoir vécu l'époque terrible, lorsque Bromme était un avant-poste solitaire de la foi, au milieu d'un monde d'ennemis. Quelquefois, il s'imaginait servant la dernière messe au dernier pape, dans les catacombes à la fin du monde. Il ne communiait jamais le dimanche. Au lieu de cela, il se glissait dans l'église de très bonne heure les jours de semaine, quand il y avait peu de monde. Les gens de Santa-Dulcina préféraient Musgrave le Monstre. Les premières années après son divorce, Guy avait engagé quelques décevantes petites intrigues amoureuses, mais s'était toujours caché du village. Dernièrement, il en était arrivé à une habitude de chasteté sèche et négative, que les prêtres eux-mêmes ne trouvaient pas édifiante. Sur le plan le plus bas comme sur le plus haut, il n'y avait pas de sympathie entre lui et ses semblables. Il ne pouvait prêter l'oreille à ce que le chauffeur de taxi racontait.

— L'histoire est une force vivante, déclara le conducteur, tirant cette citation d'un article qu'il venait de lire. Personne ne peut l'arrêter et dire : « À partir d'aujourd'hui, il n'y aura plus de changement. Pour les nations comme pour les hommes, il y en a qui vieillissent. Certaines ont trop, d'autres trop peu. Alors, il doit y avoir un arrangement. Mais, si l'on en arrive à la guerre, tout le monde aura trop peu. Ils savent cela, ils ne veulent pas de guerre. »

Guy entendait la voix sans en être dérangé. Une seule petite question le troublait maintenant. Que faire du gâteau ? Il ne pouvait pas le laisser dans la voiture. Bianca et Josefina le sauraient. Dans le train, ce serait bien gênant. Guy essaya de se souvenir si le vice-consul, avec lequel il devait régler certains détails pour la fermeture du château, avait des enfants à qui on pouvait donner le gâteau. Il penchait pour l'affirmative.

À part cet encombrement sucré, Guy se sentait libre ; aussi inaccessible dans sa satisfaction nouvellement découverte que dans son ancien désespoir. *Sia lodato, Gesu Cristo. Oggi Sempre.* Aujourd'hui particulièrement ; aujourd'hui entre tous les jours.

II

La famille Crouchback, encore tout récemment florissante et nombreuse, était maintenant bien réduite. Guy était le plus jeune ; et il paraissait vraisemblable qu'il serait le dernier. Sa mère était morte. Son père avait plus de soixante-dix ans. Il y avait eu quatre enfants. Angela, l'aînée. Puis Gervase, qui était passé directement de Downside aux Gardes Irlandais ; il avait été abattu par un tireur isolé à son premier jour en France, alors que, alerte, net et dispos, il suivait les planches à travers la boue en ralliant le poste de commandement de sa compagnie, son bâton à la main. Ivo n'avait qu'un an de plus que Guy, mais ils n'avaient jamais sympathisé. Ivo avait toujours été bizarre. Il devint de plus en plus bizarre et finalement, à vingt-six ans, il disparut de la maison. Pendant des mois, on n'eut pas de nouvelles de lui. Enfin, on le découvrit, barricadé dans un garni de Cricklewood où il se laissait mourir de faim. Il fut emmené, hâve et délirant, et mourut quelques jours plus tard, complètement fou. C'était en 1931. La mort d'Ivo semblait quelquefois à

Guy une horrible caricature de sa propre vie, plongée à cette même époque dans le désastre.

Avant que la bizarrerie d'Ivo eût donné de réels motifs d'inquiétude, Guy avait épousé une jeune fille qui n'était pas catholique. Elle était brillante, très lancée et tout à fait différente de ce qu'aucun de ses amis ou de ses parents aurait attendu. Il prit, de la fortune diminuée de sa famille, la part revenant au dernier fils et s'établit au Kenya. Il y vécut, comme il lui sembla par la suite, dans un bonheur sans nuage, sur le bord d'un lac situé à une altitude élevée, au milieu d'un air toujours lumineux et vif où les flamants s'élevaient à l'aube, d'abord blancs, puis roses, puis transformés en tourbillons d'ombres passant à travers le ciel embrasé. Il exploita ses terres avec beaucoup de soin et arriva à peu près à les faire fructifier. C'est alors que sa femme, d'une façon inattendue, déclara que sa santé nécessitait un séjour d'un an en Angleterre. De là-bas, elle écrivit régulièrement des lettres affectueuses. Puis un jour une lettre, toujours affectueuse, informa Guy qu'elle s'était profondément éprise d'un de leurs amis, du nom de Tommy Blackhouse. Elle ajoutait qu'il ne fallait pas que Guy en fût fâché, et qu'elle voulait divorcer. *Je t'en prie*, finissait la lettre, *n'adopte pas une attitude de magnanimité stupide en allant à Brighton pour prendre les torts à ta charge. Cela signifierait six mois de séparation d'avec Tommy ; et je ne le laisserais pas six minutes hors de portée, l'animal.* C'est ainsi que

Guy abandonna le Kenya. Peu après, son père abandonnait Broome. La propriété se trouvait alors réduite à la maison, au parc et à la ferme attachée au domaine. Durant les dernières années, elle avait acquis une certaine célébrité dans les milieux que ce genre de choses intéressait. C'était un cas à peu près unique dans l'Angleterre contemporaine. Depuis le règne d'Henri Ier, elle avait été conservée sans interruption par la descendance mâle. Mr Crouchback ne vendit pas la propriété. Il préféra la louer à un couvent ; et il se retira lui-même à Matchet, une station thermale du voisinage. La veilleuse de la chapelle de Broome brûlait toujours, comme dans le passé.

Personne ne se rendait mieux compte du déclin de la maison des Crouchback que le beau-frère de Guy, Arthur Box-Bender. Il avait épousé Angela en 1914, à l'époque où Broome semblait installé d'une façon définitive dans les hautes sphères ; une émanation céleste d'où découlait la tradition et une discrète autorité. La famille de Box-Bender était sans notoriété ; et Arthur respectait l'arbre généalogique d'Angela. Il avait même un jour songé à ajouter Crouchback à son propre nom, à la place soit de Box, soit de Bender ; on pouvait facilement se passer de l'un ou de l'autre. Mais l'indifférence froide de Mr Crouchback et les moqueries d'Angela le découragèrent rapidement. Il n'était pas catholique. Il pensait que le devoir manifeste de Guy était de se remarier, de préférence avec quelqu'un qui lui apporterait de l'argent, et d'assurer sa descendance. Box-Bender n'était pas impressionnable et il ne pouvait approuver que Guy allât se cacher au loin. Il devrait reprendre la ferme dépendant de Broome. Il devrait faire de la politique. Des gens comme Guy, disait-il fréquemment, avaient des obligations envers leur pays. Mais lorsque, à la fin d'août 1939, Guy se rendit à Londres pour remplir ces obligations, Arthur Box-Bender ne montra aucune compréhension.

— Mon cher Guy, lui dit-il, ce n'est plus de votre âge !

Box-Bender avait cinquante-six ans ; il était membre du Parlement. Bien longtemps auparavant, il avait servi très honorablement dans un régiment d'infanterie. Son fils était maintenant dans ce même régiment. Pour lui, le métier de soldat était quelque chose qui convenait à la première jeunesse ; comme les caramels et les lance-pierres. Guy, à trente-cinq ans, bientôt trente-six, se considérait encore comme un jeune homme. Le temps n'avait pas bougé pour lui pendant les huit dernières années. Il passait rapidement pour Box-Bender.

— Vous imaginez-vous sérieusement galopant à la tête d'une section ?

— Mon Dieu oui, répondit Guy, je vois très bien ça.

Quand Guy était à Londres, il descendait généralement chez Box-Bender, à Lowndes Square. Ce jour-là, il venait directement de Victoria-Station ; mais sa sœur Angela était à la campagne, et la maison était déjà à moitié dégarnie. Le bureau de Box-Bender était la dernière pièce à laisser intacte. C'est là qu'ils se trouvaient maintenant, avant de sortir pour dîner.

— Je crains que vous ne trouviez pas beaucoup d'appui. Tout cela s'est déjà passé en 1914. Des colonels en retraite se teignaient les cheveux et s'engageaient comme simples soldats. Je m'en souviens, j'étais là. C'est très beau évidemment, mais cela n'arrivera pas cette fois-ci. Tout est arrangé d'avance. Le gouvernement sait exactement de combien d'hommes il peut disposer. Il sait où les trouver et les appellera au moment voulu. Pour le moment, nous n'avons ni le logement ni l'équipement permettant une augmentation importante d'effectif. Naturellement, il peut y avoir des pertes ; mais, personnellement, je ne vois pas du tout cette guerre comme une campagne militaire. Où allons-nous combattre ? Aucun homme sensé n'essayerait de rompre la ligne Maginot ou la ligne Siegfried. Moi, je vois les deux côtés rester sans bouger, jusqu'à ce qu'ils commencent à sentir une gêne économique. Il manque aux Allemands à peu près tout ce qui est nécessaire à l'industrie. Dès qu'ils réaliseront que le bluff de M. Hitler a fait long feu, nous n'entendrons plus beaucoup parler de M. Hitler. C'est une affaire intérieure à régler par les Allemands eux-mêmes. Évidemment, nous ne pouvons pas traiter avec la bande actuelle ; mais, dès qu'ils sortiront un gouvernement respectable, nous serons capables d'aplanir les difficultés.

— C'est à peu près comme cela que parlait hier mon chauffeur de taxi.

— Naturellement. Adressez-vous toujours à un chauffeur de taxi quand vous voulez une opinion saine et indépendante. Je parlais aujourd'hui à l'un d'eux. Il disait : « Quand nous en serons à la guerre, alors ce sera le moment de commencer à parler de la guerre. Pour le moment, nous ne sommes pas en guerre. » Très sensé, cela.

— Mais je remarque que vous prenez toutes vos précautions.

Les trois filles de Box-Bender avaient été expédiées dans le Connecticut, chez un correspondant d'affaires. On vidait et on fermait la maison. Une partie du mobilier avait été envoyée à la campagne. Le reste irait en garde-meubles. Box-Bender avait loué en commun un grand appartement de luxe, tout neuf, à bon marché pour le moment. Il devait partager cette installation avec deux collègues de la Chambre des communes. Sa manœuvre la plus astucieuse avait été de faire agréer sa maison, dans sa circonscription électorale, comme dépôt des « Trésors de l'Art national ». Il n'y aurait pas d'ennuis avec les services des logements civils ou militaires. Quelques instants auparavant, Box-Bender avait expliqué ces dispositions avec une certaine satisfaction. Maintenant, il se dirigea vers le poste de radio et dit :

— Cela vous ennuie-t-il beaucoup si je fais marcher un moment cet appareil pour voir ce qu'ils racontent ? Il y a peut-être quelque chose de nouveau.

Mais il n'y avait rien. Il n'y avait pas non plus de message de paix. L'évacuation des centres de population marchait comme sur des roulettes. De joyeux groupes de mères et d'enfants arrivaient à l'heure prévue à leurs centres de répartition et étaient accueillis dans leurs nouveaux logis. Box-Bender interrompit l'émission.

— Rien de nouveau depuis cet après-midi. C'est drôle comme on prend l'habitude de tripoter cet appareil, ces temps-ci. Je ne l'employais guère auparavant. À propos, Guy, voilà une chose qui pourrait vous convenir si vous désirez vraiment vous rendre utile. On cherche partout des speakers de langue étrangère à la BBC, pour le contrôle des émissions, la propagande et toutes ces bêtises. Ce n'est pas très passionnant, évidemment ; mais il faut bien que quelqu'un fasse cette besogne et j'aurais pensé que votre italien serait très utile.

Il n'y avait pas beaucoup d'affection entre les deux beaux-frères. Il n'était jamais venu à l'idée de Guy de se demander l'opinion que Box-Bender avait de lui. Il n'était jamais venu à son idée que Box-Bender eût une opinion quelconque. En réalité – et il le reconnaissait sans difficulté devant Angela – Box-Bender avait cru pendant quelques années que Guy finirait fou. Arthur n'était pas un homme à l'imagination vive, il ne se laissait pas impressionner facilement ; mais il avait été mêlé de près à la recherche d'Ivo et à son affreuse découverte. Cette histoire avait fait sensation. Guy et Ivo se ressemblaient beaucoup. Box-Bender se souvenait du regard d'Ivo, au temps où son extrême bizarrerie penchait du côté de la folie. Ce n'était pas du tout une expression hagarde, plutôt quelque chose de suffisant et de réfléchi, quelque chose de « voué » ; quelque chose, en fait, qui ressemblait beaucoup au regard de Guy, maintenant qu'il se présentait à Lowndes Square si mal à propos et parlait calmement des Gardes Irlandais. Cela ne pouvait rien annoncer de bon. Le mieux était de le faire entrer rapidement dans quelque chose comme la BBC, bien en sûreté.

Ils dînèrent ce soir-là au *Bellamy*. La famille de Guy avait toujours appartenu à ce club. Le nom de Gervase était sur le tableau des morts de la guerre 1914-1918, dans le hall d'entrée. Ce pauvre fou d'Ivo était souvent resté assis à la fenêtre ; et son regard fixe alarmait les passants. Guy s'était inscrit au club quand il avait eu l'âge d'homme, mais il l'avait rarement fréquenté durant les dernières années ; son nom était cependant resté sur la liste des membres. C'était un lieu historique. Dans le temps, des joueurs un peu gris, accompagnés de porte-flambeaux, avaient, d'un pas hésitant, descendu ces marches pour atteindre leurs carrosses. Et maintenant Guy et Box-Bender montaient à tâtons, dans l'obscurité totale. Les vitres des portes extérieures étaient recouvertes de peinture. Au-delà de ces portes, dans le petit vestibule, on percevait une étrange phosphorescence. Puis, au-delà de la seconde paire de portes, il y avait un brillant éclairage, du bruit, un nuage épais et stagnant de fumée de cigare et de vapeurs de whisky. Dans ces premiers jours de black-out, le problème de la ventilation n'était pas résolu.

Le club venait seulement d'être rouvert après son nettoyage annuel. En temps normal, il aurait été désert à cette époque de l'année. Maintenant, il était rempli. Il y avait beaucoup de têtes connues, mais aucun ami. Comme Guy croisait un des membres qui le saluait, un autre demanda en se retournant :

— Qui est-ce ? Un nouveau, n'est-ce pas ?

— Non, il fait partie du club depuis longtemps. Vous ne devinerez jamais qui c'est ? Le premier mari de Virginia Troy.

— Vraiment. Je pensais qu'elle avait été mariée à Tommy Blackhouse.

— Ce garçon-ci était son mari avant Tommy. Je ne peux me rappeler son nom. Je crois qu'il vit au Kenya. Tommy lui a enlevé Virginia ; après, Gussie l'a eue quelque temps ; et ensuite Bert Troy l'a ramassée, quand elle est devenue disponible.

— C'est une femme formidable. Je ne serais pas fâché de tenter ma chance un de ces jours.

Car, dans ce club, il n'y avait pas de ces conventions déprimantes qui interdisent de plaisanter sur les dames et de citer leur nom.

Box-Bender et Guy burent, dînèrent et burent encore, avec un groupe qui évolua et changea pendant toute la soirée. La conversation roulait avec entrain sur les actualités. Grâce à quoi, Guy se mit à faire connaissance avec cette ville transformée. Ils parlaient organisations domestiques. Chacun semblait très occupé de se débarrasser de ses responsabilités. Les dispositions prises par Box-Bender étaient l'image en réduction d'un mouvement national. Partout les maisons étaient fermées, le mobilier rangé, les enfants expédiés, les domestiques remerciés, les pelouses labourées, les propriétés de famille et les pavillons de chasse remplis au maximum ; partout, les belles-mères et les vieilles bonnes prenaient de l'autorité.

On parlait d'incidents et de crimes à la faveur du black-out. Un tel avait perdu toutes ses dents dans un taxi ; un tel avait été assommé du côté de Hay Hill et on lui avait volé ses gains de poker. Un tel avait été renversé par une ambulance de la Croix-Rouge et laissé pour mort.

On parlait des différentes manières de servir. Presque tous étaient en uniforme. Partout de petits groupes d'amis intimes faisaient des arrangements pour passer la guerre ensemble. Il y avait une batterie de projecteurs de réserve composée entièrement d'esthètes à la mode ; on appelait cette batterie « le monstrueux régiment des gentlemen ». Des agents de change et des négociants en vins s'installaient dans les quartiers généraux et la région de Londres. L'armée régulière devait se tenir prête à entrer en action dans les douze heures. Les propriétaires de yachts portaient l'uniforme des réservistes de la Marine royale et laissaient pousser leur barbe. Il ne semblait rien y avoir pour Guy dans tout cela.

— Voici mon beau-frère qui cherche un emploi, dit Box-Bender.

— Vous arrivez un peu tard, vous savez. Tout le monde est à peu près casé. Naturellement les choses vont se mettre à marcher quand la danse commencera. J'attendrai jusque-là.

Ils restèrent tard, car personne ne trouvait à son goût le plongeon dans l'obscurité. Personne ne tentait de conduire une voiture. Les taxis étaient rares. Ils formèrent des groupes pour rentrer à pied chez eux. En fin de compte, Guy et Box-Bender partirent avec quelques autres dans la direction de Belgravia. Ils trébuchèrent ensemble sur les marches et se mirent en route dans le vide déconcertant de la nuit. Le temps avait reculé de deux mille ans, à l'époque où Londres était un rassemblement de huttes entourées de palissades au bord de la rivière, et où les rues à travers lesquelles ils marchaient étaient un désert de roseaux et de marécages.

Dans la quinzaine qui suivit, Guy en arriva à passer la plupart des journées au club *Bellamy*. Il s'installa à l'hôtel. Aussitôt après le petit déjeuner, il se rendait quotidiennement à Saint-James Street comme on va à son bureau. Là, il écrivait ses lettres ; un gros paquet tous les jours. Elles étaient rédigées avec une certaine honte, de plus en plus aisément, dans un coin du petit salon.

Cher général Cutter, excusez-moi de vous déranger à un moment où vous devez être très occupé. J'espère que vous avez gardé comme je l'ai fait le souvenir des bons jours, quand les Bradshaw vous avaient amené chez moi à Santa-Dulcina. Nous avions fait un tour en barque et nous avions raté si lamentablement les poulpes au harpon...

Cher colonel Glover, je vous écris parce que je sais que vous avez servi en même temps que mon frère Gervase et que vous étiez un de ses amis...

Cher Sam, bien que nous ne nous soyons pas rencontrés depuis l'époque de Downside, j'ai suivi de loin votre carrière avec beaucoup d'admiration et de fierté pour vous...

Chère Molly, je suppose que vous devez l'ignorer, mais je sais pertinemment qu'Alex est quelqu'un de très important dans les services secrets de l'Amirauté. Je sais aussi que vous en faites absolument ce que vous voulez. Aussi, pensez-vous que vous puissiez être un ange...

Il était devenu sans difficulté un mendiant professionnel.

D'habitude, il y avait une réponse, une note dactylographiée, ou un appel téléphonique d'un secrétaire ou d'un aide de camp, un rendez-vous ou une invitation. On le décourageait toujours avec la même politesse. Les civils disaient :

— Nous avons établi des cadres de personnel à l'époque de Munich. Je m'attends à une augmentation dès que nous serons exactement éclairés sur nos attributions.

— Nos dernières instructions étaient d'aller doucement pour le personnel. Je vais vous inscrire sur nos états et veillerai à ce que vous soyez avisé dès qu'il y aura quelque chose.

Venant des bureaux militaires :

— Nous ne voulons pas de chair à canon, cette fois-ci. Nous avons mis à profit la leçon de 1914, où nous avons gaspillé la fine fleur du pays. C'est de cela que nous souffrons depuis.

— Mais je ne suis pas la fine fleur de la nation, déclara Guy. Je suis de la chair à canon innée. Je n'ai pas de charges de famille. Je ne suis spécialisé en rien. De plus, je me fais vieux. Je suis prêt à une suppression immédiate. Vous devriez prendre maintenant les gens de trente-cinq ans et donner aux jeunes le temps de faire des fils.

— Je crains que ce ne soit pas le point de vue officiel. Je vais vous inscrire sur nos états et veillerai à ce que vous soyez avisé dès qu'il y aura quelque chose.

Les jours suivants, le nom de Guy était inscrit sur de nombreux états ; ses rares aptitudes étaient résumées et classées dans de nombreux registres confidentiels, où elles restèrent ignorées pendant toutes les longues années qui devaient venir.

L'Angleterre déclara la guerre, mais cela ne modifia en rien les démarches de Guy et ses visites habituelles. Il ne tombait pas de bombes. Il n'y avait aucune pluie de poison ou de feu. On se rompait toujours les os après la tombée de la nuit. C'était tout. Au club *Bellamy*, Guy se trouva lui-même faire partie d'une catégorie importante d'hommes déprimés plus âgés que lui, vétérans sans gloire de la Première Guerre mondiale. La plupart d'entre eux étaient passés tout droit de l'école aux tranchées et avaient employé le reste de leur existence à oublier la boue, le bruit et les poux. Ils avaient reçu l'ordre d'attendre des ordres et ils parlaient tristement des divers postes mélancoliques qui leur étaient destinés dans les gares, sur les quais et dans les entrepôts. La danse avait commencé, mais ils étaient restés dehors.

La Russie envahit la Pologne. Parmi ces vieux soldats, Guy ne trouvait personne pour partager sa violente indignation.

— Mon cher ami, nous en avons assez comme ça sur les bras. Nous ne pouvons partir en guerre contre le monde entier.

— Pourquoi partir en guerre, alors ? Si tout ce que nous désirons, c'est la prospérité, les plus dures exigences d'Hitler seraient préférables à la victoire. Si nous nous préoccupons de justice, les Russes sont aussi coupables que les Allemands.

— Justice ? disaient les vieux soldats. Justice ?

— En outre, dit Box-Bender, lorsque Guy aborda le sujet, qui semblait ne préoccuper que lui, le pays ne se battrait jamais pour cela. Pendant cinq ans, les travaillistes ont crié à l'assassin contre les nazis ; mais tous sont pacifistes au fond du cœur. S'ils ont des sentiments patriotiques, c'est en faveur de la Russie. Vous auriez la grève générale et l'effondrement de tout le pays si vous commenciez à être juste.

— Alors, pourquoi nous battons-nous ?

— Parce qu'il le faut bien. Les travaillistes ont toujours pensé que nous étions pour Hitler, Dieu sait pourquoi. Il a fallu se donner un mal de chien pour rester neutre envers l'Espagne. Vous avez échappé à toutes ces émotions en vivant à l'étranger. C'était plutôt scabreux, je peux vous le dire. Si nous ne bougions pas maintenant, ce serait le chaos. Ce que nous avons à faire, à l'heure actuelle, c'est limiter et localiser le conflit, ne pas l'étendre.

La conclusion de toutes ces discussions c'était l'obscurité, la nuit déroutante, qui régnait au-delà des portes du club. Quand venait l'heure de la fermeture, vieux et jeunes soldats, et politiciens, formaient leurs mêmes petits groupes et rentraient chez eux à l'aveuglette. Il y avait toujours quelqu'un pour prendre le même chemin que Guy, vers son hôtel ; il y avait toujours le bras d'un ami. Mais son cœur était solitaire.

Guy entendait parler de mystérieux services, que l'on ne connaissait que par leurs initiales, ou comme « les hommes de cape et d'épée de Mr Untel ». Banquiers, boursiers, gens qui étaient quelque chose dans les compagnies pétrolières semblaient trouver leur voie là-dedans ; mais pas Guy. Il rencontra un journaliste de connaissance qui était allé une fois au Kenya. Ce personnage, Lord Kilbannock, avait dernièrement rédigé une chronique des courses. Maintenant, il portait l'uniforme de l'armée de l'air.

— Comment vous êtes-vous débrouillé ? demanda Guy.

— Eh bien ! il n'y a vraiment pas de quoi se vanter. Il existe un maréchal de l'air dont la femme joue au bridge avec la mienne. Il a toujours eu l'idée fixe d'entrer ici. Je viens de le présenter. C'est le plus beau salaud que je connaisse.

— Sera-t-il admis ?

— Non, non, je me suis occupé de cela. Déjà trois boules noires assurées. Mais il ne peut plus me faire sortir de l'armée de l'air.

— Qu'est-ce que vous faites ?

— Il n'y a pas de quoi se vanter non plus. Je suis ce que l'on appelle un officier d'accompagnement. Je promène des journalistes américains sur les aérodromes de chasse. Mais je trouverai bientôt autre chose. La grosse affaire, c'est d'arriver à avoir un uniforme. Alors on commence à pouvoir se retourner. C'est une guerre très fermée, pour le moment. Une fois que vous êtes « dedans », vous avez toutes les possibilités. J'ai une idée sur l'Inde ou sur l'Égypte. Quelque part où il n'y ait pas de black-out. Un type qui habite un appartement dans le même immeuble que moi a reçu un coup sur le crâne l'autre soir en plein sur les marches. Tout ça, c'est un peu trop dangereux pour moi. Je ne veux pas de décoration. Je désire que l'on me connaisse comme un de ces hommes à la physionomie douce qui ont bien réussi en dehors de la guerre. Venez boire quelque chose.

Et les soirées passaient. Tous les matins, de bonne heure, Guy s'éveillait anxieux dans sa chambre d'hôtel. Au bout d'un mois de ce régime, il décida de quitter Londres et d'aller voir sa famille.

Il se rendit d'abord chez sa sœur Angela, dans la maison du Gloucestershire que Box-Bender avait achetée quand il avait été agréé comme membre de la circonscription électorale.

— Nous vivons dans la plus épouvantable misère, répondit Angela au téléphone. Nous ne pouvons plus aller chercher les gens à Kemble. Pas d'essence. Il faudra que vous changiez de train et que vous preniez la petite ligne. Ou encore l'autobus de Stroud, s'il marche encore. Mais je crois qu'il ne marche pas.

Mais, à Kemble, quand il sortit du wagon dans le couloir duquel il était resté trois heures debout, Guy trouva sur le quai, pour l'accueillir, son neveu Tony. Celui-ci portait un costume de flanelle. Il n'y avait qu'à ses cheveux ras qu'on voyait qu'il était soldat.

— Hello ! oncle Guy, j'espère que c'est une bonne surprise, je suis venu pour vous épargner le petit train. On nous a donné un congé d'embarquement et des bons spéciaux d'essence. Montez.

— Ne devrais-tu pas être en uniforme ?

— Je devrais. Mais personne ne le fait. Je ne me sens véritablement humain que si je lâche mon uniforme.

— Je pense que je voudrais rester dans le mien une fois que je l'aurai.

Tony Box-Bender se mit à rire naïvement.

— J'aimerais vous voir. Je ne sais pas pourquoi, mais je ne peux pas vous imaginer faisant partie de la soldatesque débauchée. Pourquoi avez-vous quitté l'Italie ? J'aurais pensé que Santa-Dulcina était l'endroit idéal pour passer la guerre. Comment les avez-vous laissés tous ?

— Provisoirement en larmes.

— Je suis sûr que vous leur manquez.

— Pas vraiment. Ils pleurent facilement.

Ils filaient entre les murs bas de Cotswold. Bientôt ils arrivèrent en vue du val de Berkeley, loin au-dessous d'eux, avec la Severn qui brillait d'un éclat de bronze et d'or dans le soleil du soir.

— Tu es content d'aller en France ?

— Naturellement. C'est une vie infernale à la caserne. On est pourchassé toute la journée. C'est rudement bon de se trouver à la maison pour le moment. Partout des trésors artistiques, et Maman qui fait la cuisine.

La maison de Box-Bender était un petit manoir à pignons, dans un village prétentieux où la moitié des maisons étaient pourvues de bains et décorées de chintz. Le salon et la salle à manger étaient encombrés jusqu'au plafond de caisses en bois.

41

— C'est une telle déception, mon cher, dit Angela. Je pensais que nous avions été si malins. Je nous voyais avec la collection Wallace, et vivant dans un luxe de Sèvres, de Boulle et de Boucher. Une guerre si cultivée, je croyais. Au lieu de cela, nous avons les tablettes hittites du British Museum, et nous ne pouvons même pas y jeter un coup d'œil ; non pas que nous en ayons envie, Dieu sait ! Tu vas être horriblement mal, mon pauvre Guy. Je t'ai mis dans la bibliothèque. Tout l'étage du haut est condamné, pour que, si nous recevions des bombes, nous ne soyons pas pris de panique et ne sautions pas par les fenêtres. C'est l'idée d'Arthur. Il a vraiment été trop plein d'initiatives. Lui et moi, nous sommes dans le pavillon. Un jour, nous nous casserons le cou en traversant le jardin pour aller nous coucher. Arthur est tellement sévère pour la lampe-torche ! Tout cela est vraiment idiot. Personne ne peut réellement y voir, dans le jardin.

Il semblait à Guy que sa sœur était devenue encore plus bavarde qu'avant.

— Aurions-nous dû inviter des gens pour ta dernière soirée, Tony ? J'ai peur que ce soit bien triste. Qui y a-t-il ici en ce moment ? Et puis, nous n'avons plus de place pour nous retourner nous-mêmes, maintenant que nous prenons nos repas dans le cabinet d'Arthur.

— Non, Maman, c'est beaucoup plus sympathique d'être entre nous.

— J'espérais tellement que tu dirais cela ! Nous sommes contents, certainement. Mais je crois qu'ils auraient vraiment pu vous donner deux soirs.

— On doit être présent pour le réveil lundi. Si vous étiez restés à Londres...

— Mais tu préfères être à la maison pour ta dernière soirée ?

— N'importe où, où vous êtes, Maman.

— Il est gentil, n'est-ce pas, Guy ?

La bibliothèque était maintenant la seule pièce commune. Un canapé, transformé en lit, était déjà préparé pour Guy dans le fond de la pièce. Il s'accordait mal avec les globes céleste et terrestre, à sa tête et à son pied.

— Toi et Tony, vous devrez tous les deux faire votre toilette dans le placard de l'escalier. Il dort dans la serre, le pauvre petit ! Maintenant, il faut que j'aille m'occuper du dîner.

— Il n'y a vraiment pas l'ombre d'une raison à tout ça, dit Tony. Maman et Papa semblent s'amuser à tout mettre sens dessus dessous. Je suppose que c'est parce qu'ils ont toujours été tellement corrects avant. Et aussi, Papa a toujours été assez regardant pour les questions d'argent. Il a horreur de payer quand il ne s'y sent pas obligé. Maintenant il pense qu'il a un prétexte magnifique pour faire des économies.

Arthur Box-Bender entra, portant un plateau :

— Eh bien ! tu vois, nous vivons à la dure, dit-il. Dans quelques années, si la guerre continue, tout le monde devra vivre comme ça. Nous commençons de bonne heure. C'est très amusant.

— Vous venez ici seulement pour les week-ends, répondit Tony. J'ai entendu dire que vous étiez très bien installé dans Arlington Street.

— Je crois que tu aurais mieux aimé passer ta permission à Londres.

— Non, vraiment, dit Tony.

— Il n'y aurait pas eu de place pour ta mère, dans l'appartement. Pas de femmes. C'est un article du concordat que nous avons établi quand nous avons pris la décision de partager. Un peu de sherry, Guy ? Je me demande ce que vous allez en dire. Ça vient d'Afrique du Sud. Tout le monde en boira bientôt.

— Ce zèle pour lancer la mode est quelque chose de nouveau, Arthur.

— Vous ne l'aimez pas, ce sherry ?

— Pas beaucoup.

— Plus tôt vous vous y habituerez, mieux ce sera. Il n'en vient plus d'Espagne.

— Pour moi, tout cela a le même goût, dit Tony.

— Très bien alors. La fête est donnée en ton honneur.

Il n'y avait plus maintenant, comme domestiques, que la femme d'un jardinier et une fille du village. En fait de cuisine, Angela se chargeait des menus travaux les moins salissants. Elle appela bientôt son monde pour dîner, dans le petit bureau qu'Arthur Box-Bender aimait appeler son cabinet d'affaires. Il avait un vaste bureau en ville. Son agent électoral avait une installation fixe dans le bourg. Son secrétaire particulier avait des dossiers, une machine à écrire et deux téléphones dans le quartier sud-ouest de Londres. Aucune affaire ne se traitait jamais dans la pièce où ils étaient en train de dîner. Mais Box-Bender avait entendu employer pour la première fois cette expression par Mr Crouchback, lorsqu'il parlait de l'endroit où, d'une façon désastreuse, il se perdait dans les paperasses du domaine de Broome. Cela avait un authentique parfum rural, pensait justement Box-Bender.

En temps de paix, Box-Bender recevait souvent à dîner d'aimables petits groupes de huit à dix amis. Guy avait le souvenir de nombreuses soirées éclairées à la bougie, où la nourriture et les vins étaient exactement ce qu'il fallait. Box-Bender, assis bien droit à sa place, conduisait la conversation sur des sujets d'une banale actualité. Ce soir, avec Tony et Angela, debout la plupart du temps en train de changer les assiettes, il semblait moins à son aise. Il était toujours intéressé par les actualités banales ; mais Guy et Tony avaient leurs propres préoccupations.

— Scandaleuse, cette histoire à propos des Abercrombie, dit Arthur. Vous avez appris la nouvelle ? Ils sont partis pour la Jamaïque avec armes et bagages.

— Pourquoi pas ? répondit Tony. Ils ne pouvaient servir à rien ici. Juste des bouches inutiles à nourrir.

— Il semble bien que je vais être une bouche inutile, dit Guy. Je crois que c'est une affaire de sentiment. On désire être avec les siens en temps de guerre.

— Je ne vois pas ça comme ça, remarqua Tony.

— Il y a beaucoup de travail utile pour les civils, déclara Box-Bender.

— Tous les évacués des Prentice sont retournés très vexés à Birmingham, dit Angela. Ils ont toujours eu une chance extraordinaire. Nous, nous avons ces horreurs hittites pour toute la vie, je le sais bien.

— C'est une histoire terrible pour les hommes de ne pas savoir où sont leurs femmes et leurs parents, constata Tony. Notre malheureux officier du service social passe des journées entières à essayer de les retrouver. Six hommes de ma section sont partis en permission, sans savoir s'ils avaient une maison où aller.

— La vieille Mrs Sparrow est tombée du grenier à fruits et s'est cassé les deux jambes. On ne voulait pas l'emmener à l'hôpital parce que tous les lits sont réservés pour les blessés des bombardements aériens.

— Nous devons avoir un officier de garde nuit et jour pour le service de défense passive aérienne. C'est rudement embêtant. Ils appellent toutes les heures pour signaler : « Tout va bien. »

— Un agent de police a arrêté Caroline Maiden à Stroud, pour lui demander pourquoi elle n'avait pas de masque à gaz.

— La guerre chimique, c'est la fin de tout. Je suis joliment content d'avoir fait des études classiques. Nous devions envoyer un officier du bataillon suivre les cours de guerre chimique. Ils m'avaient désigné. Mais, grâce à Dieu, une espèce de pauvre type s'est amené dans la compagnie C. Il venait d'obtenir une bourse d'études scientifiques. Alors, j'ai payé deux verres au capitaine adjudant-major, et on l'a envoyé à ma place. Tous les pauvres types sont dans le service de la guerre chimique.

Tony faisait partie d'un autre monde. Leurs problèmes n'étaient pas les siens. Guy n'appartenait à aucun de ces deux mondes.

— J'ai entendu quelqu'un dire que cette guerre était une guerre très fermée.

— C'est évident, oncle Guy, plus il y en aura qui pourront rester en dehors de la guerre, mieux cela sera. Vous, les civils, vous ne connaissez pas votre bonheur.

— Peut-être que nous ne désirons pas spécialement du bonheur en ce moment, Tony.

— Moi, je sais bien ce que je veux. La *Military Cross* et une jolie petite blessure. Alors, je pourrai passer le reste de la guerre dorloté par de belles infirmières.

— Je t'en prie, Tony.

— Pardon, Maman. N'ayez pas l'air tellement grave. Je me mettrais à regretter de ne pas avoir passé ma permission à Londres.

— Je pensais que je faisais bonne contenance. Seulement, je t'en prie, mon chéri, ne parle pas comme ça de blessures.

— Pourtant, c'est le mieux qu'on puisse espérer, n'est-ce pas ?

— Écoutez, dit Box-Bender. Est-ce que vous ne voyez pas les choses un peu en noir ? Emmène l'oncle Guy pendant que ta mère et moi débarrassons la table.

Guy et Tony allèrent dans la bibliothèque. Les portes-fenêtres étaient ouvertes sur le jardin pavé.

— Sapristi, il faut tirer les rideaux avant d'allumer.

— Allons un moment dehors, dit Guy.

Il y avait juste assez de lumière pour trouver son chemin. L'air était parfumé par les fleurs de magnolia, que l'on ne pouvait distinguer tout en haut du vieil arbre qui couvrait la moitié de la maison.

— Je ne me suis jamais senti moins d'idées noires de ma vie, dit Tony.

Pourtant, comme lui et Guy se promenaient dans l'obscurité croissante, il demanda brusquement :

— Dites-moi ce que c'est que cette affaire de folie. Est-ce qu'il y a beaucoup de mabouls dans la famille de Maman ?

— Non.

— Il y avait l'oncle Ivo, n'est-ce pas ?

— Il a souffert d'un excès de mélancolie.

— Pas héréditaire ?

— Non, non. Pourquoi ? Sens-tu ta raison divaguer ?

— Pas pour le moment. Mais c'est quelque chose que j'ai lu à propos d'un officier pendant la dernière guerre. Il semblait tout à fait normal jusqu'à ce qu'il aille au feu. Alors, il s'est mis à aboyer, devenu fou furieux. Et son sergent a dû l'abattre.

— Aboyer n'est sûrement pas le mot qui convient pour le mal de ton oncle. Il était, dans toute l'acception du terme, un homme très réservé.

— Et les autres ?

— Regarde-moi. Regarde ton grand-père et ton grand-oncle Peregrine. Il est effroyablement normal.

— Il passe son temps à ramasser des jumelles et à les envoyer au ministère de la Guerre. Est-ce que c'est normal ?

— Tout à fait.

— Je suis content que vous me le disiez.

Un moment plus tard, Angela les appela :

— Rentrez, vous deux. Il fait tout à fait noir. De quoi parlez-vous ?

— Tony pense qu'il va devenir fou.

— Mrs Groat est folle, elle. Elle a oublié d'éteindre les lumières !

Ils s'assirent dans la bibliothèque, le dos appuyé au lit de Guy. Peu après, Tony se leva pour dire bonsoir.

— La messe est à huit heures, dit Angela. Nous devons partir à moins vingt. Je ramasse quelques évacués à Uley.

— Oh ! dites, n'y en a-t-il pas une plus tard ? J'espérais faire la grasse matinée.

— Je pensais que nous devrions tous aller communier demain. Viens, Tony.

— Très bien, Maman. Naturellement, j'irai. Mais alors départ à moins vingt-cinq. J'ai besoin d'un sérieux nettoyage, après toutes ces semaines de perversité.

Box-Bender paraissait gêné, comme chaque fois que l'on parlait devant lui de pratiques religieuses. Il ne pouvait s'habituer à cette aisance devant l'« Indicible ».

— Je serai avec vous en esprit, dit-il.

Il s'en alla alors aussi ; et il faillit tomber, en traversant le jardin pour se rendre au pavillon. Angela et Guy restèrent seuls.

— C'est un garçon charmant, Angela.

— Oui. Tellement militaire, n'est-ce pas ? Tout ça en quelques mois. Ça ne l'inquiète pas du tout, d'aller en France.

— Ça ne m'étonne pas.

— Oh ! Guy, tu es trop jeune pour te souvenir. J'ai grandi pendant la première guerre. Je suis une des jeunes filles dont on parle dans les livres. Elles dansaient avec les hommes qui allaient être tués. Je me souviens de l'arrivée du télégramme pour Gervase. Tu n'étais encore qu'un gamin allant à l'école et privé de bonbons. Je me rappelle les premiers qui sont partis. Il n'en restait pas un seul à la fin. Qu'est-ce qui attend un garçon de l'âge de Tony, qui part maintenant, tout à fait au début ? Je travaillais dans un hôpital, tu te souviens ? C'est pour ça que je ne pouvais supporter d'entendre Tony parler d'une gentille petite blessure et d'être dorloté.

— Il n'aurait pas dû dire ça.

— Il n'y avait pas de gentilles petites blessures. Elles étaient toutes absolument abominables. Et cette fois-ci il y aura toutes sortes d'horribles produits chimiques nouveaux aussi, je pense. Tu as entendu comment il parle de la guerre chimique : un passe-temps pour les pauvres types. Il ne sait pas ce que cela sera. Il n'y a même pas l'espoir qu'il soit fait prisonnier, cette fois-ci. Du temps du Kaiser, les Allemands étaient encore un peuple civilisé. Ces brutes feront n'importe quoi.

— Angela, je ne peux rien te dire. Mais tu sais très bien que tu ne voudrais pas voir Tony tant soit peu différent. Tu ne voudrais pas qu'il soit un de ces malheureux garçons, dont j'ai entendu parler, qui se sont sauvés en Irlande ou en Amérique.

— C'est tout à fait inconcevable, naturellement.

— Eh bien alors ?

— Je sais, je sais. Il est temps d'aller au lit. J'ai peur que nous n'ayons rempli ta chambre de fumée. Tu peux ouvrir la fenêtre quand la lumière est éteinte. Dieu merci, Arthur est parti devant. Je peux me servir de ma lampe-torche dans le jardin sans être accusée d'attirer les zeppelins.

Cette nuit, Guy resta longtemps éveillé dans son lit. Il était obligé de choisir entre l'air et la lumière ; il choisit l'air et ne lut pas. Il pensait : « Pourquoi Tony ? » Quelle organisation folle, celle qui gaspillait Tony et l'épargnait lui-même ? En Chine, lorsque l'on était appelé dans l'armée, il était honorable de louer un jeune homme pauvre et de l'envoyer à sa place. Tony était riche en amour et en promesses. Et lui, le cœur aride, il ne possédait plus rien si ce n'est un peu de foi desséchée. Pourquoi ne pourrait-il aller en France à la place de Tony vers la jolie petite blessure ou la prison barbare ?

Mais, le lendemain matin, quand il s'agenouilla devant la table de communion à côté d'Angela et de

Tony, il lui sembla entendre la réponse dans les paroles du canon : *Domine non sum dignus*.

III

Guy avait pensé rester deux jours et partir le lundi pour aller voir son père à Matchet. Au lieu de cela, il s'en alla le dimanche avant le déjeuner, afin de laisser Angela tranquille pendant ses dernières heures avec Tony. C'était un voyage qu'il avait souvent fait auparavant. Box-Bender avait l'habitude de le faire conduire à Bristol en voiture, et son père l'envoyait chercher à la gare de la grande ligne. Maintenant, le monde entier paraissait en plein bouleversement ; et Guy était obligé de voyager péniblement, avec plusieurs changements d'autocars et de trains. L'après-midi était avancé quand il arriva à la gare de Matchet. Il trouva son père qui l'attendait sur le quai, accompagné de son vieux chien de chasse au poil roux.

— Je ne sais pas où est passé le portier de l'hôtel, dit Mr Crouchback. Il devrait être là. Je lui ai dit qu'on avait besoin de lui. Mais tout le monde est très occupé. Laisse ta valise ici. Je pense que nous allons le rencontrer sur la route.

Père, fils et chien sortirent ensemble dans le soleil couchant et descendirent les petites rues escarpées de la ville.

Malgré les quarante ans qui les séparaient, il y avait une ressemblance marquée entre Mr Crouchback et Guy. Mr Crouchback était nettement le plus grand et avait une expression de bonté tranquille qui manquait tout à fait à Guy. « Racé » plutôt que « distingué » ; voilà comme Miss Vavasour, qui demeurait aussi à l'*Hôtel de la Marine*, définissait le charme évident de Mr Crouchback. Il n'y avait rien en lui du vieux beau, rien d'encroûté, rien de maniaque. Il n'était pas du tout ce que l'on appelle « un type ». C'était un vieux monsieur sans malice, courtois, et qui avait réussi à conserver sa bonne humeur ; beaucoup plus que cela : une joie mystérieuse et calme, à travers toute une vie qui, pour un observateur extérieur, avait été surchargée de malheur. Il était venu au monde, comme beaucoup d'autres, dans le plein éclat du soleil, et il avait vécu pour voir tomber la nuit. L'Angleterre était remplie de Job tels que lui, qui avaient été déçus dans leurs espérances. Mr Crouchback avait perdu son foyer. Partie dans les mains de son père, partie dans les siennes, sans prodigalité et sans spéculation, son patrimoine avait fondu. Mr Crouchback avait perdu très vite sa femme bien-aimée, avec devant lui de longues années de veuvage. Il avait un nom ancien, peu connu maintenant et menacé d'extinction.

Dieu et Guy étaient seuls à connaître la qualité inébranlable et particulière de l'orgueil familial de Mr Crouchback. Il le gardait pour lui. Cette passion, si souvent une végétation épineuse, ne portait pour Mr Crouchback que des roses. Il n'avait aucun esprit de caste, parce qu'il voyait dans son ensemble l'édifice social, si compliqué, de son pays ; édifice divisé nettement en deux parties inégales, que l'on ne pouvait confondre. D'un côté se tenaient les Crouchback et certaines familles peu en vue, apparentées de longue date ; de l'autre côté le reste de l'humanité, Box-Bender, le boucher, le duc d'Omnium (dont la fortune lointaine provenait de pillages de monastères), Lloyd George, Neville Chamberlain, tous ensemble réunis dans le même panier. Mr Crouchback ne reconnaissait aucun souverain depuis Jacques II. Ce n'était pas tout à fait un point de vue raisonnable ; mais cela engendrait dans son cœur plein de douceur deux qualités rares : la tolérance et l'humilité. Car, admettait-il, l'on ne pouvait attendre grand-chose du commun des hommes ; la façon dont quelques-uns d'entre eux se conduisaient décemment, dans certains cas, était à remarquer ; tandis que lui-même, toutes les qualités qu'il pouvait avoir venaient de loin, sans qu'il y eût aucun mérite ; et chaque petite erreur qu'il commettait était une faute grave chez un homme d'une aussi haute tradition.

Il avait un autre avantage naturel sur Guy ; il était soutenu par une mémoire qui conservait seulement les bonnes choses et rejetait les mauvaises. Malgré ses chagrins, il avait eu une belle part de joies ; et ces joies étaient toujours fraîches, toujours accessibles, dans l'esprit de Mr Crouchback. Il n'avait jamais gémi sur la perte de Broome. En esprit, il habitait encore cette demeure, telle qu'il l'avait connue lors de son enfance heureuse et aux premiers temps de son amour partagé.

Il ne s'était pas lamenté lorsqu'il avait réellement quitté sa maison. Il était là, chaque jour de la vente, assis sous la tente du commissaire-priseur. Il mangeait des sandwiches au faisan, buvait son flacon de porto et surveillait les enchères avec un intérêt inlassable, tout à fait différent du châtelain ruiné, tel que le représentait l'imagerie victorienne.

— ... Qui aurait pensé que ces vieilles potiches valaient dix-huit livres ?... D'où peut sortir cette table ?... Je ne l'avais encore jamais vue de ma vie... Les tapis ont l'air terriblement râpés lorsque vous les sortez... Que diable Mrs Chadwick peut-elle vouloir faire d'un ours empaillé ?...

L'*Hôtel de la Marine* à Matchet était tenu par de vieux serviteurs de Broome. Ils accueillirent très bien Mr Crouchback. Il apporta là quelques photographies, le mobilier de sa chambre à coucher, auquel il était habitué, complet et plutôt austère : le lit de cuivre, l'armoire de chêne pour les vêtements et les chaussures, le miroir à barbe rond, le prie-Dieu d'acajou. Il mit dans son petit salon des meubles du fumoir de Broome et un choix très étudié de ses vieux livres préférés de la bibliothèque. Et c'est là que depuis il avait toujours vécu, hautement respecté de Miss Vavasour et des autres pensionnaires à demeure. L'ancien directeur avait vendu le fonds et était parti pour le Canada. Son successeur prit en charge Mr Crouchback avec les autres articles. Une fois par an, le vieil homme revoyait Broome, quand un requiem était chanté pour ses ancêtres. Il ne se plaignait jamais de son changement de situation et n'en parlait pas aux nouveaux venus. Il allait à la messe tous les jours. Il descendait ponctuellement la Grand-Rue avant que les boutiques fussent ouvertes. Il revenait ponctuellement, comme on enlevait les volets, avec un mot aimable à tous ceux qu'il rencontrait. Toute sa fierté familiale était un amusement d'enfant, comparée à sa foi religieuse. Quand Virginia laissa Guy sans héritier, l'idée ne se présenta pas à l'esprit de Mr Crouchback, comme elle ne cessa jamais de le faire à celui de Box-Bender, que la perpétuation de sa descendance valait bien une pique avec l'Église ; que Guy devrait se marier civilement, engendrer un héritier et arranger plus tard les choses avec l'autorité ecclésiastique, comme d'autres semblaient plus ou moins le faire. La fierté du nom ne pouvait être servie dans le déshonneur. En fait, on trouvait nettement établies, dans les annales familiales, deux excommunications au Moyen Âge et une apostasie au XVIIᵉ siècle ; mais cela faisait partie de ce que la mémoire de Mr Crouchback négligeait.

Ce soir, la ville semblait plus remplie que d'habitude. Guy connaissait bien Matchet. Il y avait pique-niqué dans son enfance et y était venu voir son père à chacun de ses séjours en Angleterre. L'*Hôtel de la Marine* se trouvait en dehors de la ville, sur la falaise, à côté du poste des gardes-côtes. Le chemin descendait vers le port, le long de la mer, et remontait un sentier de pierres rouges. On pouvait voir l'île de Lundy dans le soleil couchant, au-delà des eaux brunes. Le chenal était plein de navires retenus par le service de surveillance de la contrebande.

— J'aurais aimé dire au revoir à Tony, dit Mr Crouchback. Je ne savais pas qu'il partait si vite. Il y a quelque chose que j'ai cherché pour lui l'autre jour et que je désirais lui donner. Je suis sûr qu'il aurait aimé l'avoir. C'est la médaille de Gervase, de Notre-Dame de Lourdes. Il l'avait achetée pendant des vacances en France, l'année où la guerre a éclaté, et il la portait toujours. Quand il a été tué, on l'a renvoyée avec sa montre et ses affaires. Tony devrait avoir cette médaille.

— Je ne pense pas qu'on ait le temps de la lui envoyer, maintenant.

— J'aurais aimé la lui donner moi-même. Ce n'est pas la même chose, de l'envoyer dans une lettre. C'est plus difficile à expliquer.

— En tout cas, elle n'a pas beaucoup protégé Gervase ?

— Oh si ! dit Mr Crouchback. Beaucoup plus que tu ne crois. Il m'a raconté ça quand il est venu faire ses adieux avant son départ. L'armée est pleine de tentations pour un jeune homme. Un jour, à Londres, quand il était à l'entraînement, il avait un peu trop bu avec des camarades de son régiment et, en fin de compte, il se trouva tout seul avec une fille qu'ils avaient ramassée quelque part. Elle se mit à faire des bêtises et lui retira sa cravate ; et alors elle découvrit la médaille et, subitement, ils se calmèrent tous les deux. Elle commença à lui parler du couvent où elle avait été à l'école. Et alors ils se quittèrent bons amis et il n'y avait eu aucun mal de fait. J'appelle ça être protégé. J'ai porté une médaille toute ma vie. Et toi ?

— De temps en temps. Je n'en ai pas en ce moment.

— Tu devrais, tu sais, avec les bombes et tout ce qui se passe en ce moment. Si tu es blessé et emmené à l'hôpital, on saura que tu es catholique et on enverra chercher un prêtre. Une infirmière me l'a dit une fois. Aimerais-tu avoir la médaille de Gervase, si Tony ne peut pas ?

— Beaucoup. De plus, j'espère aller à l'armée aussi.

— C'est ce que tu disais dans ta lettre. Mais ils t'ont envoyé promener.

— Il ne semble pas qu'on s'arrache ma personne.

— Quel dommage. Mais je ne peux t'imaginer en soldat. Tu n'as jamais aimé les autos, n'est-ce pas ? Tu sais, maintenant tout est motorisé. La cavalerie volontaire n'a plus de chevaux depuis deux ans. On me l'a dit. Et elle n'a pas d'autos, du reste. Ça a l'air idiot. Mais tu ne t'intéresses pas aux chevaux non plus ?

— Pas ces derniers temps, dit Guy.

Il se souvenait des huit chevaux que lui et Virginia avaient au Kenya ; des promenades qu'il faisait autour du lac à l'aube ; il se souvenait aussi de la camionnette Ford dans laquelle il allait deux fois par mois au marché, par le chemin de terre.

— Les trains de luxe sont plus à ton goût, eh ?

— Il n'y avait rien de bien luxueux dans les trains d'aujourd'hui, répondit Guy.

— Non, dit le père. J'ai tort de te blaguer. Tu as été très gentil de faire tout ce voyage pour me voir, mon petit. Je ne pense pas que tu vas t'ennuyer. Il y a toute sorte de gens nouveaux à l'auberge, très amusants. La dernière quinzaine, j'ai fait tout un nouveau groupe d'amis. Des gens charmants. Tu seras étonné.

— Encore des Miss Vavasour.

— Non, non, des gens qui sortent de l'ordinaire. Des très jeunes. Une certaine Mrs Tickeridge, qui est charmante, et sa fille. Son mari est major dans les Hallebardiers. Il est venu ici pour le dimanche. Tu les aimeras beaucoup.

L'*Hôtel de la Marine*, à Matchet, était plein à craquer, comme semblaient l'être tous les hôtels dans le pays entier. Auparavant, quand il était venu voir son père, Guy s'était aperçu qu'il avait provoqué un certain intérêt parmi la clientèle et le personnel. Cette fois-ci, il trouva difficile d'obtenir qu'on s'occupât de lui.

— Non, nous sommes archi-pleins, dit la directrice. Mr Crouchback a demandé une chambre pour vous, mais nous vous attendions demain. Il n'y a rien du tout ce soir.

— Peut-être pourriez-vous le caser dans mon petit salon.

— Nous ferons notre possible, si ça ne vous fait rien d'attendre un peu.

Le portier, qui aurait dû être à la gare, servait des consommations dans le hall.

— J'irai aussitôt que je pourrai, monsieur, dit-il. Si ça ne vous fait rien d'attendre après le dîner.

Cela faisait quelque chose à Guy. Il voulait changer de chemise après son voyage. Mais l'homme était parti avec son plateau de verres avant que Guy pût répondre.

— N'est-ce pas agréable à regarder ? dit Mr Crouchback. Là-bas, ce sont les Tickeridge. Viens faire leur connaissance.

Guy vit une femme à l'aspect timide, et un homme en uniforme, avec d'énormes moustaches en forme de guidon de bicyclette.

— Je pense qu'ils ont envoyé leur petite fille au lit. C'est une enfant remarquable. Six ans seulement, pas de gouvernante, et elle se débrouille toute seule.

À l'arrivée de Mr Crouchback, la femme à l'aspect timide sourit, avec un charme inattendu. L'homme aux moustaches commença à déménager le mobilier pour faire de la place.

— Salut, dit-il. Excusez mon gant.

Il tenait des deux mains une chaise au-dessus de sa tête.

— Nous allions faire notre petite commande. Qu'est-ce que vous buvez, monsieur ?

Il s'arrangea pour dégager un coin et y mettre des chaises. Il arriva à intercepter le portier. Mr Crouchback présenta Guy.

— Ainsi, vous arrivez aussi chez les bohèmes ? Je viens d'installer ici madame et le rejeton pour la durée de la guerre. Un endroit délicieux. Je préférerais y passer quelques semaines plutôt qu'à la caserne.

— Non, dit Guy. Je ne suis là que pour une nuit.

— Dommage. Madame désire de la société. Trop de vieilles chattes par ici.

En plus de ses énormes moustaches, le major Tickeridge avait les pommettes garnies de favoris au poil dur et roux, qui lui montaient presque jusqu'aux yeux.

Le portier apporta les verres. Guy essaya de l'entreprendre au sujet de sa valise, mais en un clin d'œil il avait disparu avec un :

— Je m'occupe de vous dans une minute, monsieur.

— La question des bagages ? dit le major. C'est un peu la pagaille ici. Qu'est-ce qui ne va pas ?

Guy le lui expliqua en détail.

— C'est facile. Je possède l'inestimable, mais généralement invisible Hallebardier Gold, au repos quelque part à l'arrière. Envoyons-le !

— Non, écoutez, je vous en prie...

— Le Hallebardier Gold n'a absolument rien fichu depuis que nous sommes arrivés, excepté me réveiller sacrément trop tôt ce matin. Il a besoin d'exercice. De plus, il est marié, et les femmes de chambre ne le laissent pas en paix. Ça va faire du bien au Hallebardier Gold de leur échapper un peu.

Guy se sentit plein de sympathie pour cet homme aimable et velu.

— Tchin-tchin, dit le major.
— Tchin-tchin, dit l'épouse timide.
— Tchin-tchin, dit Mr Crouchback avec une sérénité absolue.

Mais Guy ne put émettre qu'un grognement embarrassé.

— Le premier de la journée, déclara le major, en avalant son gin rosé. Vi, commandez une autre tournée pendant que je débusque le Hallebardier.

Avec une série de collisions et d'excuses, le major Tickeridge parvint à franchir le hall.

— C'est tout à fait aimable de la part de votre mari.

— Il ne peut supporter qu'un homme reste sans rien faire, répondit Mrs Tickeridge. C'est sa formation de Hallebardier.

Quand ils se quittèrent plus tard pour aller dîner, Mr Crouchback dit :

— Des gens délicieux. Je te le disais. Tu verras Jenifer demain. Une enfant remarquablement bien élevée.

Dans la salle à manger, les anciens pensionnaires avaient leur table le long du mur. Les nouveaux venus étaient au centre, et il sembla à Guy que l'on s'occupait plus d'eux. Mr Crouchback, grâce à un accord établi de longue date, achetait son propre vin et le conservait dans les caves de l'hôtel. Une bouteille de bourgogne et une bouteille de porto étaient déjà sur la table. Les cinq plats étaient plutôt meilleurs qu'on n'aurait pu s'y attendre.

— La façon dont les Cuthbert ont fait face à l'invasion est remarquable. Tout cela est arrivé si brusquement. Naturellement, on doit attendre un peu entre les plats ; mais ils se débrouillent très bien pour faire un dîner très convenable, n'est-ce pas ? Il n'y a qu'un changement qui m'ennuie. Ils m'ont demandé de ne pas amener Félix pour les repas. Évidemment il prenait énormément de place.

En apportant le pudding, le garçon mit sur la table une assiette avec le dîner du chien. Mr Crouchback l'examina attentivement en retournant la nourriture avec sa fourchette.

— Oui, ça paraît excellent, dit-il. Merci beaucoup.

Et à Guy :

— Ça ne te fait rien que je monte son assiette à Félix maintenant ? Il est habitué à l'avoir à heure fixe. Sers-toi du porto. Je reviens tout de suite.

Il porta le plat à travers la salle à manger jusqu'à son salon, maintenant la chambre à coucher de Guy, et réapparut bientôt.

— Nous le sortirons plus tard, dit Mr Crouchback. À dix heures à peu près. Je vois que les Tickeridge ont fini de dîner. Les deux derniers soirs, ils ont bu un verre de porto avec moi. Ils ont l'air un peu hésitants aujourd'hui. Tu ne vois pas d'inconvénient à ce que je leur demande de venir, n'est-ce pas ?

Ils vinrent.

— Un vin parfait, monsieur.

— Oh ! c'est simplement quelque chose que l'on m'envoie de Londres.

— Je souhaite que vous puissiez venir à notre mess un jour. Nous avons un excellent porto que nous sortons quand nous avons des invités. Vous aussi, ajouta-t-il en s'adressant à Guy.

— Mon fils, malgré son âge avancé, fait des efforts frénétiques pour s'engager dans l'armée lui-même.

— Non, vraiment ? J'appelle ça du grand sport.

— Je ne vois pas beaucoup de sport, dit Guy.

Et il raconta avec ironie les déceptions et les échecs de la dernière quinzaine.

Le major Tickeridge était un peu surpris du ton sarcastique du récit.

— Écoutez, dit-il. Prenez-vous vraiment ça au sérieux ?

— J'essaie de ne pas le faire. Mais j'ai bien peur de le prendre à cœur.

— Parce que, si vous prenez ça au sérieux, pourquoi ne venez-vous pas chez nous ?

— J'ai à peu près renoncé, répondit Guy. En fait, je suis presque engagé avec le ministère des Affaires étrangères.

Le major Tickeridge parut très préoccupé.

— Voyons, c'est une mesure bien désespérée à prendre. Vous savez, si vous êtes vraiment sérieux, je pense qu'on peut arranger ça. Le vieux régiment ne fait jamais exactement les choses dans le style militaire habituel ; je veux dire pas de ces trucs à la Hore-Belisha où l'on commence par le rang. Nous formons une brigade à nous, moitié permanents, moitié temporaires ; moitié hommes du recrutement, moitié militaires de carrière. Pour le moment, nous n'en sommes qu'aux paperasses ; mais nous allons commencer l'instruction des cadres d'un jour à l'autre. Ce sera quelque chose de plutôt original. Nous nous connaissons tous les uns les autres dans le corps, vous savez ; et si vous voulez que j'en parle au capitaine-commandant, n'hésitez pas. Je l'ai entendu dire l'autre jour qu'il pourrait avoir quelques types plus âgés parmi les officiers à titre temporaire.

Ce soir-là, vers dix heures, quand Guy et son père emmenèrent Félix bondir dans l'obscurité, le major Tickeridge avait noté les renseignements sur Guy et promis une action immédiate.

— C'est formidable, dit Guy. J'ai passé des semaines à empoisonner des généraux et des ministres pour n'aboutir à rien. Et puis j'arrive ici ; et en une heure tout est arrangé par un major que je ne connaissais pas.

— C'est souvent comme ça. Je t'ai dit que Tickeridge était un type épatant, répondit Mr Crouchback. Et les Hallebardiers, un régiment splendide. Je les ai vus défiler. Ils valent tous les jours les Gardes à pied.

À onze heures, la lumière s'éteignit au rez-de-chaussée dans l'*Hôtel de la Marine* et les domestiques disparurent. Guy et son père allèrent se coucher. Le petit salon de Mr Crouchback sentait le tabac et le chien.

— J'ai peur que ça ne soit pas bien fameux, ce lit.

— La nuit dernière, chez Angela, j'ai dormi dans la bibliothèque.

— Enfin, j'espère que tu seras bien.

Guy se déshabilla et se coucha sur le canapé à côté de la fenêtre ouverte. On entendait au-dessous le ressac de la mer; et l'air salin remplissait la chambre. Depuis le matin, il y avait de grands changements dans la situation de Guy.

Quelques instants plus tard, la porte de son père s'ouvrit.

— Dis, est-ce que tu dors ?

— Pas tout à fait.

— Voici cette chose que tu m'as dit que tu aimerais. La médaille de Gervase. Je pourrais l'oublier demain matin.

— Merci de tout cœur. À partir de maintenant, je la porterai toujours.

— Je la mets là sur la table. Bonne nuit.

Guy allongea le bras dans l'obscurité et sentit le petit disque de métal. Il était attaché à un cordon. Il le passa autour de son cou. Il entendit son père qui circulait dans sa chambre. La porte s'ouvrit encore.

— Dis donc. Je dois me lever assez tôt et il faut que je passe par ici. Je ferai le moins de bruit possible.

— J'irai à la messe avec vous.

— Tu veux ? Viens alors. Encore bonne nuit.

Il entendit bientôt son père qui ronflait légèrement. Sa dernière pensée avant de s'endormir fut cette question embarrassante :

— Pourquoi n'ai-je pas pu dire : « Tchin-tchin » au major Tickeridge ? Mon père l'a dit. Gervase l'aurait dit. Pourquoi n'ai-je pas pu ?

Livre I
Apthorpe Gloriosus

— Tchin-tchin, dit Guy.

— À la vôtre, dit Apthorpe.

— Écoutez, vous deux, il vaut mieux mettre ces verres sur mon compte, dit le major Tickeridge. Les officiers subalternes ne sont pas censés boire dans le hall avant le déjeuner.

— Oh ! mon Dieu. Je suis désolé, monsieur[1].

— Mon cher ami, vous ne pouviez pas le savoir, naturellement. J'aurais dû vous avertir. C'est un règlement que nous avons pour les jeunes. C'est idiot de l'appliquer à vous autres, évidemment, mais il existe. Si vous voulez une consommation, dites au caporal du mess de vous l'apporter au billard. Personne n'y fera d'objection.

— Merci de nous prévenir, monsieur, dit Apthorpe.

— Je pense que ça vous a donné soif, de pilonner la cour de la caserne. Le colonel et moi, nous vous avons regardés ce matin. Vous vous y mettez.

---

1. En général, dans l'armée britannique, les inférieurs n'appellent pas leurs supérieurs par leur grade. L'expression « sir » = « monsieur » est déférente (N.d.T.).

— Oui, je crois.

— J'ai eu des nouvelles de ma bourgeoise, aujourd'hui. Tout va bien sur le front de Matchet. C'est dommage que ce soit trop loin pour les permissions de fin de semaine. Je pense qu'on vous donnera huit jours à la fin du stage.

C'était le début de novembre. L'hiver avait commencé de bonne heure, cette année, et le temps était froid. Un énorme feu flambait dans le hall. Les officiers subalternes, à moins d'être invités, ne s'approchaient pas de ce feu ; mais sa chaleur atteignait les modestes coins lambrissés.

Les officiers du corps royal des Hallebardiers, du fait même qu'ils étaient pauvres, vivaient dans un grand confort. Dans les régiments à la mode, le mess est déserté, après les heures de travail, par tout le monde, excepté par l'officier de jour. Depuis deux cents ans, les Hallebardiers avaient fait de cette maison leur foyer. Comme disait souvent le major Tickeridge : « Le premier imbécile venu peut se rendre lui-même inconfortable. » Durant leurs premiers mois de régiment, ni Guy, ni Apthorpe n'avaient pris un seul repas au-dehors.

Ils étaient les aînés d'une fournée de vingt officiers stagiaires, actuellement en période d'instruction à la caserne. On disait qu'au dépôt il y avait un autre groupe semblable. Bientôt on les réunirait. Quelques centaines de recrues du service national étaient à l'entraînement sur la côte. Dans la suite, au printemps, on les ferait tous rejoindre les bataillons réguliers ; et la brigade se formerait. C'était une phrase employée constamment : « Quand la brigade se formera... » Ce serait tout d'un coup la fin de toutes les occupations actuelles, fin attendue comme une naissance, comme le commencement d'une nouvelle vie inconnue.

Les compagnons de Guy étaient pour la plupart de jeunes employés de bureau de Londres. Deux ou trois sortaient tout droit du lycée. L'un d'eux, Frank de Souza, venait de quitter Cambridge. Guy apprit qu'on avait choisi ces garçons parmi plus de deux mille candidats. Il se demandait quelquefois quelle méthode de sélection avait produit un groupe aussi hétéroclite. Il réalisa plus tard qu'ils symbolisaient l'orgueil particulier du corps, lequel ne demandait pas une matière première de marque, mais, au lieu de cela, avait foi en ses vieilles méthodes de transformation, éprouvées par les ans. La discipline sur le terrain de manœuvre, les traditions du mess opéraient par enchantement ; et l'esprit de corps descendait sur tous comme une bénédiction céleste.

Apthorpe seul avait l'air d'un soldat. Il était bien bâti, avait le teint bronzé, des moustaches, et disposait d'un riche vocabulaire d'expressions militaires et d'abréviations. Tout récemment, en Afrique, il avait occupé un emploi non précisé. Ses bottes avaient couvert des milles sur les pistes de la brousse. Les bottes étaient pour Apthorpe un sujet d'intérêt particulier.

Lui et Guy se rencontrèrent pour la première fois le jour de leur engagement. Guy, montant dans la voiture à Charing Cross, trouva Apthorpe assis dans l'autre coin. Celui-là reconnut sur les vêtements de celui-ci les emblèmes des Hallebardiers et les boutons de corne du régiment. La première pensée de Guy fut qu'il s'était vraisemblablement rendu coupable de quelque abominable manquement à l'étiquette en voyageant avec un officier supérieur.

Apthorpe n'avait ni journal, ni livre. Pendant bien des milles, il contempla fixement ses propres pieds. Bientôt un examen furtif permit à Guy de réaliser que les insignes de grade sur les épaules d'Apthorpe n'étaient pas des couronnes, mais des étoiles, uniques comme les siennes. Toutefois ils ne parlaient ni l'un ni l'autre. Enfin, au bout de vingt minutes, Apthorpe sortit une pipe qu'il commença à bourrer soigneusement, en prenant son tabac dans une grande blague roulée. Puis il dit :

— C'est ma nouvelle paire de marsouins. Je pense que vous en portez aussi.

Guy fit passer son regard des chaussures d'Apthorpe aux siennes. Elles paraissaient tout à fait pareilles. Est-ce que « marsouins » était le mot d'argot hallebardier pour « bottes » ?

— Je ne sais pas. J'ai seulement dit au bottier chez qui je vais toujours de me faire une solide paire de bottes noires.

— Il peut vous avoir donné de la vache.

— Peut-être.

— Une grave erreur, mon vieux, si vous me permettez de vous parler ainsi.

Il tira sur sa pipe pendant cinq nouvelles minutes, puis se remit à parler.

— Naturellement, en réalité, c'est du cuir de baleine blanche.

— Je ne savais pas. Pourquoi appelle-t-on cela « marsouin » ?

— Secret du métier, mon vieux.

Plus d'une fois, après leur première réunion, Apthorpe revint sur le sujet. Lorsque Guy faisait preuve d'érudition en d'autres matières, Apthorpe ne manquait jamais de dire :

— C'est curieux que vous ne portiez pas de marsouins ! J'aurais cru que vous étiez tout à fait le type à en mettre.

Mais l'ordonnance-hallebardier qui s'occupait d'eux à la caserne – un pour quatre officiers stagiaires – éprouvait de grandes difficultés à faire briller les marsouins d'Apthorpe. La seule critique qu'on pût faire à sa tenue à l'exercice concernait le manque d'éclat de ses bottes.

À cause de leur âge, Guy et Apthorpe étaient compagnons pour la plupart des choses. Les plus jeunes officiers les appelaient : « oncle ».

— Eh bien ! dit Apthorpe, nous avons intérêt à nous dépêcher.

La pause pour le déjeuner ne laissait guère le temps de flâner. Sur le papier, on prévoyait une heure et demie ; mais le groupe faisait l'exercice en treillis d'hommes de troupe (la tenue de campagne n'avait pas encore été fournie) ; et les stagiaires devaient se changer avant d'apparaître au mess. Aujourd'hui, le sergent-instructeur Cook les avait gardés cinq minutes après la sonnerie de la soupe, en expiation du retard de Trimmer à l'exercice, ce matin-là.

Trimmer était le seul du groupe pour lequel Guy eût vraiment de l'aversion. Ce n'était pas un des plus jeunes. Ses grands yeux rapprochés, aux longs cils, avaient une expression rusée. Trimmer dissimulait sous sa casquette une mèche de cheveux blonds dorés, qui lui tombait sur le front quand il était nu-tête. Il parlait avec un accent faubourien légèrement corrigé ; et quand la radio, dans la salle de billard, émettait du jazz, Trimmer se dandinait, les mains levées, en dansant à petits pas traînants. On ne connaissait rien de ses antécédents civils ; le théâtre, peut-être bien, supposait Guy. Ce n'était pas un imbécile ; mais ses aptitudes n'avaient rien de militaire. L'amour-propre corporatif des Hallebardiers n'impressionnait pas Trimmer ; et le confort imposant du mess ne l'attirait pas. Dès que le travail était terminé, Trimmer disparaissait, quelquefois seul, quelquefois avec un pâle reflet de lui-même, son seul ami, Sarum-Smith. Aussi sûrement qu'Apthorpe était désigné pour un avancement rapide, aussi sûrement Trimmer était destiné à l'infamie. Ce matin-là il était arrivé au moment exact indiqué dans les consignes. Tous les autres avaient attendu cinq minutes, et le sergent-instructeur Cook appelait le marqueur, au moment même où Trimmer apparaissait. C'est pourquoi il était midi trente-cinq quand ils rompirent les rangs.

Ils avaient alors rallié leur cantonnement, jeté leurs fusils et leurs équipements sur les lits et s'étaient revêtus de leurs tenues de sortie. Munis de leurs cannes et de leurs gants (que l'on devait boutonner avant d'apparaître : un officier subalterne vu en train de boutonner ses gants sur les marches aurait été renvoyé, pour qu'il allât s'habiller), ils s'étaient avancés deux par deux jusqu'au cercle des officiers. C'était le train-train quotidien. Tous les dix mètres, ils saluaient ou étaient salués. (À la caserne des Hallebardiers, on rendait les saluts avec autant de style que lorsqu'on saluait le premier. Le plus ancien de la paire devait compter : « Main en haut, un, deux, trois, main en bas. ») Dans le hall, ils retiraient leurs casquettes et leurs baudriers.

Au mess, théoriquement, il n'y avait pas de distinction de grade. « Excepté, messieurs, la déférence naturelle que les jeunes doivent à leurs aînés », comme on le leur annonça, le premier soir, dans le discours de bienvenue. Guy et Apthorpe, plus âgés que la plupart des capitaines d'active, étaient pratiquement traités, à bien des égards, comme les officiers supérieurs. Ils se rendaient maintenant au mess, quelques minutes après une heure.

Guy se servit du pâté de rognons de bœuf au buffet et posa son assiette sur la table à la place la plus proche. Un serveur apparut immédiatement à son côté, avec de la salade et des pommes de terre rôties. Le sommelier plaça devant lui une timbale d'argent contenant de la bière. On ne disait pas grand-chose. Parler service était interdit ; et il n'y avait guère que cela dans leur esprit. Au-dessus de leurs têtes, deux siècles de chefs de corps se contemplaient d'un air morne, du haut de leurs cadres dorés. Guy avait signé son engagement dans un état de timidité intense, dû à un conflit entre l'appréhension et la joie exultante. Il connaissait fort peu la vie militaire, si ce n'est par des histoires entendues de temps à autre sur les humiliations auxquelles étaient sujets les nouveaux officiers. On parlait de conseils de guerre « subalternes » et de grossières cérémonies d'initiation. Il se souvenait d'un ami lui racontant que, dans son régiment, personne n'avait fait attention à lui pendant un mois et que les premières paroles qu'on lui avait adressées étaient : « Eh bien ! monsieur le bougre de..., quel est donc votre nom ? » Dans un autre régiment, un officier subalterne avait dit « bonjour » à un autre officier d'un grade supérieur, et ce dernier lui avait répondu : « Bonjour, bonjour, bonjour, bonjour, bonjour, bonjour, bonjour. Faites durer ça toute la semaine. » Il n'y avait absolument rien eu de semblable dans l'accueil hospitalier que lui et ses camarades avaient reçu des Hallebardiers. Il semblait à Guy que, durant les dernières semaines, il avait goûté à quelque chose qui lui avait manqué dans son enfance : une jeunesse heureuse.

Le capitaine-adjudant-major Bosanquet pénétra allégrement dans le mess après son troisième gin rose. Il s'arrêta en face de Guy et d'Apthorpe en disant :

— Il a dû faire sacrément froid sur le terrain, ce matin.

— Oui, plutôt, monsieur.

— Bon. Dites à vos camarades de mettre leurs manteaux cet après-midi.

— Très bien, monsieur.

— Merci, monsieur.

— Oh ! vous deux, pauvres innocents ! dit Frank de Souza, l'homme de Cambridge. Ça veut dire que nous aurons encore à sortir tout l'équipement !

Ainsi on n'avait pas le temps de prendre une tasse de café et de fumer une cigarette. À une heure et demie, Guy et Apthorpe mirent leurs baudriers, boutonnèrent leurs gants, regardèrent le miroir pour voir si leurs casquettes étaient droites, prirent leurs cannes sous le bras et se dirigèrent au pas vers leurs quartiers.

— Main en haut, un, deux, trois, main en bas.

Ils saluèrent une corvée, au garde-à-vous sur leur passage.

Arrivés aux marches du bâtiment, ils se mirent à courir. Guy se changea et commença à ajuster les sangles de son équipement. Du blanc d'Espagne lui entra sous les ongles. (C'était le moment de la journée que, toute sa vie depuis l'école, Guy avait passé dans un fauteuil.) Le pas gymnastique était autorisé en tenue d'exercice. Guy arriva à l'entrée de la cour de la caserne avec une demi-minute d'avance.

Trimmer avait un aspect lamentable. Au lieu de boutonner son manteau par-devant et de l'agrafer soigneusement au col, il l'avait laissé ouvert. Outre cela, son équipement était en désordre. Une des courroies de côté lui tombait par-derrière, l'autre par-devant. L'effet était désastreux.

— Mr Trimmer, sortez des rangs, monsieur. Allez dans votre chambre et revenez ici habillé convenablement, dans cinq minutes. Au temps. Un pas en arrière du dernier rang, Mr Trimmer. Au temps. Au commandement : « Rompez les rangs », vous faites un pas en arrière avec le pied gauche. Demi-tour, pas accéléré. Au temps. Balancez le bras droit à la hauteur du ceinturon pendant que vous avancez le pied gauche. Vous avez compris maintenant. Rompez. Et que je ne vous voie pas rire, Mr Sarum-Smith. Il n'y a pas dans ce groupe un seul officier assez dégourdi pour se permettre de se moquer d'un autre. Tout officier que je vois rire à propos d'un de ses camarades pendant l'exercice se retrouvera devant le capitaine-adjudant-major. Bon. Repos. Pendant que nous attendons Mr Trimmer, nous allons parcourir un peu l'histoire du Corps. Le Corps Royal des Hallebardiers fut d'abord mis sur pied par le comte d'Essex pour servir dans les Pays-Bas sous le règne d'Elizabeth. Il portait alors le nom d'Honorable Compagnie des Libres Hallebardiers du comte d'Essex. Quels autres sobriquets a-t-il gagnés, Mr Crouchback ?

— « Les Talons Rouges » et « les Pommadiers », sergent.

— Bien. Pourquoi les Pommadiers, Mr Sarum-Smith ?

— Parce qu'après la bataille de Malplaquet un détachement du corps, commandé par le sergent-major Hallebardier Breen, bivouaquait dans un verger quand ils furent surpris par un groupe de pillards français, et qu'ils les repoussèrent en leur lançant une volée de pommes, sergent.

— Parfait, Mr Sarum-Smith. Mr Leonard, quel a été le rôle du Corps pendant la première guerre des Achantis ?...

À ce moment, Trimmer revint.

— Très bien. Maintenant, nous pouvons continuer. Cet après-midi, nous allons dans les cuisines, où le sergent-major Hallebardier Groggin va vous montrer comment reconnaître la viande. Tous les officiers doivent savoir comment on reconnaît la viande. Les adjudicataires civils essaient souvent de tromper l'armée ; et la santé des hommes dépend de la vigilance de l'officier. C'est bien ? Alors, Mr Sarum-Smith, voulez-vous prendre le commandement. Au commandement : « Exécution », sortez vivement des rangs, demi-tour à droite, faites face à vos hommes. Exécution. C'est votre groupe maintenant. Je ne suis pas là. Je veux que vous les meniez sans armes, d'une façon réglementaire, jusqu'à la cour de la cuisine. Si vous ne savez pas où c'est, suivez votre nez, monsieur. Voyez d'abord les instructions pour former les faisceaux, juste pour vous reposer ; et, ensuite, faites exécuter.

Les instructions pour former les faisceaux, c'était la partie la plus ardue de leur éducation jusqu'à ce jour. Sarum-Smith n'y arriva pas. Le sergent fit sortir Guy, qui n'y arriva pas non plus. De Souza débita son texte avec assurance, mais d'une façon incorrecte. Enfin Apthorpe, l'homme sur lequel on pouvait compter, fut appelé. Avec une expression tendue, il réussit bien.

— ... Les numéros impairs du premier rang prennent de la main gauche les fusils des numéros pairs en croisant les extrémités des canons, les magasins tournés vers l'extérieur, pendant qu'ils soulèvent les anneaux à faisceaux avec les index et les pouces des deux mains...

Et le groupe se mit en marche. Pendant le reste de l'instruction, cet après-midi, ils inspectèrent les cuisines, dans une grande chaleur, et les magasins à viande, dans un grand froid. Ils virent d'énormes carcasses de bœuf pourpre et jaune ; et on leur apprit à distinguer le chat du lapin, d'après le nombre de côtes.

À quatre heures, ils furent libérés. Il y avait thé au mess, pour ceux qui pensaient que cela valait un changement de tenue. La plupart se couchaient sur leur lit jusqu'au moment de la culture physique.

Sarum-Smith se rendit dans la chambre de Guy.

— Dites, l'oncle, avez-vous touché une solde quelconque, jusqu'à présent ?

— Pas un sou.

— Ne peut-on rien faire pour ça ?

— J'en ai parlé au commandant-adjoint. Il dit qu'il faut toujours un certain temps pour faire le nécessaire. Il n'y a qu'à attendre.

— C'est très bien pour ceux qui peuvent se le permettre. Certaines entreprises compensent les salaires des gens de chez eux, afin qu'ils ne perdent pas en s'engageant dans l'armée. Pas la mienne. Vous êtes bien à l'aise, n'est-ce pas, l'oncle ?

— C'est-à-dire que je ne suis pas encore tout à fait à sec.

— Je voudrais bien être comme vous. C'est bien embêtant pour moi. Est-ce que vous saviez, quand vous vous êtes engagé, qu'on vous faisait payer votre nourriture ?

— Pratiquement, nous ne la payons pas. Nous payons seulement pour les rations supplémentaires. C'est à un prix très avantageux.

— Tout ça, c'est très joli ; mais je pensais que le moins qu'ils puissent faire serait de nous nourrir en temps de guerre. Ça m'a donné un coup, quand j'ai trouvé ma première note du mess. Comment pensent-ils que nous vivons ? Je suis complètement fauché.

— Je vois, répondit Guy sans enthousiasme ni surprise.

Car ce n'était pas la première conversation de ce genre qui lui était infligée durant ces dernières semaines. Et Sarum-Smith ne lui était pas particulièrement sympathique.

— Je suppose que vous désirez un prêt.

— Dites donc, l'oncle, vous lisez dans la pensée ? Je serais content avec cinq billets, si ça ne vous gêne pas. Jusqu'à ce que l'armée casque.

— Ne le dites à personne.

— Non, naturellement. Pas mal d'entre nous sont un peu dans le pétrin, je peux vous le certifier. J'ai essayé l'oncle Apthorpe d'abord. Il m'a conseillé d'aller vous trouver.

— Très gentil de sa part.

— Évidemment, si ça vous met à sec vous-même...

— Non, c'est très bien. Mais je n'ai pas envie de devenir le banquier de tout le Corps.

— Vous les aurez dès que j'aurai touché ma solde.

On devait à Guy cinquante-cinq livres.

Il fut bientôt l'heure de mettre les pantalons de flanelle et d'aller à la gymnastique. C'était un moment de la journée que Guy avait en horreur. Le groupe des officiers stagiaires se réunit sous les lampes à arc. Deux caporaux de Hallebardiers donnèrent des coups de pied dans un ballon. L'un d'eux l'envoya de telle manière qu'il frappa le mur au-dessus de leurs têtes.

— Ils ont un sacré culot, dit un jeune homme nommé Leonard.

Le ballon revint, un peu plus près.

— Je crois que le type le fait exprès, dit Sarum-Smith.

Tout d'un coup, on entendit la voix forte et autoritaire d'Apthorpe :

— Vous deux, là-bas. Vous ne voyez pas qu'il y a un groupe d'officiers ici ? Prenez ce ballon et sortez.

Les caporaux ramassèrent leur ballon d'un air maussade et s'en allèrent avec une nonchalance affectée. Ayant franchi la porte, ils se mirent à rire bruyamment. La gymnastique paraissait à Guy créer une sorte de zone extra-territoriale, l'ambassade d'un peuple étranger et hostile, qui n'avait rien à voir avec la vie bien réglée de la caserne.

L'instructeur d'éducation physique était un homme jeune, reluisant, aux cheveux pommadés. Il avait un gros derrière et des yeux qui brillaient d'une façon anormale. Il accomplissait ses tours de force ou de souplesse avec une apparence de sang-froid félin que Guy trouvait très déplaisante.

— Le but de l'éducation physique est de détendre, dit-il. Et de neutraliser l'effet de raidissement provoqué par les vieilles méthodes d'exercice. Certains d'entre vous sont plus âgés que les autres. Ne vous forcez pas. Ne faites pas plus que ce que vous vous sentez capables de faire. Je veux vous voir vous amuser. Nous allons commencer par un jeu.

Ces jeux avaient un effet profondément déprimant, même chez les plus jeunes. Guy se tenait à l'alignement, prenait le ballon de football lorsque c'était son tour, entre les jambes d'un homme placé devant lui, et le passait à un autre. Ils étaient censés concourir, un rang contre l'autre.

— Allons, dit l'instructeur, ils vont vous avoir. Je vous soutiens. Ne me laissez pas tomber.

Après le jeu, venaient les exercices.

— De la douceur et de la grâce, messieurs, comme si vous valsiez avec votre bonne amie. Voilà la manière, Mr Trimmer. Très scandée. Dans le bon vieux temps, l'entraînement d'un soldat consistait à rester longtemps debout, raide et au garde-à-vous, et à frapper du pied. La science moderne a prouvé que frapper du pied pouvait ébranler sérieusement la colonne vertébrale. C'est pourquoi, aujourd'hui, le travail quotidien se termine par une demi-heure d'assouplissement.

« Cet homme ne combattrait jamais, pensait Guy. Il resterait dans sa baraque illuminée à faire rouler ses muscles, à marcher sur les mains, à bondir sur les planches comme une balle de caoutchouc, même si le ciel dégringolait. »

— À Aldershot, maintenant, tous les cours supérieurs se font en musique.

« Il n'y aurait pas eu de place pour cet homme, réfléchissait Guy, dans l'honorable compagnie de Hallebardiers Libres du comte d'Essex. Il n'est ni un Talon Rouge, ni un vrai Pommadier. »

Après l'éducation physique, encore un changement de tenue, et une conférence sur le code militaire, par le capitaine Bosanquet. Le conférencier et l'auditoire étaient également assoupis. Le capitaine Bosanquet ne demandait que du silence.

— La chose importante dont il faut se souvenir, c'est de coller les corrections des ordonnances royales dès qu'elles paraissent. Ayez vos ordonnances royales à jour, et vous ne pouvez pas vous tromper beaucoup.

À six heures et demie, ils étaient réveillés et libérés. Et le travail de la journée était enfin terminé. Ce soir-là, le capitaine Bosanquet rappela Guy et Apthorpe.

— Dites donc, fit-il, je vous ai regardés à l'éducation physique, tout à l'heure. Pensez-vous que ça vous fait particulièrement du bien ?

— Je ne pense pas, monsieur, répondit Guy.

— Non, c'est un peu de la blague pour des gens comme vous. Si vous voulez, vous pouvez laisser tomber. Évitez le hall. Vous n'avez qu'à rester dans vos chambres. Si quelqu'un vous interroge, répondez que vous potassez le code militaire.

— Merci beaucoup, monsieur.

— Un de ces jours, vous allez vous trouver commandants de compagnies. Le code militaire vous sera beaucoup plus utile que l'éducation physique.

— Je pense que je vais continuer la gymnastique, si je peux, dit Apthorpe. Je trouve qu'après la manœuvre j'ai besoin de me détendre un peu.

— Comme vous voudrez.

— J'ai toujours été habitué à beaucoup d'exercice, expliqua Apthorpe à Guy en retournant dans leurs chambres. C'est plein de bon sens, ce que dit le sergent Pringle à propos de l'ébranlement de la colonne vertébrale. Je pense que j'ai peut-être ébranlé la mienne. Ces jours derniers, je ne me sentais pas très en train. C'est peut-être ça. Je ne veux pas qu'on pense que je ne suis pas aussi en forme que les autres. La vérité est que j'ai eu une vie rude, mon vieux, et ça marque.

— À propos de différence avec les autres, est-ce que par hasard vous m'auriez refilé Sarum-Smith ?

— C'est exact. Je ne suis pas partisan d'emprunter ou de prêter de l'argent. J'en ai trop vu.

Il y avait deux salles de bains à chaque étage. On avait maintenant allumé des feux de charbon dans les chambres. De vieux Hallebardiers pleins d'allant, rappelés sous les drapeaux et affectés à un service de caserne, les maintenaient garnis. C'était le meilleur moment de la journée. Guy entendit la galopade des jeunes officiers qui se précipitaient vers les cinémas, les hôtels et les dancings. Il se plongea dans l'eau chaude. Un peu plus tard, il somnolait devant le feu, étendu dans la chaise longue d'osier. Aucune sieste méditerranéenne ne lui avait jamais procuré autant de bien-être.

Bientôt Apthorpe vint le chercher pour aller au cercle des officiers. La tenue de sortie était facultative pour les officiers stagiaires. Il n'y avait que lui et Guy à l'avoir achetée, et ceci contribuait à leur donner une place à part et à les faire accepter plus facilement par les officiers d'active ; non parce qu'ils pouvaient disposer de douze guinées, ce que ne pouvaient faire les autres, mais parce qu'ils avaient bien voulu faire un placement privé dans les traditions du Corps.

Quand les deux « oncles » dans leur uniforme bleu arrivèrent dans le hall, le major Tickeridge et le capitaine Bosanquet étaient seuls devant le feu.

— Venez avec nous, dit le major Tickeridge.

Il claqua des mains.

— De la musique et des filles. Quatre gins roses.

Guy aimait le major Tickeridge et le capitaine Bosanquet. Il aimait Apthorpe. Il aimait la peinture à l'huile placée au-dessus de la cheminée, peinture représentant le carré invaincu des Hallebardiers dans le désert. Il aimait profondément et tendrement le Corps entier des Hallebardiers.

C'était un repas de cérémonie, ce soir-là. Le président du mess frappa la table de son marteau d'ivoire et l'aumônier récita le bénédicité. Les jeunes officiers, habitués à des repas plus rapides et plus simples, trouvaient tout ceci plutôt pénible.

— C'est tout de même un peu fort, avait remarqué Sarum-Smith, cette façon qu'ils ont de transformer l'action de manger en exercice réglementaire.

La table était éclairée par d'énormes chandeliers à plusieurs branches, qui commémoraient l'histoire militaire du dernier siècle, au moyen de palmiers et de sauvages prosternés ; le tout en argent. Il y avait environ vingt officiers, ce soir, au mess. La plupart des jeunes étaient sortis en ville ; les plus âgés étaient dans les villas des environs avec leurs femmes. Personne ne buvait de vin, excepté les jours de réception. Guy avait commis l'erreur de commander du bordeaux, le soir de son arrivée, et avait été repris d'un jovial :

— Eh bien ! mon prince, est-ce que c'est l'anniversaire de quelqu'un ?...

— Il y a une représentation de la tournée Ensa, ce soir. Y va-t-on ?

— Pourquoi pas ?

— Je pensais plutôt coller quelques corrections dans les ordonnances royales.

— On m'a dit que le planton de la salle de service le fait pour une livre.

— Ça fait meilleur effet si on le fait soi-même, répondit Apthorpe. Pourtant je crois que je vais venir, pour une fois. Le capitaine-commandant sera peut-être là. Je ne lui ai pas parlé depuis le premier jour.

— Que voulez-vous lui dire ?

— Oh ! rien de particulier. Le premier sujet qui se présentera.

Après un silence, Guy déclara :

— Vous avez entendu ce que disait le capitaine-adjudant-major ? Que nous aurions probablement une compagnie ?

— Est-ce que ça ne touche pas un peu au service, mon vieux ?

Bientôt le coup de marteau résonna de nouveau ; l'aumônier récita le bénédicité, et la table fut débarrassée. L'enlèvement de la nappe était un exploit de dextérité qui ne manquait jamais de réjouir Guy. Le caporal du mess se tenait au pied de la table. Les serveurs soulevaient les chandeliers. Alors, d'une seule secousse des poignets, le caporal faisait tomber à ses pieds, en avalanche, toute la longueur de la toile.

Le porto et le tabac à priser circulèrent. Le groupe se disloqua.

Les Hallebardiers avaient leur propre théâtre de garnison, à l'intérieur des murs de la caserne. Il était à peu près plein quand Guy et Apthorpe arrivèrent. Les deux premiers rangs étaient réservés aux officiers. Au centre se tenait le colonel commandant le régiment ; on l'appelait, par une habitude particulière au Corps, le capitaine commandant. Il était avec sa femme et sa fille. Guy et Apthorpe cherchèrent des places et virent qu'il n'y avait que deux sièges vides, au centre. Ils hésitèrent. Guy essayait de s'en aller, Apthorpe s'avançait avec une certaine gêne.

— Arrivez, dit le capitaine-commandant. Vous rougissez d'être vus en notre compagnie ? Je vous présente madame et la gosse.

Ils s'installèrent à côté des gens bien.

— Allez-vous chez vous pour le week-end ? demanda la gosse.

— Non, figurez-vous. Ma maison est en Italie.

— Pas possible. Vous êtes artiste ou quelque chose comme ça ? C'est passionnant.

— Ma maison était au Bechuanaland, annonça Apthorpe.

— Dites donc, dit le capitaine-commandant, vous devez en connaître, des histoires intéressantes ! Eh bien ! je crois que je peux faire commencer.

Il fit un signe de tête. La rampe s'alluma. Il se leva et monta les marches conduisant à la scène.

— Nous nous faisons tous une fête de ce spectacle, dit-il. Ces dames charmantes et ces messieurs pleins de talent ont fait une longue route, par un temps froid, pour venir nous distraire. Nous allons leur souhaiter la bienvenue à la manière des Hallebardiers.

Puis il retourna à sa place au milieu de bruyants applaudissements.

— En réalité, c'est le travail de l'aumônier, dit-il à Guy. Mais, de temps en temps, je laisse le petit jeune homme se reposer.

Un piano commença à jouer. Le rideau se leva. Avant que la scène ne fût complètement découverte, le capitaine-commandant avait sombré dans un sommeil profond, mais non silencieux.

À l'avant-scène, sous l'emblème du Corps, se trouvait un petit orchestre comprenant trois dames plutôt mûres, trop maquillées, un vieux monsieur à l'aspect cadavérique, pas assez maquillé, et un être d'aspect neutre et d'âge indéterminé, devant le piano. Ils portaient tous des costumes de pierrots et de pierrettes. Il y eut un tonnerre de loyaux applaudissements. Un chœur enjoué ouvrait le spectacle. Une par une, les têtes des deux premiers rangs s'enfoncèrent dans les cols. Guy s'endormit aussi.

Il fut réveillé une heure plus tard par les notes puissantes d'un chant qui l'atteignaient à bout portant. Elles venaient de l'homme à l'aspect cadavérique, dont la frêle apparence nordique semblait provisoirement possédée de l'âme de quelque imposant ténor méridional. Le capitaine-commandant aussi fut réveillé.

— Dites, ce n'est pas le « God save the King », hein ?

— Non, monsieur, c'est « Il y aura toujours une Angleterre[1] ».

Le capitaine-commandant reprit ses esprits et écouta.

— Tout à fait juste, dit-il. Je ne peux pas reconnaître un air avant d'avoir entendu les paroles. Il a de la voix, le vieux, ne trouvez-vous pas ?

C'était le dernier numéro. Un instant plus tard, tout le monde était au garde-à-vous. Le ténor fit plus. Il fit le salut militaire pendant que les artistes et les spectateurs entonnaient ensemble l'hymne national.

— En pareille circonstance, nous offrons toujours à boire aux artistes. Vous pourriez ramasser quelques-uns des jeunes pour faire les honneurs, voulez-vous ? Je crois que vous avez plus d'expérience que nous pour recevoir le monde du théâtre. Et, à propos, si

---

1. *There'll always be an England*, chant patriotique *(N.d.T.)*.

vous êtes ici dimanche et si vous n'avez rien de mieux à faire, venez déjeuner.

— Avec plaisir, monsieur, dit Apthorpe, dont l'inclusion dans l'invitation n'était claire en aucune façon.

— Vous serez là aussi ? Oui, bien sûr, venez. Enchanté.

Le capitaine-commandant n'alla pas avec eux au cercle. Deux officiers d'active et trois ou quatre autres de l'équipe de Guy formaient le comité de réception. Les dames avaient abandonné tout aspect théâtral avec leur maquillage et leurs travestis. On aurait pu croire qu'elles étaient entrées en passant, après une journée de courses pour leur ménage.

Guy se trouva à côté du ténor, qui avait quitté sa perruque, révélant ainsi quelques mèches grises qui le faisaient paraître un peu plus jeune, mais tout de même bien vieux. Il avait le nez et les joues couperosés ; ses veines étaient apparentes et ses yeux larmoyants entourés de rides. Il y avait longtemps que Guy n'avait regardé la figure d'un homme malade. Il aurait pris le ténor pour un alcoolique, mais ce dernier accepta seulement du café.

— J'ai découvert que je ne pouvais plus dormir maintenant si je buvais du whisky, dit-il pour s'excuser. Vous recevez tous d'une manière admirable. Spécialement le Corps. J'ai toujours eu une affection toute particulière pour les Têtes Rouges.

— Les Talons Rouges.

— Oui, bien sûr. Je voulais dire les Talons Rouges. Nous étions en ligne à côté de vous autres, à la dernière. Nous nous entendions très bien avec vos bonshommes. J'étais là comme artiste. Pas commissionné, remarquez bien. Déjà, à cette époque, j'avais dépassé l'âge. Je me suis engagé dans la troupe et suis resté jusqu'à la fin.

— Moi, je viens tout juste d'être pris.

— Oh ! vous êtes jeune. Je me demande si je pourrais avoir encore une tasse de cet excellent café. Ça met à plat, de chanter.

— Vous avez une belle voix.

— Vous croyez que ça a plu ? On n'est jamais sûr.

— Oh ! oui, beaucoup de succès.

— Évidemment nous ne sommes pas une compagnie de premier ordre.

— Vous avez tous eu beaucoup de succès.

Ils restèrent silencieux. Une explosion de rires s'éleva du groupe qui entourait les dames. Ça marchait bien, de ce côté-là.

— Encore un peu de café.

— Plus maintenant, merci.

Silence.

— Les nouvelles paraissent meilleures, dit enfin le ténor.

— Ah oui ?

— Oui, bien meilleures.

— Nous n'avons pas beaucoup de temps pour lire les journaux.

— Non, je pense bien. Je vous envie. Il n'y a rien là-dedans que des mensonges, ajouta-t-il tristement. Vous ne pouvez pas croire un mot de ce qu'ils racontent. Mais c'est toujours bon. Très bon même. Cela vous aide à garder bon moral, dit-il du plus profond de sa mélancolie. Quelque chose de réconfortant tous les matins. Voilà ce dont nous avons besoin, ces temps-ci.

Peu après, la troupe s'enfonça dans la nuit.

— Il avait l'air très intéressant, l'homme à qui vous parliez, dit Apthorpe.

— Oui.

— Un vrai artiste. Je penserais qu'il a joué dans les opéras.

— Peut-être bien.

— Grand opéra.

Dix minutes après, Guy était au lit. Dans sa jeunesse, on lui avait appris à faire le soir son examen de conscience et un acte de contrition. Depuis son engagement, cet exercice de piété se mêlait aux leçons de la journée. Il avait été lamentable dans l'instruction pour former les faisceaux... « ... Les numéros pairs du rang du milieu inclineront en avant l'extrémité du canon et placeront leur fusil sous leur bras droit, le pontet dirigé vers le haut, en même temps qu'ils saisiront l'anneau... » Il n'était plus très sûr, maintenant : lequel avait le plus de côtes, le chat ou le lapin ? Il aurait voulu que ce fût lui et non Apthorpe qui eût rappelé à l'ordre les insolents caporaux à la gymnastique. Il avait été un peu vexant pour ce vieux monsieur convenable et mélancolique, à propos des Têtes Rouges. Était-ce là la « bienvenue à la vraie manière des Hallebardiers », qu'on attendait de lui ? Il y avait bien des choses dont il fallait se repentir et qu'il fallait corriger.

II

Le samedi à midi, il y eut une grande ruée hors de la caserne. Guy resta, comme d'habitude. Il avait ce besoin inhérent de repos et de solitude, plus fort que ses vieux souvenirs les plus amers, que son modeste compte en banque, que sa tenue de sortie, que son horreur des séances de gymnastique, ou que tous les autres petits symptômes de l'âge qui le séparaient de ses jeunes camarades. Apthorpe s'en alla jouer au golf avec un des officiers d'active. L'atmosphère de vacances permettait à Guy de s'habiller à son idée, de porter les mêmes vêtements tout l'après-midi, de fumer un cigare après le déjeuner, de descendre la Grand-Rue pour y prendre ses revues hebdomadaires, le *Spectator*, le *New Statesman*, le *Tablet*, chez le dépositaire local. Il pouvait les lire en s'endormant près de son feu et dans sa propre chambre. C'est ainsi que le trouva Apthorpe, lorsqu'il revint du golf, bien après la tombée de la nuit. Il portait des pantalons de flanelle et une veste de tweed, très rapiécée et bordée de cuir. Il avait dans le regard une fixité stupide. Apthorpe était ivre.

— Bonsoir. Avez-vous dîné ?

— Non, je n'y songe pas. C'est une excellente méthode pour la santé de ne pas dîner.

— Jamais, Apthorpe ?

— Allons, mon vieux, je n'ai pas dit ça. Évidemment pas jamais. Quelquefois. Ça donne du repos aux sucs gastriques. Dans la brousse, il faut être son propre médecin. Première règle pour bien se porter : gardez les pieds secs ; deuxième règle : reposez les sucs. Savez-vous quelle est la troisième ?

— Non.

— Moi non plus. Tenez-vous seulement à deux règles et tout ira bien. Vous savez que vous ne me paraissez pas en forme, Crouchback. Je me suis tourmenté à votre sujet. Vous connaissez Sanders ?

— Oui.

— J'ai joué au golf avec lui.

— Une bonne partie ?

— Épouvantable. Beaucoup de vent. Mauvaise visibilité. J'ai fait neuf trous et j'ai laissé tomber. Sanders a un frère à Kasanga. Je parie que vous croyez que c'est à côté de Makarikari.

— Ce n'est pas le cas ?

— Seulement à peu près mille deux cents milles, voilà comme c'est à côté. Vous savez, mon vieux, pour un type qui a roulé sa bosse comme vous, vous ne connaissez pas grand-chose, hein ? Mille deux cents sacrés milles de brousse et vous appelez ça à côté.

Apthorpe s'assit et contempla tristement Guy.

— Ce n'est pas que ça ait de l'importance, dit-il. Pourquoi se faire du mauvais sang ? Pourquoi aller à Makarikari ? ajouta-t-il. Pourquoi ne pas rester à Kasanga ?

— C'est vrai, pourquoi ?

— Parce que Kasanga est vraiment un sale trou. Voilà pourquoi. Maintenant, si vous appréciez l'endroit, n'hésitez pas à y rester. Seulement ne me demandez pas d'y aller avec vous, voilà tout, mon vieux. Naturellement vous trouverez le frère de Sanders. S'il est tant soit peu comme Sanders, il joue rudement mal au golf ; mais je suis sûr que vous seriez bien content d'avoir sa société à Kasanga. C'est vraiment un sale trou. Je ne sais pas ce que vous pouvez y trouver de bien ?

— Pourquoi n'allez-vous pas vous coucher ?

— Je me sens seul, répondit Apthorpe. Voilà pourquoi. C'est toujours la même chose, où que vous soyez, à Makarikari, à Kasanga, n'importe où. Vous passez du bon temps à boire avec les copains au club, vous vous sentez bien et, en fin de compte, vous allez vous coucher tout seul. J'ai besoin d'une femme.

— Eh bien ! vous n'en trouverez pas à la caserne.

— Pour la société, vous comprenez. Pour le reste, je peux m'en passer. Ce n'est pas, remarquez bien, que je ne me sois pas bien débrouillé dans mon temps.

Et je recommencerai, j'espère bien. Mais je peux prendre ou laisser ces choses-là. Je suis au-dessus des affaires sexuelles. Dans la brousse, vous êtes obligé ; ou alors vous êtes fichu. Mais je ne peux pas me passer de société.

— Moi, je peux.

— Ça veut dire que vous voulez que je m'en aille ? Bon, bon, mon vieux. Je n'ai pas le cuir si épais que vous le pensez. Je sais quand je suis de trop. Je suis désolé de vous avoir importuné si longtemps de ma présence, tout à fait désolé.

— Nous nous reverrons demain.

Mais Apthorpe ne bougea pas. Il resta assis en roulant tristement des yeux. C'était comme lorsqu'on regarde la bille à la roulette, tournant de plus en plus lentement, hésitant sur les numéros. Qu'est-ce qui allait sortir ensuite ? Les femmes ? l'Afrique ? la santé ? le golf ? Cela tomba sur les bottes.

— Aujourd'hui, je portais des semelles de caoutchouc, annonça-t-il. Je le regrette maintenant. Ça m'a fait rater des coups. Manque d'adhérence.

— Ne pensez-vous pas que vous feriez mieux d'aller vous coucher ?

Ce ne fut qu'une demi-heure plus tard qu'Apthorpe se leva de sa chaise. En accomplissant cet acte, il s'assit pesamment sur le plancher et continua la conversation sans avoir l'air de s'apercevoir de son changement de position. Enfin il déclara avec une lucidité nouvelle :

— Écoutez, mon vieux. J'ai énormément apprécié cet entretien. J'espère que nous pourrons le continuer un autre soir, mais, pour le moment, j'ai plutôt envie de dormir ; et, si vous le permettez, je crois que je vais rentrer chez moi.

Il roula alors par terre et resta silencieux. Guy alla se coucher au son de la respiration d'Apthorpe, éteignit la lumière et s'endormit aussi. Il s'éveilla dans l'obscurité en entendant des plaintes et des heurts. Il alluma l'électricité. Apthorpe était sur pied, les yeux clignotants.

— Bonjour, Crouchback, dit-il avec dignité. Je cherche seulement les cabinets. J'ai dû me tromper de côté. Bonne nuit.

Et il quitta la pièce d'un pas mal assuré, en laissant la porte entrouverte.

Le lendemain matin, en réveillant Guy, l'ordonnance lui dit :

— Mr Apthorpe est malade. Il demande que vous alliez le voir quand vous serez prêt.

Guy le trouva au lit, avec un coffre à médicaments en tôle émaillée sur les genoux.

— Je suis un peu mal fichu, ce matin, dit-il. Pas du tout en forme. Je ne me lèverai pas.

— Puis-je faire quelque chose pour vous ?

— Non, non, ce n'est qu'une petite crise de bechuana[1]. Ça me prend de temps en temps. Je sais comment faire.

Il remuait une mixture blanchâtre avec une baguette de verre.

— Le diable, c'est que j'ai promis au capitaine-commandant de déjeuner avec lui. Je dois lui transmettre le signal : partie remise.

— Pourquoi ne pas lui envoyer simplement un mot ?

— C'est ce que je veux dire, mon vieux. On appelle toujours ça transmettre un signal, dans l'armée, vous savez.

— Vous vous souvenez m'avoir rendu visite hier soir ?

— Oui, bien sûr. Quelle drôle de question, mon vieux ! Vous savez bien que je ne suis pas un type loquace, mais j'aime bien de temps en temps tailler une petite bavette en bonne société. Mais je ne me sens pas très bien aujourd'hui. Il faisait rudement froid et il y avait beaucoup d'humidité sur le terrain ; et je suis sujet à ces crises de Bechuana si je prends froid. Pourriez-vous me donner du papier et une enve-

---

1. Le Bechuanaland est un protectorat britannique de l'Afrique du Sud. Une dysenterie légère y est fréquente, en raison de la poussière du terrain. Apthorpe tente de mettre sur le compte de ses expériences coloniales l'indisposition due à ses libations de la veille *(N.d.T.)*.

loppe ? Il vaut mieux que je prévienne le capitaine-commandant à temps.

Il but son mélange.

— Soyez un brave type et posez ça quelque part où je puisse l'atteindre.

Guy souleva le coffre à médicaments qui, à l'examen, semblait ne contenir que des bouteilles étiquetées « poison », le mit sur une table et apporta du papier à Apthorpe.

— Pensez-vous que je doive commencer : « Monsieur, j'ai l'honneur ? »

— Non.

— Simplement : « Cher colonel Green » ?

— Ou bien : « Chère madame » ?

— Voilà l'affaire. C'est tout à fait le ton. Une bonne note pour vous, mon vieux. « Chère madame », évidemment.

Une des caractéristiques des Hallebardiers était une tradition de ferme cléricalisme[1]. Les catholiques et les dissidents étaient à peu près inconnus parmi les militaires de l'active. Les nouveaux soldats engagés à long terme étaient préparés à la confirmation par l'aumônier, comme à un des éléments de leur instruction élémentaire. L'église paroissiale de la ville était la chapelle de la garnison. Pour l'office du dimanche matin, tout

---
1. Il s'agit de l'Église anglicane *(N.d.T.)*.

l'arrière de la nef était réservé aux Hallebardiers, qui y entraient en rangs derrière leur musique. Après la cérémonie, les dames de la garnison – épouses, veuves et filles que l'on trouvait en abondance dans la ville, dont les pelouses étaient tondues par des Hallebardiers et dont les rôtis de bœuf étaient illicitement achetés dans les magasins des Hallebardiers – se réunissaient, leur livre de prière à la main, au cercle des officiers pour y passer une heure de détente et de bavardage. Nulle part en Angleterre il ne pouvait y avoir, des dimanches de la fin de l'époque victorienne, une survivance aussi parfaite et aussi exempte de contrainte qu'à la caserne des Hallebardiers.

En qualité de seul officier catholique, Guy était chargé du détachement catholique. Ils étaient une douzaine, tous des hommes appelés. Il passait l'inspection dans la cour et les conduisait à la messe, à l'église de tôle ondulée, située dans une rue latérale. Le prêtre venait de quitter le séminaire de Maynooth et avait peu d'enthousiasme pour la cause des alliés, ou pour l'armée anglaise, qu'il considérait uniquement comme une provocation à l'immoralité dans la ville. Ce matin-là son sermon n'était pas nettement agressif, on n'y trouvait aucun élément permettant de faire une réclamation ; mais, quand il parlait de « cette terrible époque de doute, de danger et de souffrance dans laquelle nous vivons », Guy se raidissait. C'était une époque de gloire et de consécration.

Après la messe, pendant que les hommes attendaient de se mettre en rangs pour le retour, le prêtre aborda Guy à la porte.

— Ne voulez-vous pas entrer au presbytère, capitaine, pour bavarder un peu ? J'ai une bouteille de whisky qu'une bonne âme m'a donnée. Il faut la déboucher.

— Je ne peux pas, merci, père Whelan. Je dois reconduire les hommes à la caserne.

— Ah ! c'est vraiment une bien belle chose que l'armée ! Une équipe de grands garçons, incapables de faire un demi-mille tout seuls !

— Je n'y peux rien. Ce sont les ordres.

— À propos, cette petite affaire de la liste, capitaine... Son Éminence désire une liste des noms de tous les militaires catholiques pour ses états. Je crois vous en avoir parlé dimanche dernier.

— C'est très aimable à vous de nous porter tant d'intérêt. Je crois que le ministère de la Guerre vous accorde une allocation par homme inscrit, n'est-ce pas, père Whelan ? Quand il n'y a pas d'aumônier catholique ?

— Eh bien ! c'est moi qui le remplace, capitaine, et j'ai le règlement pour moi.

— Je ne suis pas capitaine. Il vaut mieux que vous écriviez au capitaine-adjudant-major.

— Comment voulez-vous que je reconnaisse un officier d'un autre, moi qui ne suis pas militaire du tout ?

— Écrivez seulement : le capitaine-adjudant-major, Corps Royal des Hallebardiers. Ça lui arrivera très bien.

— Bon, si vous ne voulez pas m'aider, il n'y a rien à faire, n'est-ce pas ? Dieu vous bénisse, capitaine, ajouta-t-il sèchement en se tournant vers une femme qui se tenait, sans qu'on l'eût remarquée, à son côté. Eh bien ! ma brave femme, qu'est-ce qui ne va pas aujourd'hui ?

En rentrant chez eux, ils passèrent devant l'église paroissiale : une haute tour à l'architecture compliquée, qui surmontait une construction plus ancienne de silex et de pierre grise aux basses voûtes sculptées. Elle était située dans un cimetière bien entretenu, derrière de vieux ifs. Dans l'église, les drapeaux déchiquetés du corps étaient suspendus aux poutres supérieures. Guy les connaissait bien. Il s'arrêtait là souvent, les dimanches après-midi, avec ses revues hebdomadaires. C'était d'un semblable portail qu'était parti Roger de Waybroke pour le voyage qu'il ne devait pas terminer, laissant derrière lui sa dame cadenassée.

Moins contraintes que Lady de Waybroke, les femmes des Hallebardiers envahissaient le hall, lorsque Guy arriva. Il connaissait maintenant la plupart d'entre elles. Pendant une demi-heure, il aida à commander du sherry, à passer des cendriers et à allumer des cigarettes. Un de ses camarades, le jeune homme athlétique qui s'appelait Leonard, avait amené sa femme ce matin-là. Elle était visiblement enceinte. Guy connaissait peu Leonard, qui logeait en ville et y passait ses soirées ; mais il le considérait comme particulièrement fait pour être Hallebardier. Apthorpe ressemblait à n'importe quel soldat de métier, mais Leonard paraissait pétri de la matière même qui constituait le Corps. En temps de paix, il avait travaillé dans les bureaux d'une compagnie d'assurances ; et en hiver, le samedi après-midi, il se rendait, portant dans un vieux sac de cuir son équipement, vers de lointains terrains de football pour y tenir le poste de demi de mêlée pour son club.

Dans sa première adresse de bienvenue, le capitaine-commandant avait laissé entendre que, après la guerre, il pourrait y avoir des commissions définitives pour quelques-uns d'entre eux. Guy pouvait imaginer dans une douzaine d'années Leonard, aussi velu, aussi bienveillant et aussi spécialisé dans son langage que le major Tickeridge. Mais c'était avant qu'il ne rencontrât l'épouse de Leonard.

Les Leonard étaient installés avec Sarum-Smith et parlaient argent.

— Je suis ici parce que j'y suis obligé, disait Sarum-Smith. J'ai été en ville pour le dernier week-end et ça m'a coûté plus de cinq billets. Je n'y aurais pas fait attention au temps où j'étais dans les affaires. Chaque sou compte, dans l'armée.

— Est-ce exact, Mr Crouchback, que vous allez tous être déplacés après Noël ?

— C'est ce que j'ai entendu dire.

— C'est tout de même dommage ! Vous n'êtes pas plus tôt installés quelque part qu'on vous expédie ailleurs. Je ne comprends pas ça.

— Il y a quelque chose que je ne ferai pas, dit Sarum-Smith. C'est acheter un étui à cartes. Ou les ordonnances royales.

— On dit que nous devrons payer nos tenues de campagne quand elles arriveront. Je trouve ça un peu fort, dit Leonard.

— Ce n'est pas un filon, d'être officier. On vous oblige toujours à acheter quelque chose que vous ne voulez pas. Le ministère de la Guerre est tellement occupé à faire des mamours aux autres catégories qu'il n'a pas le temps de s'occuper de ces pauvres idiots d'officiers. Hier, il y avait trois shillings sur ma note du mess pour « réception ». J'ai demandé pourquoi et on m'a répondu que c'était ma part pour les consommations de la tournée Ensa. Je n'ai même pas été voir le spectacle et à plus forte raison offrir des verres.

— Tout de même, vous ne voudriez pas qu'ils viennent au Corps et qu'on ne les reçoive pas convenablement, n'est-ce pas ? demanda Leonard.

— Je pourrais m'y résigner, répondit Sarum-Smith. Et je parie que la moitié de ces verres ont passé dans le gosier des officiers d'active.

— Attention, dit Leonard, en voici un.

Le capitaine Sanders s'approcha.

— Ah ! Mrs Leonard, dit-il, vous savez que le capitaine-commandant vous attend tous les deux à déjeuner aujourd'hui.

— Nous avons reçu les ordres, répondit Mrs Leonard d'un ton revêche.

— Parfait. J'essaie de trouver encore un homme. Apthorpe est rayé. Vous êtes déjà embauché, n'est-ce pas, Crouchback ? Et vous, Sarum-Smith ?

— Épargnez-moi, répondit Sarum-Smith.

— Vous passerez un bon moment. Ce sont des gens charmants.

— Très bien alors.

— Je n'ai pas vu l'oncle Apthorpe ce matin. Quelle figure fait-il ?

— Lamentable.

— Il avait plutôt son compte hier soir. Il était dans une joyeuse ambiance, au club du golf.

— Ce matin, il a sa crise de bechuana.

— Tiens, c'est un nouveau nom pour ça !

— Je me demande comment il dirait pour mon ventre, dit Mrs Leonard.

Sarum-Smith éclata de rire. Le capitaine Sanders s'éloigna. Leonard dit :

— Restez convenable, Daisy, pour l'amour du ciel. Je suis content que vous veniez déjeuner, l'oncle.

Il faudra que nous tenions Daisy en main. Elle est d'humeur fantasque, aujourd'hui.

— Moi, tout ce que je peux dire, c'est que je souhaite que Jim ait lui-même quelque chose qui n'aille pas. Il est là à jouer au soldat toute la semaine. Je ne le vois jamais. On peut au moins lui laisser son dimanche tranquille. Dans n'importe quelle boîte décente, on a au moins ça.

— Le capitaine-commandant a l'air tout à fait aimable.

— Peut-être, si vous le connaissez. C'est comme ma tante Margie. Mais je ne demande pas au capitaine-commandant de passer son jour de repos avec elle.

— Vous ne devez pas faire attention à Daisy, dit Leonard. Elle se fait d'avance une fête des dimanches, et, en ce moment surtout, elle n'aime pas sortir et voir des gens.

— Si vous voulez mon avis, les Hallebardiers ont une bien trop haute opinion d'eux-mêmes. C'est différent dans l'armée de l'air. Mon frère est commandant dans l'intendance aérienne et il dit que c'est tout à fait comme un travail ordinaire, seulement plus facile. Les Hallebardiers ne peuvent jamais oublier qu'ils sont Hallebardiers, même le dimanche. Regardez-les, maintenant.

Sarum-Smith regarda ses frères officiers et leurs épouses. Elles avaient sur les genoux leurs livres de prière et leurs gants. Elles fumaient des cigarettes et buvaient du sherry. Leurs voix étaient élevées et joyeuses.

— Je pense que nous allons retrouver aussi ces consommations sur la note du mess. Combien pensez-vous que le capitaine-commandant fait payer pour le déjeuner ?

— Faites attention, dites ! dit Leonard.

— Je regrette que Jim ne soit pas dans l'armée de l'air, dit Mrs Leonard. Je suis sûre que ça aurait pu s'arranger. Vous savez où vous allez, avec eux. Vous vous installez dans une base aérienne, comme si c'était une entreprise privée, avec des heures régulières et des gens sympathiques. Évidemment, je ne laisserais pas Jim monter en avion ; mais il y a des quantités de places comme celle de mon frère.

— Le personnel rampant, c'est très bien en temps de guerre, dit Sarum-Smith. Ça ne paraîtra pas si bien après. Il faut penser à la paix. Ça fera meilleur effet dans les affaires d'avoir été chez les Hallebardiers, plutôt que dans le personnel terrestre de l'armée de l'air.

À une heure moins cinq, Mrs Green et Miss Green, femme et fille du capitaine-commandant, se levèrent et rassemblèrent les invités.

— Nous ne devons pas être en retard, dit Mrs Green. Ben Ritchie-Hook sera là. Il est terrible si on lui fait attendre sa nourriture.

— Moi, je le trouve toujours terrible, dit Miss Green.

— Tu ne devrais pas parler comme cela de leur futur général.

— Est-ce l'homme dont tu me parlais ? demanda Mrs Leonard.

Pour montrer qu'elle n'approuvait pas l'expédition, elle ne s'adressait qu'à son mari.

— Celui qui coupe la tête aux gens ?

— Oui, c'est un vrai dur.

— Nous l'aimons tous beaucoup, vous savez, répondit Mrs Green.

— J'en ai entendu parler, dit Sarum-Smith.

On aurait dit que le fait d'être connu de lui avait une signification sinistre, comme d'être « connu » de la police.

Guy aussi avait souvent entendu parler de ce Ritchie-Hook. Pendant la Première Guerre mondiale, il était le grand enfant terrible des Hallebardiers, le plus jeune commandant de compagnie dans l'histoire du Corps, le plus lent à passer au grade supérieur ; souvent blessé, souvent décoré, proposé pour la *Victoria Cross*, ayant passé deux fois en conseil de guerre pour refus d'obéissance devant l'ennemi, acquitté deux fois en considération du brillant succès de ses initiatives. Il était reconnu comme le grand spécialiste du couteau de tranchée. Là où d'autres ramenaient des casques, Ritchie-Hook était revenu un jour d'une expédition à travers les lignes, tenant dans chaque main la tête sanglante d'une sentinelle allemande. Les années de paix avaient été pour lui une période de bagarre continuelle. Là où il y avait du sang et de la poudre, du comté de Cork jusqu'au Matto Grosso, on trouvait Ritchie-Hook. Plus récemment, il avait erré à travers la Terre sainte, lançant des grenades dans les lieux de réunion des Arabes dissidents. C'étaient quelques-unes de ces histoires que Guy avait entendu raconter au mess.

Le capitaine-commandant habitait une maison carrée et bien construite, située à l'extrémité du terrain de la caserne. Comme ils approchaient, Mrs Green demanda :

— Quelqu'un d'entre vous fume-t-il la pipe ?
— Non.
— Non.
— Non.
— C'est dommage. Ben préfère les fumeurs de pipe.
— Et la cigarette ?
— Oui.
— Oui.
— Oui.
— C'est encore dommage. Il aime mieux que les gens ne fument pas du tout, s'ils ne fument pas la pipe. Mon mari fume toujours une pipe quand Ben

117

est là. Évidemment, il est plus ancien ; mais ça ne compte pas pour Ben. Mon mari a un peu peur de lui.

— Il en a une frousse bleue, dit Miss Green. C'est pénible à voir.

Leonard éclata de rire.

— Je ne trouve pas ça drôle, dit Mrs Leonard. Je fumerai si j'en ai envie.

Mais, parmi les invités, personne ne partageait l'attitude provocante de Mrs Leonard. Les trois officiers stagiaires s'écartèrent pour laisser les dames franchir la porte du jardin, et les suivirent avec le manque d'assurance de la jeunesse. Là, devant eux, sans erreur possible, séparé de leur groupe seulement par la vitre de la fenêtre du salon, se tenait le lieutenant-colonel, qui devait très prochainement être nommé général : Ritchie-Hook. Il les regardait farouchement, de son œil unique. Cet œil était noir comme les sourcils qui le surmontaient ; noir comme le bandeau fixé de l'autre côté du nez oblique. Il était enfoncé derrière un monocle cerclé d'acier. Le lieutenant-colonel Ritchie-Hook montra les dents à l'arrivée des dames, jeta un coup d'œil à son énorme bracelet-montre, avec une pantomime étudiée, et dit quelques paroles insaisissables, mais manifestement acerbes.

— Oh ! mon Dieu, dit Mrs Green, nous devons être en retard.

Ils pénétrèrent dans le salon. Le colonel Green, jusqu'à présent image de la terreur, leur lançait des sourires propitiatoires, derrière un petit plateau de cocktails. Le lieutenant-colonel Ritchie-Hook s'avança à leur rencontre. Il n'usurpait pas pour autant la place de maître de maison, mais jouait plutôt le rôle du chien de garde, ou de la sentinelle d'un de ces quartiers généraux ultra-secrets où Guy s'était fréquemment rendu quand il cherchait un emploi. Mrs Green tenta quelques présentations protocolaires, mais fut interrompue :

— Répétez les noms, s'il vous plaît. Je dois les saisir clairement. Leonard, Sarum, Smith, Crouchback ? Je n'en vois que trois. Où est Crouchback ? Ah ! je vois. Et à qui appartient la dame ?

Il découvrait ses énormes canines en regardant Mrs Leonard.

— Celui-ci est à moi, répondit-elle.

C'était meilleur que ce que Guy aurait attendu, et cela passa très bien. Leonard seul paraissait un peu déconcerté.

— Parfait, dit Ritchie-Hook. Tout à fait bien.

— Voilà la façon de le prendre, dit Mrs Green.

Le colonel Green roulait des yeux admiratifs.

— Du gin pour la dame, s'écria le colonel Ritchie-Hoek.

Il étendit une main droite mutilée, où ne restait que deux doigts et la moitié du pouce dans un gant noir, agrippa un verre et le tendit à Mrs Leonard.

Mais cette humeur badine ne dura pas. Il refusa de prendre un verre lui-même.

— C'est très joli si vous n'êtes pas obligé de rester éveillé après le déjeuner.

— Moi, je ne suis pas obligée, répondit Mrs Leonard. Le dimanche est mon jour de repos. D'habitude...

— Il n'y a pas de repos au feu, dit le colonel Ritchie-Hook. L'habitude du week-end pourrait nous faire perdre la guerre.

— Vous semez l'alarme et le découragement, Ben.

— Désolé, Geoff. Le colonel ici présent a toujours été celui qui a de la cervelle, ajouta-t-il, comme pour expliquer sa facile acceptation de la critique. Il était major de brigade quand je n'avais qu'une section. C'est pourquoi il est installé dans cette superbe demeure quand je vis sous la tente. Vous avez fait du camping ? demanda-t-il brusquement à Guy.

— Oui, monsieur, un peu. J'ai habité le Kenya et fait quelques tours en brousse.

— Une bonne chose pour vous. Du gin pour le vieux colonial.

La griffe noire saisit brusquement un deuxième cocktail et le mit dans la main de Guy.

— Avez-vous beaucoup chassé ?

— Une fois, j'ai abattu un vieux lion qui s'était égaré dans la ferme.

— Lequel êtes-vous ? Crouchback ?... Je savais qu'un de mes jeunes officiers venait d'Afrique. Je pensais que c'était un autre nom. Vous verrez que votre expérience de l'Afrique vaut cent livres la minute. Il y a un pauvre type sur ma liste qui a passé la moitié de sa vie en Italie. Je n'aime pas beaucoup ça.

Miss Green fit un clin d'œil à Guy et il resta silencieux.

— Moi aussi, je me suis amusé en Afrique, dit Ritchie-Hook. Après un de mes conflits périodiques avec les autorités du moment, j'ai été détaché aux Fusiliers africains. De bons garçons, si vous les faites marcher à la baguette ; mais ils ont une peur épouvantable des rhinocéros. Nous avions un camp sur le bord d'un lac ; et un vieux rhinocéros avait l'habitude de descendre boire un coup tous les soirs, en traversant le terrain de manœuvre. Un sacré culot. Je voulais le descendre, mais le commandant de l'unité racontait un tas de bêtises. Il fallait avoir un permis spécial. C'était une espèce d'abruti, le genre de bonhomme, dit-il comme s'il définissait un type universellement connu et répugnant, le genre de bonhomme qui possède une douzaine de chemises. Alors, le lendemain, j'installai une fusée avec une mèche à feu juste à l'endroit où le rhinocéros allait boire. Je la fis partir en plein sous son nez. Je n'ai jamais vu un rhinocéros courir aussi vite, tout droit à travers les installations du camp. Il a foncé en plein dans un Noir. Vous n'avez jamais entendu pareils hurlements. On ne pouvait plus m'empêcher de tirer dessus, du moment qu'il y avait un sergent piqué sur son nez.

— Ça me rappelle la crise de bechuana, dit Mrs Leonard.

— Hein ? Qu'est-ce que c'est ? dit le colonel Ritchie-Hook, qui n'appréciait plus autant ses manières effrontées.

— Où cela se passait-il, Ben ? intervint Mrs Green.

— En Somalie, à la frontière de l'Ogaden.

— Je ne savais pas qu'il y avait des rhinocéros en Somalie, dit le colonel Green.

— Eh bien ! il y en a un de moins maintenant.

— Et le sergent ?

— Il était retourné à la manœuvre une semaine après.

— On ne doit pas prendre tout à fait à la lettre ce que raconte le colonel Ritchie-Hook, dit Mrs Green.

Ils allèrent déjeuner. Deux Hallebardiers servaient à table. Mrs Green découpait. Ritchie-Hook saisit sa fourchette de sa main gantée, y piqua sa viande et la coupa vivement en carrés. Puis il posa son couteau, fit passer sa fourchette dans l'autre main et se mit à manger rapidement et silencieusement. Il plongeait les morceaux dans la sauce et se les enfournait dans la bouche. Après cela, il se remit à parler. Si le colonel Ritchie-Hook n'avait répondu à un appel moins chevaleresque, s'il avait porté un autre uniforme que celui des Hallebardiers, on aurait pu croire que, dépité par l'interruption de Mrs Leonard, il cherchait à la démonter. Il la fixait du regard dur de son œil unique et féroce. Les paroles qu'il prononçait semblaient s'attaquer directement aux espérances et aux points sensibles d'une jeune mariée.

— Cela vous fera plaisir de savoir que j'ai obtenu une décision du ministère. Ils ont admis notre rôle particulier. J'ai rédigé moi-même le projet. Il a été tout droit jusqu'en haut et est redescendu avec approbation. Nous sommes OOH.

— Qu'est-ce que ça veut dire, je vous prie ? demanda Mrs Leonard.

— Opérations d'Offensives Hasardeuses. On nous a donné nos propres mitrailleuses lourdes et nos mortiers de gros calibres ; pas d'organisation à l'échelon divisionnaire. Nous sommes directement sous les ordres des chefs d'état-major. Il y avait de l'opposition, de la part d'un idiot d'artilleur, pour la question de l'instruction ; mais je l'ai eu en vitesse. Nous avons un terrain épatant dans les Highlands.

— L'Écosse. C'est là que nous devons nous installer ?

— C'est là que nous nous formerons.

— Mais y serons-nous en été ? J'ai mes préparatifs à faire.

— Les préparatifs d'été dépendront de nos amis les Boches. Avant l'été, j'espère pouvoir rendre compte que la brigade est prête, et alors entrer immédiatement en action. Ça ne vaut rien de traîner. Il y a une limite à l'entraînement que les hommes peuvent assimiler. À un certain moment, ils sont saturés et perdent du terrain. Vous devez les utiliser quand ils sont fin prêts. Utilisez-les, dépensez-les, répéta-t-il rêveusement. Dépensez-les. Vous ramassez petit à petit une pile de jetons et vous la lancez d'un seul coup sur le tableau de la roulette. C'est la chose la plus passionnante de la vie, d'entraîner des hommes et de les jouer contre la chance. Vous avez une puissance parfaite. Chacun connaît tous les autres. Chacun connaît si bien son chef qu'il peut deviner ses intentions avant qu'elles soient exprimées. Ils peuvent agir sans ordre, comme des chiens de berger. Alors vous les lancez dans l'action et, en une semaine, peut-être en quelques heures, tout le mécanisme est épuisé. Même si vous gagnez la bataille, ce n'est jamais plus pareil. Il y a des renforts et des promotions. Vous devez tout reprendre depuis le commencement et ne jamais souffler un mot de vos pertes. N'est-ce pas ce que dit le poème ? Aussi, vous voyez, Mrs Leonard, ce n'est pas la peine de demander où et quand nous allons nous installer. Jouez-vous tous au football ?

— Non, monsieur.
— Non, monsieur.
— Oui, dit Leonard.
— L'Association ?

— Non, monsieur, Rosslyn Park[1].

— Dommage. Les hommes ne comprennent pas le rugby, excepté les Gallois, et nous n'en avons pas beaucoup. C'est formidable de jouer avec eux. Les hommes vous tombent dessus et vous leur tombez dessus, et il n'y a pas de rancune quand il y a des os rompus. À un moment, dans ma compagnie, nous avions plus de blessés du fait de l'Association que du fait de l'ennemi ; et je peux vous certifier que nous donnions plus que nous ne recevions. Quelques-uns étaient définitivement estropiés. Il y avait un rude petit gars, demi droit pour la compagnie C, qui est devenu boiteux pour la vie, au cantonnement à l'arrière. Vous devriez suivre les matches, même si vous ne jouez pas. Je me rappelle un de mes sergents, il avait eu la jambe emportée. Il n'y avait rien à faire pour le pauvre diable. La moitié du corps était partie avec. Il était complètement fichu, mais il avait toute sa connaissance. D'un côté, il y avait le pasteur qui essayait de le faire prier, et moi de l'autre côté, et lui qui ne pensait qu'au football. Par bonheur, je connaissais les derniers résultats des championnats ; et ceux que je ne connaissais pas, je les arrangeais. Je lui dis que son équipe avait bien joué. Il mourut en souriant. Si jamais je vois un pasteur qui veut faire le malin, je, le

---

1. Club très connu, près de Londres, qui joue au rugby (*N.d.T.*).

possède avec ça. Naturellement, avec les catholiques, ce n'est pas la même chose. Leurs prêtres s'accrochent à eux jusqu'au dernier moment. C'est affreux de les voir chuchoter auprès d'un moribond. Ils en tuent des centaines, simplement par la peur.

— Mr Crouchback est catholique, dit Mrs Green.

— Oh ! je suis désolé. J'ai dit quelque chose qu'il ne fallait pas, comme d'habitude. Jamais eu beaucoup de tact. Naturellement, c'est parce que vous vivez en Afrique, continua le colonel Ritchie-Hook en se tournant vers Guy. Vous avez là-bas un type de missionnaires très bien. Je les ai vus moi-même. Ils n'admettent pas de bêtises de la part des indigènes. Pas de ces : « Moi bon garçon chrétien avoir âme même chose chef blanc. » Mais attention, Crouchback, vous n'avez vu que les meilleurs ! Si vous viviez en Italie, comme cet autre de mes jeunes officiers, vous les auriez vus comme ils sont chez nous. Ou en Irlande ; là, les prêtres étaient ouvertement du côté des terroristes.

— Mangez votre dessert, Ben, dit Mrs Green.

Le colonel Ritchie-Hook baissa le nez sur sa tarte aux pommes et, pendant le reste du repas, il s'attaqua principalement aux précautions contre les raids aériens, un sujet sur lequel tout le monde était d'accord.

Dans le salon, au moment du café, le colonel Ritchie-Hook montra un côté plus aimable de son caractère. Il y avait un calendrier sur la cheminée, plutôt fatigué, maintenant qu'on était en novembre, et arrivant à bout de course. Son sujet était fantaisiste : des gnomes, des champignons, des jacinthes, des bébés roses tout nus et des libellules.

— Dites donc, annonça-t-il, voilà quelque chose de ravissant. Ma parole, c'est vraiment charmant. Ne trouvez-vous pas cela délicieux ?

— Si, monsieur.

— Bon, nous n'allons pas nous mettre à faire du sentiment. J'ai un long trajet à parcourir sur ma moto. J'ai besoin d'exercice. Qui vient avec moi ?

— Pas Jim, dit Mrs Leonard. Je le ramène à la maison.

— Très bien. Vous venez, vous deux ?

— Oui, monsieur.

La ville où demeuraient les Hallebardiers était peu indiquée pour les promenades d'agrément. C'était une localité ancienne et convenable dans son centre, et qui montrait des couches concentriques d'agrandissements ultérieurs, dépourvus de goût. Il fallait chercher un endroit agréable au moins à trois milles de là ; mais la soif de beauté du colonel Ritchie-Hook était apaisée par le calendrier.

— Il y a un tour que je fais toujours quand je suis ici, dit-il. Ça me prend cinquante minutes.

Il partit d'un pas rapide et irrégulier, avec lequel il était impossible de s'accorder. Il les amena jusqu'à la voie ferrée, le long de laquelle, séparé d'elle par une palissade de tôle ondulée noire, courait un sentier de mâchefer.

— Maintenant que le capitaine-commandant ne peut pas nous entendre, commença-t-il ; mais un train qui passait empêcha ses deux compagnons de l'entendre lui-même. Quand ils purent enfin saisir ses paroles, il disait :

— ... Somme toute, beaucoup trop élevés dans du coton. C'est nécessaire en temps de paix. On n'a pas besoin de ça en guerre. Il faut plus que la discipline automatique. Il faut de la poigne. Quand je commandais une compagnie et qu'un homme se présentait devant moi avec un motif, je lui demandais toujours s'il voulait accepter ma punition ou être envoyé devant le colonel. Il choisissait toujours la punition. Alors je le faisais se pencher en avant et je lui administrais six bons coups de canne. Cas de conseil de guerre, bien sûr ; mais il n'y avait jamais de réclamation, et j'avais moins de manquements à la discipline que n'importe quelle autre compagnie du Corps. Voilà ce que j'appelle de la poigne.

Il continua à avancer à grands pas. Ni l'un ni l'autre de ses compagnons ne trouva de réponse appropriée. Au bout d'un moment, il ajouta :

— Pourtant, à votre place, je n'essayerais pas le procédé. Pas tout de suite.

La marche continua, presque tout le temps en silence. Quand Ritchie-Hook parlait, c'était surtout pour raconter de mauvaises plaisanteries ou des *gaffes raisonnées*[1]. Pour cet extraordinaire soldat, l'image de la guerre n'était ni la poursuite, ni le tir ; c'était l'éponge mouillée sur la porte, le hérisson dans le lit ; ou, plus exactement, il voyait la guerre elle-même comme un prodigieux attrape-nigaud.

Au bout de vingt-cinq minutes, le colonel Ritchie-Hook regarda sa montre.

— Nous devrions traverser maintenant. Je ralentis.

Ils arrivèrent bientôt à une passerelle de fer. De l'autre côté de la voie, il y avait une semblable piste de mâchefer, bordée de tôle ondulée. Ils la suivirent dans le sens du retour.

— Il va falloir pousser un peu, si nous voulons arriver à l'heure.

Ils prirent un pas rapide. À la porte de la caserne, il regarda sa montre.

— Quarante-neuf minutes, dit-il. Bien marché ! Bon, j'ai été content d'avoir l'occasion de vous connaître. Nous allons nous voir beaucoup les uns les autres, à l'avenir. J'ai laissé ma moto au poste de garde.

Il ouvrit son étui à masque à gaz et leur montra un paquet comprimé de pyjamas et de brosses à cheveux.

— Voilà tous les bagages que je transporte. C'est le meilleur emploi pour cette stupide affaire. Au revoir.

---

1. En français dans le texte *(N.d.T.)*.

Guy et Sarum-Smith saluèrent comme il démarrait.

— Un vrai mangeur de feu, n'est-ce pas ? dit Sarum-Smith. Il a l'air d'avoir décidé de nous faire tous tuer.

Ce soir-là, Guy entra chez Apthorpe pour voir s'il descendait dîner.

— Non, mon vieux. Doucement, aujourd'hui. Je pense que je peux me débarrasser de ça, mais il faut que j'y aille doucement. Comment s'est passé le déjeuner ?

— Notre futur général était là.

— Je regrette d'avoir manqué ça. Mais ça n'aurait pas été brillant, pour une première impression. Je ne voudrais pas qu'il me voie en mauvaise forme. Comment cela a-t-il marché ?

— Pas si mal. Surtout parce qu'il m'a pris pour vous.

— Je ne saisis pas très bien, mon vieux.

— Il a entendu dire que l'un de nous vivait en Italie et l'autre en Afrique. Il pense que je suis celui d'Afrique.

— Dites donc, mon vieux, je n'aime pas beaucoup ça.

— C'est lui qui a commencé. Après c'était allé trop loin pour lui expliquer.

— Mais il faut lui expliquer. Je pense que vous devez lui écrire.

— Ne faites pas l'imbécile.

— Mais ce n'est pas du tout une plaisanterie. Il me semble que vous avez été un peu fort, en profitant de la maladie d'un camarade pour vous faire passer pour lui. C'est exactement le genre de chose qui peut changer tout. Avez-vous pris mon nom aussi ?

— Non, bien sûr que non.

— Eh bien ! si vous ne voulez pas écrire, moi, j'écrirai.

— Je ne ferais pas ça. Il va croire que vous êtes fou.

— En tout cas, j'aurai à voir ce qui vaut le mieux. Toute l'affaire est très délicate. Je ne peux pas concevoir comment vous avez laissé une pareille chose se produire.

Apthorpe n'écrivit pas au colonel Ritchie-Hook, mais il conserva sa rancune et se tint toujours un peu sur ses gardes quand il se trouvait avec Guy.

III

Peu avant Noël, les cours d'instruction militaire élémentaire se terminèrent, et l'on accorda une semaine de congé à Guy et à son groupe. Avant leur départ, et en grande partie en leur honneur, il y eut une soirée de réception. On leur recommanda d'amener des invités pour cette réunion qui, du moins pour le moment, devait être leur dernière soirée à la caserne. Chacun se sentait tenu de présenter quelqu'un pouvant lui faire honneur. Apthorpe, en particulier, était fier de son choix.

— J'ai une de ces veines, dit-il. J'ai réussi à avoir « Chatty » Corner. Je ne savais pas qu'il était en Angleterre, avant de le voir dans les journaux.

— Qui est Chatty Corner ?

— Je pensais que vous en auriez entendu parler. Peut-être est-ce différent dans les plantations chics du Kenya ? Si vous posiez cette question dans la vraie Afrique, n'importe où entre le Tchad et le Mozambique, les gens penseraient que vous plaisantez. Chatty, c'est quelqu'un. Un drôle de type, à le voir. Vous ne croiriez pas qu'il sait se servir d'un couteau et d'une fourchette. En réalité, c'est le fils d'un évêque, Eton, Oxford et tout ça ; et il joue du violon comme un professionnel. On en parle dans tous les livres.

— Les livres sur la musique, Apthorpe ?

— Les livres sur les gorilles, évidemment. Et qui amenez-vous, mon vieux, si ce n'est pas indiscret ?

— Je n'ai encore trouvé personne.

— C'est drôle. Je pensais qu'un type comme vous aurait connu des quantités de gens.

Il était toujours vexé, à propos de l'histoire de l'erreur d'identité.

Guy avait demandé aux Box-Bender de l'inviter pour Noël. Angela lui avait répondu que Tony venait en permission à cette occasion. Au dernier moment, Guy réussit à l'intercepter à Londres et à l'amener chez les Hallebardiers pour la soirée. C'était la première fois qu'ils se voyaient l'un l'autre en uniforme.

— Pour rien au monde je n'aurais voulu manquer de vous voir déguisé en jeune officier, oncle Guy, dit-il en arrivant.

— Ici, tout le monde m'appelle aussi « oncle », tu verras.

Ils traversèrent la cour pour se rendre au cantonnement, où l'on avait donné des chambres aux invités. Un Hallebardier les croisa en saluant. Guy se contracta en voyant le geste désinvolte par lequel Tony répondit.

— Dis donc, Tony. C'est peut-être très bien dans ton régiment. Ici, nous rendons le salut aussi correctement que nous le recevons.

— Oncle Guy, dois-je vous rappeler que je suis votre supérieur ?

Mais, ce soir-là, il était fier de son neveu, qui attirait les regards, dans son uniforme vert au baudrier de cuir noir, pendant qu'il l'amenait dans le hall au président du mess.

— Retour de France, hein ? Je vais user de mon privilège de président et vous mettre à côté de moi. J'aimerais avoir un aperçu de première main de ce qui se passe là-bas. On ne peut rien comprendre à ce qu'il y a dans les journaux.

L'identité de Chatty Corner était manifeste, sans présentation. Un homme bronzé aux cheveux grisonnants taillés en brosse se tenait, l'air morose, à côté d'Apthorpe. Il était facile de voir comment il avait pénétré dans l'intimité des gorilles ; facile aussi de retrouver dans son surnom l'humour britannique[1]. Il oscillait la tête de droite et de gauche et lançait, de derrière ses sourcils en broussaille, des regards circulaires, comme s'il cherchait une piste montante d'où il pourrait aller se balancer dans les hauteurs et se blottir au milieu des poutres du plafond. Ce ne fut qu'au

---

1. *Chatty :* le bavard, celui qui apprécie la conversation (*N.d.T.*).

moment où l'orchestre entama « Le rôti de bœuf de la vieille Angleterre[1] » que Chatty parut à l'aise. Il s'épanouit alors, approuva de la tête et émit de confidentiels grognements dans l'oreille d'Apthorpe.

L'orchestre était dans la galerie supérieure. En entrant dans le mess, ils passèrent dessous et l'affrontèrent en pleine action. Ils prirent leurs places à table. Le président du mess était au centre avec, en face de lui, le vice-président. À son côté, Tony, qui allait s'asseoir avant le bénédicité, en fut empêché de justesse par son oncle. L'orchestre s'arrêta, le marteau frappa, l'aumônier récita la prière. L'orchestre et la conversation générale repartirent simultanément.

Encouragé par les officiers supérieurs qui l'entouraient, Tony se mit à parler du service en France, de manœuvre en campagne, de patrouilles de nuit, des pièges, de l'extrême jeunesse et de l'enthousiasme de la poignée de prisonniers ennemis qu'il avait vus, du style magnifique et de la précision tactique de leurs coups de main. Guy regarda au bout de la table Chatty Corner, pour voir s'il montrait une dextérité remarquable dans le maniement de son couteau et de sa fourchette. Il le vit boire avec un étrange petit mouvement rotatif de la tête et du poignet.

Enfin, lorsque la nappe fut enlevée au dessert, les instruments de cuivre se retirèrent, et les instruments

---

1. *The Roast Beef of Old England (N.d.T.).*

à corde descendirent de la galerie pour s'installer dans l'embrasure de la fenêtre. Le silence tomba sur les convives pendant que les musiciens s'inclinaient et accordaient leurs instruments. Tout cela paraissait bien loin des expéditions de Tony dans le no man's land ; plus loin encore, infiniment plus loin, des limites de la chrétienté où le grand combat avait été livré et perdu ; de ces forêts mystérieuses à travers lesquelles, en cet instant même où les Hallebardiers et leurs invités se ressentaient de l'euphorie du vin et de la musique, les trains roulaient vers l'est et vers l'ouest, portant vers leur destinée leurs chargements humains.

Les musiciens jouèrent deux morceaux ; dans le second, l'on entendait les notes d'un joyeux carillon. Puis le chef de musique se présenta au président dans les formes traditionnelles. On plaça pour lui une chaise à côté de Tony, et le caporal du mess lui apporta un verre de porto. C'était un homme au teint vermeil. Guy pensait qu'il n'avait pas plus l'air d'un artiste que Chatty lui-même.

Le président frappa la table de son marteau. Tout le monde se leva.

— Monsieur le vice-président, notre colonel en chef, la grande duchesse Elena de Russie...

— Dieu bénisse la grande duchesse.

Cette dame âgée vivait à Nice dans une chambre meublée ; mais elle était toujours aussi fidèlement honorée par les Hallebardiers qu'à l'époque où, jeune et belle, elle avait bien voulu accepter le grade en 1902.

La fumée commença à s'enrouler autour des chandeliers. On fit circuler la corne de tabac à priser. Autour de cet énorme objet à la lourde monture étaient accrochés une variété de petits accessoires d'argent – cuiller, marteau, brosse – que l'on devait employer d'après certains rites, dans un ordre déterminé, sous peine d'une amende d'une demi-couronne. Guy apprit à son neveu leur usage particulier.

— Dans ton régiment, as-tu tout ce genre de choses ?

— Pas tout ça. Je suis très impressionné.

— Moi aussi, dit Guy.

Personne n'était tout à fait dans son état normal en quittant la salle à manger ; personne n'était tout à fait ivre, excepté Chatty Corner. Cet homme de la brousse qui, malgré ses origines épiscopales, se laissait tenter par les progrès de la civilisation fut emmené et on ne le revit plus jamais. Si cela avait été une lutte de prestige, comme le pensait Apthorpe, cette heure aurait été un triomphe pour Guy. Au lieu de cela, la soirée entière fut un plaisir simple et parfait.

Dans le hall d'entrée, il y avait un concert improvisé. Le major Tickeridge donna une représentation innocemment obscène, intitulée : « Le flûtiste manchot », un vieux numéro très goûté dans le Corps, nouveau pour Guy, et qui obtint un grand succès général. Les timbales d'argent, qui contenaient normalement de la bière, commencèrent à circuler, débordant de champagne. Guy se retrouva parlant religion à l'aumônier.

— ... Admettez-vous, demanda-t-il avec sérieux, que l'Ordre Surnaturel n'est pas quelque chose qui s'ajoute à l'Ordre Naturel, comme la musique ou la peinture, afin de rendre la vie quotidienne plus supportable ? C'*est* la vie quotidienne. Le surnaturel est réel. Ce que nous appelons *réel* n'est qu'une ombre, une imagination passagère. Ne l'admettez-vous pas, Padre ?

— Jusqu'à un certain point.

— Prenons cela sous un autre angle...

Le sourire de l'aumônier s'était figé pendant le numéro du major Tickeridge ; ce sourire ressemblait à celui d'un acrobate, un expédient professionnel dissimulant la crainte et la fatigue.

Bientôt, le capitaine-adjudant-major entama une partie de football avec une corbeille à papier. On passa de l'Association au rugby. Leonard avait la corbeille. Il fut plaqué et mis à terre. Tous les jeunes officiers commencèrent à bondir sur les lutteurs. Apthorpe bondit. Guy bondit. D'autres bondirent sur eux. Guy sentit son genou se tordre. Puis il eut la respiration coupée et il resta allongé, momentanément paralysé. Couverts de poussière, riants, transpirants, haletants, ils se désenchevêtrèrent et se remirent debout. Guy ressentait une douleur imprécise, mais sérieuse, dans le genou.

— Dites, l'oncle, vous vous êtes fait mal ?
— Non, non, ce n'est rien.

Quelque part, on avait donné l'ordre de rentrer chez soi. Tony donna le bras à Guy pour traverser la cour.

— J'espère que tu ne t'es pas trop ennuyé, Tony ?
— Je n'aurais voulu manquer cela pour rien au monde. Ne pensez-vous pas que vous devriez voir un docteur ?
— Ça ira très bien demain matin. Ce n'est qu'une foulure.

Mais, dans la matinée, quand Guy s'éveilla, après un profond sommeil, son genou était fortement enflé et il ne pouvait pas marcher.

IV

Tony retournait chez lui en auto. Il emmena Guy, comme ils l'avaient prévu. Et, pendant quatre jours, ce dernier resta couché chez les Box-Bender, la jambe serrée dans un bandage. Le soir de Noël, on le transporta à la messe de minuit, et on le remit ensuite au lit dans la bibliothèque. L'atmosphère avait changé, à ce retour de Tony. Tous les accessoires du théâtre étaient là, les caisses contenant les tablettes hittites, les lits improvisés ; mais il n'y avait pas de pièce à jouer. Après la vie large de la caserne, Guy se sentait tellement à l'étroit et confiné que, lorsque, le surlendemain de Noël, son beau-frère retourna à Londres, Guy partit avec lui pour passer ses derniers jours de permission à l'hôtel.

Il réalisa beaucoup plus tard que ces jours d'invalidité avaient été sa lune de miel ; le plein achèvement de son amour pour le Corps Royal des Hallebardiers. Plus tard, ce fut le train-train de la vie de ménage, beaucoup de fidélité et de tendresse, la mise en commun de quantité de bonnes choses ; mais aussi, venant recouvrir tout cela, les innombrables révélations attristantes du mariage, l'intimité, les contrariétés, la constatation des imperfections, les désaccords. En attendant, c'était bon de s'éveiller et d'être étendu dans son lit. L'esprit du Corps était à son côté ; c'était bon de sonner ; c'était pour le service de son invisible épouse.

Londres n'avait pas encore perdu l'abondance de ses richesses. C'était cette ville que, toute sa vie, il avait fuie, dont il avait trouvé l'histoire médiocre et le spectacle sans intérêt. Elle était là, tout autour de lui, comme jamais auparavant il ne l'avait vue : une capitale royale. Guy était transformé. Il sortit en boitillant, avec un regard, neuf, avec un cœur nouveau.

Le *Bellamy* où, la dernière fois, il se cachait dans un coin pour y écrire ses lettres de sollicitation, lui offrait maintenant un lieu confortable, au milieu de la population changeante du bar.

Il but sec et gaiement en disant automatiquement « Cheerioh » et « tchin-tchin », tout à fait inconscient de l'effet de légère surprise provoqué par ces formules étrangères.

Un soir, il se rendit seul au théâtre. Il entendit derrière lui une voix jeune qui disait :

— Sur mon âme immortelle, voici mon oncle !

Il se retourna et vit, juste derrière lui, Frank de Souza. Il était habillé de la façon que les Hallebardiers appelaient « en bourgeois » et que les civils appelaient d'une manière plus exotique « en pékin ». Ses vêtements n'étaient pas particulièrement bourgeois – un complet marron, une chemise de soie verte, une cravate orange. Une jeune fille était assise à côté de lui. Guy connaissait peu Frank de Souza. C'était un jeune homme brun, réservé, à l'humour froid, et à la hauteur de sa tâche. Il se souvenait vaguement avoir entendu dire que Frank avait une amie à Londres qu'il allait voir pour les week-ends.

— Pat, je vous présente mon oncle Crouchback.

La jeune personne sourit sans esprit ni amabilité.

— Essayez-vous d'être drôle ? dit-elle.

— Vous vous amusez ? demanda Guy.

Ils assistaient à ce que l'on appelle une revue légère.

— Certainement.

Guy trouvait le spectacle agréable et brillant.

— Avez-vous toujours habité Londres ?

— J'ai un appartement dans Earl's Court, répondit la jeune fille. Il vit avec moi.

— Ça doit être très gentil, dit Guy.

— Certainement, répondit-elle.

La suite de la conversation fut arrêtée par leurs voisins qui revenaient du bar et par le lever du rideau. La seconde partie du programme parut à Guy moins agréable et moins brillante. Il sentait derrière, lui ce couple bizarre et froid. À fa fin de la séance, il dit :

— Voulez-vous venir manger quelque chose avec moi ?

— En sortant d'ici, nous devons aller au café, dit la jeune fille.

— Est-ce loin ?

— Le *Café Royal*, expliqua Frank. Venez aussi.

— Mais Jane et Constant ont dit qu'ils viendraient peut-être nous retrouver, dit la jeune fille.

— Ils ne viennent jamais, dit Frank.

— Venez manger des huîtres avec moi, dit Guy. Il y a un endroit tout à côté d'ici.

— J'ai horreur des huîtres, répondit la demoiselle.

— Peut-être vaut-il mieux pas, dit Frank. Merci tout de même.

— Eh bien ! nous nous reverrons bientôt.

— À Pâques, dit Frank.

— Allons, viens, dit la jeune fille.

Après le dîner, Guy était au bar du *Bellamy* pour la dernière soirée, le dernier jour de l'année finissante, quand il entendit :

— Hello, Tommy, comment vont les affaires, à l'état-major ?

En se retournant, il remarqua à côté de lui un major des Coldstream.

C'était Tommy Blackhouse, qu'il avait vu pour la dernière fois de la fenêtre de son avoué, dans Lincoln's Inn. Lui-même et l'ordonnance de Tommy avaient été cités pour procéder à une identification officielle, pendant la procédure de divorce. Tommy et Virginia avaient traversé la place en riant et s'étaient arrêtés devant la porte, comme il était convenu, en montrant leurs visages ; Virginia, sous un nouveau chapeau aux couleurs vives ; Tommy, sous un melon. Ils étaient repartis tout de suite sans regarder vers les fenêtres, sachant que, de l'une d'elles, ils étaient observés. Guy avait témoigné : « C'est ma femme. ». Et le soldat de la garde avait dit : « C'est le capitaine Blackhouse. Et la dame qui est avec lui est celle que j'ai trouvée le 14 au matin, lorsque je l'ai réveillé. » Ils avaient signé chacun une déclaration ; et l'avoué avait empêché Guy de donner au militaire un billet de dix shillings. « Tout à fait irrégulier, Mr Crouchback. L'offre d'une indemnité pourrait compromettre l'action. »

Tommy avait dû remettre sa démission et abandonner la brigade des gardes ; mais, militaire dans l'âme, il était passé dans un régiment d'infanterie. Maintenant, il semblait qu'il fût revenu aux Coldstream. Avant cette époque, Guy et Tommy Blackhouse s'étaient très peu connus. Maintenant, ils disaient :

— Hello, Guy.

— Hello, Tommy.

— Ainsi, vous voilà chez les Hallebardiers. Très bonne troupe, n'est-ce pas ?

— Bien trop bonne pour moi. Ils m'ont presque cassé la jambe l'autre soir. Je vois que vous êtes retourné aux Coldstream ?

— Je ne sais pas trop où je suis. Je suis une espèce de ballon entre le ministère et le lieutenant-colonel. Je suis revenu à la brigade sans difficulté l'année dernière. Il paraît que l'adultère n'a pas d'importance en temps de guerre. Mais, comme un imbécile, j'ai passé les deux ou trois dernières années à l'école d'état-major et, d'une façon ou d'une autre, j'ai été reçu à l'examen. Alors on m'appelle « Instructeur G. 2 » et je perds tout mon temps à essayer de revenir dans un régiment. J'ai connu l'un des vôtres à l'école d'état-major. Un type rudement sympathique avec de grandes moustaches. J'ai oublié son nom.

— Ils ont tous de grandes moustaches.

— Je crois qu'on pense à vous autres pour quelque chose de très intéressant. J'ai vu une note à propos de ça aujourd'hui.

— Nous ne savons rien.

— En tout cas, la guerre sera longue. Il y aura de la distraction pour tout le monde, en fin de compte.

Tout cela venait très facilement.

Une demi-heure plus tard, le groupe se sépara. Dans le hall, Tommy dit :

— Je vois que vous boitez. Permettez-moi de vous emmener dans ma voiture.

Ils remontèrent Piccadilly en silence. Puis Tommy dit :

— Virginia est rentrée en Angleterre.

Guy n'avait jamais songé à ce que pensait Tommy à propos de Virginia. Il ne savait pas exactement dans quelles circonstances ils s'étaient séparés.

— Elle était partie ?

— Oui, depuis pas mal de temps. En Amérique. Elle est revenue pour la guerre.

— C'est bien d'elle. Quand tout le monde se sauve dans l'autre sens !

— Elle est en pleine forme. Je l'ai vue ce soir au *Claridge*. Elle a demandé de vos nouvelles, mais j'ignorais alors où vous étiez.

— Elle a demandé de mes nouvelles ?

— Enfin, à parler franchement, elle s'est informée de tous ses anciens amis, mais particulièrement de vous. Allez la voir si vous avez le temps. Nous devons tous nous unir.

— Où est-elle ?

— Au *Claridge*, je pense.

— Je ne crois pas qu'elle ait vraiment envie de me voir.

— J'ai l'impression qu'elle a envie de voir le monde entier. Elle a été charmante avec moi.

À ce moment, ils arrivaient à l'hôtel et se séparèrent. Guy, selon l'impeccable tradition des Hallebardiers, salua absurdement son supérieur, dans la complète obscurité.

Le lendemain matin, jour de l'an, Guy s'éveilla, comme il le faisait toujours maintenant, à l'heure où les clairons sonnaient le réveil à la caserne. Sa première pensée fut pour Virginia. Il était plein d'une irrésistible curiosité ; mais, au bout de huit ans, après tout ce qu'il avait ressenti et qu'il n'avait pas exprimé, il ne pouvait pas décrocher le téléphone à son chevet et l'appeler, comme, il en était sûr, elle l'aurait fait elle-même, si elle avait su où le trouver.

Au lieu de cela, il s'habilla, fit ses bagages et régla sa note, la tête emplie de Virginia. Il avait jusqu'à quatre heures de l'après-midi, avant de se mettre en route pour sa nouvelle destination.

Il prit une voiture jusqu'au *Claridge*, se renseigna au bureau et apprit que Mrs Troy n'était pas encore descendue. Il se posta dans le hall, à un endroit d'où il pouvait surveiller les deux ascenseurs et l'escalier. De temps en temps, des gens qu'il connaissait passaient, s'arrêtaient, lui demandaient de venir avec eux, mais il continuait sa veille sans détourner les regards. Enfin, quelqu'un qui pouvait bien être elle sortit rapidement de l'ascenseur et se dirigea vers le bureau. Le portier désigna l'endroit où Guy était assis. La femme se retourna et, aussitôt, son visage s'épanouit de plaisir. Il s'avança en boitant. Elle vint à sa rencontre en sautant de joie.

— Guy, mon chou, quel bonheur ! Londres est une ville merveilleuse.

Elle le serra contre elle, puis l'examina à bout de bras.

— Oui, dit-elle, tout à fait bien vraiment. Je demandais de vos nouvelles pas plus tard qu'hier.

— C'est ce que j'ai entendu dire. Tommy m'en a parlé.

— Oh ! j'ai demandé absolument à tout le monde.

— Mais ça faisait un drôle d'effet de l'apprendre par lui.

— Oui ! si on y réfléchit, je pense que, d'un certain côté, cela devait paraître surprenant. Pourquoi vos vêtements ne sont-ils pas de la même couleur que ceux des autres ?

— Ils ne sont pas d'une autre couleur.

— Eh bien ! ils ne sont pas comme ceux de Tommy, ou de celui qui est là-bas, ou de celui-ci, ou de l'autre.

— Ils sont dans la garde à pied.

— Eh bien ! je trouve que votre couleur est beaucoup plus chic. Et elle vous va tout à fait bien. Je crois que vous laissez pousser une petite moustache aussi. Ça vous fait paraître tellement jeune !

— Vous aussi.

— Oh ! oui, moi plus que tout le monde. La guerre me réussit. C'est le paradis, d'être loin de Mr Troy.

— Il n'est pas avec vous ?

— Chéri, tout à fait entre nous, je ne pense pas que je revoie encore beaucoup Mr Troy. Il ne s'est pas du tout bien conduit ces temps derniers.

Guy ignorait tout de cet Hector Troy, si ce n'est son nom. Il savait que, durant huit ans, Virginia avait été portée par les flots d'une popularité indiscutée. Il ne lui voulait pas de mal ; mais cette réussite qui était la sienne avait élevé le mur qui les séparait. Misérable, elle l'aurait trouvé à son côté ; mais, alors qu'elle était emportée vers un bonheur toujours plus grand, Guy s'enfonçait davantage dans son isolement et dans sa sécheresse. Et maintenant, avec les changements apportés par la guerre, elle était là, jolie, élégante et contente de le voir.

— Déjeunez-vous quelque part ?

— Oui, mais plus maintenant. Venez. Dites, vous boitez ? Vous n'avez pas déjà été blessé ?

— Non, vous ne croirez pas. J'ai joué au football avec une corbeille à papier.

— Ce n'est pas possible ?

— Exactement.

— Chéri, cela ne vous ressemble pas du tout.

— Dites : vous êtes la première personne que je rencontre qui ne soit pas étonnée de me voir dans l'armée.

— Eh bien ! où voudriez-vous être ailleurs ? Naturellement, j'ai toujours su que vous étiez brave comme un lion.

Ils déjeunèrent ensemble et montèrent ensuite dans la chambre de Virginia, où ils continuèrent à parler jusqu'à ce qu'il fût temps pour Guy d'aller prendre son train.

— Vous avez encore la ferme d'Eldoret ?

— Je l'ai vendue tout de suite. Vous ne saviez pas ?

— Peut-être en ai-je entendu parler à l'époque ; mais, vous savez, j'avais beaucoup de choses dans la tête à ce moment-là. D'abord le divorce, ensuite le mariage, puis encore le divorce, avant que j'aie le temps de me retourner. Tommy n'a pas duré longtemps, l'animal. J'aurais aussi bien fait de ne pas bouger. J'espère que vous avez trouvé un bon prix ?

— Autant dire rien. C'était l'année où tout le monde était sans le sou.

— C'est vrai. Si je m'en souviens ! C'était une des choses qui n'allaient pas avec Tommy. C'est surtout son régiment qui s'est montré tellement collet monté. Nous avons dû quitter Londres et nous installer dans une petite ville ridicule, pleine de gens tout à fait impossibles. Il parlait même de partir pour l'Inde. Ce fut la fin. Je l'ai vraiment adoré, lui aussi. Vous ne vous êtes jamais remarié ?

— Comment aurais-je pu ?

— Mon chéri, ne faites pas semblant d'avoir eu le cœur brisé pour la vie.

— Indépendamment de mon cœur, les catholiques ne peuvent se remarier.

— Oh, ça ! Vous vous préoccupez encore de ces choses-là ?

— Plus que jamais.

— Pauvre Guy, vous étiez dans un beau gâchis, n'est-ce pas ? L'argent parti, moi partie, tout parti ensemble ! Je pense que, dans le temps, on a dit que je vous avais ruinée.

— C'est possible.

— Vous avez dû avoir des aventures charmantes depuis ?

— Pas beaucoup et pas bien charmantes non plus.

— Eh bien ! vous devez maintenant. Je vais vous prendre en main et vous trouver quelqu'un de bien.

Puis :

— Il y a une chose qui m'a toujours gênée un peu. Comment votre père a-t-il pris tout ça ? Il était si gentil.

— Il a seulement dit : « Pauvre Guy, il est bien mal tombé. »

— Oh ! je n'aime pas du tout ça ! Quelle façon brutale de parler !

Et encore :

— Mais ce n'est pas possible que vous n'ayez rien fait pendant huit ans ?

Cela revenait à rien. Il n'y avait rien qui valût la peine d'être dit. Lorsqu'il arriva pour la première fois à Santa-Dulcina, venant du Kenya, avec encore en lui des habitudes de planteur, Guy avait essayé d'apprendre la viticulture, avait taillé les ceps incultes. Il avait tenté de faire adopter par les vendangeurs un système de sélection, un pressoir français. Le vin de Santa-Dulcina était délicieux sur place, mais tournait à l'aigre au bout d'une heure de transport. Guy avait essayé de le mettre en bouteilles, avec des procédés scientifiques. Mais tout cela revenait à rien.

Il avait voulu écrire un livre. Cela avait assez bien marché pendant les deux premiers chapitres ; et puis ça s'était arrêté là.

Il avait mis un peu d'argent et beaucoup de travail dans une petite agence de tourisme, qu'un de ses amis tentait de monter. Ils voulaient fournir des guides d'art de premier ordre en Italie et conduire les visiteurs de classe dans des endroits peu connus, ou dans des palais généralement fermés au public. Mais la crise d'Abyssinie avait arrêté le flot de visiteurs, qu'ils fussent de classe ou pas de classe.

— Non, rien, reconnut-il.

— Pauvre Guy ! dit Virginia. Comme tout cela semble triste ! Pas de travail, pas d'argent, des femmes quelconques. En tout cas, vous avez conservé vos cheveux. Tommy est à peu près chauve. Ça m'a donné presque un coup de le revoir. Et votre silhouette. Augustus est gras comme une motte de beurre.

— Augustus ?

— Je ne crois pas que nous l'ayons jamais rencontré de votre temps. Il a succédé à Tommy. Mais je n'ai jamais été mariée avec lui. Il engraissait déjà à cette époque.

Et ainsi de suite pendant trois heures.

Quand ils se séparèrent, Virginia dit :

— Mais il faut que nous continuions à nous voir. Je suis ici pour un temps illimité. Nous ne devons plus perdre contact.

Il faisait noir quand Guy atteignit la gare. Sous la faible lumière de la lampe bleue, il trouva une demi-douzaine de ses camarades des Hallebardiers.

— Voici notre oncle rhumatisant, dirent-ils, comme il les rejoignait. Parlez-vous de ces nouveaux cours. Vous êtes toujours dans le secret des dieux.

Mais Guy ne savait que ce qui était dactylographié sur sa feuille de route. C'était une destination tout à fait inconnue.

V

La feuille de route portait : « Destination Kut-al-Imara House, Southsand-sur-Mer. » Elle avait été remise sans explication, le matin du jour de la réception. Guy avait interrogé le major Tickeridge, qui avait répondu : « Jamais entendu parler de cet endroit. Ça doit être quelque chose de nouveau que le Corps a trouvé », et le capitaine-adjudant-major, qui avait dit : « Ce n'est pas nos oignons. Vous dépendrez du dépôt d'instruction, dès à présent et jusqu'à la formation de la Brigade. Ça va probablement être une belle pagaille. »

— Aucun des officiers d'active d'ici ne viendra ?
— Jamais de la vie, l'oncle.

Mais pour Guy, assis là avec les autres dans le hall, au milieu de tous les trophées du corps, dans l'ordre et le confort consécutifs à deux siècles d'habitation ininterrompue, il paraissait impossible que rien de ce qui était entrepris par les Hallebardiers n'atteignît la perfection. Et en lui, maintenant, pendant que le train roulait à travers l'obscurité froide et brumeuse, continuait à régner la même confiance paisible. Son genou était raide et douloureux. Il déplaça la jambe, au milieu de toutes ces jambes qui s'entrecroisaient et se pressaient dans le demi-jour. Le petit groupe apathique des officiers subalternes était assis. Au-dessus d'eux, leurs sacs réglementaires, leur équipement et leurs valises se distinguaient vaguement dans la pénombre, puis se perdaient plus haut dans l'obscurité. On ne voyait pas les visages. Seule, la partie supérieure de leurs jambes était éclairée par un rai de lumière, trop faible pour leur permettre de lire facilement. De temps en temps, l'un d'eux grattait une allumette. Quelquefois ils parlaient de leur permission. Le plus souvent ils restaient silencieux. Dans le brouillard et le froid, Guy était rempli de souvenirs clairs et réconfortants, et il écoutait en lui-même la voix qu'il avait entendue cet après-midi, comme s'il faisait tourner un disque de phonographe et le recommençait indéfiniment. Ce jour-là, un fantôme avait été chassé. Pendant huit ans, ce fantôme avait suivi Guy, s'était caché à chaque nouveau tournant, lui avait barré la route, le retrouvait partout. Maintenant, il s'était trouvé face à face avec ce fantôme, en plein jour, et avait découvert qu'il était bienfaisant et immatériel. Cet esprit impalpable ne pourrait plus jamais l'arrêter, pensait-il.

Pendant les trois derniers quarts d'heure du voyage, tous demeurèrent silencieux ; tous, excepté Guy qui dormait. Enfin ils arrivèrent à Southsand, traînèrent dehors leur attirail et restèrent sur le quai, dans le froid plus intense. Le train repartit. Longtemps après que sa lumière falote eut disparu, le vent d'est apportait encore aux officiers le bruit de la machine. Un porteur leur dit :

— Vous faites partie des Hallebardiers ? Vous auriez dû être dans le six-heures-huit.

— Nous avons pris le train indiqué sur nos feuilles.

— Eh bien ! les autres sont arrivés il y a une heure. Le commissaire de gare vient de fermer son bureau. Vous pouvez l'attraper dans la cour. Non, le voilà qui démarre. Il a dit de ne plus attendre de militaires pour ce soir.

— Sacré nom d'un chien !

— Qu'est-ce que vous voulez ? C'est ça l'armée, n'est-ce pas ?

Le portier s'éloigna dans l'obscurité.

— Qu'est-ce qu'on fait ?

— Le mieux, c'est de téléphoner.

— À qui ?

Leonard poursuivit le porteur.

— Est-ce qu'il y a le téléphone, à Kut-al-Imara House ?

— Seulement la ligne militaire. L'appareil est enfermé dans le bureau du commissaire de gare.

— Avez-vous un annuaire ?

— Vous pouvez essayer. Je crois qu'on a dû couper la ligne.

Ils trouvèrent l'annuaire téléphonique local dans le bureau mal éclairé du chef de gare.

— Voici l'école préparatoire de Kut-al-Imara. On va essayer.

Au bout d'un moment, une voix enrouée répondit :

— Allô, oui, Quoi ? Qui ? Je n'entends rien. La ligne est censée être coupée. Ici c'est une base militaire.

— Nous sommes ici huit officiers qui attendons un moyen de transport.

— Êtes-vous les officiers attendus ?

— Nous pensons que oui.

— Bon, ne quittez pas, monsieur. Je vais essayer de trouver quelqu'un.

Après plusieurs minutes, une nouvelle voix dit :

— Où êtes-vous ?

— Gare de Southsand.

— Pourquoi diable n'avez-vous pas pris l'autobus avec les autres ?

— Nous venons seulement d'arriver.

— Eh bien ! vous êtes en retard. L'autobus est reparti. Nous n'avons aucun moyen de transport. Il faudra que vous vous débrouilliez vous-mêmes.

— Est-ce loin ?

— Évidemment, c'est loin. Vous avez intérêt à vous dépêcher, ou il ne restera rien à manger. Déjà il n'y a plus grand-chose.

Ils s'arrangèrent pour se procurer un premier taxi, puis un second, et se rendirent, ainsi empilés, vers leur nouvelle demeure. On ne voyait rien, on ne se rendait compte de rien ; jusqu'au moment où, vingt minutes plus tard, ils se trouvèrent à côté de leurs bagages dans un hall absolument dépourvu de mobilier. Le plancher venait d'être lavé ; il était encore humide et dégageait une odeur de désinfectant. Un vieux Hallebardier couvert de médailles, témoignages de longues années de bonne conduite, dit :

— Je vais chercher le capitaine McKinney.

Le capitaine McKinney, quand il arriva, avait la bouche pleine.

— Vous voilà, dit-il en mastiquant. On dirait qu'il y a eu une blague de faite, à propos de votre feuille de route. Ce n'est pas votre faute. C'est la pagaille partout. Je remplis les fonctions de commandant de camp. Jusqu'à neuf heures, ce matin, j'ignorais absolument que je venais ici. Alors, vous pouvez imaginer ce que je peux savoir à propos de n'importe quoi. Avez-vous dîné ? Bon, il vaut mieux que vous veniez tout de suite avaler quelque chose.

— Peut-on se nettoyer quelque part ?

— Là-dedans. Mais je crois qu'il n'y a pas de savon et que l'eau est froide.

Ils le suivirent, sans s'être lavés, par la porte qu'il avait prise en venant les accueillir. Ils découvrirent une salle à manger qui devait bientôt leur être familière, sous tous ses aspects repoussants. Pour le moment, elle n'offrait que l'éclat de sa nudité. Deux tables à tréteaux étaient garnies d'assiettes en émail, de gobelets, et des couverts ternes qu'ils avaient vus dans les réfectoires de la caserne au cours d'une de leurs excursions accompagnées. Il y avait des plats de margarine, de pain coupé en tranches, d'énormes pommes de terre bleuâtres, et une espèce de galantine grise dont Guy avait l'impression d'avoir gardé le souvenir, mais sans appétit, depuis l'époque où il était à l'école pendant la Première Guerre mondiale. Sur une table à côté, il y avait un grand pot ruisselant au milieu d'une mare de thé. La betterave était seule à mettre de la couleur dans l'ensemble.

— Qu'est-ce qu'on paye au restaurant des clochards ? demanda Trimmer.

Mais ce n'était ni la pièce ni les mets qui attiraient surtout l'attention de Guy. C'était un groupe de sous-lieutenants inconnus qui occupaient une des tables et qui, à ce moment, les regardaient fixement en mâchant leurs aliments. Ils faisaient évidemment partie du contingent du dépôt, dont ils avaient si souvent entendu parler.

Une demi-douzaine de silhouettes familières du contingent de la caserne étaient assises à l'autre table.

— Vous ferez bien de vous installer là pour le moment, dit le capitaine McKinney. Il y a encore quelques-uns de vos camarades qui sont égarés. On devra attendre à demain pour le classement.

Puis il éleva la voix et s'adressa à tout le monde :

— Maintenant, je rentre chez moi, dit-il. J'espère que vous avez tout ce qu'il vous faut. S'il vous manque quelque chose, vous n'avez qu'à vous en passer. Vos logements sont en haut. Ils ne sont pas affectés. Arrangez ça entre vous. Extinction des feux en bas à minuit. Réveil à sept heures. Rassemblement demain à huit heures et quart. Vous êtes libres d'aller et venir jusqu'à minuit. Il y a six ordonnances ici, mais ils ont travaillé toute la journée au nettoyage et je serais heureux que vous les laissiez un peu au repos. Ça ne vous tuera pas de monter votre équipement vous-mêmes, pour une fois. Nous n'avons pas encore pu installer un bar. Le café le plus proche est le long de la côte, à environ un demi-mille en descendant la route. Il s'appelle *Le Grand Hôtel* et est autorisé aux officiers. Le café qui est plus près est réservé à la troupe. Eh bien ! bonsoir.

— Si je me souviens bien d'une conférence sur « La conduite des hommes », entendue il n'y a pas longtemps, dit Trimmer, nous devons noter, quand nous organisons un camp ou que nous nous installons dans de nouveaux cantonnements, que les hommes sous nos ordres viennent en premier, en second et en troisième lieu. Nous, nous ne venons pas du tout. Un officier de Hallebardiers ne mange jamais avant d'avoir vu servir le dernier repas des hommes. Un officier de Hallebardiers ne dort jamais avant d'avoir mis le dernier homme dans son lit. Est-ce que ce n'était pas quelque chose comme ça ?

Il prit une fourchette d'un air maussade et la plia jusqu'à ce qu'elle se rompît.

— Je m'en vais voir au *Grand Hôtel* s'il n'y a pas quelque chose de comestible.

Il était le premier à partir. Peu après, le contingent du dépôt se leva de table. Un ou deux hésitèrent, se demandant s'ils ne devaient pas parler aux nouveaux venus ; mais, pour le moment, toutes les têtes du contingent de la caserne étaient penchées sur les assiettes. Le geste ne fut pas remarqué.

— Bien aimables, ces oiseaux-là, ne trouvez-vous pas ? dit Sarum-Smith.

Le repas ne dura pas longtemps. Nos amis se trouvèrent bientôt dans le hall avec leurs bagages.

— Laissez-moi monter les vôtres, l'oncle, proposa Leonard.

Guy lui abandonna avec reconnaissance son sac réglementaire et le suivit en boitant.

Les chambres autour du palier étaient fermées à clef. Un avis griffonné à la craie sur le papier du mur indiquait la direction des « Logements des officiers », au-delà d'une porte matelassée. Une marche à descendre, des ampoules électriques nues, une bande de linoléum, avec, de chaque côté, des portes ouvertes. Les premiers venus s'étaient déjà installés, mais on ne pouvait pas dire qu'ils avaient été avantagés par leur priorité. Les chambres étaient toutes semblables. Elles renfermaient chacune six lits réglementaires et une pile de couvertures et de paillasses.

— Éloignons-nous de Trimmer et de Sarum-Smith, dit Leonard. Que pensez-vous de celle-là, l'oncle ? Faites votre choix.

Guy prit un lit dans un coin. Leonard y lança son sac.

— Je reviens dans une seconde avec le reste. Défendez les positions.

D'autres sous-lieutenants jetèrent un coup d'œil :

— Il y a de la place, l'oncle ?

— De la place pour trois. Je garde un lit pour Apthorpe.

— Nous sommes quatre. Nous allons voir plus loin.

Il entendit leurs voix à la porte à côté :

— Au diable le déballage ! Si nous voulons prendre un verre avant la fermeture, il faut nous dépêcher.

Leonard revint, chargé.

— J'ai pensé qu'il valait mieux que je réserve une place pour Apthorpe.

— Bien sûr. On ne peut pas séparer nos oncles. Ce sera très intime. Je ne sais du reste pas combien de temps je vais rester ici. Daisy viendra dès que j'aurai trouvé des chambres. Il y a un bruit qui court, selon lequel les hommes mariés peuvent coucher à l'extérieur.

Trois joyeux garçons apportèrent leurs bagages et s'approprièrent les lits qui restaient.

— Vous venez au bistro, Leonard ?
— Et vous, l'oncle, qu'est-ce que vous faites ?
— Ne vous inquiétez pas pour moi. Tout ira bien.
— Sûrement.
— Nous pourrions trouver un taxi.
— Non, sauvez-vous.
— Bon, à tout à l'heure.

Bientôt Guy fut laissé tout à fait seul dans les nouveaux logements. Il commença à défaire ses bagages. Il n'y avait ni armoires ni placards. Il pendit son manteau à un crochet du mur et plaça ses brosses à cheveux, ses accessoires de toilette et ses livres sur le rebord de la fenêtre. Il sortit ses draps, fit son lit et rembourra sa taie d'oreiller avec une couverture roulée. Il était préférable de ne pas déballer tout le reste. Puis, appuyé sur sa canne, il alla se promener dans la maison vide.

Les chambres à coucher avaient manifestement été les dortoirs des élèves. Chacune avait pour nom une bataille de la Première Guerre. La sienne s'appelait

« Paschendael ». Il passa devant les portes de « Loos », « Wipers[1] » (orthographié ainsi) et « Anzac ». Ensuite il découvrit une petite chambre sans nom, peut-être celle d'un professeur, qui renfermait un seul lit inutilisé et une commode. C'était là du luxe. Guy se sentit revivre. « N'importe quel imbécile est capable tout seul de vivre sans confort », pensait-il. « Le vieux soldat reconnaît le terrain », « juge la situation », « conforme son plan au terrain ». Il se mit à traîner son sac sur le linoléum. Et puis il se rappela Leonard, qui lui avait monté ses bagages. Il se rappela qu'on lui avait laissé choisir son lit. S'il déménageait maintenant, il repousserait l'accueil cordial des jeunes. Il s'isolerait lui-même une autre fois, comme déjà, à la caserne, il avait été trop isolé de la complète camaraderie de son groupe. Il referma la porte de la petite chambre et ramena son sac à Paschendael.

Il poursuivit sa promenade. L'endroit avait été complètement vidé ; vraisemblablement pendant les grandes vacances. Au premier étage, il trouva une rangée de baignoires dans des compartiments dépourvus de portes. Au rez-de-chaussée, un vestiaire avec de nombreux portemanteaux, des lavabos et une douche. Il découvrit un tableau sur lequel était encore affichée une liste des équipes de cricket. Certaines chambres

---

1. *Wipers :* Ypres déformé par la prononciation britannique (N.d.T.).

fermées à clef avaient dû être les appartements particuliers du directeur. Là se trouvait certainement la salle de réunion des maîtres ; il y avait des rangées vides d'étagères à livres, des marques de brûlures de cigarettes sur toute la surface du manteau de la cheminée, un panier à papier hors d'usage. « Sous-officiers et hommes de troupe » : c'était une inscription à la craie, sur une porte qui conduisait aux cuisines et au-delà de laquelle jouait la radio. Dans le hall, le dessus d'une table avait été placé sur le chambranle de la cheminée ; il était divisé verticalement par un trait à la craie. Sur l'une des moitiés, on avait écrit : « Consignes permanentes », et sur l'autre : « Décision ». Les consignes permanentes comprenaient des avis imprimés relatifs au black-out et à la protection contre les gaz, une liste alphabétique de noms tapés à la machine, et un « Tableau de service : réveil, 7 heures ; petit déjeuner, 7 h 30 ; exercice et instruction, 8 h 30 ; déjeuner, 13 heures ; exercice et instruction, 14 h 15 ; thé, 15 heures ; dîner, 19 h 30. À moins d'ordres contraires ; les officiers seront libres à partir de 17 heures. » Il n'y avait pas de décision. Un tableau trop encombrant pour être déménagé – acheté quand, comment et pourquoi ? – pendait en face de la cheminée, dans un cadre de matière dorée. Il représentait un paysage maritime, froid et désert, à l'exception de quelques lointains bateaux de pêche et d'une énorme signature illisible. Guy s'appuya à un assemblage de vieux tuyaux en fer et fut étonné de les trouver chauds. Ils paraissaient manquer de toute puissance de radiation ; à une distance d'un yard, il n'y avait aucune chaleur perceptible. Guy pouvait imaginer des petits garçons se battant pour s'asseoir dessus ; des enfants aux culottes trop justes avec des végétations et des engelures ; ou peut-être le privilège de s'asseoir sur ces tuyaux était-il réservé seulement aux préfets et à la première équipe. Dans son état actuel de désolation, Guy se représentait l'école entière comme la lecture de récents romans réalistes la lui avait rendue familière ; une entreprise ni brillante, ni prospère. Les surveillants changeaient souvent, pensait-il. Ils arrivaient avec des airs importants et repartaient en faisant du scandale ; la moitié des enfants étaient pris à des tarifs clandestinement réduits ; aucun d'eux n'obtenait jamais de bourse, n'était admis dans une école secondaire renommée, ne revenait pour une réunion d'anciens élèves et ne pensait jamais aux années passées là sans un autre sentiment que du dégoût et de la honte. Les leçons d'histoire, en principe patriotiques, étaient tournées en ridicule par les jeunes professeurs. À Kut-al-Imara, il n'y avait pas de chant de l'école. Tout cela, Guy pensait le respirer dans l'air du bâtiment abandonné.

Eh bien ! réfléchissait-il, il ne s'était pas engagé dans l'armée pour y trouver une vie facile. Il s'attendait à une initiation terrible. La vie à la caserne avait été un reste des longues années de paix, quelque chose de rare, d'abrité, sans aucun rapport avec son but. On en avait fini avec cela. C'était la guerre.

Et pourtant, en cette triste soirée, Guy perdait courage. L'occupation de cette grande baraque était peut-être une image réduite de ce monde nouveau qu'il souhaitait détruire. Il était entré dans l'armée pour cela. Quelque chose sans aucune valeur réelle, une médiocre parodie de civilisation, avait été chassé. Lui et ses camarades étaient venus ; ils apportaient avec eux le monde nouveau, un monde qui prenait vigoureusement forme partout autour de lui, entouré de fils de fer barbelé et empesté de phénol.

Son genou le faisait souffrir davantage, ce soir-là. Il retourna, en boitant tristement, à Paschendael, se dévêtit, étendit ses vêtements au pied de son lit et s'allongea sans éteindre l'unique ampoule électrique dont la lumière lui tapait dans les yeux. Il s'endormit bientôt, pour être réveillé peu après par le joyeux retour de ses compagnons.

VI

Le détachement du dépôt d'instruction n'avait rien de rébarbatif. Sur aucun terrain, le groupe venant de la caserne ne pouvait prétendre à la supériorité. Ce qu'il y avait de surprenant dans les deux groupes, c'était leur similitude en tous points. Les autres avaient leur Trimmer : une brebis galeuse du nom de Hemp. Ils avaient leur Sarum-Smith : un aigri qui s'appelait Colenso. Ils avaient même leurs « oncles » : un professeur aimable et replet dont le nom était « Tubby[1] » Blake, et un planteur de caoutchouc de Malaisie, appelé Roderick. C'était comme si le contingent de la caserne, à un tournant de sa route, s'était soudainement trouvé en face d'un miroir dans lequel il aurait aperçu sa propre image. Il n'y avait aucune hostilité entre les deux groupes, mais il y avait peu d'intimité. Ils continuèrent comme ils avaient commencé ; ils mangeaient à des tables séparées et habitaient des chambres différentes. Guy trouvait qu'il y avait deux fois trop de jeunes officiers à Kut-al-Imara. Ils étaient amoindris et

---

1. *Tubby* : le gros *(N.d.T.)*.

caricaturés par leur multiplication ; et toute l'armature hiérarchique de la vie de l'armée était mise en cause par ce rassemblement de si nombreux hommes, de grade absolument égal. Les officiers d'active, chargés de leur instruction, vivaient dans des logements en ville. Pour le service, ils apparaissaient plus ou moins à l'heure fixée, flânaient de classe en classe pendant le temps du travail et s'en allaient très ponctuellement. Souvent, quand ils s'approchaient, un sergent instructeur s'écriait : « Allons, remuez-vous un peu. Voilà un officier », ayant oublié le grade de ses élèves. Les plantons et les sous-officiers instructeurs étaient sous les ordres d'un sergent-fourrier. Les sous-lieutenants n'étaient pas responsables de ces sous-ordres et n'avaient pas à les commander.

Les conditions de vie devinrent un peu plus acceptables. Un mobilier rudimentaire fit son apparition. Une commission du mess fut créée, comprenant le commandant du camp, Guy et « Tubby » Blake. La nourriture s'améliora. Le bar fut approvisionné. Une proposition de location d'un poste de radio fut chaudement discutée, et presque repoussée par la coalition des gens d'un certain âge et de ceux qui étaient économes.

La masse régimentaire destinée aux distractions prêta un jeu de fléchettes et une table de ping-pong. Mais, malgré ces agréments, la maison était généralement désertée le soir. Southsand offrait un dancing, un cinéma et plusieurs hôtels. Il y avait plus d'argent en circulation. Chaque officier avait été accueilli, à son retour de congé, par une fiche le créditant d'un rappel de solde et d'une quantité d'indemnités tout à fait inattendues. Tous les débiteurs de Guy, excepté Sarum-Smith, remboursèrent l'argent prêté. Sarum-Smith lui dit :

— À propos de cette petite affaire des cinq billets, l'oncle, si ça ne vous fait rien, j'attendrai encore un peu.

Il semblait à Guy qu'il y eût maintenant une légère nuance dans l'emploi d'« oncle ». Ce qui, d'abord, avait été, au fond, un témoignage du respect, de « la déférence que la jeunesse doit à ses aînés », était maintenant nettement ironique. Les jeunes officiers étaient tout à fait à l'aise à Southsand ; ils sortaient avec les jeunes filles de la ville, buvaient dans d'agréables halls ornés de palmiers et dans de petits bars intimes. Ils sentaient que leurs heures de liberté n'étaient pas surveillées. À la caserne, Guy avait été le trait d'union entre eux et leurs supérieurs. Ici, il n'était qu'une vieille ganache boiteuse qui ne brillait pas dans le travail et qui ne se mêlait pas à leurs amusements. Ils l'avaient toujours considéré en pensée comme situé tout juste à la limite du déraisonnable. Maintenant, son genou raide et la canne sur laquelle il s'appuyait lui avaient fait franchir cette limite.

Il était dispensé d'exercices et d'éducation physique. Il allait tout seul en boitant à la salle de gymnastique où ses camarades se rendaient en colonnes ; il en revenait seul en clopinant derrière eux. On leur avait donné des tenues de campagne qu'ils portaient maintenant pour l'instruction. Le soir, ils pouvaient se mettre en tenue de sortie. Il n'y avait pas d'ordres pour cela. On ne parlait plus des « uniformes bleus ». Le sujet de l'instruction en cours était « les armes portatives », le matin et l'après-midi. Les cours suivaient page par page le *Manuel*, rédigé pour être compris par les recrues à l'esprit le plus borné.

— Imaginez tout simplement, messieurs, que vous jouiez au football. Je crois qu'il y en a parmi vous qui voudraient bien que ce soit vrai. C'est vu ? Vous êtes ailier droit. Le vent souffle tout droit dans le sens du terrain. Vu ? Vous devez tirer un corner. Vu ? Visez-vous directement le but ? Quelqu'un peut-il me répondre ? Mr Trimmer, visez-vous directement le but ?

— Oh ! oui, sergent.

— Ah ! vraiment. Qu'en pensent les autres ?

— Non, sergent.

— Non, sergent.

— Non, sergent.

— Non, n'est-ce pas ? Eh bien ! où visez-vous ?

— J'essayerais de faire une passe.

— Ce n'est pas la réponse que je veux. Supposez que vous vouliez marquer un but. Visez-vous tout droit dessus ?

— Oui.

— Non.

— Non, sergent.

— Eh bien ! où visez-vous ? Allons, personne ici ne joue au football ? Vous visez en avant du but, n'est-ce pas ?

— Oui, sergent.

— Pourquoi ? Aucun d'entre vous ne voit ? Vous visez en avant du but parce que le but est sous le vent, n'est-ce pas ?

Guy alla à son tour au stand de pointage et calcula la dérive due au vent. Un peu plus tard, il s'agenouilla péniblement sur le plancher du gymnase et visa avec un fusil l'œil de Sarum-Smith, pendant que ce dernier louchait vers lui à travers une palette de pointage et annonçait tous ses coups trop larges.

Tout le monde savait que Guy avait tué, une fois, un lion. Les sous-officiers s'emparèrent du sujet.

— On rêve de chasse au fauve, Mr Crouchback ? lui demandaient-ils lorsqu'il était distrait.

Et ils commandaient le feu :

— En face, un arbre touffu. À droite, quatre heures, dix degrés, le coin d'un champ jaune. Dans ce coin, un lion. Sur ce lion, deux coups, feu.

La position de Guy à la commission du mess était loin d'être purement honorifique ; en fait, elle n'était pas du tout honorifique, car elle l'exposait à des réclamations plutôt acerbes. « Eh bien ! l'oncle, pourquoi ne

peut-on avoir des pickles de meilleure qualité ?...
L'oncle, pourquoi le whisky ici n'est-il pas moins
cher qu'au *Grand Hôtel* ?... Pourquoi prenons-nous
le *Times* ? Personne ne le lit, excepté vous. » Dans le
roulement régulier de la vie de caserne, les grains de
sable de l'envie s'étaient peu à peu accumulés ; et,
maintenant, ils produisaient un échauffement.

Toute cette semaine, Guy fut de plus en plus seul
et découragé. Le huitième jour, la nouvelle du retour
d'Apthorpe lui remonta le moral pendant toute la durée d'une séance fastidieuse sur « l'appréciation des
distances ».

— Pourquoi apprécions-nous les distances ? Pour
estimer correctement l'éloignement du but. Vu ? Une
distance exacte permet un tir efficace et évite le gas-
pillage des munitions. Vu ? À deux cents yards, on dis-
tingue nettement toutes les parties du corps. À trois
cents yards, le contour de la figure est flou. À quatre
cents yards, plus de figure. À six cents yards, la tête
est un point et le corps s'amincit. Pas de questions à
poser ?

Comme il revenait, en boitant, du gymnase au bâtiment principal, Guy se répétait : « Six cents yards, la
tête est un point ; quatre cents yards, pas de face. »
Non pour se le graver dans l'esprit ; mais comme des
sons dépourvus de sens. Avant d'atteindre la maison,
il disait : « Quatre cents yards, la tête est une face, six

cents yards, pas de point. » C'était le pire après-midi depuis qu'il était dans l'armée.

C'est alors qu'il découvrit Apthorpe assis dans le hall.

— Je suis très heureux de vous voir revenu, dit Guy avec sincérité. Êtes-vous tout à fait remis ?

— Non, non, loin de là. Mais j'ai été déclaré apte aux travaux peu fatigants.

— Encore la crise de bechuana ?

— Ce n'est pas un sujet de plaisanterie, mon vieux. J'ai eu un accident plutôt sérieux. Dans la salle de bains, alors que je n'avais absolument rien sur le dos.

— Racontez-moi ça.

— J'allais commencer. Seulement, vous avez l'air de trouver ça tellement drôle. J'étais chez ma tante à Peterborough. Il n'y avait pas grand-chose à faire et je voulais rester en forme. Aussi, je décidai de revoir quelques exercices d'éducation physique. Je ne sais pas comment, dès le premier matin, j'ai glissé et j'ai ramassé une très mauvaise bûche. Je peux vous dire que ça fait un mal du diable.

— À quel endroit, Apthorpe ?

— Dans le genou. C'était un véritable supplice. J'ai bien pensé qu'il était brisé. J'ai eu toute sorte de difficultés à trouver un médecin militaire. Ma tante voulait que je voie son docteur, mais j'ai insisté pour faire les choses selon le règlement. Le médecin a pris ça tout à fait au sérieux. Il m'a expédié à l'hôpital. À propos, ça m'a intéressé. Je ne pense pas que vous ayez été dans un hôpital militaire, Crouchback ?

— Pas encore.

— Ça vaut vraiment la peine. On devrait connaître tous les services de l'armée. Dans le lit à côté du mien, il y avait un sapeur qui avait des ulcères.

— Apthorpe, il y a quelque chose que je dois vous demander...

— J'ai passé Noël là-bas. Les auxiliaires bénévoles chantaient des cantiques.

— Apthorpe, est-ce que vous boitez ?

— Qu'est-ce que vous croyez, mon vieux ? Une histoire comme ça ne s'arrange pas en un jour, même avec le meilleur traitement.

— Je boite aussi.

— Je suis désolé de l'apprendre. Mais je vous parlais de Noël à l'hôpital. Le médecin-chef s'était déguisé en polichinelle.

— Vous ne vous rendez pas compte. Nous aurons l'air d'une paire de parfaits idiots, tous les deux, à marcher en boitant.

— Non.

— Comme deux jumeaux.

— Franchement, mon vieux, je crois que vous, vous exagérez un peu les choses.

Mais quand lui et Apthorpe apparurent à la porte de la salle à manger, chacun appuyé sur sa canne, toutes les têtes se tournèrent, puis un éclat de rire et enfin un ban d'applaudissements vinrent des deux tables.

— Dites, Crouchback, est-ce arrangé d'avance ?

— Non, ça paraît tout à fait spontané.

— Eh bien ! je considère que c'est de très mauvais goût.

Ils remplirent leurs gobelets à la théière et s'assirent.

— Ce n'est pas la première fois que je prends le thé dans cette pièce, dit Apthorpe.

— Comment cela ?

— Nous jouions contre Kut-al-Imara lorsque j'étais à Staplehurst. Je n'ai jamais été de tout à fait première catégorie au cricket, mais j'étais gardien de but pour la première équipe, les deux dernières années.

Guy en était arrivé à s'intéresser aux événements de la vie privée d'Apthorpe. Ils étaient plutôt rares. La tante de Peterborough était un nouveau personnage ; cette fois-ci, il y avait Staplehurst.

— C'était votre école ?

— Oui, c'est cet immeuble plutôt en vue que vous avez dû remarquer de l'autre côté de la ville. Je croyais que vous en aviez entendu parler. Elle a une très grande réputation. Ma tante était plutôt « High

Church[1] », ajouta-t-il avec l'air de confirmer en quelque sorte la réputation de l'école.

— Votre tante de Peterborough ?

— Non, non, évidemment pas, dit Apthorpe avec humeur. Ma tante de Tunbridge Wells. Ma tante de Peterborough ne s'occupe pas du tout de ce genre de choses.

— C'était une bonne école ?

— Staplehurst ? Une des meilleures. Tout à fait hors ligne. Du moins, elle l'était de mon temps.

— Je veux dire Kut-al-Imara.

— Nous les considérions comme de malheureux petits rien du tout. Le plus souvent, ils nous battaient, évidemment ; mais c'est que, pour eux, il n'y avait que les jeux. À Staplehurst, nous les dépassions de loin.

Leonard se joignit à eux.

— Nous vous avons gardé un lit dans notre chambre, l'oncle, dit-il.

— C'est très gentil à vous, mais, à dire vrai, j'ai un équipement très important. J'ai jeté un coup d'œil avant que vous autres ayez fini l'instruction ; j'ai trouvé une chambre vide et je vais m'y installer tout seul. J'aurai à lire un peu le soir, je pense, pour vous rattraper. Le sapeur que j'ai rencontré à l'hôpital m'a

---

1. *High Church* : Haute Église, section de l'Église anglicane qui se rapproche du catholicisme romain en matière de dogme et de rituel *(N.d.T.)*.

prêté quelques livres très intéressants. Ils sont tout à fait secrets. Le genre de choses que vous n'êtes pas autorisé à amener dans les tranchées de première ligne au cas où cela tomberait entre les mains de l'ennemi.

— Ça a l'air d'un ATM[1].

— C'est un ATM.

— Nous en avons tous touché un.

— Eh bien ! ça ne peut pas du tout être la même chose. Je l'ai eu par ce commandant de sapeurs. Il avait un ulcère interne, alors il me l'a donné.

— Est-ce ceci ? demanda Leonard en sortant de sa poche de pantalon un exemplaire de l'édition de janvier du *Manuel d'instruction militaire*. Cette brochure avait été distribuée à tous les officiers.

— Je ne peux pas le dire à première vue, répondit Apthorpe. De toute façon, je ne crois pas que je doive en parler.

Ainsi l'équipement d'Apthorpe, cet important amoncellement de caisses à l'épreuve des termites, de ballots imperméables aux formes étranges, de cantines de tôle aux initiales énormes, d'étuis de cuir, le tout attaché par des courroies et par des boucles de cuivre, fut enfermé loin de tous les regards, excepté des siens.

Guy avait déjà vu ces colis assez souvent à la caserne, sans éprouver de curiosité. Il aurait alors pu se

---

1. *Army Training Memorandum : Manuel d'instruction militaire (N.d.T.).*

renseigner sur eux, durant la période de confiance qui avait précédé le déjeuner chez le capitaine-commandant, et en connaître les secrets. Tout ce qu'il savait actuellement, d'après une allusion faite par hasard au début, était que, quelque part au milieu de ces biens, se trouvait une chose rare et mystérieuse dont Apthorpe parlait comme de sa « machine infernale de brousse ».

Ce soir-là, pour la première fois, Guy sortit en ville. Lui et Apthorpe louèrent une voiture pour la soirée et allèrent d'hôtel en hôtel. Partout, ils trouvaient des Hallebardiers, ils buvaient et repartaient à la recherche d'un endroit plus tranquille.

— Il me semble que vous avez laissé les jeunes prendre des airs importants pendant mon absence, dit Apthorpe.

Ils cherchaient spécialement un hôtel appelé *Le Royal Court*, où les tantes d'Apthorpe avaient séjourné quand elles venaient le voir à l'école.

— Pas un de ces endroits à chiqué. Mais tout absolument parfait. Il n'y a que peu de monde à connaître cet hôtel.

Ce soir-là, personne ne le connaissait. À la fin, lorsque tous les bars furent fermés, Guy dit :

— Ne pourrions-nous pas visiter Staplehurst ?

— Il n'y aurait personne, mon vieux. Les vacances... En tout cas, il est un peu tard.

— Je veux dire : ne pourrions-nous aller seulement jeter un coup d'œil ?

— Bonne idée. Chauffeur, allez à Staplehurst.

— Le bois de Staplehurst ou la promenade de Staplehurst ?

— La maison de Staplehurst.

— Moi, je connais le bois et la promenade. Je vais essayer de ce côté-là, si vous voulez. Est-ce un particulier ?

— Je ne vous comprends pas, chauffeur.

— Un hôtel particulier ?

— C'est une école particulière.

Il y avait un clair de lune et un fort vent venant de l'intérieur. Ils suivirent l'esplanade et montèrent vers les limites de la ville.

— Tout me paraît bien changé, dit Apthorpe. Je ne me rappelle rien de tout cela.

— Nous sommes dans le bois, maintenant, monsieur. La promenade est à gauche en tournant.

— Elle était par ici, remarqua Apthorpe. Il a dû lui arriver quelque chose !

Ils descendirent de voiture dans le clair de lune et l'âpre vent du nord. Tout autour d'eux se trouvaient de petites villas aux volets clos. Là, à leurs pieds et au-delà des haies bien taillées, s'étendaient des terrains où un boueux Apthorpe avait été gardien de but. Peut-être, quelque part au milieu de ces jardins et de ces garages, subsistait-il des fragments de maçonnerie, débris du sanctuaire où un Apthorpe bien propre, en surplis de dentelle, avait allumé les cierges.

— Les vandales ! déclara Apthorpe avec amertume.

Puis les deux boiteux remontèrent en voiture et revinrent à Kut-al-Imara dans un état de tristesse alcoolique.

VII

Le jour suivant, Apthorpe eut une légère crise de bechuana, mais il ne s'en leva pas moins. Guy fut le premier à descendre, la soif l'ayant fait sortir du lit. C'était un matin gris et glacial ; le ciel couvert annonçait la neige. Dans le hall, un des officiers d'active fixait au tableau d'affichage une grande feuille avec un en-tête à la craie rouge : « Lisez cet avis, il *vous* concerne. »

— C'est bien notre chance, nous avons Mudshore aujourd'hui ! Les cars à huit heures et demie. On touche les vivres de campagne. Il vaut mieux que vous préveniez vos camarades.

Guy grimpa les escaliers et passa la tête dans chaque dortoir, l'un après l'autre, disant :

— Nous avons Mudshore aujourd'hui. Le car part dans vingt minutes.

— Qui est Mudshore ?

— Je n'en ai pas la moindre idée.

Il retourna alors au tableau et apprit que Mudshore était un champ de tir, situé à environ dix milles.

C'est ainsi que débuta la plus triste journée du nouveau régime.

Le terrain de tir de Mudshore était une étendue de marécage bordant la mer, coupée par des talus à intervalles réguliers et se terminant par un escarpement naturel, de couleur indéfinie. Le terrain était entouré de fil de fer et de pancartes signalant le danger. Une cabane de tôle, à côté du talus le plus proche, était à l'emplacement prévu pour les tireurs. En arrivant, ils trouvèrent un soldat en manches de chemise qui se rassit près de la porte. Un autre était accroupi devant un poêle. Un troisième apparut, qui boutonnait sa tunique. Il n'était pas rasé.

Le major, chef de l'expédition, alla aux informations. Ils entendirent sa voix, féroce au début, s'adoucir progressivement pour terminer en disant :

— Très bien, sergent. Ce n'est évidemment pas votre faute. Continuez. Je vais essayer d'obtenir la communication avec la place.

Il retourna vers son groupe.

— Il a dû y avoir un malentendu quelque part. Le dernier ordre que le poste de garde a reçu de la place était que l'école à feu était annulée pour aujourd'hui. On s'attend à avoir de la neige. Je vais voir ce qu'on peut faire. En attendant, puisque vous êtes là, c'est une excellente occasion de repasser le règlement du champ de tir.

Pendant une heure, alors que le ciel prenait une couleur de plomb fondu, ils apprirent et expérimentèrent les instructions minutieuses sur les précautions, qui, à cette époque de la Seconde Guerre mondiale, accompagnaient l'emploi des munitions de guerre. Enfin, le major sortit de la cabane où il avait été aux prises avec l'appareil téléphonique, et revint vers eux.

— Tout va bien. Ils ne s'attendent pas à avoir de la neige avant quelques heures. Nous pouvons continuer. Nos blessés sur pied peuvent se rendre utiles à la butte de tir.

Guy et Apthorpe franchirent les cinq cents yards de joncs et prirent leurs places dans la tranchée bordée de briques au-dessous des cibles. Un caporal et deux hommes de corvée, du service du matériel, les rejoignirent. Après de nombreuses communications téléphoniques, les drapeaux rouges furent hissés et, en fin de compte, le tir commença. Guy regarda sa montre avant de marquer le premier coup. Il était maintenant onze heures moins dix. À midi et demi, on avait tiré sur quatorze cibles ; l'ordre de la pause arriva. Deux hommes du contingent du dépôt vinrent relever Guy et Apthorpe.

— Ils commencent à en avoir assez à l'emplacement de tir, dit l'un d'eux. Ils disent que vous marquez trop lentement. Et puis, je voudrais bien voir ma cible. Je suis sûr que mon troisième coup a porté. Il a dû passer par le trou du second. Je n'ai pas bougé en visant.

— De toute façon, la cible est rebouchée.

Guy se mit en route en clopinant. Émergeant de l'extrémité de la tranchée, il fut accueilli par des vociférations lointaines et par des mouvements de bras. Il continua à avancer sans y prêter attention, jusqu'à ce qu'il fût à portée de voix. Il entendit alors le major :

— Pour l'amour du ciel, vous, là-bas, vous voulez vous faire tuer ? Vous ne voyez pas que le drapeau rouge est hissé ?

Guy regarda et constata le fait. Personne ne se trouvait à l'emplacement de tir. Tout le monde était entassé à l'abri de la cabane et mangeait des sandwiches. Il poursuivit sa marche au milieu des monticules.

— Aplatissez-vous, pour l'amour du ciel. Là, maintenant, regardez le drapeau.

Il s'allongea, regarda ; bientôt, il vit descendre le drapeau.

— Bon, venez maintenant.

Quand il se trouva devant le major, il dit :

— Je regrette, monsieur. Les deux autres sont arrivés et on nous a dit que c'était la pause.

— Tout à fait ça. Voilà comment arrivent les accidents mortels. Le drapeau et rien que le drapeau doit être le signal sur lequel il faut se guider. Faites tous bien attention. Vous venez de voir un exemple caractéristique de mauvaise discipline de tir. Souvenez-vous-en.

Pendant ce temps, Apthorpe se mettait en route et s'avançait péniblement. Quand il arriva, Guy lui dit :

— Avez-vous vu ce sacré drapeau ?

— Évidemment. On regarde toujours s'il est là. C'est la première règle. Et puis, le caporal là-bas m'a donné le tuyau. Ils font souvent ce coup-là, le premier jour, sur le champ de tir. Ils hissent le drapeau rouge quand tout le monde sait qu'il devrait être en bas. C'est tout simplement pour faire comprendre la nécessité de la discipline de tir.

— Eh bien ! vous auriez dû me passer le tuyau.

— Ce n'était guère possible, mon vieux. Cela aurait fait manquer le but de l'exercice. On n'apprendrait rien, si chacun donnait des tuyaux aux autres. Vous voyez ce que je veux dire.

Ils mangèrent leurs sandwiches. Le froid était intense.

— Ne pourrions-nous pas continuer le tir, monsieur ? Tout le monde est prêt.

— Sans doute, mais nous devons penser aux hommes. Ils comptent sur leur repos.

Enfin, le tir reprit.

— Nous n'aurons pas fini à temps, dit le major. Réduisez à cinq coups par homme.

Mais ce n'était pas le tir qui prenait du temps. C'étaient les détails dans lesquels on entrait, les consignes prodiguées, à l'emplacement de tir, l'inspection des armes. La lumière baissait quand le tour de

Guy arriva. Lui et Apthorpe rejoignirent la dernière équipe, chacun clopinant de son côté. Comme il s'allongeait et essayait son fusil avant de le charger, Guy découvrit avec surprise que la cible disparaissait complètement quand il la mettait en joue. Il abaissa son fusil et regarda avec ses deux yeux. Il discernait un carré blanc. Il ferma un œil ; le carré s'estompa et vacilla. Il leva son arme et, instantanément, il n'y eut plus au bout du guidon de son fusil que du vide.

Il chargea et tira rapidement ses cinq coups observés. Après le premier, le disque s'éleva et désigna le centre de la cible.

— Joli travail, Crouchback. Continuez comme ça.

Après le second, le drapeau signala un coup manqué. Après le troisième, encore le drapeau.

— Eh bien ! Crouchback, qu'est-ce qui ne va pas ?

Le quatrième était trop haut. Après le cinquième, le drapeau.

Puis vint un message téléphonique : « Rectification pour la cible numéro deux. Le premier coup a été marqué par erreur au centre. Une pièce de la cible a sauté. Le premier coup à la cible deux était manqué. »

Apthorpe, à côté, avait très bien réussi.

Le major prit Guy à part et lui dit sérieusement :

— Voilà une bien mauvaise performance, Crouchback. Qu'est-ce qui, diable, n'a pas marché ?

— Je ne sais pas, monsieur. La visibilité était plutôt mauvaise.

— C'était la même chose pour tout le monde. Il faudra que vous travailliez dur le pointage élémentaire. C'était très mauvais aujourd'hui.

Puis commença la cérémonie du dénombrement des munitions et de la récupération des douilles.

— Nettoyez les canons tout de suite. Vous les passerez à l'eau bouillante dès que vous serez rentrés.

La neige commença alors à tomber. Il faisait déjà noir avant qu'ils fussent assis dans le car et qu'ils eussent commencé leur lent voyage de retour à l'aveuglette.

— Je trouve que ce lion n'a pas eu de veine, l'oncle, dit Trimmer. Mais aucun des auditeurs transis ne rit.

Même Kut-al-Imara parut chaud et accueillant. Guy se colla contre les tuyaux brûlants du hall, pendant que la bousculade dans les escaliers s'éclaircissait. Un serveur du mess passa et Guy commanda un verre de rhum. Il sentit peu à peu que le sang se remettait à circuler dans les veines de ses mains et de ses pieds.

— Eh bien ! Crouchback. Vous avez déjà passé l'eau bouillante ?

C'était le major.

— Pas encore, monsieur. J'attendais seulement que la foule soit dispersée.

— Vous n'avez pas à attendre. Quels étaient les ordres ? Passer les canons à l'eau bouillante aussitôt que vous serez rentrés. Il n'était pas question d'attendre d'avoir pris deux verres.

Le major aussi avait froid. Lui aussi avait eu une sale journée. De plus, il devait faire à peu près un mille à pied dans la neige pour se rendre à son logement. Quand il serait arrivé, il s'en souvenait maintenant, la cuisinière serait sortie, et il avait promis à sa femme de l'emmener dîner à l'hôtel.

— Ce n'est pas un de vos bons jours, Crouchback. Vous pouvez ne pas être un tireur émérite, mais vous pourriez au moins avoir votre fusil propre, pour quelqu'un de soigné comme vous, dit le major.

Il partit dans la neige. Avant d'avoir fait cent yards, il avait complètement oublié l'affaire.

Pendant cette conversation, Trimmer se trouvait dans l'escalier.

— Alors, l'oncle ? Ai-je bien entendu ? Vous vous faisiez passer un savon ?

— C'est vrai.

— C'est du tout neuf pour notre bambin au bleu regard.

Une étincelle jaillit dans l'esprit assombri de Guy, la poudre s'enflamma :

— Foutez-moi la paix, dit-il.

— Tut-tut, l'oncle. On n'est pas de très bon poil, ce soir ?

Bang.

— Vous, espèce de sale petit gringalet de rien du tout, fermez ça ! cria-t-il. Un mot de plus et je vous corrige.

Les mots n'étaient pas très appropriés. Boiteux ou normal, Guy n'était pas bâti pour inspirer une grande terreur physique ; mais la fureur soudaine est toujours inquiétante quand elle rappelle les redoutables châtiments imprévisibles de l'enfance. En outre, Guy était armé d'une forte canne, qu'il levait un peu en ce moment, sans s'en rendre compte. Un conseil de guerre aurait ou n'aurait pas interprété ce geste comme une sérieuse menace contre la vie d'un camarade officier. Trimmer l'interpréta ainsi.

— Eh là, dites, doucement. Je ne voulais pas vous fâcher.

La colère possède sa propre force motrice et s'élève loin du point d'allumage. Cette fois, elle transporta Guy à une altitude chauffée à blanc, où il n'était plus lui-même.

— Que votre sale petite carcasse aille crever dans l'ordure ! Je vous ai dit de la fermer, hein ?

Il fit avec sa canne un moulinet catégorique et bien décidé et s'avança d'un pas mal assuré. Trimmer s'enfuit. Deux chassés rapides, et il avait pris le tournant en marmonnant vaguement quelque chose à propos de « ... savoir prendre une plaisanterie sans sortir de ses gonds... »

La fureur de Guy se calma très lentement et reprit contact avec le sol ; le contentement de lui-même disparut en même temps, un peu plus lentement ; mais bientôt ce sentiment aussi redescendit sur un plan normal.

Une tragédie tout à fait semblable, réfléchissait-il, avait dû être jouée, année scolaire après année scolaire, à Kut-al-Imara, lorsque de pauvres êtres rampants se transformaient brusquement en pythons ; quand de méchants petits garçons taquins étaient mis en fuite. Mais les champions de la classe de quatrième n'avaient pas besoin de rhum pour leur donner du courage.

Était-ce pour cela que les clairons sonnaient à travers la cour de la caserne, et que les violons jouaient au-dessus des convives silencieux, à la table des Talons Rouges ? Était-ce là la gloire à la poursuite de laquelle Roger de Waybroke était parti pour les croisades ? Que Guy en fût à se réjouir d'avoir réduit Trimmer au silence ?

Dans la honte et la tristesse, Guy se tenait le dernier de la queue pour l'eau chaude, en s'appuyant sur son arme souillée.

VIII

La semaine suivante apporta du réconfort.

Le genou de Guy allait mieux. Tandis qu'il s'accoutumait à boiter, il devenait chaque jour plus robuste. Dans les derniers temps, la douleur qu'il ressentait ne venait plus que de la bande élastique. Enfin, hanté par Apthorpe dans le rôle de coéquipier, Guy abandonna canne et bandage et s'aperçut qu'il pouvait se déplacer normalement. Il se mit dans les rangs de son groupe avec autant de fierté qu'à sa seconde journée de caserne.

En même temps, la moustache qu'il laissait pousser depuis quelques semaines prit soudainement forme, aussi soudainement qu'un enfant apprend à nager ; un matin, ce n'était que quelques poils disséminés ; le lendemain, c'était une végétation vigoureuse et nette. Il la présenta à un coiffeur de la ville qui la tailla, la brossa et lui donna un coup de fer. Il se leva de la chaise, métamorphosé. En quittant la boutique, il avisa, de l'autre côté de la rue, un magasin d'optique dans la vitrine duquel se trouvait un énorme globe oculaire en porcelaine tout seul, et un écriteau annonçant : ESSAIS GRATUITS. VERRES DE TOUS MODÈLES MONTÉS

IMMÉDIATEMENT. L'organe isolé, le choix particulier du mot « verres » de préférence à lunettes, le souvenir de la figure étrangère qui l'avait fixé de l'autre côté du lavabo du coiffeur, le souvenir d'innombrables uhlans allemands, vus dans d'innombrables films américains, attirèrent Guy de l'autre côté de la rue.

— J'avais l'idée d'un monocle, dit-il avec beaucoup de précision.

— Oui, monsieur. S'agit-il d'un verre ordinaire pour donner un aspect élégant, ou souffrez-vous d'une vision défectueuse ?

— C'est pour le tir. Je ne peux pas voir la cible.

— Mon Dieu, mon Dieu, cela ne peut pas rester ainsi, n'est-ce pas, monsieur ?

— Pouvez-vous y remédier ?

— Nous le devons, n'est-ce pas, monsieur ?

Un quart d'heure plus tard, Guy sortit, ayant acquis pour quinze shillings un verre puissant à double monture en plaqué or. Il le tira de son étui en imitation cuir, s'arrêta devant une vitrine et enfonça le verre dans son arcade sourcilière droite. Le verre y resta. Lentement, Guy relâcha les muscles de son visage ; il s'arrêta de loucher. Le monocle demeura fermement en place. L'homme réfléchi dans la glace lançait un regard cynique. Il avait tout du *junker*[1]. Guy retourna chez l'opticien.

---

1. *Junker* : aristocrate russe *(N.d.T.)*.

— Je crois qu'il vaut mieux que j'en prenne deux ou trois, au cas où j'en casserais un.

— J'ai peur de n'avoir que celui-là en magasin, dans ce numéro de verre.

— Ça ne fait rien. Donnez-moi le numéro le plus rapproché dont vous disposez.

— Vraiment, monsieur, l'œil est un mécanisme très délicat. On ne doit pas plaisanter avec lui. Vous avez le verre pour lequel je vous ai examiné. C'est le seul que je puisse vous recommander professionnellement.

— Ne vous inquiétez pas de cela.

— Bien, monsieur. J'ai fait mes réserves. L'homme de science proteste. L'homme d'affaires s'incline.

Le monocle accompagné des moustaches posa Guy vis-à-vis de ses jeunes compagnons. Aucun d'eux n'aurait pu se transformer aussi rapidement. Il améliora aussi son tir.

Quelques jours après cette acquisition, les officiers stagiaires se rendirent à Mudshore pour tirer au fusil-mitrailleur Bren. À travers son monocle, Guy vit ressortir sur la neige sale une tache blanche, nette, et la toucha chaque fois, non avec une adresse remarquable, mais avec autant de précision que n'importe qui dans le détachement.

Il n'essaya pas de garder continuellement son monocle à l'œil, mais il l'employa assez souvent et reprit une grande partie de son prestige perdu en déconcertant, au moyen de cet instrument, le sergent instructeur.

Ce prestige fut aussi relevé par un renouveau de pauvreté. Les halls ornés de palmiers et les dancings coûtaient cher ; et la première marée d'argent comptant se retira vite. Les jeunes officiers commencèrent à compter les jours avant la fin du mois et à se demander si, maintenant que leur existence avait été reconnue une fois par le bureau du trésorier, ils pouvaient s'attendre à des versements réguliers. Un par un, tous les précédents clients de Guy lui revinrent ; un ou deux nouveaux s'y joignirent timidement. Et il leur vint en aide à tous, excepté à Sarum-Smith (ce dernier n'obtint qu'un regard glacial à travers le monocle). Bien que l'on ne puisse dire que les Hallebardiers vendaient « la déférence que la jeunesse doit à ses aînés » pour trois ou quatre livres comptant, c'est un fait que les débiteurs de Guy étaient plus courtois envers lui, et qu'ils remarquaient souvent entre eux, afin de justifier leurs petites manifestations de civilité :

— Ce vieil oncle Crouchback est vraiment un sacré brave type. Et pas regardant.

Sa vie fut encore adoucie par la découverte de deux agréables lieux de retraite. Le premier était un petit restaurant, face à la mer, restaurant appelé *Le Garibaldi* et où Guy trouva de la cuisine génoise et un accueil chaleureux. Le propriétaire était espion à ses moments perdus. Ce Giuseppe Pelecci, gras et prolifique, reçut Guy, lors de sa première visite, comme une source possible de diversité à la liste, plutôt monotone et réduite, des mouvements de navire qui, jusqu'à présent, avait été sa seule contribution à l'information de son pays. Mais, lorsqu'il eut découvert que Guy parlait italien, le patriotisme laissa place au simple mal du pays. Giuseppe était né non loin de Santa-Dulcina et connaissait le château Crouchback. Ils devinrent tous les deux plus qu'un hôte et son hôte, plus qu'un agent secret et sa victime. Pour la première fois de sa vie, Guy se sentit *simpatico*. Il prit l'habitude de dîner au *Garibaldi* presque tous les soirs.

Le second était le Yacht-Club de Southsand et Mudshore.

Cet endroit particulièrement agréable, Guy le découvrit d'une façon qui était en elle-même une satisfaction, car elle ajoutait quelques faits précis à l'histoire incomplète de la jeunesse d'Apthorpe.

Il serait inexact de dire que Guy soupçonnait Apthorpe de mensonge. Ses prétentions à la distinction, les bottes en cuir de marsouin, une tante appartenant à l'Église anglicane à Tunbridge Wells, un ami en relations cordiales avec les gorilles n'étaient pas de ces choses qu'un imposteur inventerait dans le dessein de faire impression. Et pourtant il y avait, à propos d'Apthorpe, une sorte de base peu vraisemblable. Contrairement à la silhouette typique de la leçon sur l'évaluation des distances, Apthorpe avait une propension à ne plus avoir de visage et à se désagréger à mesure qu'il se rapprochait. Guy amassait chaque pépite d'Apthorpe ; mais, à l'essai, il s'apercevait qu'elles tendaient à s'évanouir comme de l'or irréel. Le charme ne pouvait agir qu'autant Apthorpe était lui-même sincère. Chaque passage bien net, de l'univers apparemment semblable à un rêve, qui était celui d'Apthorpe, au monde de la réalité banale, était une chose à conserver précieusement. Et c'est cela que trouva Guy, le dimanche qui suivit son échec au champ de tir de Mudshore, au début de cette semaine qui devait se terminer triomphalement par la moustache retroussée et le monocle.

Guy alla seul à la messe. Il n'y avait là aucun Hallebardier à convoyer, et le seul autre officier catholique était Hemp, le Trimmer du dépôt. Hemp n'était pas exagérément méticuleux dans ses devoirs religieux, desquels (prétendait-il avoir lu quelque part) tous les militaires étaient catégoriquement dispensés.

Aussi vieille que la plupart des bâtiments de Southsand, l'église était austèrement ornée des legs de nombreuses veuves. Alors qu'il s'en allait, Guy fut abordé sous le porche par un vieux monsieur soigné qui avait passé pendant l'office le plateau de la quête.

— Je crois que je vous ai vu ici la semaine dernière, n'est-ce pas ? Je m'appelle Goodall, Ambrose Goodall. Je ne vous ai pas parlé dimanche dernier, car je ne savais pas si vous étiez ici pour longtemps. Maintenant j'apprends que vous êtes à Kut-al-Imara pour une certaine durée. Aussi permettez-moi de vous souhaiter la bienvenue à Saint-Augustin.

— Je m'appelle Crouchback.

— Un nom célèbre, si je puis dire. Un des Crouchback de Broome, peut-être ?

— Mon père a quitté Broome, il y a quelques années.

— Oui, certainement, je sais. C'est désolant. J'ai fait une étude, une petite chose, sur le catholicisme anglais au temps des persécutions. Aussi Broome a-t-il naturellement pour moi une grande importance. Je suis moi-même un converti. Et pourtant je peux dire que je suis catholique depuis à peu près aussi longtemps que vous. Je fais d'habitude un petit tour sur l'esplanade après la messe. Si vous rentrez à pied, puis-je vous accompagner un moment ?

— Je crois que j'ai commandé un taxi.

— Oh ! mon Dieu. Je ne pourrais pas vous décider à vous arrêter au Yacht-Club ? C'est sur votre chemin.

— Je ne pense pas pouvoir m'arrêter. Mais permettez-moi de vous y déposer.

— C'est tout à fait aimable à vous. Il fait plutôt froid, ce matin.

Comme ils démarraient, Mr Goodall continua :

— Je voudrais faire tout mon possible pour vous pendant votre séjour. J'aimerais parler de Broome. J'y suis allé l'été dernier. Les sœurs l'entretiennent très bien, tout compte fait. Je serais à même de vous faire visiter Southsand. Il y a quelques vieux coins fort intéressants. Je les connais très bien. J'ai été dans le temps professeur à Staplehurst, vous voyez, et j'ai demeuré ici toute ma vie.

— Vous étiez au collège de Staplehurst ?

— Pas très longtemps. Vous voyez, quand je me suis converti, j'ai dû partir. Cela n'aurait pas eu d'importance dans n'importe quelle autre école ; mais Staplehurst était tellement « Église anglicane » qu'évidemment cela les touchait particulièrement.

— J'ai très envie d'entendre parler de Staplehurst.

— Vraiment, Mr Crouchback ? Il n'y a pas grand-chose à raconter. Staplehurst a fermé ses portes, il y a à peu près dix ans. On a dit qu'ils avaient fait un emploi abusif du confessionnal. Moi, je ne l'ai jamais cru. Vous devez descendre des Gryll, aussi, je crois. J'ai toujours eu une vénération particulière pour le bienheureux John Gryll. Et naturellement pour le bienheureux Gervase Crouchback. Un jour ou l'autre, ils seront canonisés, j'en suis tout à fait certain.

— Vous souvenez-vous par hasard d'un élève de Staplehurst nommé Apthorpe ?

— Apthorpe ? Oh ! mon Dieu, nous voici au club. Êtes-vous sûr que je ne peux pas vous décider à entrer ?

— Après tout, si je ne vous dérange pas ? Il n'est pas si tard que je pensais.

Le Yacht-Club de Southsand et Mudshore occupait une villa bien construite face à la mer. Un pavillon et un guidon battaient à un mât planté sur la pelouse. Deux canons de bronze étaient placés sur le perron. Mr Godall offrit un siège à Guy dans la galerie vitrée et sonna la cloche.

— Du sherry, s'il vous plaît, garçon.

— Il doit y avoir plus de vingt ans qu'Apthorpe a quitté l'école.

— Cela correspondrait tout à fait à l'époque où je m'y trouvais. Le nom me dit quelque chose. Je pourrai le rechercher si cela vous intéresse vraiment. Je conserve tous les vieux annuaires.

— Il est avec nous à Kut-al-Imara.

— Alors je vais sûrement le rechercher. Il n'est pas catholique ?

— Non, mais il a eu une tante dans l'Église anglicane.

— Cela ne m'étonne pas. La plupart de nos élèves étaient dans ce cas ; mais un bon nombre d'entre eux sont entrés plus tard dans les ordres. J'essaie de rester en contact avec eux, mais les affaires de la paroisse prennent tellement de temps, surtout maintenant que le chanoine Geoghan ne peut plus se déplacer comme avant. Et j'ai aussi mon travail. J'ai eu une période difficile au début, mais je m'arrange. Leçons particulières, conférences dans les couvents. Vous avez peut-être vu quelques-uns de mes articles dans *The Tablet*. On m'envoie généralement tout ce qui a rapport aux questions héraldiques.

— Je suis certain qu'Apthorpe serait heureux de vous revoir.

— Croyez-vous ? Après tant d'années ? Mais je vais le rechercher d'abord. Pourquoi ne l'amenez-vous pas ici prendre le thé. Mon appartement n'est pas très indiqué pour recevoir, mais je serais très heureux de l'y accueillir. Vous descendez aussi des Wrottman de Speke, n'est-ce pas ?

— J'ai des cousins qui portent ce nom.

— Mais pas de Speke, sûrement ? La branche masculine des Wrottman de Speke est éteinte. Ne voulez-vous pas dire les Wrottman de Garesby ?

— Peut-être que si. Ils habitent Londres.

— Oh ! oui. Garesby a été détruit sous George l'Usurpateur. Une des plus tristes choses dans tout ce malheureux siècle. Les pierres elles-mêmes ont été vendues à un entrepreneur et emmenées par des bœufs.

Mais quand, quelques jours plus tard, la rencontre fut arrangée, Guy et Apthorpe maintinrent la conversation sur les affaires de Staplehurst.

— J'ai pu découvrir dans le bulletin deux mentions de votre nom, à propos de comptes rendus de matches de football. Je les ai copiées. Je crains que ni l'une ni l'autre ne soit très élogieuse. La première en novembre 1913 : « En l'absence de Brinkman aîné, Apthorpe l'a remplacé comme gardien de but, mais il a trouvé à plusieurs reprises les avants de l'équipe adverse trop forts pour lui. Le score a été de 8 à 0. » Ensuite, en février 1915 : « Par suite des oreillons, nous n'avons pu présenter qu'une équipe improvisée contre celle de Saint-Olaf. Apthorpe, comme gardien de but, a été malheureusement tout à fait surclassé. » Puis, dans l'été de 1916, vous êtes sur la liste de ceux qui quittent l'école. Elle ne donne pas le nom de votre université.

— Non, monsieur. Ce n'était pas encore tout à fait décidé au moment où l'on mettait sous presse.

— A-t-il jamais été dans votre classe ?

— Avez-vous été avec moi, Apthorpe ?

— Pas exactement. Vous nous faisiez le cours d'histoire de l'Église.

— Oui, je l'ai enseignée dans toute l'école. En réalité, c'est à cela que je dois ma conversion. Autrement, je ne m'occupais que des candidats aux bourses. Vous n'en avez jamais été, je crois ?

— Non, dit Apthorpe. Il y a quelque chose qui n'a pas marché. Ma tante voulait que j'entre à Dartmouth[1]. Mais, je ne sais pas pourquoi, ça n'a pas collé à l'entrevue avec l'amiral.

— J'ai toujours pensé que c'est une épreuve trop redoutable pour un petit garçon. Beaucoup de bons candidats échouent seulement par nervosité.

— Oh ! ce n'était pas tout à fait ça. C'est seulement que nous n'avons pas pu nous entendre.

— Où avez-vous été après avoir quitté l'école ?

— J'ai un peu roulé ma bosse, répondit Apthorpe.

Ils burent leur thé assis dans de profonds fauteuils de cuir devant le feu. Au bout d'un moment, Mr Goodall dit :

— Je me demande si vous aimeriez tous les deux devenir membres temporaires du club pendant que vous êtes ici. C'est un petit coin confortable. Vous n'avez pas besoin d'avoir de yacht. C'était la première idée, mais beaucoup de nos membres ne peuvent en avoir à l'heure actuelle. Moi, personnellement, je ne peux pas. Mais nous portons un intérêt général au *yachting*. D'habitude, il y a ici un groupe de gens très sympathiques, entre six heures et huit heures ; et vous pouvez dîner, si vous prévenez le garçon la veille.

— J'aimerais beaucoup cela, dit Guy.

---

1. École préparant à la marine *(N.d.T.)*.

— Il y a énormément à dire en faveur de votre idée, ajouta Apthorpe.

— Alors permettez-moi de vous présenter à notre commodore. Je viens de le voir entrer. Sir Lionel Gore, un ancien d'Harley Street[1]... Un charmant garçon, dans son genre. »

Ils furent présentés. Sir Lionel parla du Corps Royal des Hallebardiers et les inscrivit lui-même sur le registre des candidats, laissant en blanc le nom de leurs yachts.

— Le secrétaire vous préviendra en temps voulu. En réalité, pour le moment, c'est moi le secrétaire. Si vous voulez attendre un instant, je vais établir vos cartes et vous mettre sur le tableau. Nous demandons aux membres temporaires dix shillings par mois. Je ne crois pas que ce soit exagéré, ces temps-ci.

C'est ainsi que Guy et Apthorpe firent partie du Yacht-Club. Apthorpe dit :

— Merci, commodore, quand on lui donna sa carte de membre.

Quand ils partirent, il faisait noir et il gelait à pierre fendre. Apthorpe n'avait pas encore tout à fait retrouvé l'usage de sa jambe, il insista pour prendre un taxi.

Comme ils revenaient, il dit :

---

1. *Harley Street* : rue de Londres où sont établis de nombreux médecins réputés *(N.d.T.)*.

— J'estime que nous avons trouvé là quelque chose d'intéressant. Je propose que nous gardions ça pour nous. J'ai pensé ces derniers temps que ce ne serait pas mauvais de rester un peu à distance de nos jeunes amis. Vivre les uns sur les autres amène la familiarité. Cela peut devenir assez embarrassant plus tard quand vous commandez une compagnie et qu'ils sont chefs d'une de vos sections.

— Je n'aurai jamais une compagnie. J'ai été mauvais en tout, ces temps derniers.

— Eh bien ! embarrassant pour moi, en tout cas. Naturellement, mon vieux, ça ne me fait rien d'être familier avec vous, parce que je sais que vous ne tenterez pas d'en abuser. Je ne peux pas en dire autant de toute la fournée. Et puis on ne sait jamais. Vous pouvez être nommé commandant adjoint ; c'est un emploi de capitaine.

Il dit encore :

— C'est drôle comme vous avez tapé dans l'œil de ce vieux Goodall !

Et un peu plus tard quand, arrivés à Kut-al-Imara, ils furent assis dans le hall devant leur gin au vermouth, il rompit un long silence :

— Je n'ai jamais prétendu être très fort au football.

— Non, vous disiez que vous ne considériez pas les sports comme primant tout.

205

— Exactement. À vrai dire, je ne me suis jamais beaucoup signalé à l'attention à Staplehurst. C'est curieux à voir ça de loin, maintenant ; mais, à cette époque-là, on aurait pu me prendre pour un type quelconque. Il y a des hommes dont la personnalité s'affirme tard.

— Comme Winston Churchill.

— Tout à fait. Nous pourrions retourner au club après le dîner.

— Ce soir, vous croyez ?

— Moi, j'y vais. Et c'est moins cher de prendre un taxi à deux.

Ainsi, ce soir-là et la plupart des soirs qui suivirent, Guy et Apthorpe allèrent au Yacht-Club. Apthorpe fut engagé comme quatrième dans la salle de jeu. Guy s'installait avec satisfaction devant le feu pour y lire, entouré de cartes, de guidons, de modèles de navires et d'autres ornements nautiques.

IX

Il fit extrêmement froid durant tout ce mois de janvier. Pendant la première semaine, un exode commença dans les dortoirs de Kut-al-Imara. D'abord, on autorisa les hommes mariés à coucher en ville ; puis, comme de nombreux officiers instructeurs, eux-mêmes célibataires, étaient confortablement logés à l'extérieur, on comprit dans les consignes tous ceux qui en avaient les moyens ou qui pouvaient s'arranger. Guy s'installa au *Grand Hôtel*, qui était opportunément situé entre Kut-al-Imara et le club. C'était un établissement important, construit pour la clientèle estivale ; à l'heure actuelle, durant cet hiver de guerre, il était à peu près vide. Guy s'assura à très bon compte un appartement agréable. Apthorpe fut invité par sir Lionel Gore. À la fin du mois, il ne restait plus au quartier la moitié du contingent primitif. On parlait des internes et des externes. L'autobus local n'était pas en accord avec les heures d'exercice ; et il ne suivait pas non plus très exactement son horaire. Beaucoup d'« externes » avaient leur logement loin de l'école et de l'itinéraire de l'autobus. Le temps ne donnait aucun signe d'amélioration. Même le chemin pour se rendre à l'arrêt de l'autobus ou pour en revenir était maintenant pénible sur la route gelée. Il y avait de nombreux cas d'officiers en retard à l'exercice, avec des excuses vraisemblables. Le gymnase n'était pas chauffé ; les longues heures qu'on y passait devenaient de plus en plus pénibles. Pour toutes ces raisons, la période de travail fut réduite. Elle commença à neuf heures pour finir à quatre heures. Il n'y avait pas de clairon à Kut-al-Imara ; un jour, Sarum-Smith, par plaisanterie, sonna la cloche de l'école, cinq minutes avant l'exercice. Le major McKinney considéra la chose comme une innovation utile et donna l'ordre de continuer. Le programme suivait les manuels, leçon par leçon, exercice par exercice ; et le genre de vie de l'école préparatoire fut complètement rétabli. Les stagiaires devaient séjourner là jusqu'à Pâques, un trimestre complet.

La première semaine de février n'amena pas le dégel, cette année-là. Tout était dur et engourdi. Quelquefois, vers midi, il y avait un pâle rayon de soleil ; plus fréquemment, le ciel était bas et gris, plus foncé que la région côtière ensevelie sous la neige ; un ciel de plomb sans lumière sur l'horizon de la mer. Les lauriers autour de Kut-al-Imara étaient revêtus d'une armure de glace. La route d'accès disparaissait sous une neige qui craquait sous les pas.

Le matin du mercredi des cendres, Guy se leva de bonne heure pour se rendre à la messe.

La cendre encore au front, il prit son petit déjeuner et gravit la colline montant vers l'école. Il trouva celle-ci en plein état de surexcitation enfantine.

— Dites, l'oncle, vous ne savez pas ? Le général est arrivé.

— Il était là hier soir. Je suis entré dans le hall et il y était, habillé en rouge, contemplant d'un air terrible le tableau d'affichage.

— J'avais pris la résolution de dîner ici tous les soirs jusqu'à la fin du mois, mais je me suis sauvé par la porte de côté. Tout le monde en a fait autant.

— Quelque chose me dit qu'il est capable de tout.

La cloche de l'école sonna. Apthorpe avait maintenant repris le service normal. Il se mit en rang avec le groupe.

— Le général est arrivé.

— C'est ce que j'ai entendu dire.

— Il est plus que temps, si vous voulez mon avis. Il y a bien des choses à mettre en ordre, en commençant par les instructeurs.

Ils se rendirent au pas vers le gymnase et se divisèrent comme d'habitude en quatre équipes. On les initiait tous, par les même procédés ardus, aux mystères de la ligne de feu.

— Les munitions, récita le sergent, le fusil, le canon de rechange, les cartouches d'exercice, les chargeurs, l'étui, le chevalet de pointage, le piquet de pointage et la lampe pour le tir de nuit. Vu ?

— Vu, sergent.

— Vu, hein ? Aucun de vous, messieurs, n'a remarqué qu'il y avait quelque chose qui n'allait pas. Où est le piquet, où est la lampe ? Pas disponibles. Alors, ce morceau de craie va remplacer le piquet et la lampe. Vu ?

Toutes les demi-heures, ils avaient dix minutes de repos. Pendant le second de ces intervalles de tranquillité gelée, il y eut une alerte.

— Ramassez vos pipes. Voilà des officiers. Pour tout le monde, garde à vous.

— Continuez, sergents, dit une voix inconnue de la plupart. N'interrompez jamais l'instruction. Ne me regardez pas, messieurs. Regardez les fusils.

Ritchie-Hook était au milieu d'eux, en uniforme de général ; il était accompagné de l'officier commandant le centre d'instruction et de son adjoint. Il alla d'équipe en équipe. Dans le coin où travaillait le peloton de Guy, l'on entendait en partie ce qui se disait. En général, le ton était rude. Enfin, le général arriva à l'équipe de Guy.

— Premier peloton ; dispositions de combat.

Deux jeunes officiers se jetèrent sur le plancher :

— Chargeurs et canons de rechange prêts.

— Feu.

Le général observait. Au bout d'un moment, il dit :

— Levez-vous tous les deux. Repos, tout le monde. Maintenant, dites-moi à quoi sert une ligne de feu.

Apthorpe répondit :

— Refuser à l'ennemi l'accès d'un terrain par le procédé consistant à faire coïncider des zones battues par le feu.

— On croirait que vous ne voulez plus lui donner de bonbons ! J'aimerais entendre moins parler de refuser quelque chose à l'ennemi, et plus de lui rentrer dedans. Rappelez-vous cela, messieurs. Toute la tactique du feu, ce n'est rien que « rentrer dedans ». Maintenant, vous, le numéro un, au fusil. Vous venez de pointer sur cette marque à la craie sur le plancher, n'est-ce pas ? Croyez-vous que vous la toucheriez ?

— Oui, monsieur.

— Regardez bien.

Sarum-Smith s'allongea et contrôla avec soin sa visée.

— Oui, monsieur.

— Avec la hausse à 1 800 ?

— C'est la distance qu'on nous a donnée, monsieur.

— Mais, sacré nom, mon brave, à quoi sert de viser une marque à la craie à dix yards avec la hausse à 1 800 ?

— C'est la ligne de feu, monsieur.

— De feu sur quoi ?

211

— Sur la marque à la craie, monsieur.

— Quelqu'un peut-il l'aider ?

— Il n'y a pas de piquet ni de lampe de tir de nuit disponibles, monsieur, dit Apthorpe.

— Qu'est-ce que, diable, cela a à voir avec la question ?

— C'est pour cela que nous utilisons une marque à la craie, monsieur.

— Vous autres, jeunes officiers, venez de travailler les armes portatives pendant six semaines. Aucun d'entre vous ne peut dire à quoi sert une ligne de feu ?

— À rentrer dedans, suggéra Trimmer.

— Rentrer dans quoi ?

— Le piquet ou la lampe de tir de nuit, s'ils sont disponibles, monsieur. Autrement, la marque à la craie.

— Je vois, dit le général, déconcerté.

Il s'en alla à grands pas, suivi des officiers instructeurs.

— Avec tout ça, vous ne m'avez pas fait honneur, dit le sergent.

Quelques minutes après, un message arriva, annonçant que le général verrait tous les officiers au mess, à midi.

— Bombardement dans tout le secteur, remarqua Sarum-Smith. Ça ne m'étonnerait pas que les officiers instructeurs aient aussi leur matinée mouvementée.

Il semblait en être ainsi, à en juger par leurs airs sombres, lorsqu'ils prirent place en face de leurs élèves, réunis dans la salle à manger de l'école. Le couvert était déjà mis pour le déjeuner et il y avait une odeur proche de choux de Bruxelles qui cuisaient. Les assistants restaient silencieux, comme s'ils se trouvaient dans le réfectoire d'un monastère. Le général se leva « *Cesare armato con un occhio grifano*[1] », comme s'il allait réciter le bénédicité. Il annonça :

— Messieurs, vous êtes autorisés à ne pas fumer.

L'idée n'en était venue à personne.

— Mais vous n'avez pas besoin de rester assis au garde-à-vous, ajouta-t-il, car tout le monde était instinctivement raide et immobile.

Ils tâchèrent de prendre des attitudes moins guindées, mais ils ne constituaient pas un public très à l'aise. Trimmer s'appuya sur un coude et fit remuer les couverts.

— Ce n'est pas encore le moment de manger, dit le général.

Guy se souvint de l'anecdote relative à « six bons coups de canne ». Cela ne l'aurait vraiment pas beaucoup surpris si le général avait sorti une canne et fait venir Trimmer pour le corriger. Aucune accusation n'avait été portée, aucun blâme précis (excepté pour

---

1. Citation légèrement déformée d'un vers de l'*Enfer* de Dante.

Trimmer) n'avait été prononcé ; mais, sous le regard de cet œil solitaire et féroce, tous étaient inclus dans une culpabilité collective.

Les fantômes d'innombrables élèves épouvantés hantaient et dominaient le hall. Bien souvent le mot avait dû être donné, sous ces poutres recouvertes de plâtre granuleux, dans cette même puanteur de choux de Bruxelles :

— Le directeur est dans une colère épouvantable. À qui le tour cette fois-ci ? Pourquoi moi ?

Les mots de la liturgie de ce jour revinrent sinistrement à l'esprit de Guy : *Memento, homo, quia pulvis es et in pulverem reverteris.*

Alors le général prit la parole :

— Messieurs, il me semble que vous avez tous besoin d'une semaine de congé.

Un sourire, plus inquiétant que n'importe quel air menaçant, déforma le visage sombre.

— En fait, il y en a parmi vous qui n'ont pas à se préoccuper de revenir du tout. Ils seront avisés par ce qu'on appelle ridiculement les voies régulières.

C'était une entrée en matière magistrale. Le général n'était pas un gueulard et il n'était qu'en partie un ogre. Ce qu'il aimait, c'était étonner les gens. Pour satisfaire ce goût simple, il avait souvent recours à la violence ; quelquefois, il blessait sérieusement, mais il n'y trouvait aucun plaisir. La surprise était tout. Il devait savoir, en dévisageant ce matin-là son auditoire, qu'il avait obtenu un succès triomphal. Il continua :

— J'ai seulement à vous dire que je suis désolé de ne pas être venu vous voir plus tôt. Il y a plus de travail que vous ne pouvez l'imaginer dans la formation d'une nouvelle brigade. Je me suis occupé de cette partie de vos affaires. J'ai appris par des rapports que, lorsque vous êtes arrivés, l'installation n'était pas parfaite ; mais des officiers de Hallebardiers doivent apprendre à se débrouiller tout seuls. Je suis arrivé hier soir en visite amicale, m'attendant à vous trouver tous heureusement établis. J'étais là à sept heures. Il n'y avait pas un officier au cantonnement. Évidemment, il n'y a aucun règlement militaire qui vous oblige à dîner ici, un soir donné. Je supposais que vous étiez tous à quelque fête en l'honneur de quelqu'un. J'ai demandé au gérant civil ; et j'ai appris que ce n'était pas, hier, un cas exceptionnel. Il ne connaissait le nom d'aucun membre du comité du mess. Tout ceci ne me donne pas a penser que nous avons là ce que les cols bleus appellent un « bateau où ça tourne rond ».

J'ai regardé votre travail ce matin. Il était bien modéré ; et, dans le cas où l'un des jeunes officiers ignorerait ce que ça veut dire, ça veut dire : au-dessous de tout. Je ne dis pas que c'est entièrement votre faute. Aucune infraction au règlement n'a été commise à ma connaissance. Mais le mérite d'un officier ne consiste pas à éviter des infractions au règlement.

Et, en outre, messieurs, vous n'êtes pas officiers. Il y a des avantages, dans la position incertaine où vous vous trouvez. Des avantages pour vous et pour moi. Aucun d'entre vous ne détient la commission de Sa Majesté. Vous êtes en stage. Je peux vous envoyer tous faire vos paquets demain, sans vous donner la moindre explication.

Comme vous le savez, le processus normal pour obtenir une commission actuellement est, dans le reste de l'armée, de passer par le rang et ensuite par une école d'élèves-officiers. Les Hallebardiers ont le privilège spécial de rassembler et de former leurs propres officiers, en les prenant directement en charge. Cela ne se reproduira plus. On nous a donné cette unique occasion de former notre équipe de jeunes officiers, parce que le ministère a confiance dans les traditions du Corps. Ces messieurs savent que nous ne prendrions pas un bon à rien. Vos remplaçants, quand vous serez « dépensés » – ici, un coup d'œil cyclopéen – devront passer par la filière moderne du rang et de l'école d'élèves-officiers. Vous êtes les derniers à être pris et formés d'après les vieilles méthodes. Et je préférerais encore rendre compte d'un échec total, plutôt que d'admettre un seul homme en qui je n'aurais pas confiance.

Ne pensez pas que vous avez fait quelque chose de malin en obtenant une commission facile par la petite porte. Vous repasserez cette porte cul par-dessus tête, avec mon pied pour vous accompagner, si vous ne vous ressaisissez pas.

La règle de l'attaque est : « Ne jamais appuyer un échec. » En bon anglais, cela veut dire : si vous voyez quelques pauvres idiots se mettre dans le pétrin, n'allez pas vous mêler de leurs affaires. La meilleure aide que vous puissiez apporter est de rentrer tout droit dans l'ennemi, là où cela lui fera le plus de mal.

Ce stage a été un échec. Je n'insiste pas. Nous allons tout reprendre à zéro, la semaine prochaine. C'est moi qui m'en occuperai.

Le général ne resta pas déjeuner. Il enfourcha sa moto et démarra bruyamment dans les ornières gelées. Le major McKinney et les officiers instructeurs montèrent dans leurs confortables voitures personnelles. Les officiers stagiaires restèrent. Il était assez surprenant de constater que l'atmosphère était à la joie. Non à la perspective du congé (qui soulevait de nombreux problèmes) ; mais parce que tous, ou à peu près tous, n'avaient pas eu l'esprit tranquille pendant les dernières semaines. Ils étaient tous, ou à peu près tous, des jeunes gens courageux, réalistes et consciencieux, qui s'étaient engagés dans l'armée en s'attendant à travailler plutôt plus durement qu'en temps de paix. L'orgueil du régiment les avait pris au dépourvu et à peu près annihilés. À Kut-al-Imara, ils avaient été trahis, abandonnés, au milieu des dancings et des appareils à sous.

— Des paroles un peu vives, à mon avis, dit Apthorpe. Il aurait pu dire plus clairement qu'il y avait certaines exceptions.

— Vous ne pensez pas qu'il songeait à vous quand il disait que quelques-uns d'entre nous n'avaient pas besoin de revenir ?

— Pas du tout, mon vieux, répondit Apthorpe.

Et il ajouta :

— Je crois qu'étant donné les circonstances je dînerai au mess ce soir.

Guy se rendit au *Garibaldi*, où il éprouva des difficultés à expliquer à Mr Pellecci — catholique extrêmement superstitieux mais, à la manière de ses compatriotes, peu adonné à la pratique de l'ascétisme — qu'il ne voulait pas de viande ce soir-là. Le mercredi des Cendres était pour Mrs Pellecci. Mr Pellecci faisait bombance pour la Saint-Joseph, mais ne faisait maigre pour personne.

Mais, ce soir-là, Guy se sentait rempli de chair ; repu, comme un lion, des proies de Ritchie-Hook.

X

Peut-être le général croyait-il que, en envoyant les stagiaires en congé, il avait non seulement déblayé le terrain pour son propre travail, mais encore atténué la violence de ses réprimandes. Les « internes » partirent joyeusement ; mais les « externes » furent obligés de prendre en ville des dispositions variées. Beaucoup avaient trop dépensé, en y installant leurs femmes. Pour eux, c'était la perspective de cinq jours de flânerie dans leurs logements. Guy n'était pas riche. Il dépensait plutôt plus que d'habitude. Il n'était pas très engageant de remplacer sa chambre d'hôtel à Southsand par une autre, plus chère, à Londres. Il décida de rester.

Le second soir, Mr Goodall dînait avec lui au *Garibaldi*. Après le repas, ils se rendirent au Yacht-Club et s'assirent au milieu des trophées, dans le petit salon. Ils étaient tous les deux enthousiasmés par les nouvelles du soir – l'abordage de l'*Altmark*, – mais bientôt Mr Goodall retourna à son sujet favori. Il était légèrement émoustillé par le vin ; sa conversation était un peu relâchée.

Il parlait de l'extinction (dans la branche masculine), il y avait environ cinquante ans, d'une famille catholique appartenant à l'histoire.

— ... Ils étaient alliés à votre famille par les Wrottman de Garesby. C'était une situation très curieuse. Le dernier héritier choisit sa femme dans une famille (que nous ne nommerons pas), qui s'était malheureusement signalée dans ses dernières générations par son instabilité. Ils avaient deux filles ; et la malheureuse se fit enlever par un voisin. Cela fit beaucoup de bruit à l'époque. C'était avant que le divorce ne fût encore répandu. En fin de compte, on les fit divorcer, et la femme en question épousa l'homme en question. Vous m'excuserez de ne pas vous dire son nom. Puis, dix ans plus tard, votre parent rencontra cette femme seule à l'étranger. Une sorte de réconciliation se produisit ; mais elle revint à son prétendu mari et, en temps voulu, elle donna le jour à un fils. En réalité, c'était le fils de votre parent. Selon la loi, c'était celui du prétendu mari qui l'accepta comme tel. Cet enfant est actuellement en vie et, devant Dieu, l'héritier légitime de tous les quartiers de noblesse de son père.

Guy était moins intéressé par les quartiers de noblesse que par la morale de l'histoire.

— Vous voulez dire que, théologiquement, le premier mari n'a commis aucun péché en reprenant des relations sexuelles avec son ancienne épouse.

— Certainement pas. La malheureuse femme était évidemment coupable de toutes les autres manières ; et, sans aucun doute, elle est punie maintenant pour cela. Mais le mari était absolument sans reproche. Et de cette façon, sous un nom différent et totalement dépourvu d'intérêt, une grande famille a été maintenue. Et, qui plus est, le fils épousa une catholique ; ce qui fait que son fils à lui a été élevé dans les traditions de l'Église. Expliquez cela comme vous voudrez : je vois là la main de la Providence.

— Mr Goodall, ne put s'empêcher de demander Guy, croyez-vous sérieusement que la Providence divine s'inquiète de la perpétuation de l'aristocratie catholique anglaise ?

— Mais naturellement ! Et de celle des passereaux aussi. On nous l'enseigne. Mais je crains que la généalogie ne soit le dada que j'enfourche trop facilement quand j'en ai l'occasion. Une si grande partie de mon existence se passe avec des gens que cela n'intéresse pas, et qui pensent peut-être même que c'est de la pose, ou quelque chose comme ça : une soirée par semaine pour la conférence de Saint-Vincent-de-Paul, une soirée pour le club des jeunes gens ; puis je vais une soirée chez le chanoine pour l'aider dans sa correspondance ; et je dois conserver un peu de mon temps pour ma sœur qui vit avec moi. Elle ne s'intéresse pas vraiment à la généalogie. Ce n'est pas que cela ait de l'importance. Nous sommes tous les deux célibataires et les derniers de notre famille. Et voilà... Oh ! mon Dieu, je crois que votre hospitalité m'a fait bavarder plus que de raison.

— Pas du tout, cher Mr Goodall, pas du tout. Un peu de porto ?

— Non, merci bien.

Mr Goodall paraissait défrisé.

— Je devrais déjà être parti.

— Vous êtes tout à fait sûr, à propos du cas dont vous parliez. Le mari ne commettait pas un péché avec son ancienne femme ?

— Absolument sûr, naturellement. Réfléchissez vous-même. Quelle faute aurait-il pu commettre ?

Guy médita longtemps et jusqu'à une heure avancée sur ce pseudo-adultère innocent et de bon augure. Il y pensait toujours quand il s'éveilla le lendemain. Il partit pour Londres par un train du matin.

Le nom de Crouchback, si illustre pour Mr Goodall, ne fit aucune impression au *Claridge*. On informa poliment Guy qu'il n'y avait aucune chambre disponible pour lui. Il demanda Mrs Troy et apprit qu'elle avait laissé des instructions pour qu'on ne la dérangeât pas. De mauvaise humeur, il se rendit au *Bellamy* et expliqua sa situation au bar qui, à onze heures et demie, commençait à se remplir.

Tommy Blackhouse lui demanda :

— À qui vous êtes-vous adressé ?

— Seulement au type du bureau.

— Ça ne peut pas aller. Lorsque vous avez des difficultés, adressez-vous toujours plus haut. Ça ne rate jamais. J'habite là moi-même pour le moment. En fait, j'y vais maintenant. Voulez-vous que je vous arrange ça ?

Une demi-heure plus tard, l'hôtel téléphona pour dire qu'il y avait une chambre à sa disposition. Il revint et fut aimablement accueilli au bureau.

— Nous sommes si reconnaissants au major Blackhouse de nous avoir dit où vous trouver ! Il y a eu une annulation au moment où vous quittiez l'hôtel et nous n'avions pas d'adresse où vous atteindre.

L'employé de la réception prit une clef à son tableau et conduisit Guy à l'ascenseur.

— Nous sommes heureux de pouvoir vous proposer un très joli petit appartement.

— Je pensais à une chambre à coucher seulement.

— Celle-ci a un délicieux petit salon qui va avec elle. Je suis certain que vous la trouverez plus tranquille.

Ils arrivèrent à l'étage ; les portes étaient ouvertes sur des chambres qui, à tous points de vue, faisaient prévoir un prix élevé. Guy se rappela pourquoi il était venu, et les lois de bienséance qui régissent les hôtels ; un petit salon constituait un chaperon.

— Oui, dit-il, je crois que cela ira très bien.

Quand il fut seul, il demanda la communication avec Mrs Troy.

— Guy ? Guy, où êtes-vous ?

— Ici, à l'hôtel.

— Mon chéri, comme vous êtes dégoûtant de ne pas m'avoir avertie !

— Mais je vous avertis maintenant. J'arrive seulement à l'instant.

— Je veux dire de m'avoir avertie à l'avance. Êtes-vous ici pour un bon grand moment ?

— Deux jours.

— Que c'est dégoûtant !

— Quand vais-je vous voir ?

— Eh bien ! c'est plutôt compliqué. Vous auriez dû me prévenir. Il faut que je sorte presque tout de suite. Venez maintenant. Numéro 650.

C'était au même étage, à moins de douze chambres en tournant deux fois. Toutes les portes étaient entrebâillées.

Il traversa le petit salon – aussi un chaperon ? se demanda-t-il. La porte de la chambre était ouverte ; le lit n'était pas fait. Des vêtements, des serviettes, des journaux éparpillés partout. Virginia était assise devant une coiffeuse couverte de poudre, de tampons d'ouate et de serviettes de papier froissé. Elle regardait le miroir en se faisant quelque chose à l'œil. Tommy Blackhouse sortit de la salle de bains, d'un air dégagé.

— Hello Guy, dit-il. J'ignorais que vous étiez à Londres.

— Préparez-nous quelque chose à boire, lui dit Virginia. Je suis à vous dans une seconde.

Guy et Tommy allèrent dans le petit salon, où Tommy se mit à couper un citron et à introduire de la glace dans un shaker.

— Ils vous ont installé convenablement ?

— Oui. Je vous en suis très reconnaissant.

— Cela ne m'a pas dérangé du tout. À propos, mieux vaut ne rien dire à Virginia – Guy remarqua qu'il avait fermé derrière lui la porte de la chambre – de notre rencontre au *Bellamy*. Je lui ai dit que j'arrivais tout droit d'une conférence ; mais, comme vous le savez, je me suis arrêté en route. Elle n'est jamais jalouse des autres femmes, mais elle a *Bellamy* en horreur. Un jour, quand nous étions mariés, elle a dit : « *Bellamy*, je voudrais y mettre le feu. » Et elle le pensait en plus, cette sacrée Virginia. Vous êtes ici pour longtemps ?

— Deux soirs.

— Je retourne à Aldershot demain. Je suis tombé sur un général de chez vous, l'autre jour, au ministère. Ils en ont là-bas une peur épouvantable. On l'appelle « le monstre à l'œil unique ». Il n'est pas un peu timbré ?

— Non.

— Je ne le pense pas non plus. Ils disent tous au ministère qu'il est complètement fou.

Au bout d'un moment, Virginia émergea du désordre de sa chambre. Elle était astiquée comme un Hallebardier.

— J'espère que vous ne les avez pas faits trop forts, Tommy. Vous savez que j'ai horreur des cocktails forts. Guy, des moustaches ?

— Vous ne les aimez pas ?

— C'est tout à fait affreux.

— Je dois dire, remarqua Tommy, elles m'ont un peu surpris.

— Elles sont très admirées par les Hallebardiers. Est-ce que ça va mieux comme ça ?

Il plaça son monocle.

— Je crois que oui, dit Virginia. Avant, c'était franchement vulgaire. Maintenant, c'est comique.

— Je pensais qu'avec les deux réunis on obtenait une allure militaire.

— Là, vous vous trompez, dit Tommy. Vous devez tenir compte de mon avis sur un point comme celui-ci.

— Cela n'est-il pas plein de séduction pour les femmes ?

— Non, dit Virginia. Pas pour les femmes bien.

— Sacré nom !

— Il faut que nous partions, dit Tommy. Videz vos verres.

— Oh ! mon Dieu, dit Virginia, quelle courte visite ! Vous reverrai-je ? Je serai débarrassée de ce far-

226

deau demain. Ne pourrions-nous faire quelque chose le soir ?

— Pas avant ?

— Comment voulez-vous, mon chéri, avec cet animal ici ? Demain soir.

Ils n'étaient plus là.

Guy retourna au *Bellamy*, comme s'il se rendait au Yacht-Club de Southsand. Il fit sa toilette et se regarda dans la glace au-dessus du lavabo, aussi fixement que Virginia l'avait fait dans sa chambre. La moustache était blonde, avec une tendance au roux ; beaucoup plus claire que les cheveux. Elle était parfaitement symétrique, remontait sur les côtés à partir d'une ligne exactement médiane. Elle était bouclée au-dessus des lèvres, taillée avec précision, légèrement oblique en partant des coins de la bouche, et se terminait en pointes bien raides. Il mit son monocle. Que penserait-il, se demandait-il, d'un homme ainsi agrémenté ? Il avait déjà vu des moustaches semblables et des monocles identiques portés par des homosexuels clandestins ; par des rabatteurs, qui avaient un accent à dissimuler ; par des Américains essayant d'avoir l'air d'Européens ; par des hommes d'affaires qui se travestissaient en sportifs. Il est vrai qu'il en avait vu également au mess des Hallebardiers, mais sur des visages dépourvus de malice, au-dessus de tout soupçon. Après tout, réfléchissait-il, tout son uniforme n'était qu'un déguisement ; sa nouvelle vocation, qu'une hypocrisie.

Ian Kilbannock, un imposteur de premier ordre dans sa tenue de l'armée de l'air, arriva derrière Guy et lui parla :

— Dites, faites-vous quelque chose ce soir ? J'essaie de réunir quelques personnes pour prendre des cocktails. Venez.

— Je pourrais. Pourquoi ?

— Pour faire du charme à mon maréchal de l'air. Il aime voir du monde.

— Mais je ne suis pas une attraction bien sensationnelle.

— Il ne s'en apercevra pas. Tout ce qu'il aime, c'est voir des gens. Je vous serai sacrément reconnaissant si vous pouvez supporter ça.

— Je n'ai vraiment rien d'autre à faire.

— Bien, venez alors. Quelques-uns des autres ne seront pas tout à fait aussi lamentables que le maréchal.

Un peu plus tard, en haut, dans la salle de consommation, Guy regarda Kilbannock qui faisait le tour des tables et rassemblait ses invités.

— Qu'est-ce que ça veut dire tout ça, Ian ?

— Eh bien ! je vous l'ai dit. J'ai présenté le maréchal à ce club.

— Mais ils ne le recevront pas.

— J'espère que non.

— Pourtant, je croyais que tout était arrangé.

— Ce n'est pas tout à fait aussi simple, Guy. Le maréchal est une fine mouche dans son genre. Il ne donne rien sans avoir reçu la contrepartie. Il insiste pour faire la connaissance de quelques membres et obtenir leur appui. S'il se rendait seulement compte, sa meilleure chance d'être admis, c'est de ne voir personne. Alors, c'est vraiment pour un bon motif.

Guy, l'après-midi, se fit raser la moustache. Le coiffeur exprima son admiration professionnelle pour cette végétation et fit son travail à contrecœur, comme les jardiniers qui, cet automne-là, à travers tout le pays, avaient labouré leur plus beau gazon et transformé les plates-bandes herbacées en carrés de légumes. Quand ce fut terminé, Guy s'examina une fois de plus dans le miroir ; il retrouvait une vieille connaissance qu'il ne pourrait jamais ignorer, à laquelle il ne pourrait jamais espérer échapper longtemps ; le camarade de voyage, peu sympathique, qui l'accompagnerait à travers l'existence. Mais sa lèvre dégarnie se sentait étrangement exposée.

Plus tard, il se rendit à la réunion de Ian Kilbannock. Virginia s'y trouvait avec Tommy. Aucun d'entre eux ne remarqua le changement avant qu'il n'attirât sur lui leur attention.

— Je savais que ce n'était pas du vrai, dit Virginia.

Le maréchal de l'air était le centre du groupe ; ce qui voulait dire que chacun lui était présenté et se retirait à peu près immédiatement. Il était là comme l'entrée d'une ruche, comme un espace vide, avec un mouvement bourdonnant de va-et-vient autour de lui. C'était un homme corpulent, juste un peu trop petit pour passer pour un policier de la capitale, avec des façons joviales et de petits yeux sournois.

Il y avait une peau d'ours devant le feu.

— Ça me rappelle une jolie poésie que j'ai entendue dans le temps, dit-il :

« *Aimeriez-vous fauter ; avec Eleanor Glyn ; sur une peau de tigre ? Ou préféreriez-vous ; vous égarer ; avec elle ; sur quelque autre fourrure ?* »

Tous ceux qui se trouvaient à proximité de lui regardèrent le tapis avec une gêne attristée.

— Qui est Eleanor Glyn ? demanda Virginia.

— Oh ! ce n'est qu'un nom. On l'a mis pour la rime[1], je suppose. C'est gentil, n'est-ce pas ?

Quand il s'apprêta à partir, Guy se trouva devant la porte avec Ian et le maréchal.

— Ma voiture est là. Puis-je vous mettre quelque part ?

La neige s'était remise à tomber, et il faisait noir comme dans un four.

— C'est très aimable à vous, monsieur. J'allais à Saint-James Street.

---

1. Dans le texte anglais, *Glyn* rime avec *sin* : faute, péché (*N.d.T.*).

— Embarquez.

— Je viens aussi, si vous permettez, monsieur, dit Ian, d'une manière surprenante, car il y avait encore des invités qui s'attardaient en haut.

Quand ils arrivèrent au *Bellamy*, Ian dit :

— Accepteriez-vous d'entrer prendre un dernier verre, monsieur ?

— Excellente idée.

Ils se rendirent tous les trois au bar.

— À propos, Guy, dit Ian, le maréchal de l'air Beech pense s'inscrire au club. Parsons, vous avez le registre des candidats ?

On apporta le livre et on l'ouvrit à la page du maréchal. Elle était vierge. Le stylo de Ian Kilbannock fut doucement placé dans la main de Guy. Il signa.

— Je suis certain que vous vous plairez ici, monsieur, dit Ian.

— J'en suis tout à fait sûr, dit le maréchal de l'air. J'ai souvent pensé à m'inscrire dans les beaux jours de la paix, mais je n'étais pas assez souvent à Londres pour que ça en vaille la peine. Maintenant, j'ai besoin d'un petit coin comme ici où je puisse m'échapper et me détendre.

C'était la Saint-Valentin.

Februato Juno, dépossédé, avait pris une revanche éclatante sur ce prêtre inébranlable, assommé, puis décapité, dix-sept siècles auparavant ; il lui avait attribué le rôle infâme de saint patron des assassins et des amoureux bouffons. Guy lui rendait hommage pour son infortune et, chaque fois qu'il le pouvait, allait à la messe le jour de sa fête. Il se rendit à pied du *Claridge* à Farm Street, de Farm Street au *Bellamy*, et se prépara à une morne journée d'attente.

Les journaux étaient encore remplis de l'affaire de l'*Altmark*, que l'on désignait maintenant sous le nom de « navire infernal ». Il y avait de longs comptes rendus au sujet des traitements indignes dont souffraient les prisonniers sur ce navire, et de la façon rudimentaire dont ils étaient logés. L'intention officielle était de soulever l'indignation d'un public que laissait absolument indifférent l'idée des trains de wagons cadenassés, roulant à l'est et à l'ouest de la Pologne et de la Baltique ; de ces trains qui devaient rouler, année après année, portant leurs chargements innocents vers de sinistres destinations inconnues. Et Guy, lui aussi oublieux, pensait, tout le long de cette journée d'hiver, à sa prochaine rencontre avec sa femme. À la fin de l'après-midi, lorsqu'il fit tout à fait noir, il téléphona à la chambre de Virginia.

— Quels sont vos projets pour la soirée ?

— Oh ! parfait, il y a des projets ? J'avais complètement oublié. Tommy vient de partir. Je pensais passer une courte soirée toute seule, dîner dans mon lit et faire des mots croisés... Je préfère de beaucoup faire des projets. Dois-je aller chez vous ? Ici, c'est un peu en pagaille.

Elle se rendit alors dans le salon chaperon à six guinées et Guy commanda des cocktails.

— Ce n'est pas aussi intime que chez moi, dit-elle en regardant la luxueuse petite pièce.

Guy s'assit à côté d'elle sur le canapé. Il posa son bras sur le dossier, se rapprocha d'elle, plaça la main sur son épaule.

— Qu'est-ce qui se passe ? demanda-t-elle avec une surprise non feinte.

— J'avais seulement envie de vous embrasser.

— Quelle drôle de façon de vous y prendre ! Vous allez me faire renverser mon cocktail. Là.

Elle posa son verre soigneusement sur la table placée à côté d'elle, saisit Guy par les oreilles et lui donna sur chaque joue un bon gros baiser.

— C'est ça que vous voulez ?

— On dirait un général français décorant quelqu'un.

Il l'embrassa sur les lèvres.

— Voilà ce que je veux.

— Guy, êtes-vous ivre ?

— Non.

— Vous avez passé la journée à ce répugnant *Bellamy*. Vous le reconnaissez ?

— Oui.

— Alors, naturellement, vous êtes ivre.

— Non. C'est tout simplement que je vous désire. Ça vous ennuie ?

— Oh ! personne n'est jamais ennuyé pour ça. Mais c'est un peu inattendu.

Le téléphone sonna.

— Sacré nom ! dit Guy.

L'appareil était sur le bureau. Guy quitta le canapé et s'en empara. Une voix connue lui parlait.

— Allô, mon vieux, ici Apthorpe. Je pensais seulement vous appeler. Allô, allô, c'est Crouchback, n'est-ce pas ?

— Qu'est-ce que vous voulez ?

— Rien de particulier. J'ai pensé que j'aimerais bien quitter Southsand, alors je suis venu en vitesse à Londres pour la journée. J'ai trouvé votre adresse sur le cahier des permissions. Vous faites quelque chose ce soir ?

— Oui.

— Vous voulez dire, vous avez un rendez-vous ?

— Oui.

— Je ne pourrais pas vous retrouver quelque part ?

— Non.

— Très bien, Crouchback. Je regrette de vous avoir dérangé. – Puis, d'un air pincé : Je sais quand je suis de trop.

— C'est un don très rare.

— Je ne saisis pas, mon vieux.

— Ça ne fait rien. À demain.

— On ne s'amuse pas beaucoup, en ville.

— À votre place, j'irais boire quelque chose.

— Je pense bien que je vais y aller. Pardonnez-moi si je coupe maintenant.

— Qui était-ce ? demanda Virginia. Pourquoi avez-vous été si désagréable avec lui ?

— Seulement un type de mon régiment. Je n'ai pas envie qu'il s'amène ici.

— Un affreux membre du *Bellamy* ?

— Non, pas du tout ce genre-là.

— Il n'aurait pas été amusant ?

— Non.

Virginia s'était maintenant installée dans un fauteuil.

— De quoi parlions-nous ? dit-elle.

— Je vous faisais la cour.

— Ah ! oui. Pensons à autre chose, pour changer.

— C'est un changement. Pour moi, en tout cas.

— Mon chéri, je n'ai pas eu le temps de souffler depuis le départ de Tommy. Deux maris en un jour, c'est un peu beaucoup.

Guy s'assit et la regarda fixement :

— Virginia, m'avez-vous jamais aimé vraiment ?

— Mais sûrement, mon chéri. Vous ne vous souvenez pas ? Ne paraissez pas si lugubre. Nous avons eu de très bons moments ensemble, n'est-ce pas ? Jamais un mot de dispute. Ce n'est pas du tout comme avec Mr Troy.

Ils parlèrent du passé. D'abord du Kenya. L'ensemble de bungalows en bois qui formait leur demeure. Les cheminées de pierre et les larges foyers anglais. Les cadeaux de mariage et les bons vieux meubles provenant des greniers de Broome. Le domaine, si considérable d'après les mesures d'Europe, si modeste en Afrique orientale ; les routes de terre rouge, la camionnette Ford et les chevaux, les domestiques en robe blanche et leurs enfants tout nus, qui se roulaient continuellement dans la poussière et le soleil, du côté des cuisines. Les familles toujours en route vers les réserves indigènes, ou qui en revenaient et qui s'arrêtaient pour demander un remède ; le vieux lion que Guy avait tué dans les maïs. Les bains, le soir, dans le lac. Les dîners en pyjama avec les voisins. La semaine des courses à Nairobi ; tous les scandales oubliés du Club de Muthaiga, les pugilats, les adultères, les incendies criminels, les faillites, les tricheries au jeu, la folie, les suicides, même les duels ; toutes les scènes de la Restauration rejouées par des planteurs, à huit mille pieds au-dessus du littoral brûlant.

— Mon Dieu, on s'amusait bien, dit Virginia. Je ne crois pas que je me sois autant amusée depuis. Comme il vous en arrive, des choses !

En février 1940, il y avait encore du charbon dans les cheminées des chambres d'hôtel à six guinées. Virginia et Guy étaient assis, éclairés par le feu, et ils se mettaient à parler de sujets plus doux : leur première entrevue, leurs fiançailles, la première visite de Virginia à Broome, leur mariage à la chapelle, leur lune de miel à Santa-Dulcina. Virginia était assise sur le plancher. Sa tête, appuyée au canapé, touchait la jambe de Guy. Bientôt ce dernier se glissa à côté d'elle. Elle avait le regard lointain et rempli d'amour.

— J'ai été bête de dire que vous étiez ivre, dit-elle.

Tout se passait comme Guy l'avait prévu. Elle ajouta, comme si elle avait entendu sa satisfaction inexprimée :

— Cela ne sert à rien de faire des projets.

Elle dit encore :

— Les choses arrivent toutes seules.

Ce qui arriva, ce fut une sommation stridente du téléphone.

— Laissez-le sonner, dit-elle.

Il sonna six fois. Alors Guy dit :

— Sacré nom, il faut que je réponde.

Il entendit une fois de plus la voix d'Apthorpe.

— J'ai fait ce que vous m'avez conseillé, mon vieux. J'ai été boire un verre. Et même plus d'un, en réalité.

— Parfait. Continuez, mon cher. Mais, pour l'amour du ciel, laissez-moi tranquille.

— J'ai rencontré des types très intéressants. Je pensais que, peut-être, vous aimeriez venir avec nous.

— Non.

— Toujours pris ?

— Tout à fait pris.

— Dommage. Je suis sûr que vous auriez apprécié ces types. Ils sont dans la DCA.

— Bon, amusez-vous bien avec eux. Ne comptez pas sur moi.

— Dois-je vous appeler plus tard pour voir si vous pouvez laisser tomber vos copains ?

— Non.

— Nous pourrions tous rassembler nos effectifs.

— Non.

— Eh bien ! vous ratez une très intéressante palabre.

— Bonne nuit.

— Bonne nuit, mon vieux.

— Je suis désolé, dit Guy en quittant l'appareil.

— Pendant que vous y êtes, vous pourriez commander encore quelque chose à boire, dit Virginia.

Elle se leva et rectifia son maintien pour l'arrivée du garçon.

— Il vaut mieux allumer, remarqua-t-elle.

Ils s'assirent face à face de chaque côté de la cheminée, devenus étrangers l'un pour l'autre et l'esprit agité. Les cocktails mirent longtemps à arriver. Virginia dit :

— Si on dînait ?
— Maintenant ?
— Il est huit heures et demie.
— Ici ?
— Si vous voulez.

Il demanda le menu et ils firent leur commande. Il y eut une demi-heure pendant laquelle les serveurs entrèrent et sortirent, roulèrent une table, apportèrent un seau à glace, un réchaud et aussi quelque chose à manger. Le petit salon parut brusquement moins intime que le restaurant en bas. Toute la douceur du coin du feu avait disparu. Virginia dit :

— Qu'allons-nous faire après ?
— J'aurais bien une idée.
— Oui ? Vraiment ?

Son regard était vif et ironique ; toute l'attente embrasée et le consentement d'une heure auparavant avaient tout à fait disparu. Enfin le serveur enleva tous ses ustensiles. Les chaises sur lesquelles ils étaient assis pour le dîner furent replacées le long du mur ; la pièce avait exactement le même aspect que lorsqu'on avait ouvert à Guy la porte, somptueuse et déserte. Même le feu sur lequel on venait de remettre du charbon, et qui dégageait une fumée noire, paraissait avoir été allumé récemment. Virginia était appuyée à la cheminée et tenait entre les doigts une cigarette dont la fumée montait en ligne droite. Guy s'approcha d'elle ; elle s'éloigna très légèrement.

— On peut laisser à une femme le temps de digérer, dit-elle.

Virginia ne supportait pas le vin. Elle avait bu pas mal pendant le dîner et il y avait, dans son attitude, un soupçon d'ébriété qui pouvait, d'un moment à l'autre, il le savait par expérience, se transformer en grossièreté. Cela se produisit un instant plus tard.

— Tout le temps que vous voudrez, répondit Guy.

— C'est tout à fait mon avis. Vous croyez un peu trop que l'affaire est dans le sac !

— Voilà une façon de s'exprimer absolument atroce, dit Guy. Les grues seules l'emploient.

— N'est-ce pas à peu près ce que vous pensez que je suis ?

— N'est-ce pas plutôt ce que vous êtes ?

Ils étaient tous deux consternés de ce qui était arrivé et ils se regardaient dans les yeux sans prononcer une parole.

— Virginia, vous savez que je ne voulais pas dire ça. Je suis désolé. Je dois avoir perdu la tête. Je vous en prie, pardonnez-moi. Je vous en prie, oubliez tout cela, dit enfin Guy.

— Allez vous asseoir, répondit Virginia. Maintenant expliquez-moi exactement ce que vous vouliez dire.

— Je ne voulais rien dire du tout.

— Vous aviez une soirée libre et vous pensiez que j'étais une fille agréable, facile à ramasser. C'est ça que vous vouliez dire, n'est-ce pas ?

— Non. À dire vrai, j'ai pensé tout le temps à vous depuis notre rencontre après Noël. C'est pour cela que je suis venu. Je vous en prie, croyez-moi, Virginia.

— Et, en tout cas, que connaissez-vous des grues ? Si je me rappelle bien notre voyage de noces, vous n'aviez pas beaucoup d'expérience, dans ce temps-là. Autant que je m'en souvienne, ce ne fut pas particulièrement brillant.

La balance morale oscilla brusquement et s'inclina. Cette fois, Virginia était allée trop loin ; elle s'était mise dans son tort. Il y eut un nouveau silence, jusqu'à ce qu'elle dît :

— J'avais tort de penser que l'armée vous avait changé en mieux. Quelles qu'aient été vos erreurs autrefois, vous n'étiez pas un goujat. Maintenant vous êtes pire qu'Augustus.

— Vous oubliez que je ne connais pas Augustus.

— Eh bien ! croyez-moi, c'était un affreux goujat.

Une toute petite lumière brilla dans ces ténèbres, une pointe d'aiguille ; dans chacune des larmes faciles qui lui montaient aux yeux et qui tombèrent.

— Reconnaissez que je ne suis pas comme Augustus.

— Il y a bien peu de différence. Mais il était plus gros ; ça, je peux l'admettre.

— Virginia, pour l'amour du ciel, ne nous disputons pas. C'est la dernière chance que j'aie de vous voir pour je ne sais combien de temps.

— Voilà que vous recommencez ! Le soldat qui revient de la guerre ! « Je prends mon plaisir là où je le trouve ! »

— Vous savez bien que je ne voulais pas dire ça.

— C'est possible.

Guy était encore une fois près d'elle, la touchant de ses mains.

— Ne soyez pas brutal.

Elle le regarda, pas encore tendrement, mais enfin sans colère. Elle était redevenue vive et ironique.

— Allez vous asseoir là-bas, dit-elle en l'embrassant amicalement. Je n'en ai pas encore fini avec vous. Peut-être que j'ai l'air d'une femme légère. Bien des gens paraissent le croire, en tout cas. Je suppose que je n'ai pas le droit de me plaindre. Mais je ne vous comprends pas, Guy, pas du tout. Vous n'avez jamais été un homme à chercher les aventures faciles. Je ne sais pourquoi, je ne peux pas croire que vous le soyez devenu maintenant.

— Je ne suis pas comme ça. Ce n'est pas une aventure banale.

— Vous étiez si rigide et si pieux. J'aimais bien cela en vous. Qu'est-ce qui est arrivé à tout ça ?

— Ça n'a pas changé. Moins que jamais. Je vous l'ai dit quand nous nous sommes revus pour la première fois.

— Eh bien ! que diraient vos prêtres, de votre conduite de ce soir ? Ramasser une divorcée notoire dans un hôtel !...

— Cela ne les inquiéterait pas. Vous êtes ma femme.

— Vous dites des bêtises.

— Bon, vous demandez ce que diraient les prêtres. Ils diraient : « Allez-y. »

La lumière qui avait brillé et qui avait grandi dans leurs ténèbres s'éteignit tout à coup, comme sur l'ordre d'un agent de la défense passive.

— Mais c'est horrible ! dit Virginia.

Cette fois, Guy fut pris au dépourvu.

— Qu'est-ce qui est horrible ? interrogea-t-il.

— C'est absolument répugnant. C'est pire que tout ce qu'auraient pu imaginer Augustus ou Mr Troy. Vous ne voyez pas, espèce de porc ?

— Non, répondit Guy, profondément et innocemment sincère. Non, je ne vois pas.

— J'aurais mille fois préféré être prise pour une grue. J'aurais mieux aimé que l'on m'offre cinq livres pour faire quelque chose de grotesque avec des talons hauts, ou pour vous faire faire le tour de la chambre avec un harnachement pour rire, ou n'importe quoi dont on parle dans les livres.

Des larmes de rage et d'humiliation coulaient sans retenue.

— Je pensais que vous aviez un nouveau caprice pour moi et que vous vouliez un peu de plaisir en souvenir du passé. Je croyais que vous m'aviez choisie spécialement. Et, Grand Dieu, c'est bien ça !... choisie pourquoi ?... Parce que je suis la seule femme au monde avec laquelle vos prêtres vous permettent de coucher ! C'était tout ce qui vous attirait en moi. Espèce de pauvre type ! Fou obscène et prétentieux, sale cochon châtré !

Même dans ce désastre, Guy se rappela son algarade avec Trimmer.

Elle se préparait à partir. Guy était assis, figé. Le silence, succédant à la voix stridente de Virginia, fut rompu par un son encore plus strident. La main sur le bouton de la porte, elle s'arrêta instinctivement, en entendant l'appel. Pour la troisième fois de la soirée, la sonnerie du téléphone carillonnait entre eux.

— Dites, Crouchback, mon vieux. Je suis en fâcheuse position. J'ai mis un homme en état d'arrestation.

— C'est bien imprudent.

— Un civil.

— Alors, vous ne pouvez pas.

— Ça, Crouchback, c'est ce que le prisonnier prétend. J'espère que vous n'allez pas prendre son parti.

— Virginia, ne vous en allez pas !

— Qu'est-ce que c'est ? Je ne vous comprends pas, mon vieux. Ici, Apthorpe. Avez-vous dit que « ça n'allait pas » ?

Virginia partit. Apthorpe continua.

— Avez-vous parlé, ou y avait-il seulement quelqu'un sur la ligne ? Écoutez, c'est une affaire sérieuse. Il se trouve que je n'ai pas mon Règlement avec moi. C'est pour ça que je vous demande de m'aider. Dois-je sortir pour essayer de trouver un sous-officier et des hommes pour accompagner le prisonnier dans la rue ? Ce n'est pas si commode dans le black-out, mon vieux. Ou puis-je simplement remettre le prisonnier à la police civile ? Dites, Crouchback, est-ce que vous m'écoutez ? Je ne crois pas que vous vous rendiez compte que c'est une communication officielle. Je m'adresse à vous en tant qu'officier de l'armée de Sa Majesté...

Guy raccrocha l'appareil et, du téléphone de sa chambre, il avertit le bureau qu'il ne répondrait plus aux appels cette nuit, à moins que, par hasard, on ne le demandât du n° 650 dans l'hôtel.

Il se mit au lit et resta étendu, à demi éveillé et hors de lui durant la moitié de la nuit. Mais le téléphone ne le dérangea plus.

Le lendemain, quand il rencontra Apthorpe au train, il lui dit :

— Vous êtes sorti d'embarras, hier soir ?

— Quel embarras, mon vieux ?

— Vous m'avez téléphoné, vous vous rappelez ?

— Comment ? Ah ! oui, à propos d'un détail du règlement militaire... Je pensais que vous seriez en mesure de m'aider.

— Avez-vous résolu le problème ?
— Il a disparu, mon vieux. Il a tout simplement disparu.

Peu après, il demanda :

— Sans vouloir être indiscret, puis-je vous demander ce qui est arrivé à votre moustache ?
— Elle est partie.
— Exactement. C'est ce que je voulais dire.
— Je l'ai fait raser.
— Ah oui ? Quel dommage !... Elle vous allait, Crouchback. Elle vous allait très bien.

Livre II
Apthorpe furibundus

I

D'après les ordres, il fallait être rentré à Kut-al-Imara le 15 février, à 18 heures.

Le voyage de Guy s'effectua à travers le morne paysage qu'il connaissait déjà. Il ne gelait plus ; la campagne était détrempée et ruisselante. L'auto parcourut les rues obscures de Southsand. On tirait les rideaux derrière les fenêtres sans lumière. Ce n'était pas le retour au foyer. Guy ressemblait à un chat errant, qui, après s'être durement battu sur les toits, se glisserait dans un coin sombre, parmi les boîtes à ordures, pour y lécher ses blessures.

Southsand était un lieu de consolation. L'hôtel et le Yacht Club lui donneraient asile, pensait-il. Giuseppe Pellecci lui fournirait de la nourriture et de bonnes paroles. Mr Goodall lui remonterait le moral. La brume venant de la mer et la neige fondante le cacheraient. L'emprise d'Apthorpe s'exercerait sur lui et le conduirait doucement vers les lointains jardins de la fantaisie.

Dans sa mélancolie, Guy n'avait pas tenu compte du plan de Sept-Jours de Ritchie-Hook.

Plus tard, dans sa vie militaire, lorsque Guy eut entrevu cette vaste bureaucratie en uniforme et couverte de médailles, par la seule puissance de laquelle un homme pouvait enfoncer sa baïonnette dans le corps d'un autre homme, et qu'il eut éprouvé un peu de sa force d'inertie démesurée, Guy en vint à apprécier la portée et la rapidité de la réalisation du général. Pour le moment, il croyait naïvement que quelqu'un d'aussi important que le général n'avait qu'à exprimer ses désirs, donner ses ordres et que la chose était faite ; mais, même avec cette idée, il s'étonna car, en sept jours, Kut-al-Imara avait été transformé de corps et d'âme.

Partis, le major McKinney et les anciens officiers instructeurs ; partis, les adjudicataires civils. Parti aussi, Trimmer. Un avis sur le tableau, sous le titre : « Effectifs, Décision du... », annonçait que la commission provisoire de ce stagiaire était terminée. Avec lui disparaissaient Helm et un troisième délinquant, un jeune venant du dépôt, dont le nom était inconnu de Guy, pour la raison suffisante que ce garçon avait été absent sans autorisation pendant toute la durée du stage à Southsand. À leur place, il y avait un groupe d'officiers d'active, parmi lesquels le major Tickeridge. Guy avait connu beaucoup d'entre eux à la caserne. Ils étaient assis au fond du mess, derrière le général, quand, le premier soir à six heures, ce dernier se leva pour les présenter.

Il tint un moment son auditoire sous le regard de son œil unique. Puis il déclara :

— Messieurs, voici les officiers qui vous commanderont au combat.

À ces mots, la honte de Guy le quitta et il se sentit rempli de fierté. Il cessa à l'instant même, d'être l'individu isolé et incapable, l'homme qu'il avait fréquemment cru voir en lui-même : plus très jeune, trompé par sa femme, raté, poseur, l'homme qui s'était lavé, rasé et habillé au *Claridge*, qui avait déjeuné au *Bellamy* et pris le train de l'après-midi ; maintenant, il faisait corps avec son régiment, avec tous les faits d'armes historiques que le régiment traînait derrière lui. Il se trouvait en face de grandes possibilités. Guy se sentit physiquement électrisé de la tête aux pieds, comme s'il avait été traversé par un courant galvanique.

Le reste du discours expliquait la nouvelle organisation et le régime futur. La brigade avait déjà pris une forme embryonnaire. Les officiers stagiaires étaient répartis en trois groupes de bataillon, d'une douzaine chacun, placés sous les ordres du major d'active et du capitaine, lesquels, éventuellement, seraient leur chef de corps et son officier adjoint. Tout le monde habiterait à l'école. L'autorisation de coucher à l'extérieur ne serait accordée aux hommes mariés que les soirées du samedi et du dimanche. Tout le monde devrait dîner au mess au moins quatre fois par semaine.

— C'est tout, messieurs. Nous nous reverrons au dîner.

En quittant le mess, ils constatèrent que le dessus de table sur la cheminée du hall avait été, pendant leur courte absence, couvert de feuilles dactylographiées. En déchiffrant peu à peu les abréviations officielles, Guy apprit qu'il se trouvait dans le deuxième bataillon, sous les ordres du major Tickeridge et du capitaine Sanders, avec qui Apthorpe avait fait un jour cette mémorable partie de golf. Avec lui, il y avait Apthorpe, Sarum-Smith, de Souza, Leonard et sept autres, tous venant de la caserne. Les dortoirs avaient été redistribués. Ils vivaient par bataillons, six par chambre. Il retournait à Paschendael. Apthorpe aussi.

Alors, et aussi plus tard, il constata d'autres modifications. Les chambres condamnées de la maison étaient maintenant grandes ouvertes. L'une d'elles était marquée : « Quartier général de la brigade » et contenait un major de brigade et deux employés. Le cabinet de travail du directeur de l'école hébergeait trois bureaux de bataillon. Il y avait aussi un officier d'intendance de l'active, avec un bureau et un employé, trois sergents-majors du régiment, des cuisiniers Hallebardiers, de nouveaux et plus jeunes ordonnances Hallebardiers, trois camions, une pétoire Humber, trois motos, des conducteurs, un clairon. Le service journalier était une succession ininterrompue de rassemblements, d'exercices et de conférences, de huit heures du matin à six heures du soir. Les « discussions » avaient lieu après le dîner, les lundis et vendredis. Opérations de nuit, également, deux fois par semaine.

— Je ne sais pas comment Daisy va prendre ça, dit Leonard.

Elle le prit, comme Guy le sut par la suite, très mal ; et elle retourna, de très mauvaise humeur, chez ses parents.

Guy était enchanté de la nouvelle organisation. Après ses dépenses à Londres, il était tourmenté par sa note au *Grand Hôtel*. Mais la plupart des jeunes officiers n'étaient pas contents. Apthorpe, qui avait raconté dans le train qu'il souffrait d'une crise gastrique, paraissait moins content que quiconque.

— C'est la question de mon attirail, dit-il.

— Pourquoi ne pas le laisser dans vos pénates ?

— Chez le commodore ? Bien gênant, mon vieux, en cas de départ précipité ! Je crois qu'il vaut mieux que je discute la question avec l'officier d'intendance.

Et, plus tard :

— Vous savez, l'officier d'intendance n'y a mis aucune bonne volonté. Il a dit qu'il était occupé. Il avait l'air de croire que je parlais de vêtements superflus. Il a même insinué que je pourrais en liquider la moitié quand nous nous installerons sous la tente. Ce n'est qu'un rond-de-cuir. Aucune expérience de la vie de soldat ! C'est ce que je lui ai dit, et il m'a répondu qu'il avait servi dans la troupe à Hong-Kong. Hong-Kong, je vous demande un peu !... À peu près l'endroit le plus peinard de tout l'empire. Je lui ai dit ça aussi.

— Pourquoi tout cela a-t-il tant d'importance pour vous, Apthorpe ?

— Mon cher ami, j'ai mis des années à réunir cet attirail.

— Oui, mais qu'est-ce qu'il y a dedans ?

— Ça, mon vieux, ce n'est pas une question à laquelle on peut répondre en quelques mots.

Tout le monde dînait au mess, ce premier soir. Il y avait trois tables, une par bataillon. Le général, qui dorénavant se plaçait à sa fantaisie, dit le bénédicité. Il donna un grand coup sur la table avec le manche de sa fourchette, et dit simplement, d'une voix forte :

— Merci, mon Dieu.

Il était d'excellente humeur et en donna la preuve, d'abord en munissant le major de la brigade d'une cuiller rabattable qui répandit de la soupe sur la tunique du dit, et ensuite en annonçant, après le dîner :

— Quand les tables seront débarrassées, on jouera au Housey-Housey. Pour les jeunes, je dois expliquer que c'est ce que les civils, je crois, appellent « Bingo[1] ». Comme vous le savez, sans doute, c'est le

1. Jeu ressemblant beaucoup au « loto ». *House* : maison (*N.d.T.*).

seul jeu d'argent qui soit autorisé dans l'armée de Sa Majesté. Dix pour cent de chaque banque va à la Caisse d'assistance et à l'Amicale des anciens du régiment. Le prix de chaque carte est de trois pence.

— Housey-Housey ?

— Bingo ?

Les officiers subalternes échangeaient des regards un peu affolés. « Tubby » Blake, seul, le vétéran du groupe venant du dépôt, prétendait avoir déjà pratiqué ce jeu sur un navire traversant l'Atlantique à destination du Canada.

— C'est très facile. Vous n'avez qu'à marquer d'une croix les nombres quand on les appelle.

— Quels nombres ?

— Ceux qu'on appelle.

Dérouté, Guy retourna au mess. Le major de la brigade s'assit au coin d'une table, avec une boîte de fer contenant de la monnaie et un paquet de cartes marquées de carrés et de chiffres. Chacun acheta une carte en entrant. Le général, souriant férocement, se tenait à côté du major, une taie d'oreiller à la main. Quand ils furent tous assis, le général déclara :

— Un des buts de cet exercice est de voir combien parmi vous ont des crayons.

À peu près la moitié en avaient. Sarum-Smith, d'une façon inattendue, en avait trois ou quatre, parmi lesquels un portemine métallique avec des mines de différentes couleurs.

Quelqu'un demanda :

— Un stylo peut aller, monsieur ?

— Chaque officier devrait toujours avoir un crayon sur lui.

On revenait encore à l'école préparatoire, mais une meilleure école que celle de McKinney.

Enfin, après beaucoup d'emprunts et de recherches dans les poches, le jeu commença brusquement avec le commandement :

— Cherchez la Maison.

Guy regarda avec ahurissement le général qui était en train de plonger la main dans la taie d'oreiller et d'en extraire un petit carton carré.

— *Clickety-click*, dit le général à l'improviste.

Puis :

— Soixante-six.

Ensuite, en enchaînant rapidement d'une voix sonore et chantante :

— Le petit déjeuner des marsouins numéro dix ajoutez deux douze tous les cinq cinquante-cinq jamais de doux baisers seize la clef de la porte vingt et un ajoutez six vingt-sept jambes onze l'œil de Kelly numéro un et nous allons...

Il s'arrêta. Les officiers d'active et Tubby Blake donnèrent de la voix :

— Secouer le sac.

Petit à petit, les termes de ce sport bruyant devinrent plus compréhensibles pour Guy. Il commença à faire des croix sur sa carte, jusqu'à ce qu'il y eût un cri du capitaine Sanders :

— Maison !

Le capitaine lut alors à haute voix ses chiffres.

— Maison exacte, dit le général.

Sanders ramassa environ neuf shillings. Les autres joueurs se pressèrent autour du major pour acheter de nouvelles cartes.

Ils jouèrent pendant deux heures. Les canines du général brillaient comme celles d'un tigre en chasse. Les joueurs commençaient à voir de quoi il s'agissait ; un élément d'amusement à peine perceptible les échauffait çà et là. Le général devint facétieux :

— Qui veut un numéro ?

— Moi, monsieur.

— Moi, monsieur.

— Moi, monsieur.

— Lequel voulez-vous ?

— Huit.

— Quinze.

— Soixante et onze.

— Eh bien ! c'est...

Pause. Le général fit semblant de ne pas pouvoir lire le numéro ; il fixa le carton avec son monocle.

— Quelqu'un a demandé soixante et onze. Eh bien ! c'est soixante...

Pause

— ... dix-sept. Tous les sept et nous allons...

— Secouer le sac !

À 10 h 30, le général annonça :

— Eh bien ! messieurs, maintenant tout le monde au pieu. J'ai du travail. Vous n'avez pas encore de programme d'instruction.

Il emmena son état-major dans la pièce marquée « Quartier général de la brigade ». Il était 2 heures quand Guy les entendit se séparer.

Le programme d'instruction ne suivait aucun manuel. La tactique, comme l'interprétait le général Ritchie-Hook, consistait en l'art de « rentrer dedans ». La défense était étudiée hâtivement, et seulement comme une période de réorganisation entre deux assauts sanglants. On ne parlait jamais de la retraite. L'attaque et l'élément de surprise étaient tout ce qui comptait. Ils passaient de longues journées glacées et brumeuses dans la campagne environnante, munis de cartes et de jumelles. Parfois, ils se trouvaient sur le rivage et rentraient dans d'imaginaires défenseurs, retranchés dans les collines ; parfois, ils rentraient dans d'imaginaires envahisseurs, en descendant des collines vers la mer. Ils investissaient des hameaux du bas pays et rentraient sauvagement dans de fictifs habitants ennemis. Parfois ils se contentaient de se heurter à de supposés rivaux, pour l'utilisation de la grand-route, et les chassaient en leur rentrant dedans.

Guy découvrit en lui une aptitude à ce genre de guerre. Il lisait facilement la carte et savait comprendre le terrain. Quand les citadins comme Sarum-Smith regardaient sans voir autour d'eux, Guy pouvait toujours reconnaître « un angle mort » et « une voie d'accès défilée ». Quelquefois, ils travaillaient isolément, quelquefois en équipes. Les réponses de Guy se trouvaient être en général la « solution de l'état-major ». La nuit, quand ils dégringolaient à travers les dunes, avec des relèvements au compas pour les guider vers le lieu de rassemblement, Guy était généralement l'un des premiers au rendez-vous. Il y avait de grands avantages à avoir été élevé à la campagne. Dans les « discussions » aussi, il réussissait bien. Il s'agissait de débats sur les plus mystérieux aspects des variétés de l'opération « rentrer dedans ». Les sujets étaient annoncés à l'avance, étant entendu que l'on devait se livrer à la pensée et à la recherche. Quand arrivait le soir, presque tout le monde avait envie de dormir, et la belle démonstration d'Apthorpe, en vocabulaire technique, tombait à plat. L'exposé de Guy était clair et concis. Il réalisa qu'il produisait, une fois encore, une impression favorable.

Le dégel céda la place à un temps clair et froid. Ils retournèrent au champ de tir de Mudshore, mais sous le commandement du général. C'était à l'époque où l'on n'avait pas encore créé l'école de combat. Le tir réel, Guy ne l'ignorait pas, était conduit avec toute la solennité des honneurs rendus à un enterrement, toujours et partout, excepté quand le général Ritchie-Hook était dans les environs. Le bruit des balles le réjouissait tellement qu'il en arrivait à la plus haute insouciance.

Il alla à la butte pour organiser le tir sur cibles à éclipse. Les marqueurs élevaient des cibles-silhouettes à des endroits imprévisibles, attirant des rafales de fusil-mitrailleur. Le général, bientôt las de cet exercice, mit sa casquette au bout de sa canne et se mit à courir d'un bout à l'autre de la tranchée, soulevant sa coiffure, l'abaissant, l'agitant, promettant par téléphone un souverain à celui qui la toucherait. Tous la manquèrent. Exaspéré, il montra sa tête au-dessus du parapet en criant :

— Allons, bande de propres à rien, tirez-moi dessus !

Il continua pendant quelque temps, courant, riant, plongeant, sautant, jusqu'à ce qu'il fût épuisé, mais sans avoir été blessé.

À cette époque, l'on manquait de munitions. On accordait cinq coups par homme pour l'instruction normale. Le général Ritchie-Hook faisait tirer tous les fusils-mitrailleurs Bren à la fois sans arrêt. Les canons surchauffés étaient remplacés et plongés brûlants dans des seaux d'eau, cependant qu'il conduisait ses jeunes officiers, à quatre pattes, devant les cibles, à quelques pouces au-dessous de la pluie de balles.

II

Les journaux, parcourus rapidement, étaient pleins des triomphes finlandais. Des troupes de skieurs fantômes – lisait Guy – traversaient les sombres forêts arctiques et harcelaient les divisions motorisées soviétiques, qui s'étaient avancées avec leur musique et avec des portraits de Staline et qui s'attendaient à être les bienvenues. Les prisonniers faits par les Finlandais étaient mal équipés, sous-alimentés, et ignoraient totalement qui ils combattaient et pourquoi. Les forces britanniques, retardées seulement par quelques complications diplomatiques, étaient en route pour apporter leur assistance. La puissance russe avait montré qu'elle était une illusion. Dans le cœur des Anglais, Mannerheim tenait la place qu'avait conquise, en 1914, Albert, roi des Belges. Puis, tout à fait brusquement, il apparut que les Finlandais étaient battus.

Personne à Kut-al-Imara ne semblait s'émouvoir beaucoup de ce désastre. Pour Guy, ces nouvelles confirmaient le soupçon démoralisant qu'il avait tenté de repousser, qu'il avait presque toujours réussi à repousser durant son service aux Hallebardiers ; le soupçon qu'il était engagé dans une guerre où le courage et une cause juste n'avaient rien à voir avec le résultat final.

Ce jour-là, Apthorpe déclara :

— Après tout, c'est seulement ce à quoi l'on s'attendait.

— Vous vous y attendiez, Apthorpe ? Vous ne me l'aviez jamais dit.

— Ça crève les yeux, mon vieux, pour quelqu'un qui prend la peine de peser le pour et le contre. C'est simplement le cas de la Pologne qui recommence. Ça ne servait à rien d'en parler. Cela aurait simplement répandu l'alarme et le découragement parmi nos frères plus faibles. Personnellement, je vois bien quelques avantages dans la situation.

— Quoi, par exemple ?

— Cela simplifie l'ensemble de la stratégie, si vous comprenez ce que je veux dire.

— Dois-je considérer ceci comme un élément de votre campagne de prévention contre l'alarme et le découragement ?

— Considérez-le comme vous l'entendrez, mon vieux. J'ai d'autres préoccupations.

Et Guy comprit tout de suite qu'un fait nouveau avait dû se produire dans l'émouvant drame personnel qui, pendant ce carême, se jouait à l'arrière-plan des méthodes d'instruction du général. Ce drame tirait vraiment tout son pathétique de ces méthodes et les illustrait de remarquable façon.

Cette aventure avait débuté le premier samedi du nouveau régime.

Les salles de classe étaient à peu près désertes, cet après-midi-là. Tout le monde dormait dans les pièces du haut, ou bien était allé en ville. Guy lisait ses revues dans le hall lorsqu'il vit, à travers la vitre de la fenêtre, un taxi s'arrêter. Apthorpe en descendit. Il portait, avec l'aide du chauffeur, un grand objet carré qu'ils placèrent sous le porche. Guy sortit pour proposer son aide.

— Ça va très bien, merci, dit Apthorpe plutôt sèchement. Je transporte seulement une partie de mon attirail.

— Où voulez-vous le mettre ?

— Je ne sais pas encore exactement. Je me débrouillerai très bien. Merci.

Guy retourna dans le hall, s'approcha de la fenêtre et regarda vaguement dehors. Il commençait à faire trop sombre pour lire aisément ; et l'homme de service n'était pas encore venu placer les écrans de blackout. Au bout d'un moment, Guy vit Apthorpe, dans le demi-jour, sortir par la porte principale et se mettre furtivement à fouiller dans le massif. Fasciné, il observa jusqu'à ce que, dix minutes plus tard, il le vît revenir. Le porche de la façade donnait directement sur le hall. Apthorpe entra à reculons ; il traînait son élément d'équipement.

— Vous êtes sûr que je ne peux pas vous aider ?

— Tout à fait sûr. Merci.

Il y avait un grand placard sous l'escalier. Apthorpe y fourra avec difficulté son fardeau. Il retira ses gants, son manteau et sa casquette et s'approcha du feu d'un air détaché, puis annonça :

— Le commodore vous envoie son souvenir. Il dit que nous lui manquons, au club.

— Vous y êtes allé ?

— Pas à proprement parler. Je suis seulement entré dire bonjour au vieux. J'allais chercher quelque chose.

— Cette partie d'attirail ?

— Eh bien ! sincèrement parlant, oui.

— Est-ce quelque chose de très personnel, Apthorpe ?

— Quelque chose qui n'a pas un intérêt général, mon vieux. Aucun intérêt général.

À ce moment, l'ordonnance de service vint établir le black-out. Apthorpe lui dit :

— Smethers.

— Monsieur ?

— Vous vous appelez bien Smethers, n'est-ce pas ?

— Non, monsieur, Crock.

— Bon, ça ne fait rien. Ce que je voulais vous demander concernait les communs, les pièces situées sur le derrière de la maison.

— Oui, monsieur ?

— J'ai besoin d'une sorte de petit hangar ou de magasin. Une cabane de jardinier ferait l'affaire, une buanderie, une laiterie, n'importe quoi de semblable. Existe-t-il quelque chose comme ça ?

— En avez-vous besoin seulement pour le moment, monsieur ?

— Non, non, non. Pour tout le temps où nous serons ici.

— Je ne pourrais pas vous dire, monsieur. Ça regarde l'intendant.

— Oui, je voulais seulement savoir.

Et quand l'homme fut parti :

— Il est idiot, ce type. J'ai toujours cru qu'il s'appelait Smethers.

Guy retourna à ses revues. Apthorpe s'assit en face de lui et se mit à contempler ses chaussures. À un moment, il se leva, alla jusqu'au placard, y jeta un coup d'œil, le referma et retourna s'asseoir.

— Je peux la garder ici, je suppose. Mais je ne peux vraiment pas m'en servir ici. N'est-ce pas ?

— Pourquoi pas ?

— Eh bien ! comment pourrais-je faire ?

Il y eut un temps pendant lequel Guy lut un article sur l'inviolabilité des marais de Mikkeli (c'étaient les beaux jours avant la chute de la Finlande). Puis Apthorpe déclara :

— Je pensais que je pourrais trouver un endroit dans les massifs. Mais ils sont bien plus découverts que je n'imaginais.

Guy ne répondit pas et tourna une page du *Tablet*. Il était évident qu'Apthorpe mourait d'envie de divulguer son secret et qu'il allait le faire sans tarder.

— Ce n'est pas la peine d'aller voir l'intendant. Il ne comprendrait pas. Ce n'est pas quelque chose de facile à expliquer à n'importe qui.

Puis, après un autre temps, il ajouta :

— Eh bien ! puisque vous devez le savoir, c'est ma... machine infernale.

Cela dépassait de loin toutes les espérances de Guy ; son esprit avait imaginé des vivres, des médicaments, des armes à feu ; en mettant les choses au mieux, il avait espéré quelque chose d'exotique dans le genre cordonnerie.

— Puis-je la voir ? demanda-t-il respectueusement.

— Je ne vois pas pourquoi non, répondit Apthorpe. À propos, je pense qu'elle vous intéressera. C'est quelque chose de bien, un modèle qu'on ne fait plus. Cela revient trop cher, je suppose.

Il alla jusqu'au placard et en sortit le trésor : un cube de chêne cerclé de cuivre.

— C'est vraiment du beau travail.

Il l'ouvrit et fit apparaître un mécanisme, composé de pièces de bronze coulé et de faïence modelée, d'une solide exécution de l'époque édouardienne. À l'intérieur du couvercle se trouvait une plaque portant en relief l'inscription : « Magasin chimique de Connolly. »

— Qu'en pensez-vous ? interrogea Apthorpe.

Guy n'était pas certain des termes convenables par lesquels il pouvait exprimer son admiration pour un pareil spectacle.

— Elle a sûrement été très bien entretenue, répondit-il.

Il semblait que Guy eût dit ce qu'il fallait.

— Je l'ai eue d'un président de Haute Cour, l'année où ils ont mis des canalisations dans les immeubles du gouvernement à Karonga. Je lui en ai donné cinq livres. Je ne crois pas que je puisse en trouver une maintenant pour vingt. On ne fait plus ce travail fini, maintenant.

— Vous devez en être très fier.

— Oui, sûrement.

— Mais je ne vois pas bien pourquoi vous en avez besoin ici.

— Vraiment, mon vieux, vous ne voyez pas ?

Une expression étrangement solennelle et béate remplaça la joie naïve de la possession, dont avaient jusqu'à présent resplendi les traits d'Apthorpe.

— Avez-vous jamais entendu parler d'une maladie assez déplaisante appelée « blennorragie », Crouchback ?

Guy était abasourdi.

— Dites, c'est abominable !... Je suis désolé. Je n'aurais jamais cru ça. Vous avez dû l'attraper à Londres, l'autre soir, quand vous étiez ivre. Mais vous soignez-vous comme il faut ? Vous devriez vous faire porter malade ?

— Non, non, non, non. Moi, je ne l'ai pas !

— Alors, qui l'a ?

— Sarum-Smith, entre autres.

— Comment le savez-vous ?

— Je ne le sais pas. Je prends simplement Sarum-Smith comme exemple. Il est exactement l'espèce de jeune crétin à l'attraper. N'importe lequel d'entre eux peut l'avoir. Et je n'ai pas envie de courir de risques.

Il ferma sa caisse et la poussa sous l'escalier. L'effort parut l'exaspérer.

— Et en plus de ça, mon vieux, dit-il, je n'aime pas beaucoup la façon dont vous venez de me parler ; vous m'accusez d'avoir une blennorragie. C'est quelque chose de très sérieux, vous savez !

— Je suis désolé. C'était naturel de se tromper dans certaines circonstances.

— Pas naturel pour moi, mon vieux. Et je ne vois pas très bien ce que vous entendez par « circonstances ». Je ne m'enivre jamais. J'aurais cru que vous auriez remarqué cela. Gai, peut-être, de temps en temps ; mais jamais ivre. C'est une chose dont je m'écarte. J'en ai vu beaucoup trop.

Le lendemain, au petit jour, Apthorpe était debout. Il explora les bâtiments extérieurs. Avant le petit déjeuner, il avait découvert un hangar vide où l'école avait peut-être remisé les battes et les jambières de cricket. Avec l'aide du Hallebardier Crock, il y installa son magasin chimique ; et c'est là qu'il y eut recours, pour son bien-être, durant quelques calmes journées. C'est deux jours après la chute de la Finlande que les ennuis commencèrent.

Guy, revenu d'une opération de « rentre-dedans » à travers les dunes, avait dîné tard, et il espérait prendre une demi-heure de repos. Il fut dérangé par Apthorpe. Les traits de ce dernier étaient empreints de consternation.

— Crouchback, j'ai un mot à vous dire.
— Oui ?
— En particulier si ça ne vous fait rien.
— Ça me fait quelque chose. Qu'est-ce que c'est ?

Apthorpe jeta un regard dans le vestibule. Tout le monde paraissait occupé.

— Vous vous êtes servi de ma machine infernale.
— Non, je ne m'en suis pas servi.
— Quelqu'un s'en est servi.
— Eh bien ! ce n'est pas moi.
— Personne d'autre ne connaît son existence.

— Et le Hallebardier Crock ?
— Il n'oserait pas.
— Ni moi non plus, mon cher ami.
— Est-ce là votre dernier mot ?
— Oui.
— Très bien. Mais, à l'avenir, je ferai bonne garde.
— Oui, c'est mon avis.
— C'est une affaire sérieuse, vous savez. Ça frise l'indélicatesse. Les produits chimiques sont loin d'être bon marché.
— Combien chaque fois ?
— Ce n'est pas l'argent. C'est le principe.
— Et le risque de contagion.
— Exactement.

Pendant deux jours, Apthorpe se posta dans les buissons à proximité de son hangar et employa chaque minute de liberté à monter la garde. Le troisième jour, il prit Guy à part et lui dit :

— Crouchback, je vous dois des excuses. Ce n'est pas vous qui vous êtes servi de ma... machine infernale.
— Je le sais.
— Oui, mais vous devez admettre que les circonstances étaient très équivoques. En tout cas, j'ai trouvé qui c'est, et c'est bien embêtant.
— Ce n'est pas Sarum-Smith ?
— Non, bien plus embêtant que ça. C'est le général.

— Croyez-vous qu'il ait une blennorragie ?

— Non, c'est tout à fait invraisemblable. Il est beaucoup trop homme du monde. Mais un problème se pose. Quelles mesures dois-je prendre ?

— Aucune.

— C'est une question de principe. En tant que mon supérieur hiérarchique, il n'a pas plus le droit de se servir de ma machine infernale que de porter mes bottes.

— Oh ! moi, je lui prêterais mes bottes s'il les voulait.

— Peut-être, mais vous m'excuserez de vous parler de cette façon : vous n'êtes pas très difficile pour vos bottes, n'est-ce pas, mon vieux ? De toute manière, vous pensez que c'est mon devoir de m'incliner sans rien dire ?

— Je crois que vous vous rendrez absolument ridicule si vous agissez autrement.

— Il faudra que j'y songe. Pensez-vous que je doive consulter le major de la brigade ?

— Non.

— Vous avez peut-être raison.

Le lendemain, Apthorpe rendit compte :

— Les choses paraissent empirer.

Le fait qu'il saisit immédiatement ce que voulait dire Apthorpe indiquait à quel point la machine infernale avait occupé les pensées de Guy.

— D'autres intrus ?

— Non, pas ça. Mais ce matin, comme je sortais, j'ai rencontré le général qui entrait. Il m'a regardé d'une drôle de façon – vous avez remarqué peut-être qu'il a plutôt une manière désagréable de fixer, dans certains cas. Son regard paraissait suggérer que je n'avais rien à faire là.

— C'est un homme d'action, dit Guy. Vous n'attendrez pas longtemps avant de savoir ce qu'il en pense.

Toute la journée, Apthorpe fut tourmenté. Il répondit au petit bonheur, quand on lui demanda un avis sur la tactique. Ses solutions aux problèmes posés étaient extravagantes. Il faisait particulièrement froid, ce jour-là. Pendant chaque pause entre les exercices, il veillait près de la cabane. Il manqua le thé et il ne revint que dix minutes avant la conférence du soir. Il avait le nez rouge et les joues violettes.

— Vous allez vous rendre malade vous-même si ça continue, dit Guy.

— Ça ne peut pas continuer. Le pire est déjà arrivé.

— Quoi ?

— Venez voir. Je ne l'aurais pas cru si je ne l'avais constaté de mes propres yeux.

Ils sortirent dans les ténèbres.

— Il y a à peine cinq minutes. Je montais la garde depuis l'heure du thé et je commençais à avoir diablement froid. Alors je me suis mis à marcher un peu. Voilà le général qui arrive en plein sur moi. Je le salue. Il ne dit rien. Alors, sous mes propres yeux, il a fait la chose. Puis il est revenu vers moi. J'ai salué et il a vraiment souri. Je vous le dis, Crouchback, c'était diabolique !

Ils étaient arrivés à la cabane. Guy pouvait seulement apercevoir quelque chose de grand et de blanc accroché à la porte. Apthorpe tourna vers elle sa lampe-torche, et Guy vit un avis écrit soigneusement : « Accès interdit au personnel de tout grade, au-dessous du grade de général. »

— Il a dû le faire faire spécialement par un des secrétaires ! remarqua Apthorpe d'un air sinistre.

— Ça vous met plutôt dans une drôle de situation ? répondit Guy.

— Je donnerai ma démission.

— Je ne crois pas que vous puissiez, en temps de guerre.

— Je peux demander à permuter dans un autre régiment.

— Vous me manquerez, Apthorpe, plus que vous ne le pensez vraiment. En tout cas, il y a conférence dans deux minutes. Allons-y.

Le général faisait lui-même la conférence. Les pièges à explosion s'étaient montrés, semblait-il, une importante caractéristique du service de patrouilles sur le front occidental. Le général parlait de fils de fer tendus, de détonateurs, de mines contre le personnel. Il décrivit en détail une chèvre explosible que, dans le temps, il avait imaginée et amenée dans un campement de bédouins. Il avait rarement été aussi exubérant.

C'était un des soirs où il n'y avait pas de « discussion », ni de manœuvres de nuit ; et il était généralement admis que ceux qui le désiraient pouvaient dîner dehors.

— Allons au *Garibaldi*, dit Apthorpe. Je ne veux pas m'asseoir à la même table que cet individu. Il faut que vous veniez dîner avec moi. Je vous invite.

Là, dans la vapeur du minestrone, le visage d'Apthorpe prit une teinte plus florissante et, remonté par le barolo, de désespéré, il devint provocant. Pelecci se penchait très près de lui pendant qu'Apthorpe ressassait ses malheurs. La conversation était obscure. Une « machine infernale », invention de cet officier sérieux, injustement détournée par un supérieur, était évidemment une arme nouvelle d'importance.

— Je ne crois pas, disait Apthorpe, que cela servirait à quelque chose de recourir au Conseil supérieur de l'armée. N'est-ce pas ?

— Non.

— On ne peut pas s'attendre à voir ces gens-là étudier l'affaire dans un esprit purement objectif. Je ne prétends pas qu'il y ait vraiment du préjudice ;

mais, après tout, c'est leur intérêt de soutenir l'autorité quand ils peuvent le faire. S'ils trouvent une échappatoire...

— Vous croyez qu'il y a des échappatoires dans votre affaire ?

— Pour être tout à fait sincère, mon vieux : oui. Dans un tribunal d'honneur, évidemment, la chose serait différente ; mais, dans son aspect strictement légal, on doit admettre que le général est dans son droit en interdisant l'accès d'une partie des locaux de la brigade. Il est également vrai que j'ai installé ma... machine infernale sans autorisation. C'est exactement le genre d'argument sur lequel le Conseil supérieur se jetterait.

— Naturellement, dit Guy, on peut soutenir que, puisque la... machine infernale ne s'est pas élevée au grade de général, elle se trouve elle-même en ce moment dans un endroit interdit.

— Vous avez saisi, Crouchback. Vous avez mis en plein dans le mille.

Il roula des yeux à travers la table avec une sincère admiration.

— Il y a des moments où l'on regarde le problème de trop près. J'ai tourné et retourné cette histoire dans ma tête, jusqu'à en être tout à fait malade de souci. Je savais bien qu'il me fallait l'avis d'une personne étrangère ; n'importe qui, seulement quelqu'un qui ne soit pas intéressé personnellement. Je ne doute pas que, tôt ou tard, je n'en sois arrivé à la même solution ; mais j'aurais pu me tracasser la moitié de la nuit. J'ai envers vous une vraie dette de reconnaissance, mon vieux.

On apporta encore des choses à manger et encore du vin. Giuseppe Pelecci avait perdu pied. La « machine infernale », semblait-il maintenant, était le nom chiffré d'un personnage politique d'importance, mais n'ayant aucun grade militaire, qui se dissimulait dans la région. Giuseppe transmettrait le renseignement pour ce qu'il valait ; des cerveaux plus perspicaces que le sien en feraient ce qu'ils pourraient. Il n'ambitionnait pas de s'élever dans sa profession. Son restaurant marchait très bien. Il avait développé sa clientèle. La politique l'ennuyait et la guerre l'effrayait. C'était seulement pour échapper au service militaire qu'il était d'abord venu là.

— Et ensuite, un zabaglione spécial, messieurs ?
— Oui, répondit Apthorpe. Oui, certainement. Donnez-nous tout ce que vous avez.

Et à Guy :

— Il est bien entendu que c'est moi qui vous invite.

C'est ce qu'avait compris Guy dès le début ; cette allusion, pensait Guy, était peut-être une lourde manifestation de reconnaissance. En réalité, c'était un appel sournois à de nouveaux services.

— Je crois que nous avons dégagé l'ensemble, du point de vue légal, très nettement, continua Apthorpe. Mais il y a maintenant la question de l'action. Comment allons-nous faire pour sortir la... machine infernale ?

— De la même façon que vous l'avez entrée, je suppose.

— Pas si commode, mon vieux. Il y a des complications. Le Hallebardier Crock et moi, nous l'avons portée là. Comment pouvons-nous la sortir sans passer la limite d'interdiction ? On ne peut pas donner à un homme l'ordre d'accomplir un acte illicite. Vous devez vous rappeler ça. En outre, ça ne me dit rien vraiment de lui demander. Il a été nettement peu serviable dans toute l'affaire.

— Vous ne pouvez pas attraper la machine au lasso, de la porte ?

— Bien scabreux, mon vieux. Et puis, mon lasso est, avec le reste de mon équipement, chez le commodore.

— Vous pourriez l'attirer avec un aimant ?

— Dites donc, est-ce que vous essayez de faire de l'esprit, Crouchback ?

— C'était seulement une suggestion.

— Pas une suggestion bien pratique, si vous me permettez de vous le dire. Non. Quelqu'un doit entrer et la prendre.

— Dans l'endroit interdit ?

— Quelqu'un qui ne sache pas, ou au moins dont le général ne sache pas qu'il sait que l'accès de la cabane est interdit. S'il était pris, il pourrait toujours prétendre qu'il n'avait pas vu l'avis dans l'obscurité.

— Vous voulez dire moi ?

— Eh bien ! vous êtes plus ou moins la personne indiquée, hein, mon vieux ?

— Bon, dit Guy, ça m'est égal.

— C'est très chic de votre part, déclara Apthorpe, fortement soulagé.

Ils finirent leur dîner. Apthorpe grogna à propos de l'addition, mais paya. Ils revinrent à Kut-al-Imara. Il n'y avait personne dans les environs. Apthorpe surveillait les alentours. Guy, sans grande difficulté, traîna l'objet de l'extérieur.

— Où maintenant ?

— Voilà la question. Quel est le meilleur endroit à votre avis ?

— Les cabinets.

— Vraiment, mon vieux, ce n'est ni le moment, ni l'endroit pour faire de l'esprit !

— Je pensais à la remarque de Chesterton : quelle est la meilleure place pour cacher une feuille ? Dans un arbre.

— Je ne saisis pas, mon vieux. Ça ne serait pas du tout commode en haut d'un arbre, à tous les points de vue.

— Bon, ne l'emmenons pas loin, c'est sacrément lourd.

— Il y a une serre que j'ai découverte quand je faisais ma reconnaissance du terrain.

Ils y amenèrent la caisse, cinquante yards plus loin. C'était moins spacieux que la cabane, mais Apthorpe déclara que ça irait. En revenant de leur expédition, il s'arrêta dans l'allée et dit avec une chaleur inaccoutumée :

— Je n'oublierai jamais le travail de ce soir, Crouchback. Je vous remercie beaucoup.

— Et moi, je vous remercie pour le dîner.

— Ce métèque nous a flanqué un coup de fusil, n'est-ce pas ?

Quelques pas plus loin, Apthorpe ajouta :

— Écoutez, mon vieux, si vous avez envie de vous servir de la... machine infernale aussi, moi, je ne demande pas mieux.

C'était un moment de sublime émotion ; un instant historique, Guy s'en était rendu compte, moment où, dans la complexité de leurs relations, Apthorpe s'était le plus approché de l'affection et de la confiance. Ce moment passa, comme de tels moments passent entre Anglais.

— C'est très aimable à vous, mais je m'estime satisfait comme cela.

— Vous êtes sûr ?

— Oui.

— Alors, c'est très bien, conclut Apthorpe, fortement soulagé.

Et c'est ainsi que Guy eut une place importante dans les bonnes grâces d'Apthorpe et devint avec lui gardien associé de la machine infernale.

III

Dans l'ensemble, ces dernières semaines de mars furent illustrées par les aventures du « magasin » chimique. Apthorpe eut bientôt oublié le motif primordial pour lequel ce « magasin » avait été installé. Notre homme n'était plus poussé maintenant par la crainte de la contagion. Son droit de propriété était en jeu.

Le matin qui suivit le premier déménagement, pendant l'attente du rassemblement, Apthorne prit Guy à part. Leur nouvelle camaraderie était sur un plan qui différait de la franche cordialité. Ils étaient maintenant conspirateurs associés.

— Elle est toujours là.
— Bon.
— On n'y a pas touché.
— Parfait.
— Je crois, mon vieux, qu'étant donné les circonstances il vaut mieux que l'on ne nous voie pas trop parler ensemble.

Plus tard, comme ils allaient déjeuner au mess, Guy eut la singulière impression que, dans la foule, quelqu'un essayait de lui prendre la main. Il regarda autour de lui et vit Apthorpe tout près, le visage détourné, parlant avec une grande affectation au capitaine Sanders. Il comprit alors qu'on lui passait un papier.

À table, Apthorpe se dirigea vers une place aussi éloignée que possible de celle de Guy. Celui-ci déplia le chiffon de papier et lut : « L'avis a été enlevé de la cabane. Capitulation sans conditions ? »

Ce ne fut qu'au moment du thé qu'Apthorpe jugea prudent de parler :

— Je ne crois pas que nous ayons d'autres motifs d'inquiétude. Le général a reconnu que nous étions plus forts que lui.

— Ça n'est pas son genre.

— Oh ! il est à peu près capable de tout, je sais bien. Mais il doit considérer son rang.

Guy ne désirait pas troubler les nouvelles dispositions heureuses dans lesquelles se trouvait Apthorpe, mais il se demandait si ces adversaires avaient un semblable sentiment de leur dignité. Le lendemain, il fut manifeste que ce n'était pas le cas.

Apthorpe arriva pour l'exercice (sous le nouveau régime, il y avait une demi-heure de manœuvre et d'éducation physique tous les matins) avec une figure horrifiée. Il se plaça dans les rangs à côté de Guy. Il y eut encore un bizarre tâtonnement de doigts, et Guy se trouva avec un message à la main. Il le lut à la première pause, pendant qu'Apthorpe se détournait ostensiblement.

« Dois vous parler seul première occasion. Les plus graves développements ! »

Une occasion se présenta au milieu de la matinée.

— Cet homme est fou. Un enragé dangereux à faire enfermer. Je ne sais pas ce que je dois faire.

— Qu'est-ce qu'il a encore fait ?

— Il a été à deux doigts de me tuer, tout simplement. Si je n'avais pas porté mon casque d'acier, je ne serais pas ici pour vous le dire. Il m'a attrapé avec un sacré grand pot de fleurs rempli de terre et un géranium mort, en plein sur le sommet du crâne. Voilà ce qu'il a fait ce matin.

— Il vous l'a lancé ?

— Le pot était placé sur le haut de la porte de la serre.

— Pourquoi portiez-vous votre casque ?

— Une intuition, mon vieux. L'instinct de conservation.

— Mais vous disiez hier soir que vous croyiez que tout était terminé. Apthorpe, portez-vous toujours votre casque sur la machine infernale ?

— Tout ceci n'a aucun rapport avec la question. L'important est que cet individu est simplement irresponsable. C'est très grave pour quelqu'un dans sa position – et dans la nôtre. Un moment peut venir où il aura nos existences entre les mains. Que dois-je faire ?

— Déménager la caisse une fois de plus.

— Et ne pas demander compte de l'affaire ?

— Eh bien ! vous avez votre dignité à considérer.

— Vous voulez dire qu'il y a des gens qui pourraient trouver cela amusant ?

— Extrêmement amusant.

— Sacré nom, dit Apthorpe, je n'avais pas envisagé ce côté de la question.

— Je voudrais que vous me disiez la vérité à propos du casque.

— Eh bien ! puisque vous voulez le savoir, je l'ai porté dernièrement. Je pense que ça se ramène à un simple mal du pays, mon vieux. Le casque de tranchée donne un peu l'impression du casque colonial, si vous voyez ce que je veux dire. Ça rend la machine infernale plus familiale.

— Vous ne partez pas avec le casque sur la tête ?

— Non, sous le bras.

— Et quand vous le mettez, est-ce avant ou après avoir baissé votre pantalon ? Il faut que je sache.

— Il se trouve que c'est au seuil de la porte. Cela a été une grande chance pour moi ce matin. Mais vraiment, vous savez, mon vieux, je ne vous comprends pas tout à fait. Pourquoi vous intéressez-vous à tout ça ?

— Je dois me représenter la scène, Apthorpe. Quand nous serons vieux, de semblables souvenirs seront notre principale consolation.

— Crouchback, il y a des moments où vous parlez presque comme si vous trouviez ça drôle.

— Je vous en prie, ne croyez pas ça, Apthorpe. Je vous en supplie, pensez tout ce que vous voulez, mais pas ça.

Déjà, après une si brève réconciliation, Apthorpe commençait à se méfier. Il aurait bien voulu prendre mal la chose, mais il n'osait pas. Il était aux prises avec un ennemi impitoyable et plein de ressources, et il devait se cramponner à Guy ou se laisser abattre.

— Bon, qu'est-ce que nous allons faire maintenant ? demanda-t-il.

Ce soir-là, ils se glissèrent jusqu'à la serre, et Apthorpe, silencieusement, éclaira de sa lampe torche les fragments du pot, la terre répandue et le géranium mort, témoins de la grande terreur de la matinée. Sans bruit, lui et Guy soulevèrent la caisse et la rapportèrent, selon leur plan, à sa demeure initiale, la cabane à jeux.

Le lendemain, le général fit son apparition au premier rassemblement.

— Le Manuel d'instruction militaire n° 24, comme vous le savez tous certainement, recommande les jeux pour apprendre à observer et à se débrouiller en campagne. Ce matin, messieurs, vous allez participer à un jeu de cette sorte. Quelque part, dans le terrain avoisinant, on a caché une vieille latrine de campagne qui a sans doute été abandonnée ici comme sans valeur par les occupants précédents du camp. Elle a l'aspect d'une caisse carrée ordinaire. Travaillez isolément. Le premier officier qui la trouvera me rendra compte. Rompez.

— Son cynisme me renverse, déclara Apthorpe. Crouchback, gardez le hangar, je vais détourner les recherches.

Apthorpe avait repris courage. Il était maître de la situation. Il se dirigea à grands pas d'un air décidé dans la direction du dépôt de charbon et de pétrole et, comme il était à prévoir, on vit bientôt le général qui marchait derrière lui. Guy se rendit par des chemins détournés à la cabane à jeux et se mit à déambuler dans le voisinage. Deux fois, d'autres chercheurs s'approchèrent, et Guy leur dit :

— Je viens de regarder là-dedans. Rien d'intéressant.

Un moment plus tard le clairon les rappela. Le général reçut le « rien à signaler », monta sur sa moto et démarra, en lançant des regards farouches, mais sans dire un mot. On ne le revit plus de toute la journée.

— Un mauvais joueur, mon vieux, remarqua Apthorpe.

Mais le lendemain, l'avis « Accès interdit » était revenu sur la porte du hangar.

Ainsi que Guy l'avait prévu, ces jours et ces nuits de mars, passées à de folles parties de cache-cache, apportèrent un profond délassement à son esprit. Mais, en regardant en arrière, le détail des alternatives de ruse et de contre-ruse s'estompa et appartint à la légende. Il ne respira plus jamais l'odeur des lauriers mouillés, il ne foula plus d'aiguilles de pin, sans revivre ces nuits agitées qu'il avait passées à rôder avec Apthorpe, ces matinées de triomphe ou de découragement. Mais la chronologie précise des événements, leur nombre exact même devinrent vagues et disparurent plus tard, au milieu de souvenirs moins enfantins.

Le point culminant fut atteint pendant la semaine sainte, tout à fait à la fin du stage. Le général avait passé trois jours à Londres pour s'occuper de leur prochain déplacement. La machine infernale était dans un coin du terrain de jeux, sans abri, mais bien dissimulée entre un orme et un immense rouleau. Là, pendant trois jours, Apthorpe put jouir sans contestation de ses droits de propriété.

Le général revint dans un état de bonne humeur inquiétante. Il avait acheté dans une boutique de jouets des verres-attrape, lesquels, lorsqu'on les levait, répandaient leur contenu sur le menton du buveur. Il les disposa en cachette autour de la table avant le dîner. Après le repas, il y eut une longue séance de Housey-Housey. Lorsque le général eut annoncé le dernier gagnant, il déclara :

— Messieurs, tout le monde, à l'exception du major de la brigade et de moi, part en congé demain. Nous nous retrouverons sous la tente en Basse-Écosse, où vous aurez largement la place de mettre en pratique les leçons que vous avez apprises ici. Les détails relatifs au déplacement seront affichés dès que le major de la brigade en aura accouché. Vous remarquerez également que les bagages des officiers et leur équipement sont réglementés par un barème établi par le ministère. Ces limites seront strictement observées. Je crois que c'est tout, n'est-ce pas, major ? Ah ! non, encore un mot. Il y a quelque chose qui cloche dans vos tenues. Vous êtes promus au grade supérieur à dater d'aujourd'hui. Fixez-moi ces deuxièmes étoiles avant de quitter le camp.

Ce soir-là, il y eut des chants dans les dortoirs :

> *Et enfin demain je serai parti*
> *De cette académie.*
> *Moi, dès demain matin, j'oublie*
> *Cette sacrée académie !*

Leonard improvisait :

> *Plus de manœuvres et plus d'exercices.*
> *Plus de réveils en pleine nuit pour attraper froid*
> *Plus d'exercices martiaux.*
> *Et plus de réveils glaciaux !*

— Dites donc, fit remarquer Guy à Apthorpe, ce barème d'équipement ne marche pas pour votre attirail.

— Je sais, mon vieux. C'est bien préoccupant.

— Et la machine infernale ?

— Je lui trouverai un coin. Un endroit tout à fait sûr, une crypte, un souterrain, quelque chose comme ça, où je saurai qu'elle m'attendra jusqu'à la fin de la guerre.

Plus de cloaque où l'on rampait,
De discours où l'on s'endormait !

Les voix joyeuses atteignaient la pièce marquée : « État-major de la brigade », où le général travaillait avec son major.

— Ça me rappelle, dit-il, que j'ai à m'occuper dehors d'une affaire qui n'est pas terminée.

Le lendemain matin, dès que le soleil atteignit la fenêtre sans rideaux de Paschendael, Apthorpe était debout, perforant ses pattes d'épaule avec une paire de ciseaux à ongles. Il se para ensuite des attributs de lieutenant. Il ne fit rien, ni ne dit rien de banal, le matin du départ. Son dernier geste avant de quitter le dortoir fut un geste amical. Il offrit à Guy de lui prêter une paire d'étoiles, tirées d'une élégante boîte à boutons de chemises, qu'il révèle maintenant être garnie de semblables ornements, et aussi de couronnes[1]. Puis, avant que Guy eût fini de se raser, Apthorpe, habillé avec correction et portant son casque sous le

---

1. Insignes de grades d'officiers : une étoile, second-lieutenant (sous-lieutenant) ; deux étoiles, lieutenant ; trois étoiles, capitaine ; une couronne, major (commandant) *(N.d.T.)*.

bras, partit dans la direction de son coin du terrain de sports.

L'endroit n'était pas à deux cents yards. Moins de cinq minutes plus tard, une explosion fit trembler les fenêtres de l'école. Diverses voix joyeuses de fin d'année scolaire s'élevèrent des dortoirs :

— Attaque aérienne ! Mettez-vous à l'abri ! Gaz !

Guy boucla son ceinturon et se précipita dehors, dans la direction de ce qu'il savait devoir être le lieu du désastre. On apercevait des traînées de fumée. Il traversa le terrain de jeux. À première vue, il n'y avait pas trace d'Apthorpe. Puis Guy découvrit son camarade. Apthorpe était debout, appuyé à l'orme, le casque sur la tête. Il tripotait les boutons de son pantalon et fixait, avec une expression d'horreur stupéfiée, les débris éparpillés autour du rouleau.

— Dites, êtes-vous blessé ?

— Qui est-ce ? Crouchback ? Je ne sais pas. Je ne sais vraiment pas, mon vieux.

De la machine infernale, il ne restait qu'un monceau de bois fumant, de soupapes en cuivre, de poudre rosâtre, répandus sur plusieurs yards, et de grands débris de porcelaine modelée.

— Qu'est-ce qui est arrivé ?

— Je ne sais pas, mon vieux. Je me suis seulement assis. Il y a eu un fracas épouvantable. Et après, je me suis retrouvé là-bas, à quatre pattes, dans l'herbe.

— Êtes-vous blessé ? demanda Guy une deuxième fois

— Le choc ! dit Apthorpe. Je ne ressens pas du tout la chose.

Guy regarda de plus près les décombres. D'après ses souvenirs de la dernière conférence, ce qui s'était produit était assez évident.

Apthorpe enleva son casque d'acier, récupéra sa casquette, rectifia sa tenue, s'assura de la main que les nouvelles étoiles étaient toujours à leur place. « Il regarda encore une fois tout ce qui restait de sa machine infernale, le mot *juste*[1] », pensa Guy.

Il paraissait trop stupéfié pour ressentir du chagrin.

Guy ne savait que dire pour présenter ses condoléances.

— Il vaut mieux rentrer déjeuner.

Ils se dirigèrent en silence vers la maison.

À travers le terrain détrempé et inégal, Apthorpe marchait d'un pas chancelant, les yeux fixés devant lui.

Sur les marches, il s'arrêta et regarda en arrière.

Il y avait plus de pathétique que d'amertume dans l'épitaphe qu'il formula :

— Il est rentré dedans !

---

1. En français dans le texte *(N.d.T.)*.

IV

Guy avait songé à se rendre à Downside pour la semaine sainte, mais il finit par se décider à aller à Matchet. L'*Hôtel de la Marine* était toujours plein, mais il n'y avait plus cette impression de bousculade. La direction et le personnel avaient adopté une politique bien simple : en faire moins qu'auparavant pour un peu plus d'argent. Un tableau d'avis était accroché dans le hall. À cela près qu'ils commençaient par : « Il est respectueusement rappelé à messieurs les clients... », « Il est respectueusement demandé à messieurs les clients... », « Nous avons le regret d'informer la clientèle... », les avis ressemblaient étrangement aux ordres militaires, et chacun d'eux annonçait une légère diminution de bien-être.

— Cet endroit m'a l'air de dégringoler un peu, déclara Tickeridge, qui portait maintenant les insignes de lieutenant-colonel.

— Je suis persuadé qu'ils font de leur mieux, répondit Mr Crouchback.

— J'ai remarqué aussi qu'ils ont augmenté leurs prix.

— Je crois qu'ils rencontrent pas mal de difficultés.

Toute sa vie, Mr Crouchback s'était abstenu de vin et de tabac pendant le carême ; mais il y avait toujours sur sa table une carafe de porto, et les Tickeridge se joignaient à eux tous les soirs.

Ce soir de jeudi saint, ils se tenaient dans les courants d'air de la porte principale, pendant que Félix gambadait dehors dans l'obscurité. Mr Crouchback dit :

Je suis très content que tu sois dans le bataillon de Tickeridge ! C'est vraiment un charmant garçon. Il manque énormément à sa femme et à sa petite fille. Il m'a dit qu'on va probablement te donner une compagnie.

— Guère vraisemblable. Je pense que je pourrais être nommé commandant en second.

— Il a dit que tu aurais ta propre compagnie. Il pense beaucoup de bien de toi. Je suis si content ! Tu portes cette médaille ?

— Oui, bien sûr.

— Je suis véritablement enchanté que tu réussisses si bien. Ce n'est pas que ça m'étonne le moins du monde. À propos, je dois aller prendre mon tour au reposoir. Je ne pense pas que tu aies envie de venir aussi ?

— À quelle heure ?

— Eh bien ! ils ont l'air d'avoir pas mal de difficultés, le matin de bonne heure, à trouver des gens pour la veille. Pour moi, c'est la même chose. Alors je leur ai dit que j'y serais de cinq heures à sept heures.

— C'est un peu long pour moi. Je pourrai y passer une demi-heure.

— Viens alors. On a installé la chose d'une très jolie façon, cette année.

Le jour se levait, ce vendredi saint, quand Guy arriva à la petite église. Mais, à l'intérieur, il faisait encore presque nuit. L'air était chargé du parfum des fleurs et des cierges. Le père était seul, agenouillé bien droit sur un prie-Dieu, devant l'autel improvisé, et le regard fixé sur l'ostensoir. Il se détourna pour sourire à Guy et reprit ensuite sa prière.

Guy s'agenouilla non loin de son père et pria aussi.

Au bout d'un moment, un sacristain entra et enleva les rideaux noirs des fenêtres regardant vers l'est. Un soleil éclatant leur cacha un moment les cierges et l'hostie.

À la même heure, à Londres – car dans les plus secrets quartiers généraux on trouvait encore plus secret de travailler à des heures inusitées – on parlait de Guy.

— On a encore reçu quelque chose à propos de l'affaire de Southsand, monsieur.

— Ce professeur gallois qui s'en prend à l'armée de l'air ?

— Non, monsieur, mais vous vous rappelez le message sur ondes courtes de L 18, que nous avons intercepté. Le voici : « Deux officiers Hallebardiers déclarent que important politicien Box[1] séjourna Southsand secrètement et conféra avec grand chef militaire. »

— Je n'ai jamais cru qu'il y avait grand-chose là dedans. Nous n'avons aucun suspect du nom de Box, autant que je le sache, et il n'y a de grand chef militaire nulle part du côté de Southsand. Évidemment, ça peut être un nom en code.

— Eh bien ! monsieur, nous nous sommes mis à travailler là-dessus, comme vous nous l'aviez dit ; et nous avons appris qu'il y a un membre du Parlement du nom de Box-Bender qui a un beau-frère appelé Crouchback, aux Hallebardiers. En outre, Box-Bender est né seulement Box. Son père a fait ajouter l'autre nom en 1897.

— Alors, ça paraît régler la question, hein ? Il n'y a pas de raison pour que ce type n'aille pas voir son beau-frère.

---

1. Il y a confusion dans le message de l'espion italien entre *Box*-Bender, le beau-frère de Crouchback, et Thunder-*Box*, littéralement la Boîte à Tonnerre, que nous avons traduit par « machine infernale » *(N.d.T.)*.

— En secret, monsieur ?

— Avons-nous quelque chose sur ce Box ? Il n'y a rien de bien suspect à avoir un nom à trait d'union, j'espère ?

— Nous n'avons rien de bien intéressant, monsieur, dit l'officier subalterne, dont le nom était Grace-Ground-ling-Marchpole, chaque raccordement représentant un mariage prévoyant, à l'époque de la propriété foncière. – Il s'est rendu deux fois à Salzburg, en apparence pour un festival quelconque de musique. Mais Crouchback est tout à fait une autre espèce d'oiseau. Jusqu'au mois de septembre de l'année dernière, il vivait en Italie ; et il est connu pour avoir été en bons termes avec les autorités fascistes. Ne croyez-vous pas qu'il vaut mieux que je lui établisse une fiche ?

— Oui, peut-être ce sera aussi bien.

— Pour les deux, monsieur ?

— Oui, collez-leur une fiche à chacun.

Eux aussi descendirent les écrans de black-out et laissèrent entrer la lumière de l'aube.

Ainsi, deux nouvelles rubriques furent ajoutées au répertoire « Très secret », qui fut plus tard microfilmé, tiré à de nombreux exemplaires et répandu dans une douzaine de fichiers dans tous les états-majors de contre-espionnage du monde libre. Elles devinrent un élément définitif des archives « Très secrètes » de la Seconde Guerre mondiale.

V

Depuis plus de cinq mois, le grand événement annonce : « Quand la brigade se formera », avait resplendi dans l'esprit de Guy, comme dans les esprits d'à peu près tous ses compagnons. C'était une perspective brillante. Personne ne savait à quoi il fallait s'attendre.

Guy avait vu une fois un film de la révolte de 1745. Le prince Charles et ses familiers se tenaient sur un monticule couvert de bruyères. Ils formaient un petit groupe morne de gens habillés comme pour le bal écossais ; on aurait dit vraiment quelques noceurs sans espoir, rassemblés dans un faubourg de la périphérie dans l'attente d'un ami, possesseur d'une auto, qui n'arrivait pas.

Il y eut un moment affreux quand le soleil atteignit l'horizon derrière eux. Le prince baissa la tête, remit son grand sabre au fourreau et dit, avec un fort accent du Milwaukee :

— Je crois que tout est raté, Mackingtosh.

(Mackingtosh avait conseillé dès le début une retraite immédiate.)

Soudain, au même instant, on entendit un faible son de cornemuse, qui s'amplifia jusqu'à atteindre une intensité insupportable. En même temps, de toutes les vallées convergentes, des colonnes de renforts, revêtus du kilt, apparaissaient aux tournants des chemins.

— Voici venir la-bas Invercauld, et aussi Lochiel, et le gros Montrose, le seigneur de Cockpen, les bérets de la jolie Dundee. Les Campbell arrivent, bravo, bravo !

Jusqu'au moment où, dans le panorama pourpre, les petites bandes s'agglomérèrent en une puissante armée. Pour toute personne ignorante de l'histoire, elles paraissaient invincibles, alors qu'elles s'avançaient ainsi dans le soleil couchant, tout droit vers les eaux glacées du loch Moidart – comme n'importe qui, connaissant un peu la géographie des Highlands, aurait pu le leur dire.

Guy en était arrivé à attendre quelque chose d'à peu près semblable, quelque chose, en tout cas, de très différent de ce qui arriva en réalité.

Les jeunes officiers se rassemblèrent, après la permission de Pâques, à Penkirk, une vallée des Lowlands située à quelque vingt milles d'Édimbourg. À l'entrée de la vallée, couverte de terres cultivées et de petites fermes, se trouvait un petit château solidement bâti, qui datait du milieu de l'époque victorienne. Ce fut là qu'ils se réunirent, qu'ils prirent leurs repas et qu'ils couchèrent, les deux premiers jours. Leur nombre était grossi par de nombreux officiers d'active inconnus, de tous grades ; il y avait aussi un médecin militaire, un aumônier non confessionnel et un vétéran bourru, très médaillé, qui commandait les sapeurs. Cette fois encore, il n'y avait que des officiers. Les détachements d'hommes de troupe avaient été retardés, jusqu'à ce qu'il y eût des installations pour eux.

Les sapeurs, supposait-on, avaient préparé un camp ; mais au jour fixé on ne vit rien sortir au sol. Ces spécialistes avaient passé là tout l'hiver, établis confortablement dans les écuries du château. Quelques-uns d'entre eux avaient fini par s'attacher à l'endroit ; particulièrement les réservistes, qui s'étaient fait des amis parmi les gens du voisinage. Ces garçons s'abritaient aux foyers des civils durant les heures de travail et payaient l'hospitalité reçue en outils ou en provisions venant des magasins de la compagnie. Ces vétérans étaient destinés à être l'élément solide d'une unité composée, quant au reste, de violoncellistes antifascistes et de marchands de peinture abstraite du bassin du Danube.

— Si on m'avait donné une section de fascistes, disait leur chef, j'aurais terminé tout le travail en une semaine.

Mais il n'était pas mécontent. Il s'était logé lui-même d'une façon très confortable à l'*Hôtel de la*

Gare, situé à trois milles de là. Il était versé dans tous les arcanes du bureau du trésorier et touchait une quantité d'indemnités spéciales. S'il appréciait le nouveau commandant, il était tout prêt à prolonger sa tâche jusqu'à la fin de l'été.

Cinq minutes avec le général Ritchie-Hook le décidèrent à faire une fin et à disparaître. Les vétérans furent repris en main et chargés de terroriser les antifascistes. Le travail de construction commença sérieusement, mais pas assez sérieusement pour Ritchie-Hook. Nouveau Ruskin, il donna à ses jeunes officiers l'ordre de creuser et de transporter, dès la première matinée à Penkirk. Malheureusement, il leur avait fait inoculer à tous, la veille au soir, la totalité des vaccins du service médical. Remarquant un certain manque d'enthousiasme, le général essaya de provoquer une rivalité entre les Hallebardiers et les Sapeurs. Les musiciens réagirent avec une chaleur constitutionnelle ; les marchands de tableaux avec moins de zèle, mais sérieusement et bien ; les Hallebardiers, pas du tout, car ils pouvaient à peine bouger.

Ils creusèrent des caniveaux et transportèrent des planchers de tentes (le fardeau le plus embarrassant qui ait jamais été conçu par l'homme pour l'homme) ; ils déchargèrent de pleins camions de poêles Soyer et de tuyaux de zinc ; ils souffrirent et chancelèrent ; et quelques-uns s'évanouirent. Ce ne fut que lorsque le travail fut à peu près terminé que les toxines perdirent leur force.

Les deux premières nuits, ils étendirent leurs couvertures et campèrent pêle-mêle à l'intérieur du château. C'était le Kut-al-Imara du major McKinney qui recommençait. Puis, le troisième jour, les alignements de tentes des officiers furent terminés. Chaque bataillon avait son terrain, avec la tente du mess, un robinet d'eau et une cuisine roulante. Ils déménagèrent et emménagèrent. Le capitaine-adjudant-major fournit une caisse de spiritueux. L'officier d'intendance improvisa un dîner. Le colonel Tickeridge offrit tournée après tournée et donna plus tard son numéro obscène du « flûtiste manchot ». Le 2e bataillon avait trouvé un gîte et établi son identité.

Cette première soirée sous la toile, Guy, intoxiqué de gin, de fatigue et de bacilles, s'avança à tâtons au milieu des cordes et des piquets dans la direction de la tente qu'il partageait avec Apthorpe.

Apthorpe, le vieux routier, avait enfreint les ordres (ainsi que l'avaient fait, comme il apparut bientôt, tous les officiers d'active) et apporté avec lui une partie substantielle de son « attirail ». Il avait quitté le mess avant Guy. Il était couché maintenant sur un haut lit pliant, au milieu d'un nid de mousseline blanche, illuminé de l'intérieur au moyen d'une lampe à incandescence brevetée, comme un grand bébé dans son moïse. Il fumait sa pipe et lisait son règlement militaire. Une table, une chaise, une baignoire, un lavabo, le tout démontable, des coffres et des malles de bonne qualité entouraient son perchoir ; il y avait aussi un étrange édifice, ressemblant à une potence, auquel étaient pendus ses uniformes. Guy, fasciné par ce cocon enfumé et lumineux, contemplait tout cela d'un œil fixe.

— J'espère que je vous ai laissé assez de place, dit Apthorpe.

— Oui, bien sûr.

Guy n'avait qu'un matelas de caoutchouc, une lanterne-tempête et une cuvette de toile montée sur trois pieds.

— Vous trouverez peut-être ça drôle, mais je préfère dormir sous une moustiquaire.

— Je pense qu'il est prudent de prendre toutes les précautions.

— Non, non, non. Ce n'est pas une précaution, c'est seulement que je dors mieux.

Guy se déshabilla, jeta ses vêtements sur sa valise et s'allongea sur le plancher, entre ses couvertures et son morceau de caoutchouc. Il faisait un froid intense. Il chercha dans son sac une paire de chaussettes de laine et le passe-montagne que lui avait tricoté une des dames de l'*Hôtel de la Marine*, à Matchet. Il ajouta son manteau au matelas.

— Vous avez froid ? demanda Apthorpe.

— Oui.

— Ce n'est pas une nuit vraiment froide, dit Apthorpe, Loin de là. Évidemment, nous sommes à un bon, bout de chemin au nord de Southsand.

— Oui.

— Si vous avez envie de vous frictionner avec du liniment, je peux vous en prêter.

— Merci infiniment. Ça ira très bien.

— Vous devriez, vous savez. Ça fait beaucoup de bien.

Guy ne répondit pas.

— Naturellement, ce n'est qu'une installation provisoire, remarqua Apthorpe, jusqu'à ce qu'on ait fait paraître les listes. Les commandants de compagnies ont des tentes pour eux tout seuls. À votre place, je me mettrais avec Leonard. C'est à peu près ce qu'il y a de mieux dans les officiers subalternes. Sa femme a eu un bébé la semaine dernière. J'aurais pensé que c'était le genre de choses qui aurait pu gâcher une permission, mais il a l'air tout à fait ravi.

— Oui, c'est ce qu'il m'a dit.

— Ce qu'on peut éviter dans un compagnon de chambre, c'est le type qui essaie toujours de vous emprunter vos affaires.

— Oui.

— Eh bien ! je vais dormir maintenant. Si vous vous levez pendant la nuit, vous ferez attention où vous marcherez, n'est-ce pas ? J'ai du matériel d'assez grande valeur qui traîne par terre, et pour lequel je n'ai pas encore trouvé de place.

Il posa sa pipe sur la table et éteignit la lumière. Bientôt, invisible dans sa moustiquaire, enveloppé de nuages, apaisé, célébré et emporté comme Hera dans les bras de Jupiter, il tomba dans le sommeil.

Guy abaissa la flamme de sa lanterne et resta longtemps étendu sans dormir. Il avait froid, il était mal ; mais il n'était pas mécontent.

Il réfléchissait à cette étrange faculté qu'avait l'armée de se mettre elle-même en ordre. Bouleversez une colonie de fourmis et, pendant quelques minutes, tout ressemblera au chaos. Les créatures se bousculent frénétiquement, sans but ; puis leur instinct s'affirme de nouveau. Elles trouvent leurs propres places et leurs propres fonctions. Il en est des soldats comme des fourmis.

Dans les années à venir, il allait voir le mécanisme fonctionner encore et encore, quelquefois dans des circonstances tragiques, quelquefois dans le calme de la vie quotidienne. Des hommes, anormalement séparés de leurs épouses et de leurs familles, commençaient aussitôt à établir des foyers de remplacement, à peindre, à meubler, à installer des parterres de fleurs et à les border de cailloux badigeonnés de blanc ; à recouvrir des coussins ; et cela, dans des postes de tir isolés.

Il pensait aussi à Apthorpe.

Apthorpe avait été dans son élément pendant les opérations de construction.

Lorsque son tour d'être vacciné était venu, le premier soir, il avait insisté pour attendre jusqu'au dernier moment. Alors il avait fait au médecin militaire un exposé tellement impressionnant des maladies dont il avait de temps à autre été atteint, des vaccins variés qu'il avait gubis et de leurs conséquences précises, des mises en garde dont il avait été l'objet, de la part d'éminents spécialistes, contre les dangers de vaccinations futures, d'allergies idiosyncrasiques et autres choses semblables, que le docteur était tombé d'accord pour lui faire une injection purement symbolique d'un produit non pernicieux.

Ainsi, il se trouvait en pleine vigueur spirituelle ; et on le trouvait généralement en consultation avec l'officier de Sapeurs. Il donnait des conseils judicieux sur l'endroit où placer les cuisines roulantes, d'après le vent dominant ; ou bien il faisait remarquer des défauts dans les cordes de tentes.

Il avait tiré parti des deux jours de logement commun avec l'état-major de la brigade pour se faire apprécier de tous. Il s'était découvert une vieille amitié avec un cousin du major de la brigade. Il s'était vraiment très bien débrouillé.

Et pourtant, songeait Guy, pourtant, il y avait quelque chose en lui qui n'allait pas. Pas sa mine ; loin de là ! Il était magnifiquement super-technicoloré, comme le gentil prince Charles dans le film. Ce n'était pas quelque chose de définissable. Rien qu'une apparence dans l'œil ; même pas cela – une aura. Mais c'était nettement bizarre.

Le sommeil et les réflexions alternaient. Et ainsi les heures passèrent jusqu'à ce que sonnât le réveil.

VI

Le quatrième après-midi, la dernière tente fut dressée. Le long de la vallée, en contre-bas, du château à la grand-route, se trouvaient les alignements du bataillon, les cuisines, les magasins, les tentes du mess, les latrines. Bien des choses manquaient encore. Bien des choses avaient été bâclées, mais les installations étaient prêtes à être occupées. On attendait l'arrivée des hommes pour le lendemain matin. Ce soir-là, les officiers se réunirent au château, qui, pour le moment, était le quartier général de la brigade. Et le général s'adressa à eux :

— Messieurs, commença-t-il, vous recevrez demain les hommes que vous mènerez au combat.

C'était le vieil envoûtement puissant, la grande magie. Ces deux phrases, « les officiers qui vous commanderont », « les hommes que vous mènerez », situaient les officiers subalternes à leur place exacte, au cœur de la bataille. Pour Guy, elles faisaient sonner tous les carillons de son enfance, lorsqu'il lisait :

« ... *J'ai choisi vos cavaliers pour cette tâche, Truslove.*

— *Merci, monsieur. Quelles sont nos chances de réussir ?*

— *On peut y arriver, Truslove, ou je ne vous enverrais pas. Si quelqu'un peut réussir, c'est vous. Et je peux ajouter ceci, mon petit. Je donnerais toute mon ancienneté et tous ces morceaux de rubans qui sont sur ma poitrine pour aller avec vous. Mais mon devoir est ici, avec le régiment. Bonne chance, mon petit, vous en aurez besoin...* » Ces paroles revenaient à la mémoire de Guy, souvenir d'un dimanche soir d'été à l'école, dans le salon du directeur. Les élèves des trois grandes classes étaient assis n'importe comment sur le plancher ; les uns rêvaient à leur foyer ; d'autres, parmi lesquels Guy, étaient sous le charme.

Cela se passait au cours de la Première Guerre mondiale, mais le récit faisait partie d'un chapitre antérieur de l'histoire militaire. Les Pathans, c'était l'affaire du capitaine Truslove. Troie, Azincourt et le Zoulouland étaient plus réels pour Guy, à cette époque, que le monde de boue, de barbelés et de gaz où Gervase était tombé. À Truslove, les Pathans. À sir Roger de Waybroke, les infidèles. À Gervase, le rutilant empereur coupable de Bernard Partridge, avec ses hautes bottes et son aigle sur la couronne. Pour Guy, à douze ans, il y avait peu d'ennemis. Plus tard, ils arrivèrent en hordes.

Le général poursuivit. C'était le 1ᵉʳ avril, un jour qui aurait pu l'inciter à la plaisanterie ; mais il était sérieux et, pour une fois, Guy n'écouta qu'à moitié. Cette foule d'officiers, dont beaucoup étaient pour lui de parfaits étrangers, ne lui paraissait plus constituer son propre milieu. En moins de quarante-huit heures, il avait fait du 2ᵉ bataillon son nouveau foyer, plus sanctifié ; et sa pensée était avec les hommes qui arriveraient demain.

L'assemblée fut libérée. À partir de ce moment, le général, qui jusqu'alors avait été la personnalité marquante dans la vie des jeunes officiers, devint pour un certain temps un être lointain. Il habitait le château avec son état-major. Il allait et venait, tantôt à Londres, tant à Édimbourg, tantôt au dépôt d'instruction ; et personne ne savait ni quand, ni pourquoi. Ritchie-Hook devint l'origine d'ordres tracassiers et impersonnels. « La brigade a dit qu'il fallait que nous creusions des tranchées-abris », « La brigade a dit que seulement un tiers du bataillon pouvait être absent du camp à n'importe quel moment », « Encore des paperasses de la brigade »... C'était Ritchie-Hook, avec ses blessures et ses frasques ; un prodigieux guerrier, réduit à une mesquine abstraction : « la brigade »...

Chaque bataillon rejoignit ses tentes. Il y avait maintenant quatre poêles à pétrole sous la tente du mess ; mais la froideur du soir pénétrait le 2ᵉ bataillon, alors qu'ils s'asseyaient sur les bancs pour écouter le colonel Tickeridge qui lisait la liste des affectations.

Il lisait lentement. D'abord l'état-major ; lui-même, le commandant en second, le capitaine-adjudant-major, tous officiers d'active ; officiers de renseignements, de gaz, de loisirs, de transports, assistant du capitaine-adjudant-major et « homme à tout faire » : Sarum-Smith ; compagnie hors rang : commandant Apthorpe ; commandant en second, un des plus jeunes officiers d'active.

Cela causa un mouvement d'intérêt. Des bruits avaient couru, parmi les officiers stagiaires, d'après lesquels quelques-uns d'entre eux pourraient avoir de l'avancement ; personne, si ce n'est Apthorpe, ne pensait qu'il obtiendrait si vite sa propre compagnie. Même Apthorpe n'imaginait qu'il aurait sous ses ordres un officier d'active, fût-ce un gamin.

Ce fut aussi un choc pour les officiers d'active, qui échangèrent des regards de côté.

La compagnie A avait pour commandant et pour commandant en second des officiers d'active, et trois officiers stagiaires comme chefs de sections. La compagnie B suivait le même plan. Dans la compagnie C, Leonard était commandant en second. Il ne restait maintenant plus que Guy, deux autres officiers stagiaires et un des jeunes officiers d'active les plus effrontés, nommé Hayter.

— Compagnie D, annonça le colonel Tickeridge. Commandant : major Erskine, dont on ne peut apparemment pas se passer en ce moment ; il doit nous rejoindre très prochainement. En attendant, le commandant en second, Hayter, commandera la compagnie tout seul. Chefs de section : de Souza, Crouchback et Jervis.

C'était un moment pénible. À aucune époque de sa vie, Guy n'avait escompté le succès. Sa mise en vedette à Downside l'avait pris par surprise. Quand un groupe de ses camarades de collège avait suggéré qu'il se présentât comme secrétaire du Cercle des élèves[1], il avait tout de suite pensé qu'on se payait gentiment sa tête. Il en avait été ainsi pendant toute sa vie. Les très rares et très petites distinctions dont il avait été l'objet avaient chaque fois été pour lui une cause de surprise. Mais, aux Hallebardiers, il avait eu l'impression de faire du bon travail. Il y avait eu des allusions, à plusieurs reprises. Il ne prévoyait ni ne désirait pas grand-chose ; mais il s'attendait, avec une certaine confiance, à un avancement quelconque ; et il en était arrivé à le désirer, simplement comme le témoignage précis de sa réussite pendant la période d'instruction. Cela lui aurait prouvé, en outre, que les paroles d'approbation, entendues occasionnellement, n'étaient pas seulement « le respect dû à l'âge ». Eh bien ! mainte-

---

1. *Junior Common Room* ou J C R, dont parle l'auteur, est un local réservé à l'usage des élèves des grandes classes qui, en raison de leurs succès scolaires ou sportifs, exercent une autorité disciplinaire sur les autres élèves *(N.d.T.)*.

nant, il était fixé ! Il n'était pas si lamentable que Trimmer, pas tout à fait aussi lamentable que Sarum-Smith, dont l'affectation était pitoyable ; il avait passé de justesse, sans « honneurs ». Il aurait dû réaliser, il le voyait maintenant, que Leonard était manifestement le meilleur. En outre, il était le plus pauvre ; et tout récemment il était devenu père. Leonard avait besoin du supplément de solde qui viendrait éventuellement avec son grade de capitaine. Guy n'avait pas de ressentiment. Il était bon joueur et, en tout cas, il avait l'habitude. Il éprouvait seulement un profond abattement d'esprit, semblable à ce qu'il avait ressenti au *Claridge* avec Virginia, semblable à ce qu'il avait ressenti au cours de sa vie, trop souvent pour savoir combien de fois. Sir Roger, peut-être, avait éprouvé de pareils sentiments, lorsqu'il avait tiré son épée consacrée dans une bagarre locale, sans prévoir que, un jour, il recevrait le titre étrange de *il santo inglese*.

Le colonel Tickeridge poursuivit :

— Naturellement, toutes ces affectations ne sont qu'un essai. Nous pouvons avoir un remaniement plus tard. Mais c'est ce que nous avons pu trouver de mieux pour le moment.

La réunion se dispersa. Derrière le bar, les ordonnances s'affairèrent à servir des gins roses.

— Félicitations, Apthorpe, dit Guy.

— Merci, mon vieux. J'avoue que je ne me serais jamais attendu à la compagnie Hors-Rang. Elle est deux fois plus importante que n'importe laquelle des autres, vous savez ?

— Je suis certain que vous la dirigerez très bien.

— Oui, j'aurais à me reposer un peu sur mon CE2.

— Sur votre quoi, Apthorpe ? Est-ce là une nouvelle espèce de machine infernale ?

— Non, non, non, commandant en second, évidemment. Vous devriez réellement connaître les expressions correctes. C'est le genre de choses qu'ils remarquent, en haut lieu. À propos, je trouve que ce n'est pas de chance que vous n'ayez pas mieux réussi. J'avais entendu dire qu'un membre de notre équipe allait être CE2. J'étais sûr que ce serait vous.

— Leonard est très capable.

— Oui. Ils savent ce qu'ils font, évidemment. Pourtant, je suis désolé que ce ne soit pas vous. Si ça vous ennuie de déménager votre équipement tout de suite, vous pouvez utiliser ma tente pour ce soir.

— Merci. C'est ce que je ferai.

— Mais enlevez-le au début de la matinée, voulez-vous, mon vieux ?

Il faisait si froid sous la tente du mess qu'ils dînèrent avec leurs manteaux. Conformément aux traditions du régiment, Apthorpe et Leonard offrirent à boire à tout le monde.

Plusieurs officiers stagiaires dirent :

— Pas de chance, l'oncle !

Les revers de Guy semblaient l'avoir rendu plus *simpatico*.

Hayter déclara :

— C'est vous, Crouchback, n'est-ce pas ? Prenez quelque chose. Il est temps que j'apprenne à connaître ma petite bande. Vous verrez que je ne suis pas un type difficile dans le travail, quand vous serez habitué à mes méthodes. Que faisiez-vous à l'heureuse époque de la paix ?

— Rien.

— Oh !

— À quoi ressemble le major Erskine ?

— Malin. Il a passé une grande partie de son temps de service à des boulots assez particuliers. Mais vous vous entendrez bien avec lui si vous faites ce qu'on vous dit. Au début, il n'attendra pas grand-chose de vous autres, les nouveaux.

— À quelle heure les hommes arrivent-ils demain ?

— Le général a fait un tas d'histoires à propos de ça. Demain, ce sont seulement les vieux rempilés qui arrivent. Les appelés ne seront pas là avant quelques jours.

Ils burent tous les deux leurs gins en échangeant des regards soupçonneux.

— Lesquels sont de Souza et Jervis ? Je crois qu'il faut que je leur dise un mot à eux aussi.

Ce soir-là, quand Guy se rendit pour la dernière fois à la tente d'Apthorpe, il trouva son hôte éveillé et brillamment éclairé.

— Crouchback, dit-il, j'ai quelque chose à vous dire. Je ne veux plus jamais entendre un mot sur cette histoire de Southsand. Jamais. Avez-vous compris ? Sinon, je prendrais des mesures.

— Quelles sortes de mesures, Apthorpe ?

— Des mesures énergiques.

Bizarre. Vraiment très bizarre.

VII

Environ trois semaines plus tard parut le *Manuel d'instruction militaire n° 31. Guerre. Avril 1940*. Un casier à lettres en grosse toile, avec des compartiments séparés par des coutures pour chaque officier, était un des éléments de l'ameublement qui, avec des fauteuils loués, un poste de radio et autres douceurs, venait d'apparaître au mess du 2ᵉ bataillon. En rentrant d'un après-midi de manœuvres de compagnies, chacun d'entre eux trouva un exemplaire de la publication dépassant de la poche. Le général Ironside la recommandait ainsi :

— J'attire l'attention de tous les officiers, chefs d'unité, sur la nécessité de s'assurer que chaque officier subalterne soit interrogé d'une façon minutieuse sur les sujets traités dans la première partie de ce manuel. Les chefs d'unités ne devront s'estimer contents que lorsque les réponses seront satisfaisantes.

Le colonel Tickeridge déclara :

— Vous autres, vous avez intérêt à jeter un coup d'œil sur le *Manuel d'instruction militaire*, ce mois-ci. Ça a l'air d'être important pour une raison quelconque.

Il y avait cent quarante-trois questions dans la brochure.

21 avril, les informations de neuf heures annonçaient que le général Paget était à Lillehammer et que tout allait bien en Norvège. Quand les nouvelles furent terminées, la musique commença. Guy trouva un fauteuil, aussi loin que possible de la radio, et, dans une atmosphère où les odeurs d'herbe foulée, de gin et de rôti de bœuf étaient dominées par celles du pétrole et de la tôle chauffée, il commença l'étude des « responsabilités d'un chef de section, relativement aux questions de vie et de mort ».

La plupart des sujets traitaient soit du service normal qu'il était inimaginable qu'un officier Hallebardier pût négliger, soit de technicités obscures, tout à fait en dehors de sa compétence.

— Dites donc, avez-vous fait l'acquisition, sur votre allocation, d'un vieux châssis d'automobile et de pièces de moteur, pour compléter l'enseignement du *Manuel d'instruction militaire* ?

— Non. Combien avez-vous désigné d'hommes dans votre section comme transmetteurs ?

— Aucun.

Cela avait l'air du « Jeu des Familles ».

— Pouvez-vous me dire pourquoi un camouflage effectué trop tard est plus dangereux que pas de camouflage du tout ?

— Je suppose que vous pouvez rester collé à la peinture fraîche.

— Les dispositions prises pour faire sécher les effets de vos hommes sont-elles aussi bonnes que celles qui sont prises pour faire sécher les vôtres ?

— Elles ne peuvent vraiment pas être pires.

— Dites-moi, l'oncle, avez-vous vérifié si les hommes de votre section peuvent faire la cuisine dans leurs gamelles ?

— Oui, la semaine dernière.

— Quels sont les avantages, pendant l'instruction, de commencer les opérations de nuit une heure avant l'aube ?

— Qu'alors elles ne peuvent durer qu'une heure, je suppose.

— Non, sérieusement ?

— Pour moi, c'est un grand avantage.

Depuis l'apparition du questionnaire, le camp semblait rempli de murmures et de caquetages, comme la jungle, chère à Apthorpe, au coucher du soleil.

Guy tournait rêveusement les pages. Cela ressemblait beaucoup à la réclame d'un cours par correspondance sur le rendement en affaires. « Comment attirer l'attention du patron, en cinq leçons ? » « Pourquoi n'ai-je pas eu d'avancement ? ». Mais, çà et là, une question faisait réfléchir Guy à ces trois dernières semaines.

Essayez-vous de vous rendre apte à remplacer le supérieur hiérarchique placé immédiatement au-dessus de vous ?

Guy n'avait aucune considération pour Hayter. Guy était convaincu qu'il pourrait maintenant faire son travail beaucoup mieux que Hayter. En outre, il venait d'apprendre que, lorsqu'il serait nommé à un autre poste, ce ne serait pas à celui de Hayter.

Le major Erskine était arrivé le même jour que les hommes appelés. Sa « malice » n'était pas accablante. Cette imputation venait surtout du fait qu'il lisait les romans de Mr J.-B. Priestley et qu'il avait des dehors singulièrement désordonnés. Son uniforme était correct et propre ; mais il ne semblait jamais lui aller, non par suite d'une faute quelconque du tailleur, mais plutôt parce que le major paraissait changer de forme, de temps en temps, au cours de la journée. À un moment, sa veste semblait trop longue ; un instant plus tard, trop courte. Ses poches étaient trop remplies. Ses guêtres se mettaient en tire-bouchon. Il avait davantage l'air d'un sapeur que d'un Hallebardier. Mais lui et Guy s'entendaient très bien tous les deux. Le major Erskine ne parlait pas souvent, mais, lorsqu'il le faisait, c'était avec beaucoup de simplicité et de franchise.

Un soir où Hayter avait été plus effronté que d'habitude, le major Erskine et Guy se rendaient ensemble des tentes de la compagnie au mess.

— Ce morpion a besoin d'un coup de pied dans le derrière, annonça le major Erskine. Je crois que je le lui donnerai. Excellent pour lui et agréable pour moi.

— Oui, je comprends ça.

Le major Erskine dit ensuite :

— Je ne devrais pas vous parler ainsi d'un de vos supérieurs. Quelqu'un vous a-t-il jamais dit pourquoi vous ne commandiez qu'une section, l'oncle ?

— Non. Je ne crois pas qu'une explication soit nécessaire.

— On aurait dû vous le dire. Vous étiez prévu pour une compagnie. Alors le général a déclaré qu'il n'admettait pas qu'on commande une compagnie « de combat » sans avoir eu d'abord une section. Je comprends son point de vue. La compagnie Hors-Rang, c'est différent. Ce vieil oncle Apthorpe y restera jusqu'à ce qu'il soit nommé en second dans le service de l'intendance, ou dans une planque comme ça. Aucun des officiers stagiaires, qui ont monté rapidement dès le début, n'aura jamais une compagnie de fusiliers. Vous, vous en aurez une avant que nous allions au feu, à moins que vous ne fassiez de vraiment grosses gaffes. Je pensais qu'il valait mieux vous dire ça, au cas où vous vous seriez senti découragé.

— Je l'étais vraiment.

— C'est bien ce que je pensais.

... *Qui fait marcher la section ? – vous ou votre sergent ?*

Le sergent sous-chef de section de Guy s'appelait Soames. Aucun des deux ne trouvait l'autre *simpatico*. Aux Hallebardiers, les relations normales entre un chef de section et son sergent étaient celles d'un enfant et de sa nounou. Le sergent devait empêcher son officier de faire des bêtises. Le travail de l'officier était de signer des papiers, de se faire engueuler et, tout simplement, de marcher devant et d'être tué le premier. En tant qu'officier, il devait jouir d'une certaine intangibilité, apanage, dans les maisons à l'ancienne mode, du côté intérieur des portes matelassées. Tout cela était bouleversé dans les rapports entre Guy et le sergent Soames. Ce dernier éprouvait de la considération envers les officiers d'une façon plus moderne : comme envers des hommes qui avaient été malins et qui étaient devant ; en outre, il faisait une distinction entre les officiers d'active et les officiers stagiaires. Il regardait Guy comme une nourrice aurait pu regarder un enfant non « de la famille », mais d'une origine inférieure et suspecte, lequel, sans préavis, à la suite d'une lubie de la maîtresse de maison, aurait été déposé dans sa nursery, en qualité d'invité, pour un temps indéterminé. Qui plus est, le sergent était beaucoup trop jeune et Guy beaucoup trop vieux pour que le premier pût être la nourrice du second. Soames s'était engagé en 1937 pour rester dans l'armée. Il était caporal depuis trois mois, quand la déclaration de guerre et la formation de la brigade l'avaient prématurément fait monter en grade. Souvent il bluffait, et on le prenait sur le fait. Guy faisait marcher la section ; mais la coopération n'était pas facile. Le sergent Soames portait des moustaches de voyou. Il y avait beaucoup en lui qui, à Guy, rappelait Trimmer.

Combien d'hommes estimez-vous aptes à être des candidats possibles à une commission d'officier ?

— Un, le sergent Soames.

Guy avait fait plus que de l'estimer apte. Il avait remis quelques jours avant au major Erskine, au bureau de la compagnie, un morceau de papier portant le nom du sergent Soames, son matricule et son histoire.

Le major Erskine avait dit :

— Oui, je ne peux pas vous désapprouver. J'ai envoyé ce matin le nom de Hayter, comme officier susceptible de suivre les cours spéciaux de liaison aérienne, quelle que puisse être la liaison aérienne. Je pense que ça veut dire qu'il sera colonel en premier dans un an. Vous voulez maintenant faire passer Soames officier, simplement parce que c'est un sale petit bonhomme. Ça nous fera une jolie armée dans deux ans, quand tous les salauds seront arrivés au sommet !

— Mais Soames ne reviendra pas au Corps, s'il a sa commission.

— C'est exactement pourquoi je transmets son nom. C'est la même chose pour Hayter, s'il est admis à son cours de je ne sais pas quoi.

Combien de vos hommes connaissez-vous par leur nom, et que savez-vous de leurs personnalités ?

Guy connaissait tous les noms. La difficulté était de les identifier. Chaque homme avait trois visages : l'un inhumain et plutôt hostile, quand il se tenait au garde-à-vous ; une expression animée et changeante, souvent gauche, quelquefois furieuse, quelquefois cafardeuse, lorsque Guy voyait les hommes entre eux, en dehors du service ou pendant les pauses, quand ils se rendaient à la coopérative ou discutaient dans l'enceinte de la compagnie ; et enfin un bon sourire réservé, mais en fin de compte aimable, lorsque Guy leur parlait personnellement à ces moments-là. La plupart des gentlemen anglais étaient, à cette époque, persuadés qu'ils avaient des dispositions particulières pour se faire aimer du peuple. Guy n'était pas gêné par cette illusion ; mais il croyait qu'il était plutôt apprécié de ces trente hommes-là. Cela ne le préoccupait pas beaucoup. Il les aimait. Il leur voulait du bien. Il faisait ce qu'il pouvait pour eux, autant que sa connaissance limitée des « ficelles » du métier le lui permettait. Il était tout prêt, si le besoin s'en faisait sentir, à se sacrifier pour eux, à se jeter sur une grenade, à renoncer à la dernière goutte d'eau, à n'importe quoi de semblable. Mais il ne faisait pas plus de distinction entre eux, en tant qu'êtres humains, qu'il n'en faisait plus ou moins entre ses camarades officiers ; il préférait le major Erskine au jeune Jervis, avec lequel il partageait sa tente. Il avait pour de Souza une estime un peu méfiante. Pour sa section, pour sa compagnie, pour son bataillon et pour tous les Hallebardiers en général, il avait des sentiments plus chaleureux que pour n'importe qui, en dehors de sa famille. Ce n'était pas beaucoup, mais c'était quelque chose qui valait que l'on en remerciât Dieu.

Tout au début de cet hétérogène catéchisme, se plaçait la question qui était la quintessence de la présence même de Guy au milieu de ces compagnons qu'il n'avait pas choisis.

Pourquoi combattons-nous ?

Le *Manuel d'instruction* mentionnait avec horreur qu'on avait découvert que de nombreux simples soldats entretenaient des idées nébuleuses sur cette question. Box-Bender aurait-il pu donner une réponse claire ? se demandait Guy. Ritchie-Hook, l'aurait-il pu ? Avait-il une idée quelconque sur le pourquoi de ces « rentrées dedans » ? Et le général Ironside lui-même ?...

Guy pensait connaître quelque chose à la question, quelque chose qui était caché aux puissants.

L'Angleterre avait déclaré la guerre pour défendre l'indépendance de la Pologne. Maintenant, ce pays avait complètement disparu, et les deux plus puissants

États du monde garantissaient son anéantissement. Actuellement, le général Paget était à Lillehammer, et l'on annonçait que tout allait bien. Guy savait que les choses tournaient mal. Ici, à Penkirk, on n'avait aucun ami bien informé. On ne pouvait approcher d'aucun fichier de renseignements, mais le vent d'est leur avait apporté de Norvège l'odeur du désastre.

Pourtant, le moral de Guy était aussi bon que le jour où il avait dit adieu à Saint-Roger.

Il était bon joueur, mais il ne croyait pas que son pays perdrait cette guerre ; chaque défaite manifeste paraissait étrangement le renforcer dans cette idée. Les chansons de geste reconnaissaient le grand mérite du combat lorsque les chances étaient inégales. Dans la morale, deux conditions étaient requises pour une guerre légitime, une juste cause et la perspective de la victoire. La cause était actuellement juste ; cela ne faisait pas question. L'ennemi avait franchi la limite. Ses actes en Autriche et en Bohême avaient pu s'expliquer. Il y avait même une ombre de vraisemblance dans sa querelle avec la Pologne. Mais, maintenant, aussi victorieux qu'il fût, il était hors-la-loi. Et plus il était victorieux, plus il s'attirait la haine du monde et le châtiment de Dieu.

Guy songeait à cela, couché dans sa tente, cette nuit. En disant sa prière du soir, il serrait contre lui la médaille de Gervase. Et, juste avant de s'endormir, il lui vint une pensée réconfortante. Quelque gênant que soit pour les Scandinaves le fait d'avoir chez eux les Allemands, c'était une bonne chose pour les Hallebardiers. On leur avait donné un rôle spécial dans les opérations d'offensives hasardeuses ; mais, jusqu'à maintenant, ils n'avaient guère eu l'occasion de remplir ce rôle. Maintenant, un littoral entier était ouvert aux opérations de « rentre-dedans ».

VIII

Le jour où Mr Churchill devint Premier ministre, Apthorpe fut promu capitaine.

Il avait été averti par le capitaine-adjudant-major. Son ordonnance se tenait prêt, au bureau de la compagnie Hors-Rang.

Au moment où résonnait la première note du clairon appelant les officiers au bureau du bataillon – avant que les feuillets au stencil, annonçant la nomination, eussent été rassemblés et encore moins distribués, les étoiles d'Apthorpe étaient en place. Le reste de la matinée se passa dans un ravissement solennel. Il alla faire un tour du côté des tentes du service des transports, entra chez le médecin, sous le prétexte de se renseigner sur un tonique dont il pensait avoir besoin ; il fit rougir l'officier d'intendance, surpris en train de prendre le thé dans son magasin ; mais personne ne parut remarquer la nouvelle constellation. Apthorpe se résigna à attendre son heure.

À midi, l'on put entendre les compagnies qui revenaient de leurs terrains de manœuvres et qui rompaient les rangs. Apthorpe se préparait d'un visage serein, dans la tente du mess, à recevoir ses camarades officiers.

— Ah ! Crouchback, qu'est-ce que je vous offre ?

Guy fut un peu étonné, car Apthorpe avait à peu près cessé de lui parler pendant les dernières semaines.

— Oh ! c'est très aimable à vous. J'ai fait bien des milles ce matin. Puis-je prendre un verre de bière ?

— Et vous, Jervis ? de Souza ?

Ceci était encore plus étonnant, car jamais Apthorpe, au cours de son incubation, n'avait parlé ni à de Souza, ni à Jervis.

— Hayter, mon vieux, qu'est-ce que ce sera pour vous ?

Hayter répondit :

— Qu'est-ce qui se passe ? Un anniversaire ?

— Je crois que c'est l'usage aux Hallebardiers d'offrir une tournée dans ces occasions.

— Quelles occasions ?

Il était regrettable qu'il eût choisi Hayter. Ce dernier considérait les officiers stagiaires comme négligeables ; et il était lui-même toujours lieutenant.

— Seigneur ! s'exclama-t-il, vous ne voulez pas dire qu'ils ont fait de vous un capitaine ?

— Avec effet du 1er avril, répondit dignement Apthorpe.

— Une date qui convient tout à fait ! Mais je veux bien prendre un gin rose sur votre compte.

Il y avait des moments, comme pendant la gymnastique à la caserne, où Apthorpe s'élevait au-dessus du ridicule. C'était un de ces moments-là.

— Donnez à ces jeunes officiers ce qu'ils veulent, Crock, dit-il.

Et il se tourna royalement vers les nouveaux arrivés au bar :

— Approchez-vous, capitaine ; c'est moi qui paye. Colonel, j'espère que vous voudrez bien vous joindre à nous.

La tente du mess était pleine, à ce moment du déjeuner. Apthorpe recevait largement. Personne, si ce n'est Hayter, ne lui en voulait pour son élévation.

On faisait moins attention aux changements de Premiers ministres. La politique était considérée par les Hallebardiers comme un sujet n'intéressant pas l'armée. Il y avait eu de l'allégresse et des discussions en hiver, lors de la chute de Mr Hore-Belisha. Depuis, Guy n'avait pas entendu citer un seul nom d'homme politique. On avait écouté au poste de radio du mess quelques-unes des émissions de Mr Churchill. Guy les avait trouvées pleines d'une pénible vantardise. Et la plupart d'entre elles avaient été immédiatement suivies des nouvelles d'un désastre quelconque, comme cela se produisait dans « Recessional », l'hymne du Dieu de Kipling.

Guy ne connaissait Mr Churchill qu'en tant que politicien professionnel, un maître du style pseudoaugustin, un sioniste, un défenseur du Front populaire en Europe, un ami des magnats de la presse et de Lloyd George. On lui demanda :

— L'oncle, quel genre de type est-ce, ce Winston Churchill ?

— Pareil à Hore-Belisha, à part que, pour une raison quelconque, on trouve qu'il a de drôles de chapeaux.

— D'accord. Mais je suppose qu'on était obligé de donner le manche de la poêle à tenir à quelqu'un, quand la danse a commencé en Norvège ?

— Oui.

— Il ne peut guère être pire que l'autre ?

— Plutôt meilleur.

À ce moment, le major Erskine se pencha à travers la table.

— Churchill est à peu près le seul homme qui puisse nous empêcher de perdre cette guerre, remarqua-t-il.

C'était la première fois que Guy entendait un Hallebardier suggérer qu'une fin autre que la victoire totale était possible. Ils avaient eu une conférence, il est vrai, d'un officier récemment revenu de Norvège ; cet officier leur avait parlé avec franchise du chargement défectueux des navires, des effets troublants du bombardement en piqué, de l'activité déployée par les organisations de traîtres et de sujets analogues. Il avait même fait allusion à la médiocrité des troupes britanniques au combat. Mais il n'avait pas fait beaucoup d'impression. Les Hallebardiers avaient toujours admis comme certain que l'état-major et la partie « Quartier général » étaient sans utilité, que tous les autres régiments méritaient à peine le nom de soldats, et que toujours les étrangers vous laissaient tomber. Naturellement, les choses allaient mal en l'absence des Hallebardiers. Personne ne pensait perdre la guerre.

La promotion d'Apthorpe était un sujet d'intérêt plus immédiat.

Le général Ritchie-Hook pouvait disparaître derrière ses fortifications victoriennes et perdre sa personnalité. Il n'en était pas de même d'Apthorpe. Cet après-midi, le jour de la nomination, Guy se trouva le croiser sur le terrain de manœuvres du bataillon. Saisi d'un de ces émouvants accès de blague pour potache de quatrième, qui se rencontrent aisément dans la vie militaire, Guy salua l'autre avec solennité. Apthorpe lui rendit son salut avec une égale solennité. Après les réjouissances de la matinée, il n'était pas très solide sur ses pattes ; son visage était étrangement grave. Mais tout s'était bien passé.

Plus tard dans la soirée, un peu avant la nuit, ils se rencontrèrent une autre fois. Apthorpe avait évidemment donné quelques nouvelles accolades à la bouteille et se trouvait maintenant dans l'état qu'il appelait lui-même « gai » ; un état reconnaissable à son air de majesté peu naturel. En approchant, Guy le vit, avec ébahissement, accomplir tous les mouvements qu'ils avaient l'habitude d'exécuter à la caserne avant de croiser un officier supérieur. Il mit son stick sous le bras gauche, balança son bras droit avec un entrain exagéré et fixa un regard vitreux droit devant lui. Guy continua à avancer, avec un aimable :

— ... soir, capitaine.

Il remarqua trop tard que la main d'Apthorpe était à la hauteur de l'épaule dans la phase initiale du salut. La main retomba, le regard se porta au loin, vers l'autre côté de la vallée ; et Apthorpe passa, en trébuchant sur un seau hygiénique.

D'une façon ou d'une autre, le souvenir du premier salut facétieux de Guy s'était fixé d'une façon indélébile dans l'esprit d'Apthorpe ; il avait survécu à sa « gaieté » de la soirée. Le lendemain, il était descendu des nuées, légèrement indisposé intérieurement, mais avec une nouvelle « idée fixe ».

Avant le premier rassemblement, il déclara à Guy :

— Dites donc, mon vieux, j'aimerais beaucoup que vous me saluiez, quand nous nous croisons à l'intérieur du camp.

— Et pourquoi diable ?

— Eh bien ! je salue le major Trench.

— Naturellement, vous le saluez.

— La différence entre lui et moi est exactement la même qu'entre vous et moi, si vous voyez ce que je veux dire.

— Mon cher ami, on nous a expliqué tout ça au début de notre engagement, qui nous saluions et quand.

— Oui, mais ne voyez-vous pas que je suis un cas exceptionnel ? Il n'y a aucun précédent dans la tradition du régiment. Nous avons tous débuté égaux, il n'y a pas si longtemps. Il se trouve que j'ai un peu dépassé les autres ; aussi est-il normal que j'aie plus à faire pour affirmer mon autorité que si j'avais des années d'ancienneté. Je vous en prie, Crouchback, saluez-moi. Je vous le demande comme à un ami.

— Je suis désolé, Apthorpe. Vraiment je ne peux pas. Je me sentirais tellement idiot.

— Bon. En tout cas, vous pourriez le dire aux autres.

— Réellement, c'est sérieux ? Vous y avez bien réfléchi ?

— Je n'ai réfléchi qu'à ça.

— Parfait, Apthorpe. Je le leur dirai.

— Je ne peux pas le leur ordonner, évidemment. Dites seulement que c'est mon désir.

Le « désir » d'Apthorpe fut rapidement connu. Et pendant quelques jours il fut victime d'une persécution organisée. On pouvait toujours le voir approcher de loin, l'air gêné et l'esprit tendu, se préparant à il ne savait trop quoi. Parfois, ses subalternes le saluaient avec une parfaite correction ; parfois, ils passaient à côté de lui comme s'ils se promenaient et l'ignoraient ;

parfois, ils touchaient négligemment leur casquette avec un :

— Salut, l'oncle.

La technique la plus cruelle fut imaginée par de Souza. À la vue d'Apthorpe, il mettait son stick sous son bras gauche et marchait comme au défilé, le regard fixé droit dans les yeux d'Apthorpe avec une expression de terreur respectueuse. Puis, arrivé à deux pas, il perdait brusquement son raidissement, donnait un désinvolte coup de stick à une mauvaise herbe ; ou bien, une autre fois, il tombait soudainement sur un genou et continuait à fixer le capitaine d'un regard d'adoration en tripotant son lacet de chaussure.

— Vous allez rendre ce malheureux complètement fou, lui dit Guy.

— Je crois que oui, l'oncle. Sincèrement, je crois que oui.

La plaisanterie prit fin un soir où le colonel Tickeridge fit venir Guy à la salle de service.

— Asseyez-vous, Guy. Je désire vous parler à titre privé. Je commence à m'inquiéter à propos d'Apthorpe. Franchement, est-ce qu'il n'a pas le cerveau un peu dérangé ?

— Il a ses manies, colonel. Je ne crois pas qu'il puisse faire quelque chose de dangereux.

— J'espère que vous avez raison. De toutes les directions, je reçois de lui les rapports les plus étranges.

— Il a eu un accident assez sérieux, le matin où nous avons quitté Southsand.

— Oui, j'en ai entendu parler. Sûrement, ça ne peut pas avoir atteint son cerveau. Je vais vous raconter sa dernière. Il m'a demandé officiellement de faire paraître un ordre d'après lequel les officiers subalternes devaient le saluer. Vous reconnaîtrez que ce n'est pas tout à fait normal.

— Non, colonel.

— Le saluer, a-t-il dit, ou ne pas le saluer du tout. Ce n'est pas normal non plus. Que s'est-il passé exactement ?

— Eh bien ! je crois qu'on s'est un peu fichu de lui.

— J'en suis sacrément persuadé. Et ça a été assez loin, maintenant. Faites passer qu'il faut que ça cesse. Vous pouvez vous trouver vous-même à sa place, avant longtemps. Alors vous en aurez suffisamment sur les épaules, sans qu'une bande de jeunes idiots se fichent de vous.

Ceci se produisit – quoique la nouvelle n'en atteignît Penkirk que plus tard – le jour où les Allemands passèrent la Meuse.

IX

Guy transmit les ordres du colonel au mess. Et l'affaire que de Souza avait appelée, avec préciosité, « Histoire des salutations au capitaine » se termina brusquement. Mais Apthorpe avait aussi fait preuve, d'une autre manière, d'une étrangeté marquée.

Il y avait la question du château. Dès le premier jour de son affectation, alors qu'il était encore lieutenant, Apthorpe prit l'habitude d'y entrer en passant, deux ou trois fois par semaine, sans motif bien net. Il arrivait à la pause de onze heures, alors que l'on prenait le thé dans divers antres et vestibules. Il allait voir le capitaine d'état-major et ses pairs ; et ceux-ci, supposant qu'il faisait une démarche pour son bataillon, l'invitaient. De cette façon, il entendait beaucoup parler « boutique », et il était souvent à même d'étonner le capitaine-adjudant-major, par des informations non encore divulguées sur des sujets d'intérêt secondaire. Quand le thé était terminé et que les officiers d'état-major retournaient dans leurs bureaux, Apthorpe entrait négligemment au secrétariat et demandait :

— Rien de particulier aujourd'hui pour le deuxième bataillon, chef ?

Après la troisième de ces visites, le sergent-chef rendit compte au major de la brigade et lui demanda si ces questions étaient autorisées. Le résultat fut un ordre rappelant aux officiers qu'ils n'avaient pas à se rendre à l'état-major, si ce n'est après avoir emprunté la voie normale.

Lorsque ceci fut affiché, Apthorpe dit au capitaine-adjudant-major :

— Je comprends que cet ordre veut dire qu'on doit s'adresser à moi pour obtenir une autorisation ?

— Pour l'amour du ciel, pourquoi à vous ?

— Eh bien ! après tout, je suis le commandant du quartier général ici, n'est-ce pas ?

— Apthorpe, êtes-vous ivre ?

— Certainement pas.

— Eh bien ! venez voir le chef de corps. Il vous expliquera ça mieux que moi.

— Oui, je suppose que c'est un cas assez intéressant.

Le colonel Tickeridge ne sortait pas souvent de ses gonds. Ce matin-là, le camp entier entendit les rugissements venant de son bureau. Mais Apthorpe en sortit aussi serein que jamais.

— Seigneur, l'oncle. Ça, c'est du boucan. Nous pouvions l'entendre du terrain de manœuvre. C'est à propos de quoi ?

— Oh ! rien qu'un petit détail de règlement, mon vieux.

Depuis la perte de sa machine infernale, Apthorpe était insensible aux chocs.

L'armée n'était pas empoisonnée, comme elle le fut par la suite, par les psychiatres. Cela eût-il été, Apthorpe aurait sans doute été perdu pour les Hallebardiers. Il demeura, à la grande satisfaction de ses camarades.

L'étrangeté la plus fantastique d'Apthorpe fut sa guerre personnelle contre le Corps royal des transmissions. Cette campagne fut sa hantise prédominante, durant tous ses moments difficiles à Penkirk, et il en sortit avec les honneurs de la guerre.

Cela débuta par un simple malentendu.

Étudiant les devoirs de sa charge à la lumière de sa lampe à incandescence, Apthorpe apprit que les transmetteurs faisant partie de l'effectif de son bataillon étaient sous ses ordres pour les questions administratives.

Tout de suite, cette constatation ouvrit de larges horizons devant l'imagination d'Apthorpe. Il était clair pour lui que c'était là qu'il participait à la bataille et, en vérité, la dirigeait. Ce fatal premier avril, ces transmetteurs étaient au nombre de dix. Ils étaient volontaires pour ce qu'ils avaient supposé être un travail facile ; ils étaient peu entraînés et dépourvus de tout matériel, si ce n'est des fanions. Apthorpe était un homme de ressources d'un genre particulier. Il avait entre autres une connaissance approfondie du morse. En conséquence, pendant plusieurs jours, il prit ces hommes sous sa coupe particulière et passa de nombreuses heures glaciales à agiter un fanion devant eux.

Alors arrivèrent les transmetteurs de la brigade, avec leur propre officier et leurs appareils de radiotélégraphie. Ils appartenaient au Corps royal de transmission. On leur affecta, par hasard, l'alignement de tentes voisin de celui du 2ᵉ bataillon. Leur officier fut invité au mess du 2ᵉ bataillon, plutôt qu'au château, situé à un mille de distance. Leur sergent-fourrier reçut des instructions pour toucher les vivres à l'intendance du 2ᵉ bataillon. Ils se trouvèrent ainsi, par hasard, mais de très près, mêlés à la vie du 2ᵉ bataillon.

La situation était suffisamment claire pour tout le monde, excepté pour Apthorpe, qui s'imaginait que ces hommes étaient sous son autorité personnelle. À cette époque, il était encore lieutenant. L'officier des transmissions était aussi lieutenant, bien plus jeune qu'Apthorpe et paraissant moins que son âge. Il s'appelait Dunn. À sa première apparition au mess, Apthorpe le prit sous sa coupe, le présentant avec un air de seigneuriale protection, comme « le dernier arrivé de mes subordonnés ». Dunn ne savait trop qu'en penser ; mais comme cela impliquait l'offre de nombreuses consommations, et comme il était d'une timidité qui atteignait la gaucherie, il s'inclina de bon cœur.

Le lendemain matin, Apthorpe envoya un planton aux tentes des transmetteurs de la brigade.

— Mr Apthorpe adresse ses compliments à Mr Dunn et le prie de bien vouloir lui faire savoir quand ses installations seront prêtes pour l'inspection.

— Quelle inspection ? Est-ce que le général vient faire un tour par ici ? Personne ne m'a rien dit ?

— Non, monsieur. L'inspection de Mr Apthorpe.

Dunn était timide, mais cela dépassait les limites.

— Dites à Mr Apthorpe que, lorsque j'aurai fini l'inspection de mes propres tentes, je serai tout à fait prêt à aller inspecter la cervelle de Mr Apthorpe.

Le Hallebardier, soldat de métier, ne montra aucune émotion.

— Pourrais-je avoir ce message par écrit, s'il vous plaît, monsieur ?

— Non ; à la réflexion, je vais voir son capitaine-adjudant-major.

Cette première escarmouche fut prise à la légère et non officiellement.

— Ne soyez pas stupide, l'oncle.

— Mais, capitaine, ils font partie de mes effectifs. Les transmetteurs...

— Transmissions du bataillon, l'oncle. Pas transmission de la brigade.

Puis, se mettant à parler comme il supposait qu'Apthorpe parlait à ses hommes en Afrique :

— Vous pas connaître ces types-là : types Corps royal de transmission. Vos types : types Hallebardiers. Sacré nom d'un chien ! Voulez-vous que je vous fasse un dessin des emblèmes ?

Mais le capitaine-adjudant-major, dans sa hâte, avait trop simplifié les choses, car, en fait, les transmetteurs du bataillon, bien que Hallebardiers pour toutes les fins, excepté pour les transmissions, étaient, pour l'instruction, sous l'autorité de l'officier de transmissions de la brigade. Cela, Apthorpe ne pourrait ni ne voudrait le comprendre. Et il ne le comprit certainement jamais. Chaque fois que Dunn donnait l'ordre d'effectuer un exercice, Apthorpe imaginait un service de camp pour sa section de transmetteurs. Il fit plus. Il rassembla ses Hallebardiers et leur annonça qu'ils n'avaient jamais à recevoir d'ordres de personne, si ce n'est de lui. L'affaire allait passer à un plan officiel.

Le cas d'Apthorpe, bien qu'indéfendable, se trouvait renforcé par le fait que personne n'aimait Dunn. Quand il se présenta au bureau du 2e bataillon, le capitaine-adjudant-major lui annonça froidement qu'il n'était qu'un invité à leur mess et que, pour toutes les questions officielles, il dépendait du château. Toutes réclamations contre ses hôtes devraient être adressées au major de la brigade. Dunn se mit en route vers le château. Le major de la brigade lui dit d'arranger les choses raisonnablement avec le colonel Tickeridge. Le colonel Tickeridge, comme il était normal, déclara à Apthorpe que ses hommes devaient travailler avec les transmetteurs de la brigade. Aussitôt Apthorpe les expédia tous en permission immédiate, pour raisons de famille. Dunn retourna au château, toute timidité mise de côté. Le général était alors absent, pour un de ses voyages à Londres. Le major de la brigade était l'homme le plus occupé de toute l'Écosse. Il répondit qu'il saisirait de l'affaire la prochaine conférence des chefs de bataillon.

Entre-temps, Apthorpe avait retiré son amitié à Dunn et refusait de lui parler. Cette dispute en haut lieu s'étendit rapidement aux hommes. Il y eut des paroles regrettables à la coopérative et entre les tentes. Dunn porta à six Hallebardiers un motif de punition pour mauvaise conduite. À la salle de service défila une foule innombrable de camarades Hallebardiers, toujours prêts à un faux témoignage pour la défense du Corps. Et le colonel Tickeridge classa l'affaire.

Jusqu'à présent, il s'était agi d'une querelle d'un genre militaire normal, ne différant des autres que par le fait qu'Apthorpe n'avait pas de motif du tout. Au milieu de cette bagarre, il fut nommé capitaine. Dans l'histoire d'Apthorpe, cet événement correspond à la visite d'Alexandre à Siwas. Ce fut un embrasement qui transforma toutes les couleurs et toutes les formes autour de lui. Des suppôts de Satan, comme de Souza, étaient tapis dans de noires ténèbres ; mais un chemin brillamment illuminé montait à la conquête de Dunn.

Le lendemain de sa promotion, dans l'après-midi, Apthorpe procéda à l'inspection des installations des transmetteurs ; Dunn le trouva là et resta un moment pétrifié par ce qu'il vit.

C'était la vieille marotte d'Apthorpe, les chaussures. Il en avait découvert une qui avait besoin de réparations, et il était au centre d'un cercle intéressé de transmetteurs, la disséquant soigneusement avec un canif de poche.

— Sans parler de la qualité du cuir, disait-il, cette chaussure est une honte pour l'armée. Regardez les coutures. Regardez comment est fixée la languette. Regardez la fabrication des œillets. Maintenant : une chaussure de bonne qualité !

Il souleva son pied et le plaça là où tout le monde pouvait l'admirer, sur un détecteur de gaz voisin.

— Que diable faites-vous ? demanda Dunn.

— Mr Dunn, je crois que vous oubliez que vous vous adressez à un supérieur.

— Que faites-vous dans mes installations ?

— Je vérifie ce que je soupçonnais : vos chaussures ont besoin qu'on s'en occupe.

Dunn réalisa que, pour l'instant, il était battu. Rien, si ce n'est les arguments frappants, ne pouvait être approprié aux circonstances ; et cette méthode conduirait à des calamités sans fin.

— Nous parlerons de ça plus tard. Pour le moment, les hommes devraient être à l'exercice.

— Vous ne devez pas blâmer votre sergent. Il me l'a rappelé plus d'une fois. C'est moi qui les ai retenus.

Les deux officiers se séparèrent. Dunn se dirigea vers le château, pour exposer son cas devant le major de la brigade ; Apthorpe, dans un dessein bien plus extraordinaire. Il s'assit dans le bureau de sa compagnie et rédigea un message à Dunn, le défiant de le rencontrer, armé d'un héliographe, devant leurs hommes, en combat singulier, portant sur la compétence en morse.

Le général était au château. Il venait de rentrer de Londres par le train de nuit, atterré par les nouvelles de France.

Le major de la brigade dit :

— Je crains d'avoir un sérieux problème de discipline à vous soumettre, monsieur. Il nécessitera probablement le Conseil de guerre pour un officier.

— Oui, répondit le général. Oui.

Il regardait vaguement par la fenêtre. Son esprit était loin ; il essayait encore de comprendre les vérités inexprimables qu'il avait apprises à Londres.

— Un officier du 2e bataillon, continua le major de la brigade, sur un ton un peu plus élevé, a été accusé d'avoir pénétré dans les locaux de l'état-major de la brigade et d'avoir, de propos délibéré, détruit les chaussures des hommes.

— Oui, dit le général. Ivre ?

— Non, monsieur.

— Un prétexte quelconque ?

— Il trouvait le travail défectueux, monsieur.

— Oui.

Le général continuait à regarder au loin. Le major de la brigade donna un compte rendu clair de la campagne Dunn-Apthorpe. Au bout d'un moment, le général dit :

— Les chaussures étaient-elles assez bonnes pour se sauver avec ?

— Je ne me suis pas encore renseigné à ce propos. Cela sera certainement connu quand on aura fait l'enquête préliminaire.

— Si elles sont assez bonnes pour se sauver avec, elles sont assez bonnes pour notre armée. Sacré nom, s'ils perdent leurs souliers, ils peuvent se trouver en présence de l'ennemi ! C'est, comme vous dites, une affaire très sérieuse.

— Alors, dois-je mettre en route la procédure de Conseil de guerre, monsieur ?

— Non, nous n'avons pas le temps. Réalisez-vous que notre armée entière et l'armée française sont en déroute, abandonnant tout derrière elles, la moitié des hommes sans avoir tiré une cartouche ?... Faites travailler en commun ces jeunes imbéciles. Commandez un exercice de brigade pour les transmetteurs. Voyons s'ils peuvent faire marcher leurs appareils, avec ou sans chaussures. C'est tout ce qui importe.

C'est pourquoi, deux jours plus tard, après une activité fébrile au château et dans les bureaux, la brigade des Hallebardiers sortit en formation dans la ruisselante campagne midlothienne.

La journée resta dans la mémoire de Guy comme la plus vaine qu'il eût jusqu'à présent passée à l'armée. Sa section se trouvait sur le flanc d'une colline balayée par la pluie et ne faisait absolument rien. Ils étaient assez près d'un des postes de signalisation ; et, de là, s'éleva depuis l'aube jusqu'à midi une monotone incantation liturgique :

— Allô *Nan*. Allô *Nan*. Accusez réception. Termine. Allô *Nan*. Allô *Nan*. M'entendez-vous ? Terminé. Allô *King*. Allô *King*. M'entendez-vous ? Terminé. Allô *Nan*. Allô *King*. Rien reçu. Erreur. Allô *Able*. Allô *Able*. J'entends votre intensité un, fréquence cinq. Erreur. Allô tous postes. *Able, Baker, Charlie, Dog, Easy, Fox*. M'entendez-vous ? Terminé. Durant toute cette matinée glaciale, la prière s'éleva vers les dieux indifférents.

Les hommes s'enveloppèrent dans leurs imperméables antigaz et mangèrent leurs vivres détrempés. À la fin, marchant très lentement, un transmetteur sortit du brouillard de pluie. Il fut acclamé ironiquement par la section. Il s'approcha du poste de transmission et, des profondeurs de ses vêtements, tira un morceau de papier humide. Le caporal l'apporta à Guy. On y lisait : *Able Dog Yoke. Arrêtez émission stop. Signaux seront transmis par coureur stop. Accusez réception.*

Deux nouvelles heures passèrent. Puis un « coureur » monta la colline en trébuchant, porteur d'un message pour Guy : *De commandant compagnie D à chef section 2. Exercice terminé. Rassemblement immédiat bifurcation route 643202.* Guy ne trouva pas nécessaire de prévenir les transmetteurs. Il rassembla sa section et s'en fut, les laissant absolument seuls là où on les avait placés.

— Eh bien ! dit le colonel Tickeridge au mess, j'ai rédigé mon rapport sur les absurdités commises aujourd'hui. Je recommande que les transmissions de la brigade s'en aillent apprendre leur métier.

On admit en général que tout cela était pour Apthorpe un succès personnel. Tout le monde s'était efforcé d'être aimable envers lui, les deux derniers jours, depuis qu'on avait cessé de se « ficher de lui ». Ce soir-là, il fut l'invité de marque. Le lendemain matin, deux autobus réquisitionnés s'arrêtèrent près des tentes du 2ᵉ bataillon. Les transmetteurs s'entassèrent dedans et démarrèrent.

— La brigade, pour une fois, s'est montrée à la hauteur, dit de Souza.

Les Hallebardiers se congratulèrent entre eux de ce triomphe.

Mais le départ des transmetteurs avait été décidé le jour précédent, bien loin de là, à Londres ; pendant qu'à Penkirk, ils commençaient à monter leurs antennes sous la pluie ; et pour un motif sans aucun rapport avec les défaillances de leurs appareils.

S'ils avaient su, les Hallebardiers auraient été encore plus heureux. C'était pour eux le début de la guerre.

X

C'était le vendredi 17 mai, jour de la solde. Tous les vendredis, après la paye, le major Erskine disait à sa compagnie quelques mots sur les progrès de la guerre. Ces derniers temps, on avait beaucoup parlé de brèches et de colmatages dans les lignes alliées, de blindages enfoncés et volatilisés, de « tenailles » et de « poches ». L'exposé était clair et sérieux ; mais la plupart des hommes pensaient à leur permission du week-end, qui allait commencer quand le major s'arrêterait de parler.

Ce vendredi-là, c'était différent. Une heure après le départ des transmetteurs, on reçut l'ordre d'annuler toutes les permissions. Et le major Erskine eut un auditoire attentif et mécontent. Il annonça :

— Je regrette que vos permissions aient été supprimées. Mais cet ordre ne s'adresse pas seulement à nous. Toutes les permissions sont arrêtées pour toutes les forces de la métropole. Vous pouvez en conclure vous-mêmes que la situation est exceptionnellement grave. Ce matin, comme vous le savez, les transmetteurs de la brigade ont été rappelés. Certains d'entre vous peuvent croire que c'est à la suite de l'exercice raté d'hier. Ce n'est pas pour cela. Cet après-midi, nous allons perdre tous nos moyens de transport et le matériel roulant. En voici la raison. Nous ne sommes pas, comme vous le savez, complètement équipés, ni entraînés. On a besoin immédiatement de tous les spécialistes et de tout l'équipement en France. Cela peut vous donner une idée plus nette de la gravité de la situation qui se présente là-bas.

Il poursuivit, avec ses habituelles explications de brèches et de colmatages, de blindages enfoncés et volatilisés. Pour la première fois, ces faits paraissaient à ses auditeurs avoir pris pour eux une importance vitale.

Ce soir-là, une rumeur provenant des secrétaires emplit le camp : la brigade partait immédiatement pour les Orcades. On savait que le général avait regagné Londres ; et le château était entouré d'autos de la région d'Écosse.

Le lendemain, l'ordonnance de Guy le réveilla avec ces paroles :

— D'après ce qu'on raconte, je n'en ai plus pour bien longtemps à faire ça, monsieur.

Le Hallebardier Glass était un soldat de métier. La plupart des conscrits n'avaient guère tenu à être volontaires comme ordonnances ; ils considéraient que « ce n'était pas pour ça qu'ils étaient venus dans cette sacrée armée ». Les vieux soldats savaient que le service de planton apportait de nombreux agréments et privilèges, et s'étaient proposés pour l'emploi. Le Hallebardier Glass était un homme maussade, qui aimait réveiller son maître avec de mauvaises nouvelles.

— Il y en a deux de la section qui ont dépassé leurs permissions, ce matin. – Le major Trench a fait un tour dans les tentes, cette nuit. Il a fait une histoire terrible pour avoir trouvé du pain dans les boîtes à ordures. – Le caporal Hill vient de se suicider à côté du pont. On est en train d'apporter le cadavre.

Quelques potins de choix, du genre calculé pour que Guy commençât sa journée dans un état de dépression. Mais cette information-ci était plus sérieuse.

— Que voulez-vous dire, Glass ?

— Eh bien ! c'est le bruit qui court, monsieur. Jackson l'a entendu hier soir au mess des sous-officiers.

— Qu'est-ce qui est arrivé ?

— Tous ceux de l'active prêts à partir. On ne parle pas des appelés.

Quand Guy arriva à la tente du mess, tout le monde parlait de cela. Guy demanda au major Erskine :

— Y a-t-il quelque chose de sérieux là-dedans, monsieur ?

Le major lui répondit.

— Vous le saurez bien assez tôt. Le colonel désire que tous les officiers soient présents ici, à huit heures et demie.

Les hommes furent envoyés à l'éducation physique et aux corvées, sous les ordres de leurs sous-officiers ; et les officiers se rassemblèrent comme d'habitude. Dans chaque bataillon de Hallebardiers, au même moment, les chefs d'unités annonçaient de mauvaises nouvelles, chacun à sa manière. Le colonel Tickeridge dit :

— Ce que j'ai à vous annoncer est très désagréable pour la plupart d'entre vous. Dans une heure, je dirai la même chose aux hommes. C'est d'autant plus difficile pour moi de vous parler ainsi que, personnellement, je ne peux m'empêcher d'être content. J'avais espéré que nous irions au feu ensemble. C'est pour cela que nous avons tous travaillé. Je crois que nous aurions obtenu un bon résultat. Mais vous savez aussi bien que moi que nous ne sommes pas prêts. Les choses vont plutôt mal en France ; plus mal que la plupart d'entre vous ne le réalisent. On a immédiatement besoin de renforts bien entraînés pour effectuer une contre-attaque décisive. Il a donc été décidé d'envoyer un bataillon d'active de Hallebardiers en France maintenant. Je crois que vous pouvez deviner qui nous mènera.

Le général a passé deux jours à Londres et a persuadé le ministère de le laisser descendre d'un échelon et commander le bataillon. Je suis très fier de dire qu'il m'a choisi pour descendre aussi d'un cran et lui être attaché comme commandant en second. Nous prenons presque tous les officiers et tous les hommes de troupe d'active actuellement au camp. Ceux d'entre vous qui sont laissés derrière désireront naturellement savoir ce qu'il adviendra d'eux. À cela, je crains de ne pouvoir répondre. Vous vous rendez évidemment compte que vous serez considérablement affaiblis, particulièrement en sous-officiers supérieurs. Vous vous rendez également compte que pour le moment, de toute façon, la brigade cesse d'exister en tant qu'unité distincte, ayant un rôle particulier. Ce n'est qu'une de ces choses que vous devez accepter dans la vie militaire. Vous pouvez être certains que le capitaine-commandant fera tout ce qu'il pourra pour que vous conserviez votre personnalité de Hallebardiers et qu'on ne vous fasse pas trop valser un peu partout. Mais, dans un moment de danger national, même la tradition d'un régiment doit s'en aller par-dessus bord. Si je savais ce qui doit vous arriver, je vous le dirais. J'espère que nous nous retrouverons ensemble un jour. N'y comptez pas, et ne vous croyez pas brimés si vous vous trouvez affectés ailleurs. Montrez seulement l'esprit Hallebardier, où que vous soyez. Votre devoir, maintenant comme toujours, est vis-à-vis de vos hommes. Ne laissez pas leur moral tomber. Mettez en route des parties de football. Organisez des concerts et des Housey-Housey. Tout le monde est consigné au camp jusqu'à nouvel ordre.

Les officiers stagiaires quittèrent la tente et se trouvèrent en plein soleil dans un état de profond abattement.

Le commentaire d'Apthorpe fut :

— Il faut connaître les dessous, mon vieux. Tout ça, c'est le travail de ces transmetteurs.

On rassembla ensuite le bataillon. Le colonel (maintenant major) Tickeridge dit aux hommes à peu près la même chose qu'aux officiers ; mais cet homme simple trouva moyen de donner une impression légèrement différente. Tout le monde se retrouverait bientôt, semblait-il annoncer. Le bataillon expéditionnaire était simplement une avant-garde. Ils seraient tous unis pour la « rentrée dedans » finale.

Dans ces conditions, Guy eut enfin le commandement d'une compagnie.

Le chaos dominait. L'ordre était toujours de se tenir prêt à recevoir des ordres. Le personnel d'active qui partait allait à la visite médicale pour un dernier examen. Des êtres vénérables émergeaient de leurs retraites, étaient déclarés inaptes et renvoyés d'où ils venaient. Les conscrits jouaient au football et, sous l'égide de l'aumônier, chantaient :

— Nous mettrons notre linge à sécher sur la ligne Siegfried.

Afin d'éviter la confusion, supposait-on, les bataillons qui restaient étaient désignés par X et Y. Guy était assis dans une tente du bataillon X, secondé d'un sergent-major aux pieds plats. Pendant tout l'après-midi, il reçut des demandes de permissions de week-end pour raisons de famille, émanant d'hommes que ni lui, ni son assistant décrépit n'avaient jamais vus auparavant. « Ma femme attend un bébé, monsieur – Mon frère est en congé de départ, monsieur – Ça ne va pas à la maison, monsieur – Ma mère a été évacuée, monsieur ».

— Nous ne savons rien d'eux, monsieur, dit le sergent-major. Si vous cédez à un, vous n'aurez que des ennuis.

Guy, lamentablement, refusa à tout le monde.

Ce fut sa première expérience de cette situation militaire banale, une « pagaille générale ».

L'ordre de déplacement du bataillon expéditionnaire n'arriva qu'après qu'eut résonné la sonnerie de l'appel du soir.

Au réveil, le dimanche matin, les bataillons X et Y sortirent pour assister au départ. On entendit le clairon annonçant le petit déjeuner et les hommes se dispersèrent. Enfin, en haut de la vallée, apparut une grande quantité d'autobus. Le bataillon monta dedans. Le reste de la brigade poussa des acclamations au moment du départ et revint ensuite vers le camp en partie abandonné, et vers une journée vide.

Le chaos continuait, mais sans animation. Le commandant de Guy au bataillon X était un major qu'il ne connaissait pas. À cette époque de prodiges, Apthorpe se trouva commandant en second du bataillon Y, avec Sarum-Smith comme adjoint.

Le week-end s'ouvrait tristement devant eux.

Les dimanches matin, à Penkirk, un prêtre venait de la ville pour célébrer la messe au château. Ce dimanche-là, il vint comme d'habitude. Il n'était pas impressionné par la pagaille et, pendant trois quarts d'heure, ce ne fut que paix.

Quand Guy revint, on lui demanda :

— Vous n'auriez pas, par hasard, récolté un ordre quelconque, au château ?

— Pas un mot. Silence de mort là-bas.

— Je crois qu'on nous a oubliés. Le mieux serait d'envoyer tout le monde en permission de longue durée.

Le bureau de la compagnie, tous les bureaux de compagnie étaient assiégés par les demandes de permissions. Ceux qui restaient et qui étaient toujours appelés, faute d'un autre nom : « État-major de la brigade » attendaient des ordres.

Des bruits se répandirent partout. Ils allaient retourner à la caserne et au dépôt ; on allait les dissoudre et les envoyer dans des centres d'instruction d'infanterie ; ils allaient former une brigade avec un régiment écossais, et on les enverrait garder des entrepôts ; ils allaient être transformés en unité de DCA. Les hommes donnaient des coups de pied dans des ballons et jouaient de l'harmonica. Ce n'était pas la première fois que leur inébranlable patience impressionnait Guy.

Le Hallebardier Glass, qui, malgré ses prédictions, s'était débrouillé pour rester avec Guy, venait de temps en temps lui raconter ces « potins ».

Enfin, tard dans la nuit, des ordres arrivèrent.

Ils étaient absurdes.

Un parachutage d'ennemis était imminent dans les environs de Penkirk. Tout le monde était consigné au camp. Chaque bataillon devait maintenir, de jour comme de nuit, une compagnie en état d'alerte pour repousser l'attaque. Les hommes de cette compagnie dormiraient avec leurs souliers, leurs fusils chargés à côté d'eux ; ils devraient former le rassemblement au coucher du soleil, à l'aube, et une fois pendant la nuit. Les sentinelles étaient doublées. Une section effectuerait sans interruption des patrouilles dans le périmètre du camp. D'autres sections arrêteraient toute circulation, jour et nuit, sur les routes, dans un rayon de cinq milles, pour vérifier les cartes d'identité des civils. Les officiers seraient continuellement porteurs de revolvers chargés, de vêtements de protection contre les gaz, de casques de tranchées et de cartes.

— Je n'ai pas reçu ces ordres, déclara le major inconnu, donnant pour la première fois, et en fait pour la seule fois, une idée de sa personnalité. On me les apportera demain matin avec le thé. Si les Allemands débarquent cette nuit, ils ne trouveront aucune résistance du bataillon X. C'est ce qu'on appelle, je crois, le coup de Nelson.

Le lundi fut occupé à la défense de Penkirk, et deux vachers furent arrêtés. Leur fort accent écossais les avait fait nettement soupçonner de s'entretenir en allemand.

Le temps était magnifique pour un parachutage. Le mauvais temps était tout a fait fini ; un été prématuré se répandait dans la vallée. Le lundi soir, la compagnie de Guy était de service d'alerte. Une de ses patrouilles opérait sur la colline au-dessus du camp ; il alla l'inspecter à minuit. Un peu plus tard, il était assis et regardait les étoiles pendant que les hommes bivouaquaient autour de lui. Le bataillon d'active était probablement en France, maintenant – réfléchissait-il – ; peut-être en pleine bataille. Le Hallebardier Glass avait un tuyau sûr certifiant que le bataillon était à Boulogne. Tout à coup, d'en bas, vint le son de clairons et de sifflets. La section revint au pas gymnastique. Elle trouva le camp en pleine effervescence. Apthorpe avait distinctement vu un parachutiste atterrir, quelques champs plus loin. Des patrouilles, des piquets et les compagnies de service se précipitèrent sur les lieux. Deux ou trois salves furent tirées au hasard.

— Ils enterrent toujours leurs parachutes, dit Apthorpe. Cherchez de la terre fraîchement remuée.

Toute la nuit, ils piétinèrent le blé en herbe jusqu'au moment du réveil, où ils passèrent le service à la relève. Pendant ce temps, plusieurs autobus chargés de soldats en kilts étaient arrivés d'un camp voisin. C'étaient des hommes aguerris, qui doutaient de la vision d'Apthorpe. Un fermier indigné passa presque toute la matinée au château, évaluant les dégâts qui lui avaient été causés.

Le mercredi, on reçut un ordre de déplacement. Les bataillons X et Y devaient se tenir prêts à partir dans les deux heures. Tard dans la soirée, les autobus firent de nouveau leur apparition. Il n'y avait pas de « reliquat inutilisé des rations journalières » pour les encombrer. Le Hallebardier Glass annonça que tout l'état-major de la brigade partait aussi.

— L'Islande, dit-il, voilà où nous allons. Je le tiens directement du château.

Guy demanda au major où ils allaient.

— Région d'Aldershot. Aucune information sur ce qui se passera quand nous y serons. Qu'est-ce que vous en pensez ?

— Rien.

— Aldershot, ça n'a pas l'air d'une formation de Hallebardiers, n'est-ce pas ? Si vous voulez savoir ce que j'en pense, ça m'a plutôt l'air d'un centre d'instruction d'infanterie. Je ne crois pas que cela veuille dire quelque chose pour vous ?

— Pas grand-chose.

— Pour moi, ça veut dire une vie infernale. Vous autres, vous avez eu des moments difficiles. Vous êtes venus chez les Hallebardiers, vous avez vécu avec nous, vous avez été l'un d'entre nous. Maintenant, vous allez probablement vous trouver dans les pattes d'un régiment de Comté ou dans la Garde Noire[1]. Mais vous n'avez que six mois chez nous. Regardez-moi. Dieu sait quand je reviendrai au Corps, et le Corps a été toute ma vie. Tous ceux qui sont arrivés avec moi sont à Boulogne maintenant. Savez-vous pourquoi on m'a laissé derrière ? Une mauvaise note, à ma deuxième année de lieutenant !... C'est bien ça, l'armée ! Une mauvaise note vous suit partout, jusqu'à votre mort.

— Le bataillon est bien à Boulogne, monsieur ? demanda Guy, désireux d'arrêter ces confidences.

---

1. *Now, you'll probably find yourself in the Beds and Herts or the Black Watch.*

L'auteur a fait là un jeu de mots absolument intraduisible :
... vous vous trouverez dans les *Beds* et *Herts* veut dire dans les régiments de Bedfordshire et de Hertfordshire (des régiments de comtés, comme leurs noms l'indiquent) et aussi dans les *Beds* et *Hearts*, c'est-à-dire dans les lits et les cœurs (de régiments inconnus de vous) *(N.d.T.)*.

— Exactement. Et, d'après ce que j'ai entendu dire, il y a en ce moment une bataille infernale engagée là-bas.

Ils furent conduits en auto jusqu'à Édimbourg et, là, embarqués dans un train sans lumière. Guy partageait un compartiment avec un lieutenant qu'il connaissait à peine. Presque tout de suite, la fatigue des derniers jours eut raison de lui. Il dormit longtemps d'un sommeil pesant et ne s'éveilla que quand une nouvelle journée ensoleillée se fut glissée à travers les rideaux de protection. Il souleva l'un d'eux. Le train était toujours en gare d'Édimbourg.

Il n'y avait pas d'eau et toutes les portes étaient verrouillées. Mais le Hallebardier Glass apparut, mystérieusement muni d'un pot contenant de l'eau pour se raser et d'une tasse de thé. Il emmena le baudrier de Guy dans le couloir et se mit à l'astiquer. Un peu plus tard, ils partirent et, très lentement, prirent en cahotant la direction du Sud.

À Crewe, le train s'arrêta une heure. De petits hommes de la base, avec des brassards, couraient sur le quai, portant des listes. Puis un chariot du Service des déplacements mit dans chaque voiture un bidon de cacao chaud, quelques boîtes de singe et un certain nombre de paquets cartonnés, contenant du pain coupé en tranches.

Le voyage continua. À travers le fracas des roues, Guy pouvait entendre des harmonicas et des chansons. Il n'avait rien à lire. Le jeune officier en face de lui sifflait quand il était éveillé ; mais la plupart du temps il dormait.

Un autre arrêt. Une autre nuit. Une nouvelle aube. Ils traversaient maintenant une zone de briques rouges et de petits jardins bien entretenus. Ils dépassèrent un autobus rouge de Londres.

— C'est Woking, dit l'autre.

Le train s'arrêta bientôt.

— Brookwood, annonça le lieutenant, bien documenté.

Il y avait un commissaire de gare sur le quai, avec des listes. Le commandant du bataillon X, de plus en plus impersonnel, descendit du train et se mit à promener un regard anxieux à travers les vitres embuées, à la recherche de ses officiers.

— Crouchback, dit-il, Davidson, nous descendons ici. Alignez-vous par compagnies devant la gare. Désignez une section pour s'occuper du matériel. Faites l'appel et passez l'inspection. Les hommes ne peuvent pas se raser, évidemment ; mais voyez que, pour le reste, ils soient corrects. Nous avons deux milles à faire jusqu'au camp.

D'une façon ou d'une autre, des êtres hirsutes et abrutis se transformèrent en Hallebardiers. On ne semblait avoir perdu personne. Tout le monde avait un fusil. Les sacs furent lancés dehors.

Le bataillon X se mit en route le premier. Guy marchait devant sa compagnie et suivait la compagnie de tête à travers les chemins de banlieue, dans la délicieuse fraîcheur du matin. Ils arrivèrent bientôt à une barrière de camp et respirèrent l'odeur familière des poêles Soyer. Il fit comme le commandant de la compagnie de tête et mit ses hommes au pas. Il entendit devant lui retentir le commandement :

— Tête à gauche. Vint son tour. Il commanda le mouvement en saluant et vit un factionnaire Hallebardier qui présentait les armes, au poste de garde.

Il commanda :

— Compagnie C, fixe.

Il entendit en avant de lui, d'une distance de cent hommes en marche, le commandement :

— Compagnie B, tête à droite.

— Cette fois, qu'est-ce que c'est ? se demandait-il.

— Compagnie C, tête à droite.

Il tourna brusquement la tête, et se trouva regardant droit dans un œil solitaire et étincelant.

C'était Ritchie-Hook.

Un guide avait été placé là, pour conduire le bataillon à son terrain de manœuvre. Les capitaines firent aligner leurs hommes par compagnies, commandèrent :

— Reposez, armes.

Puis :

— Repos.

Le général Ritchie-Hook se tenait à côté du major.

— Ravi de vous revoir tous, rugit-il. Je suppose que vous avez faim. Allez vous décrasser d'abord. Vous êtes tous consignés au camp. Nous devons être toujours prêts à partir dans les deux heures, pour embarquer.

Le major salua et fit face au bataillon, qui avait été si peu de temps sous sa domination.

— Pour l'instant, voici notre cantonnement. J'ai l'impression que ce ne sera pas pour longtemps. Des guides vont vous montrer où vous pouvez vous nettoyer. Pour le bataillon, garde à vous ! Arme sur l'épaule, droite... Rassemblement pour les officiers.

Guy avança, s'aligna avec les autres officiers, salua et quitta le terrain de manœuvre. Le bataillon rompit les rangs. Il entendit les sous-officiers se disperser dans un vacarme de commandements. Il se trouvait en état d'hébétude. C'était aussi le cas du major à la mauvaise note.

— Qu'est-ce que ça veut dire, monsieur ?

— Je ne sais que ce que le général a dit quand nous sommes entrés. Apparemment, on repart absolument à zéro. Il s'est bagarré avec le ministère de la Guerre, pendant des jours, pour qu'on conserve la brigade. Comme d'habitude, il a gagné. C'est tout.

— Cela signifie-t-il que les choses vont mieux en France ?

— Non. Elles vont même tellement plus mal que le général nous a fait accepter en bloc comme complètement entraînés et prêts à entrer en action.

— Voulez-vous dire que nous partons aussi pour la France ?

— À votre place, je ne me monterais pas trop la tête à propos de ça. Le bataillon d'active a été débarqué du bateau juste au moment du départ. J'ai plutôt l'impression qu'il y aura encore pas mal de temps avant que nous allions en France. Il s'est passé beaucoup de choses là-bas pendant que nous faisions la chasse aux parachutistes en Écosse. Il apparaît, entre autres, que les Allemands ont pris Boulogne hier.

Livre III
Apthorpe immolatus

Livre III

Apthorpe immolatus

I

Neuf semaines de pagaille, de chaos et d'ordre alternés.

Les Hallebardiers étaient loin du combat, hors de portée de vue et d'ouïe ; mais un système nerveux très fin s'étirait jusqu'à eux. Il commençait au front, où les armées alliées tombaient en morceaux ; chaque nouveau choc transmettait une petite vibration douloureuse aux pointes extrêmes. Le chaos venait de l'extérieur, des commandements inopinés, donnés sans explication et annulés ensuite ; l'ordre venait de l'intérieur, quand compagnie, bataillon, brigade, chacun se réorganisait en vue de la nouvelle tâche inconnue. Ils étaient tellement occupés, durant ces semaines, par leur propre installation, par les remises en état, les réajustements, les improvisations, que la grande tempête qui faisait trembler le monde passait au-dessus d'eux sans qu'ils y prêtassent attention, jusqu'au moment où le craquement d'une branche faisait de nouveau vibrer les racines cachées.

La première tâche, ce fut Calais. On ne fit pas mystère de leur destination. Des cartes de cette *terra incognita* furent distribuées, et Guy étudia les noms de rues, les voies d'accès, la topographie des environs de la ville qu'il avait traversée d'innombrables fois. Il s'installait devant un apéritif à la gare maritime, jetait, des fenêtres du wagon-restaurant, un coup d'œil distrait sur les toits qui défilaient devant lui ; la ville, balayée par le vent, de Marie Tudor, du Beau Brummel et des « Bourgeois » de Rodin ; la ville la plus fréquentée et la moins connue de tout le continent européen. C'était là, peut-être, qu'il laisserait sa peau.

Mais ce n'est que le soir qu'il y avait du temps pour l'étude et la méditation. Les jours passaient en d'incessants travaux de fourmilière. On avait perdu beaucoup de choses en venant de Penkirk ; des objets comme des fusils antichars, ou comme des chevalets de pointage, que personne n'aurait pu convoiter ni dissimuler. Parmi ces objets, il y avait Rayter, qui était parti pour son cours de liaison aérienne et qu'on ne revit plus aux Hallebardiers. Plusieurs officiers d'active avaient été reconnus médicalement inaptes et étaient partis pour la caserne ou pour le dépôt d'instruction. Guy se retrouva au 2e bataillon, et toujours commandant de compagnie.

Cela ne ressemblait pas à une « prise en charge » dans des conditions normales. Quand Ritchie-Hook parlait de sa brigade comme étant « prête à entrer en action dans les deux heures », il allait vraiment un peu fort. Ce n'est qu'au bout de deux jours qu'elle put prendre son service normal dans la région. Ce service était pénible, car on attendait des parachutistes d'heure en heure, à Aldershot comme à Penkirk. Les consignes permanentes prévoyaient qu'à peu près tous les hommes étaient de service à toute heure de la journée. Et, d'abord, il fallait récupérer les hommes. Personne n'avait déserté, mais la plupart s'étaient égarés.

— Vous ne savez pas quel était votre bataillon ?
— D'abord, c'était un bataillon, après c'était un autre, monsieur.
— Bon. Et quel était le premier ?
— Je ne sais pas, monsieur.
— Savez-vous qui le commandait ?
— Oh ! oui, monsieur. Le sergent-chef Rawkes.

Rares étaient les conscrits qui savaient les noms de leurs officiers.

Quand ils avaient été incorporés, Rawkes avait dit :
— Je suis le sergent-chef Rawkes. Regardez-moi bien pour pouvoir me reconnaître. Je suis là pour vous venir en aide si vous vous conduisez bien. Ou bien je suis là pour vous rendre la vie infernale si vous vous conduisez mal. C'est à vous de choisir.

Ils se souvenaient de cela. Rawkes établissait la liste des permissions et désignait les corvées. Les officiers, pour des hommes qui n'avaient pas encore été au combat, étaient aussi difficiles à reconnaître que des Chinois. Peu d'hommes d'active ou de la conscription connaissaient quelqu'un en dehors de leur compagnie. Ils connaissaient l'honorable compagnie des Hallebardiers libres du comte d'Essex ; ils étaient fiers des sobriquets de « Talons Rouges » et de « Pommardiers » ; mais la brigade était une conception complexe et lointaine. Ils ne savaient pas d'où venaient les coups ; ils étaient l'un des tout derniers wagons d'un train sur une voie de garage. Un royaume disparaissait en Europe ; et, quelque part dans son propre pays, un Hallebardier voyait sa permission supprimée et transportait du matériel en vue d'un autre déplacement.

Guy, dans la compagnie D, manquait d'un commandant en second et d'un chef de section ; mais il avait le sergent-chef Rawkes et le sergent-fourrier Yorke, tous deux d'âge mûr, expérimentés, et, par-dessus tout, auxiliaires pondérés. Dix hommes étaient portés manquants ; un homme avait quitté le camp. L'état des effectifs de la compagnie avait été transmis au Service du contrôle. Le matériel G.1098[1] arrivait.

— Allez-y, Chef. Allez-y, Fourrier.

Et ils y allaient.

Guy sentait la tête qui lui tournait ; mais il avait une impression de sécurité. Comme s'il avait été victime d'un accident et qu'il était assoupi dans son lit, sachant à peine comment il se trouvait là. Au lieu de médicaments et de raisin, on lui apportait régulière-

---

1. G.1098 : inventaire détaillé de tous les articles composant l'équipement de mobilisation d'un officier ou d'un homme de troupe, et le matériel de l'unité *(N.d.T.)*.

ment des liasses de papier qu'il lui fallait signer. Un grand index, coiffé de quelque chose qui ressemblait à un ongle de pied, lui montrait l'endroit où il devait écrire son nom. Il avait l'impression d'être un monarque constitutionnel d'âge tendre, vivant dans l'ombre de conseillers d'État, universellement respectés, dont il avait hérité. Il eut l'impression d'être coupable d'abus de confiance lorsque enfin, le deuxième jour à midi, il rendit compte que tout le monde était présent à la compagnie D, et qu'il n'y avait rien à signaler.

— Du bon travail, l'oncle, dit le colonel Tickeridge. Vous êtes le premier à avoir rendu compte.

— Les sous-officiers ont vraiment tout fait, monsieur.

— Évidemment. Vous n'avez pas besoin de me dire ça. Mais c'est vous qui prenez tous les coups de gueule quand ça va mal, que ce soit de votre faute ou non. Aussi, prenez les coups d'encensoir qui se présentent, dans le même esprit.

Guy était un peu gêné de donner des ordres aux deux chefs de section, qui étaient tout récemment encore ses camarades. Ils les recevaient avec une correction parfaite. Seulement, quand il demandait : « Pas de questions à poser ? », la voix traînante de de Souza se faisait parfois entendre avec :

— Je ne comprends pas très bien l'objet de cet ordre. Qu'est-ce que nous cherchons exactement, quand nous arrêtons les autos des civils et que nous leur demandons leurs cartes d'identité ?

— Les gens de la Cinquième colonne, d'après moi.

— Mais ils auraient sûrement des cartes d'identité. Elles ont été rendues obligatoires, l'année dernière, vous le savez. J'ai essayé de refuser la mienne, mais l'agent de police me l'a absolument remise de force.

Ou bien :

— Pourriez-vous être assez aimable pour expliquer pourquoi nous devons avoir simultanément un piquet d'incendie disponible et une section antiparachutiste. Je veux dire que, si j'étais parachutiste, et que je voyais tous les genêts en feu en bas, je ferais joliment attention à sauter quelque part ailleurs.

— Sacré nom, je n'ai pas inventé ces ordres. Je ne fais que les transmettre.

— Oui, cela, je le sais. Je me demandais seulement si, pour vous, ils étaient intelligibles. Pour moi, ils ne le sont pas.

Mais que les ordres fussent intelligibles ou non, on pouvait compter sur de Souza pour les exécuter. Il semblait vraiment trouver une étrange satisfaction secrète à faire avec une précision minutieuse quelque chose qu'il savait être absurde. L'autre officier, Jervis, avait besoin d'être continuellement surveillé.

Le soleil dardait ses rayons, desséchant l'herbe jusqu'à ce qu'elle fût glissante comme le plancher d'une salle de danse. Ce qui causa des débuts d'incendie dans les broussailles des alentours. Le service normal fut rétabli. Le quatrième soir de son commandement, Guy amena sa compagnie, à la tombée de la nuit, au champ de manœuvres, où les noms des lieux étaient baroquement choisis dans l'Afrique centrale, en mémoire d'un explorateur disparu depuis longtemps. « Le cœur du pays d'Apthorpe », comme l'appelait de Souza. Ils exécutèrent un exercice d'attaque de compagnie, s'entremêlèrent complètement, puis se démêlèrent et bivouaquèrent sous les étoiles. Une nuit chaude qui sentait le foin sec... Guy fit une ronde d'inspection des sentinelles, puis s'allongea sans dormir. L'aube arriva vite, apportant même à cette région déshéritée une beauté passagère. Ils se rassemblèrent et revinrent au camp. La tête un peu vide, après cette nuit sans sommeil, Guy marchait devant à côté de de Souza. De derrière eux montaient les chansons : *Faites rouler le tonneau, Il y a des rats, rats, rats, aussi gros que des chats dans le magasin de l'intendant, Nous mettrons notre linge à sécher sur la ligne Siegfried.*

— Ça n'est pas tout à fait d'actualité pour le moment, dit Guy.

— Savez-vous à quoi cet air me fait toujours penser, l'oncle ? À un dessin de la dernière guerre, dans une galerie de tableaux. Des barbelés où un cadavre est accroché comme un épouvantail. Pas un dessin bien fameux. J'ai oublié l'auteur. Une espèce d'imitateur de Goya.

— Je ne crois pas que les hommes aiment vraiment cet air. Ils l'ont entendu au concert Ensa et l'ont retenu. Je suppose que, comme la guerre se prolonge, il en sortira quelques bonnes chansons ; cela s'est déjà produit la dernière fois.

— Ça m'étonnerait plutôt, répondit de Souza. Il y a probablement un service de la musique martiale au ministère de l'Information. Les chansons de la dernière guerre manquaient toutes, au plus haut degré, de ce qu'on appelle des qualités destinées à remonter le moral. « Nous sommes ici parce que c'est comme ça, parce que c'est comme ça, parce que c'est comme ça », et : « Ramenez-moi dans mon bon vieux chez moi », « Personne ne sait à quel point nous nous embêtons et tout le monde s'en fiche ». Pas du tout le genre à recevoir une approbation officielle aujourd'hui. Cette guerre a commencé dans les ténèbres et finira dans le silence.

— Dites-vous tout cela simplement pour me donner le cafard, Frank ?

— Non, l'oncle. Tout simplement pour me remonter moi-même.

Quand ils arrivèrent au camp, ils trouvèrent tous les indices d'une nouvelle alerte.

— Présentez-vous tout de suite à la salle de service, monsieur.

Guy trouva le secrétaire du bataillon et Sarum-Smith qui emballaient des papiers. Le capitaine-adjudant-major, qui téléphonait, lui fit signe d'aller se présenter au colonel Tickeridge.

— Qu'est-ce qui vous prend de sortir votre compagnie de nuit sans établir une liaison par signaux avec le quartier général ? Vous rendez-vous compte que, si la Direction des mouvements n'avait fait ses blagues habituelles, toute la brigade aurait plié bagages et serait en route ? vous auriez trouvé tout le camp vide et vous ne l'auriez pas volé. Ignorez-vous que tout programme de manœuvre doit être adressé au capitaine-adjudant-major, avec tous les renseignements topographiques ?

C'est ce que Guy avait fait. Comme Sanders était sorti, il avait remis le papier à Sarum-Smith. Il ne répondit pas.

— Rien à dire ?
— Je regrette, monsieur.
— Bon. Veillez à ce que la compagnie D soit prête à partir, à douze heures.
— Très bien, monsieur. Puis-je savoir où nous allons ?
— On embarque au dock de Pembroke.
— Pour Calais, monsieur ?
— C'est à peu près la question la plus saugrenue qu'on m'ait jamais posée. Ne vous tenez-vous jamais au courant des nouvelles ?

— Pas hier soir, ni ce matin, monsieur.

— Eh bien ! on a lâché Calais. Maintenant retournez à votre compagnie. Et que ça saute.

— Très bien, monsieur.

En retournant à ses tentes, il se souvint que, la dernière fois qu'il en avait entendu parler, le régiment de Tony Box-Bender était à Calais.

II

Pendant une quinzaine de jours, la brigade de Hallebardiers ne reçut pas de courrier. Quand Guy eut enfin des nouvelles de Tony, ce fut par deux lettres de son père, lettres écrites à dix jours d'intervalle.

Hôtel de la Marine, Matchet, 2 juin.

Mon cher Guy,

J'ignore où tu es et je suppose que tu n'as pas l'autorisation de me le dire ; mais j'espère que cette lettre t'atteindra où que tu sois, pour te dire que je pense continuellement à toi et que je prie pour toi. Tu as peut-être su que Tony était à Calais et qu'aucun d'entre eux n'est revenu. Il est porté disparu. Angela est persuadée qu'il est prisonnier ; mais je crois que toi et moi le connaissons trop bien, ainsi que son régiment, pour penser qu'ils se soient rendus. Il a toujours été un enfant bon et facile ; et je ne peux souhaiter une mort meilleure pour quelqu'un que j'aimais. C'est le bona mors *que nous demandons dans nos prières.*

Si tu reçois cette lettre, écris à Angela.
Avec toute mon affection, ton père,

G. CROUCHBACK.

Hôtel de la Marine, Matchet, 12 juin.

Mon cher Guy,

Je sais que, si tu l'avais pu, tu m'aurais écrit.

As-tu reçu les nouvelles de Tony ? Il est prisonnier ; et Angela, c'est bien naturel, je le suppose, est transportée de bonheur, uniquement parce qu'il est vivant. C'est la volonté de Dieu qu'il en soit ainsi, mais je ne peux m'en réjouir. Tout fait prévoir une guerre longue, peut-être plus longue que la dernière. C'est une épreuve terrible, pour quelqu'un de l'âge de Tony, de passer des années dans l'oisiveté, détaché de son milieu ; une épreuve pleine de tentations.

Ce n'est pas leur faute si la garnison s est rendue. L'ordre leur en a été donné en haut lieu.

Voilà maintenant notre pays tout à fait seul ; et je sens que cela est un bien pour nous. Un Anglais donne le meilleur de lui-même quand il a le dos au mur. Souvent, dans le passé, nous avons eu des disputes avec nos alliés, disputes dont nous portions, je le crois, la responsabilité.

Mardi dernier, c'était l'anniversaire d'Ivo, ce qui fait qu'il a beaucoup occupé ma pensée.

Je ne suis pas encore tout à fait inutile. Une école préparatoire (catholique) de garçons est arrivée ici, ve-

nant de la côte est. Je ne peux me rappeler si je te l'ai dit. Un directeur, charmant, et sa femme ont séjourné ici pendant leur emménagement. Ils manquaient de professeurs et, à mon grand étonnement et à ma grande satisfaction, ils m'ont demandé de me charger d'une classe. Les enfants sont très sages, et je suis même payé ! Ce qui me rend service, car ils ont dû augmenter leurs prix, à l'hôtel. C'est une façon intéressante de dérouiller mon grec.

Avec toute mon affection, ton père,

G. CROUCHBACK.

Ces lettres arrivèrent ensemble, le jour où les Allemands défilaient dans Paris. Guy et sa compagnie étaient alors cantonnés dans un hôtel sur une plage de Cornouailles.

Bien des choses s'étaient passées depuis leur départ d'Aldershot, dix-huit jours auparavant. Pour ceux qui suivaient les événements et pensaient à l'avenir, les fondations du monde semblaient trembler. Pour les Hallebardiers, ce n'était qu'un embêtement à la suite d'un autre. Un ordre urgent était arrivé, transmis par l'état-major de la région, le matin de leur départ : il fallait protéger les hommes contre les mauvaises nouvelles. Leur transfert vers le pays de Galles était une assez mauvaise nouvelle. Ils s'embarquèrent sur trois navires de commerce disparates et accrochèrent des hamacs dans des entreponts poussiéreux. Ils mangèrent des biscuits de mer. Pendant les nuits chaudes, ils couchaient n'importe où sur les ponts. Les chaudières étaient sous pression ; toute communication avec la terre, interdite.

Le colonel Tickeridge déclara :

— Je n'ai pas idée de l'endroit où nous allons. J'ai parlé à l'officier chargé des embarquements. Il paraissait lui-même étonné que nous soyons là.

Ils débarquèrent le lendemain matin et virent les trois navires s'en aller à vide. La brigade fut fractionnée et fut cantonnée par bataillons dans les bourgades du voisinage, dans des magasins et des entrepôts qui étaient restés vides pendant neuf ans, depuis le début de la crise. Les unités et les sous-unités se mirent à construire, à faire l'exercice et à jouer au cricket.

Puis la brigade s'assembla une nouvelle fois sur les quais et se rembarqua sur les mêmes navires. Ils étaient encore plus lamentables, étant donné que, dans l'intervalle, ils avaient transbordé de Dunkerque à travers la Manche une armée en déroute. Dans l'un de ces navires, il y avait une batterie d'artilleurs hollandais, sans leurs canons. D'une façon ou d'une autre, ils étaient montés à bord à Dunkerque. Personne ne paraissait avoir un coin pour eux en Angleterre. Ils restaient là, tristes, impassibles et très courtois.

Les navires avaient l'air d'un quartier de taudis. Le principal travail de Guy consistait à conserver ensemble son matériel et ses hommes. Ils débarquèrent pour faire une heure d'éducation physique, une compagnie à la fois. Le reste de la journée, ils restèrent assis sur leurs sacs. Un officier d'état-major arriva de très loin et sortit une proclamation. Celle-ci devait être lue à toutes les troupes ; elle démentait les bruits répandus par l'ennemi selon lesquels l'armée de l'air n'avait rien fait, à Dunkerque. Si l'on n'y avait pas vu d'avions anglais, c'est parce qu'ils étaient occupés au-dessus des lignes de communication de l'ennemi. Les Hallebardiers étaient plus intéressés par la rumeur d'après laquelle une armée allemande avait débarqué à Limerick ; on ajoutait qu'ils étaient chargés de repousser l'envahisseur.

— N'est-il pas préférable de démentir ce bruit, monsieur ?

— Non, dit le colonel Tickeridge. C'est absolument vrai. Non pas que les Allemands soient déjà là. Mais notre petit travail est de nous trouver devant eux s'ils débarquent réellement.

— Nous, tout seuls ?

— Nous, tout seuls, répondit le colonel Tickeridge. Autant qu'on puisse le savoir. Excepté, bien entendu, nos amis hollandais.

Ils pouvaient partir dans les deux heures. Au bout de deux jours, les ordres se relâchèrent pour permettre aux troupes en formation de descendre à terre pour l'instruction et la détente. Ils devaient rester en vue du mât de leur navire, sur lequel un pavillon serait hissé pour les appeler en cas d'ordre de départ immédiat.

Le colonel Tickeridge réunit les officiers, au salon, pour une conférence au cours de laquelle il expliqua les détails de la campagne de Limerick. On s'attendait à voir arriver les Allemands, avec des troupes entièrement motorisées, un large soutien aérien, et probablement une certaine aide de la part des gens du pays. La brigade des Hallebardiers devrait tenir devant eux le plus longtemps possible.

— Pour ce qui est du temps que ça donnera, remarqua le colonel Tickeridge, votre estimation vaut la mienne.

Muni d'une carte de Limerick et de ce renseignement peu encourageant, Guy retourna vers sa compagnie entassée.

— Le Hallebardier Shanks, monsieur, a déposé une demande de permission, dit Rawkes.

— Mais il doit savoir que c'est inutile.

— Graves motifs personnels, monsieur.

— Lesquels, chef ?

— Il ne veut pas le dire. Il insiste, comme c'est son droit, pour voir le commandant de compagnie en particulier, monsieur.

— Très bien. C'est un bon soldat, n'est-ce pas ?

— Un des meilleurs, monsieur. C'est-à-dire, parmi les hommes de la conscription.

Le Hallebardier Shanks fut amené. Guy le connaissait bien ; un beau garçon, compétent et plein de bonne volonté.

— Eh bien ! Shanks, qu'est-ce qui ne va pas ?

— Je vous en prie, monsieur, c'est le concours. Je dois être à Blackpool demain soir. J'ai promis. Mon amie ne me le pardonnera jamais, si je n'y suis pas.

— Un concours de quoi, Shanks ?

— De valse lente, monsieur. Ça fait trois ans que nous répétons ensemble. L'année dernière, nous avons gagné à Salford. Nous gagnerons à Blackpool, monsieur. Je sais que nous gagnerons. Et je serai de retour dans les quarante-huit heures, parole d'honneur, monsieur.

— Shanks, vous rendez-vous compte que la France est tombée ? Que, selon toute probabilité, l'Angleterre va être envahie ?... Que tout le réseau des chemins de fer du pays est bouleversé pour ceux de Dunkerque ?... Que notre brigade peut entrer en action dans les deux heures ? Vous en rendez-vous compte ?

— Oui, monsieur.

— Alors, comment pouvez-vous vous présenter à moi avec cette demande absurde ?

— Mais, monsieur, nous avons répété trois ans ! Nous avons eu un premier prix à Salford, l'année dernière. Je ne peux pas abandonner maintenant, monsieur.

Était-ce là l'esprit de Dunkerque ?

— Demande refusée, chef.

Selon l'usage, le sergent-chef Rawkes avait attendu, sans perdre Shanks du regard, pour le cas où le candidat à un entretien particulier aurait tenté de se livrer à des voies de fait sur son officier. À ce moment, il prit l'affaire en main.

— Demande refusée. Demi-tour à droite. Pas accéléré.

Guy, resté seul, se demandait : « Était-ce là l'esprit de Dunkerque », dont on parlait déjà ? Il avait tendance à le croire.

« Les jours de ponton », comme les appelait de Souza, ne furent pas nombreux, mais ils formèrent une période à part dans la vie de Guy aux Hallebardiers. Pour la première fois, il subissait un inconfort réel, une nourriture abominable ; la responsabilité sous sa forme la plus ingrate, la claustrophobie : tout cela l'accablait ; mais il n'avait aucune conscience d'une catastrophe nationale. La marée montante ou descendante dans le port, le nombre plus ou moins important des malades du jour, la liste des punis, les indices, en augmentation ou en diminution, du manque de sang-froid, voilà quelles étaient les préoccupations de la journée. Sarum-Smith avait été désigné comme officier chargé des distractions. Il organisa une séance musicale, au cours de laquelle trois sous-officiers rengagés jouèrent une curieuse pantomime traditionnelle chez les Hallebardiers et tirée, d'après de Souza, d'une ancienne cérémonie populaire. Les acteurs étaient revêtus de couvertures et échangeaient des reparties rituelles sous les noms de « Silly Bean », « Black Bean » et « Awful Bean[1] ».

Il organisa une controverse sur le sujet : « Tout homme qui se marie à moins de trente ans est un imbécile. » La discussion devint vite une succession de témoignages personnels.

— Tout ce que je peux dire, c'est que mon père s'est marié à vingt-deux ans, et je n'ai jamais pensé trouver une maison plus heureuse ou une meilleure mère ; je n'en ai jamais trouvé.

On organisa des matches de boxe.

On demanda à Apthorpe de faire une conférence sur l'Afrique. Au lieu de cela, il choisit un sujet inattendu :

— La juridiction du roi d'armes d'Écosse, comparée à celle des trois rois d'armes d'Angleterre.

— Mais, l'oncle, croyez-vous que ça intéressera les hommes ?

---

[1]. Littéralement : Haricot stupide, Haricot noir, Haricot affreux ; désignations familières analogues à « Vieille noix » en français *(N.d.T.)*.

— Peut-être pas tous. Mais ceux que cela intéressera seront vraiment très intéressés.

— Je crois qu'ils préféreraient de beaucoup quelque chose sur les éléphants ou sur les cannibales.

— C'est à prendre ou à laisser, Sarum-Smith

Sarum-Smith laissa.

Guy fit une causerie sur l'art de faire le vin et obtint un succès étonnant. Les hommes appréciaient la documentation sur tous les sujets techniques.

Des personnages imprévus vinrent augmenter l'encombrement. Notamment, un vieux, vieux capitaine, ressemblant à un cacatoès, qui portait la fastueuse tenue de campagne d'un régiment de cavalerie irlandais dissous. Il annonça qu'il était l'officier du chiffre. On l'embaucha pour parler de « la vie à la cour de Saint-Pétersbourg ».

Dunn et ses hommes firent leur apparition. Ils étaient parvenus en France et avaient parcouru un grand arc d'insécurité, de Boulogne à Bordeaux, derrière les lignes enfoncées, sans quitter une seule fois leur wagon de chemin de fer. Cette expérience de voyage à l'étranger au son du canon – sous le feu, le jour où un aviateur nerveux les trouva sur sa route – ajouta sensiblement à l'assurance de Dunn. Sarum-Smith essaya de le décider à faire une conférence sur les « leçons apprises au combat » ; mais Dunn expliqua qu'il avait passé le voyage à établir une commission d'enquête, sous l'autorité d'un officier supérieur qui se trouvait dans le train, pour examiner le cas de la chaussure dépecée. La conclusion avait été un verdict de dégradation de matériel avec préméditation ; mais, comme Dunn avait été séparé de l'officier instructeur, il ne savait trop où adresser les papiers. Il revoyait le sujet dans son Code de discipline militaire.

Un inquiétant chargement spécial, étiqueté « Matériel de guerre chimique (Attaque) », fut livré sur le quai et laissé là, à la vue de tous.

Guy reçut un commandant en second, un jeune officier d'active sans éclat, nommé Brent, et un troisième officier subalterne. Ainsi passaient les jours. Brusquement arriva un ordre de se tenir prêt. Et un autre mouvement eut lieu. Les Hallebardiers débarquèrent. Les artilleurs hollandais leur firent des signes d'adieu, quand leur train se mit en route vers l'inconnu. On ramassa les cartes du comté de Limerick. Nos hommes furent lentement cahotés pendant dix heures, avec de fréquents arrêts sur des voies de garage et de nombreuses altercations avec des commissaires de gare. Ils sortirent de leur train, de nuit ; une nuit magnifique, éclairée par la lune, parfumée ; ils bivouaquèrent dans des bois qui entouraient un parc ; sous leurs pas, les allées brillaient de l'éclat phosphorescent des branches mortes. On les mit dans des autobus et on les éparpilla le long de la côte, où retentissait le bruit de la mer. C'est là que Guy reçut des nouvelles de son cousin Tony.

Guy avait deux milles de falaises à défendre contre l'invasion. Quand on montra à de Souza le front de mer affecté à sa section, il remarqua :

— Mais, l'oncle, ça n'a pas de sens commun. Les Allemands sont fous à lier, mais pas tout à fait de cette façon. Ils ne vont pas débarquer ici.

— Ils peuvent mettre à terre des gens à eux. Ou bien un de leurs chalands de débarquement peut dériver de sa route.

— Je crois bien qu'on nous a envoyés ici parce que nous ne sommes pas assez bons pour les rivages où l'on s'attend à quelque chose.

Deux jours plus tard arriva un général-inspecteur, avec plusieurs officiers d'état-major, et Ritchie-Hook, renfrogné ; ils occupaient trois autos. Guy leur montra ses tranchées de tir, qui étaient placées de façon à battre chaque sentier de baigneurs, venant de la berge. Le général se plaça le dos vers la mer et considéra le côté de la terre.

— Pas beaucoup de champ de tir, remarqua-t-il.

— Non, monsieur. Nous attendons l'ennemi de l'autre direction.

— On doit avoir une défense sur toutes les faces.

— Ne croyez-vous pas qu'ils sont un peu maigres sur le terrain, pour ça ? dit Ritchie-Hook. Ils protègent un front de bataillon.

— Les parachutes, déclara le général, sont la pire saleté. En tout cas, souvenez-vous. Les positions doivent être tenues jusqu'au dernier homme et jusqu'à la dernière cartouche.

— Oui, monsieur, répondit Guy.

— Vos hommes l'ont compris ?

— Oui, monsieur.

— Et, rappelez-vous, vous ne devez pas dire : « Si "l'ennemi arrive", mais : "Quand l'ennemi arrivera." Il arrivera ici, ce mois-ci. C'est bien compris ?

— Oui, monsieur.

— Très bien, je crois que nous avons tout vu.

— Puis-je faire une remarque ? demanda un jeune et élégant officier d'état-major.

— Allez-y.

— Ceux de la Cinquième colonne, déclara l'officier du Service de renseignements, doivent être votre principale préoccupation. Vous savez ce qu'ils ont fait sur le continent. Ils feront la même chose ici. Soupçonnez tout le monde, le curé, l'épicier du village, le fermier dont la famille est installée ici depuis cent ans, tous les gens les plus invraisemblables. Cherchez les signaux de nuit, les feux, les émetteurs d'ondes courtes. Et voici un petit renseignement destiné à vous seul. Il ne doit pas aller plus bas que l'échelon de chef de section. Nous savons que les poteaux télégraphiques ont été marqués, pour conduire les unités d'invasion à leur rendez-vous. De petits numéros métalliques. Je les ai vus moi-même. Enlevez ces numéros et rendez compte au quartier général, quand vous en trouverez.

— Très bien, monsieur.

Les trois voitures démarrèrent. Guy se trouvait avec la section de de Souza lorsque les dernières paroles d'encouragement furent prononcées. À cet endroit, la grand-route suivait presque le bord de la falaise. Guy et Brent allèrent jusqu'à la prochaine position de section. Sur leur chemin, ils comptèrent une douzaine de poteaux télégraphiques : chacun marqué d'un numéro métallique.

— Tous les poteaux télégraphiques sont marqués ainsi, dit Brent. Par le Service des Postes.

— Vous êtes sûr ?

— Absolument.

Des volontaires de la Défense locale aidaient à faire des patrouilles de nuit dans la zone et remarquaient de fréquents signaux par lampes, émanant de gens de la Cinquième colonne. Une histoire fut si bien présentée que Guy passa une nuit, seul avec le Hallebardier Glass, tous deux armés jusqu'aux dents, sur le sable d'une petite anse ; on disait qu'un bateau abordait souvent là dans l'obscurité. Mais personne ne se présenta sur leur chemin, cette nuit-là. Le seul incident fut un éclair unique de lumière très vive qui illumina un instant toute la côte. Guy se souvint plus tard que, dans le moment de calme qui suivit, il dit stupidement :

— Les voilà qui arrivent.

Puis, de très loin, arriva le coup sourd et le tremblement d'une explosion.

— Une mine terrestre, dit Glass. Plymouth, probablement.

Durant ses veilles, Guy pensait souvent à Tony, à qui seraient retranchées trois, quatre, peut-être cinq années de sa jeune existence ; exactement comme ces huit ans qui avaient été enlevés à celle de Guy.

Une fois, un soir de dense brume de mer, arriva un message indiquant que l'ennemi attaquait avec de la fumée d'arsenic. Le message était d'Apthorpe, laissé momentanément seul de service au quartier général. Guy ne bougea pas. Une heure après, un autre message fut transmis, annulant l'alerte. C'était le colonel Tickeridge, revenu à son poste.

III

À la fin d'août, Guy était assis dans le bureau de sa compagnie, à l'hôtel, quand deux capitaines d'un régiment de Comté entrèrent et saluèrent.

— Compagnie A, 5ᵉ Loamshire.
— Bonjour. En quoi puis-je vous être utile ?
— Vous nous attendiez, n'est-ce pas ?
— Non.
— Nous venons vous relever.
— Première nouvelle.
— Sacré nom, je suppose que nous nous sommes encore trompés d'endroit ! Vous n'êtes pas la compagnie D du 2ᵉ bataillon de Hallebardiers ?
— Si.
— Tout va bien alors. Je pense que les ordres vont vous parvenir en temps voulu. Mes bonshommes doivent arriver cet après-midi. Si ça ne vous ennuyait pas, pourriez-vous nous faire faire le tour ?

Depuis des semaines, ils attendaient la Cinquième colonne. Elle était là, enfin !

Il y avait un téléphone de campagne, qui marchait quelquefois. Il faisait communiquer la compagnie D avec le bureau du bataillon. Guy, comme il avait vu faire au cinéma, écrivit sur un bout de papier : « Demande bureau bataillon si ces types sont réguliers », et il se tourna vers Brent :

— Voulez-vous voir ça, Bill ? Je vais m'occuper de nos visiteurs.

Et aux prétendus Loamshires :

— Allons dehors. C'est pas mal, comme installation, n'est-ce pas ?

Ils sortirent sur la terrasse de l'hôtel. Un bleu éclatant au-dessus d'eux ; devant eux, un gravier tiède sous les pieds ; des roses tout autour ; à côté de Guy, l'ennemi... Guy observa les deux hommes. Ils étaient en tenue de sortie. Ils auraient dû être en tenue de campagne. Le plus jeune n'avait pas encore parlé – l'accent allemand, peut-être – ; le plus âgé était, de toute façon, trop beau pour être vrai, une voix nette, une moustache nette, la *Military Cross*.

— Vous voulez voir mes emplacements de fusils-mitrailleurs ?

— Il faudra bien en arriver là. Pour le moment, ce qui m'intéresse davantage, c'est le logement et l'organisation du mess. La plage est-elle bonne pour les bains ? Comment y descend-on ? En ce qui me concerne, ça va être les grandes vacances. Nous en avions à peine fini avec Dunkerque, qu'on nous a affectés à la défense de la côte contre l'invasion.

— Aimeriez-vous prendre un bain tout de suite ?

— Excellente idée, hein, Jim ?

Le plus jeune officier fit entendre un grognement qui pouvait passer pour teuton.

— D'habitude, nous nous déshabillons ici en haut, et nous descendons avec nos manteaux. Je peux vous donner ce qu'il faut.

Brent les rejoignit pour annoncer qu'il n'avait pu obtenir une réponse du bureau du bataillon.

— Ça ne fait rien, dit Guy, je vais voir ça. Je voudrais que, pour le moment, vous vous occupiez du bain de nos visiteurs. Conduisez-les à ma chambre. Ils y laisseront leurs affaires. Trouvez-leur des manteaux et des serviettes.

Dès que les Loamshires se furent éloignés, Guy partit à la recherche du sergent-chef Rawkes.

— Chef, dit-il, n'avez-vous rien remarqué de bizarre, à propos de ces deux officiers qui viennent d'arriver ?

— Nous n'avons jamais fait grand cas des Loamshires, monsieur.

— Je les soupçonne. Ils viennent de descendre se baigner avec Mr Brent. Je désire que vous preniez la place du servant du fusil-mitrailleur qui bat l'endroit où l'on se baigne.

— Moi, monsieur ? Au fusil-mitrailleur ?

— Oui. C'est une question de sécurité. Je ne peux me fier à personne d'autre. Je veux que vous les ayez en joue tout le temps, quand ils descendront, quand ils seront dans l'eau, quand ils remonteront. S'ils essaient de faire quelque chose de louche, tirez.

Le sergent-chef Rawkes, qui, dans les dernières semaines, s'était formé une bonne opinion de Guy, le regarda avec un peu d'accablement.

— Tirer sur Mr Brent, monsieur ?

— Non, non. Sur ces types qui racontent qu'ils sont dans les Loamshires.

— Qu'entendez-vous exactement par quelque chose de louche, monsieur ?

— S'ils attaquent Mr Brent, essaient de le noyer ou de le pousser en bas de la falaise.

Rawkes secoua tristement la tête. Il s'était laissé prendre. Il n'aurait jamais dû donner sa confiance à un officier stagiaire.

— C'est un ordre, monsieur ?

— Oui, naturellement. Allez-y en vitesse.

— Très bien, monsieur.

Le sergent-major se dirigea lentement vers la tranchée de tir.

— Allez, ouste, vous deux, dit-il aux hommes de garde. Ne me demandez pas pourquoi. Foutez seulement le camp, et bien contents encore.

Puis il s'installa au fusil-mitrailleur, avec raideur et à contrecœur. Mais, en épaulant l'arme, il se détendit un peu. Un sport peu répandu, le tir sur officier !

Guy courut à sa chambre et examina les sacoches des intrus. L'un d'eux, au lieu d'un revolver d'ordonnance, portait un Luger. Guy s'empara des chargeurs des deux armes. Il n'y avait pas d'autres particularités suspectes ; tout le reste, dans les poches, était anglais, y compris une feuille de déplacement, très en règle.

Guy essaya encore de téléphoner. Il finit par avoir la communication avec Sarum-Smith.

— Je dois parler au colonel.

— Il est en conférence à la brigade.

— Bon, alors au commandant en second, ou au capitaine-adjudant-major.

— Ils sont sortis. Il ne reste que moi et l'officier d'intendance.

— Pouvez-vous faire passer un message au colonel, à la brigade ?

— Je ne crois pas. C'est important ?

— Oui. Notez-le.

— Attendez une seconde. Je prends un crayon.

Il y eut un silence, puis la voix d'Apthorpe :

— Allô, mon vieux, il y a du nouveau ?

— Oui, voulez-vous laisser la ligne ? J'essaie de passer un message à Sarum-Smith.

— Il est parti chercher une lame de rasoir pour tailler son crayon.

— Bon, voulez-vous prendre le message. Je commence : « Compagnie D à 2ᵉ bataillon, *via* état-major brigade. »

— Je ne suis pas sûr que ce soit la formule correcte.

— Je me fous de la formule correcte. Dites au colonel que j'ai ici deux hommes qui prétendent appartenir aux Loamshires. Ils disent qu'ils ont des ordres pour me relever de mes positions. Je veux savoir s'ils sont réguliers.

— Dites donc, mon vieux, ça a l'air de chauffer ? J'arrive moi-même immédiatement.

— Ne faites surtout pas ça. Transmettez seulement mon message au colonel.

— En vingt minutes, sur ma moto, je peux être avec vous.

— Transmettez seulement mon message au colonel, et vous serez un bon garçon.

D'un ton vexé :

— Très bien, si vous ne voulez pas de moi, ça vous regarde. Mais ça me paraît une affaire beaucoup trop sérieuse pour être réglée par un homme tout seul.

— Je ne suis pas tout seul. J'ai cent hommes ici. Transmettez seulement le message.

De plus en plus vexé :

— Voilà Sarum-Smith. C'est son boulot, de transmettre des messages. Je suis très occupé ici. Et je peux vous le certifier : occupé par des affaires rudement confidentielles !

Sarum-Smith, revenu au téléphone, prit le message.

— Vous êtes sûr de l'avoir bien compris ?

— Oui. Mais je pense qu'il y a un ordre qui se rapporte un peu à votre demande. Cet ordre est arrivé juste quand le capitaine-adjudant-major partait. Il m'a dit de le transmettre, mais je ne m'en suis pas encore occupé. Une seconde. L'ordre est quelque part par ici. Oui. Le 2e bataillon remettra ses positions au cinquième Loamshire et se rassemblera immédiatement à Brook Park avec tout le matériel et l'équipement. C'est l'endroit où nous sommes arrivés la première fois. Mille excuses pour le retard.

— Sacré nom d'un chien !

— Voulez-vous que votre message soit transmis au colonel ?

— Non.

— Ça m'a l'air de bien des histoires pour pas grand-chose, n'est-ce pas ?

Au moment où Guy raccrochait, les baigneurs remontaient la dune, sous la ligne de mire du fusil-mitrailleur Bren. Ils avaient, disaient-ils, trouvé leur bain fort agréable. Ils déjeunèrent avec Guy, dormirent, prirent un second bain, puis retournèrent à leur unité. Guy se disait que ces garçons seraient surpris, lorsqu'ils retrouveraient leurs pistolets déchargés. Ils ne sauraient jamais qu'en cette première journée ensoleillée de leurs vacances ils avaient été aussi près de la mort que sur les falaises de Dunkerque. Une blague intempestive qu'ils auraient risquée, et ils appartenaient au domaine du passé...

Le train. Encore une suite de cahots et de coups de tampons succédant à des coups de tampons.

La brigade se rassembla et s'installa sous la tente à Brook Park. La mode était maintenant à la « dispersion ». Au lieu des alignements impeccables, qui avaient donné à Penkirk l'aspect plutôt gracieux d'un chromo de l'époque victorienne, il y avait maintenant un amas de tentes placées au petit bonheur, qui recherchaient les ombrages au pied des chênes isolés du parc, ou qui se cachaient dans les fourrés bourgeonnants des environs. Un grand interdit fut lancé contre la création des chemins. Des sentinelles spéciales furent postées pour interpeller les hommes qui s'approchaient de l'état-major de la brigade en traversant la pelouse et pour leur enjoindre de se glisser entre les massifs.

La nature des « affaires confidentielles » d'Apthorpe fut bientôt révélée. Il avait aidé l'officier d'intendance à classer un arrivage inattendu d'uniformes pour les pays chauds. Les deux premières journées à Brook Park, les Hallebardiers défilèrent compagnie par compagnie ; et on leur distribua des casques coloniaux et des tenues de toile kaki mal taillées. Rares étaient ceux qui n'avaient pas un aspect grotesque. On mit alors les vêtements de côté et on n'en parla plus. Ils suscitèrent peu de curiosité. Pendant les mois écoulés, les hommes avaient changé de place si brusquement, si souvent et si inutilement, on leur avait alternativement donné, repris et redonné une telle variété d'objets militaires, que les conjectures concernant l'avenir étaient devenues de simples sujets de plaisanterie.

— Je suppose que nous allons reconquérir la Somalie (que l'on venait à peine d'abandonner précipitamment), remarqua de Souza.

— C'est seulement une partie de l'équipement normal complet de Hallebardier, dit Brent.

Cet incident amena toutefois à son point culminant le développement de ce que de Souza appelait : « l'étiolement de Leonard ».

Pendant leur défense des falaises de Cornouailles, on s'était très peu vu les uns les autres, au 2ᵉ bataillon. Maintenant, tous se trouvaient réunis ; et Guy remarqua un triste changement manifeste chez Leonard. Mrs Leonard s'était implantée, elle et le bébé, dans un garni, à proximité de son mari ; et elle avait agi avec force sur ses sentiments de loyalisme partagé. Des bombes commençaient à tomber en quantité appréciable. On annonçait, avec assurance, une invasion pour le milieu de septembre. Mrs Leonard voulait qu'il y eût un homme à la maison. Quand Leonard quitta la côte avec sa compagnie, Mrs Leonard suivit le mouvement ; elle s'installa à l'auberge du village.

Elle invita Guy à dîner et expliqua ses difficultés :

— C'est très joli pour vous, dit-elle. Vous êtes un vieux célibataire. Aux Indes, vous vous débrouillerez très bien, j'en suis sûre, avec des domestiques indigènes et tout ce que vous voudrez à manger. Qu'est-ce qui va m'arriver à moi, c'est ce que je voudrais bien savoir ?

— Je ne crois pas que notre départ pour l'Inde soit à envisager, répondit Guy.

— Alors, le nouveau chapeau de Jim est fait pour quoi, hein ? demanda Mrs Leonard. C'est un chapeau hindou, n'est-ce pas ? Ne me racontez pas qu'on lui a donné ce chapeau, et ces shorts taille six, pour qu'il les mette ici pendant l'hiver.

— C'est seulement une partie de l'équipement normal complet de Hallebardier, remarqua Guy.

— Vous croyez ça ?

— Non, dit Guy. Franchement, je ne le crois pas.

— Alors quoi ? dit Mrs Leonard, triomphante.

— Daisy ne veut pas comprendre que c'est ce qu'une femme de soldat doit accepter, dit Leonard.

Manifestement, il avait souvent prononcé cette phrase.

— Je n'ai pas épousé un soldat, repartit Mrs Leonard. Si j'avais su que tu deviendrais soldat, je me serais mariée dans l'armée de l'air. Les femmes des aviateurs ont une vie agréable ; et, en plus de ça, ce sont eux qui gagnent la guerre. On l'a dit à la radio.

Ce n'est pas comme s'il n'y avait que moi. Il faut penser au bébé.

— Je ne pense pas que, en cas d'invasion, vous pourriez compter avoir Jim spécialement détaché pour la défense de votre bébé, Mrs Leonard.

— Je veillerais à ce qu'il reste par là. En tout cas, il n'irait pas faire de l'aquaplane, se coucher sous les palmiers et jouer de l'ukulélé.

— Ça m'étonnerait que ces occupations fassent partie de son service, si nous allons aux colonies.

— Oh ! ne prenez pas de grands airs ! dit Mrs Leonard. Je vous ai demandé de venir ici pour m'aider. Vous êtes de pair avec les gros bonnets.

— Beaucoup, parmi les hommes, ont de jeunes bébés aussi.

— Oui, mais pas « mon » bébé.

— Daisy, tu n'es pas raisonnable. Faites-lui entendre raison, l'oncle.

— Ce n'est pas comme si toute l'armée partait pour l'étranger. Pourquoi viennent-ils chercher Jim ?

— Je suppose que vous « pourriez » demander à être muté au service de caserne, finit par dire Guy. Il doit y avoir un tas de types qui seraient enchantés de venir avec nous.

— Vous pouvez le dire, qu'il y en aurait ! répondit Mrs Leonard. C'est tout simplement l'évacuation, voilà ce que c'est ! Vous envoyer à des milliers de milles de la guerre, avec des boys indigènes, des messieurs blancs et de grands verres de whisky !

Ce fut une triste soirée. En revenant avec Guy au camp, Leonard déclara :

— Ça me démoralise tout à fait. Je ne peux pas laisser Daisy dans l'état où elle est. C'est vrai, n'est-ce pas, que les femmes quelquefois perdent un peu la tête, juste après avoir eu un bébé ?

— Je l'ai entendu dire.

— C'est peut-être ça qui ne va pas pour Daisy.

En attendant, les casques coloniaux furent mis de côté, et de longues et chaudes journées de « rentrer dedans » se passèrent à attaquer Brook House, de toutes les directions possibles.

Quelques jours plus tard, Leonard rencontra Guy et lui dit d'un air sombre :

— J'ai été voir le colonel, ce matin.

— Oui.

— À propos de ce que Daisy avait dit.

— Oui ?

— Il a très bien pris ça.

— C'est un homme tout à fait remarquable.

— Il va envoyer mon nom, pour une mutation au dépôt d'instruction. Ça peut prendre un certain temps, mais il pense que ça marchera.

— J'espère que ce sera un soulagement pour votre femme.

— L'oncle, vous trouvez que je me conduis d'une façon assez moche ?

— Ce n'est pas mon affaire.

— Je sais bien que vous le pensez. Et moi aussi, du reste.

Mais Leonard n'eut pas longtemps à faire face à la honte qui pouvait être attachée à cette décision. Cette nuit-là, un ordre d'alerte arriva ; et tout le monde fut envoyé en permission d'embarquement pour quarante-huit heures.

IV

Guy alla passer une journée à Matchet. C'était, pour l'école, les grandes vacances. Il trouva son père plongé dans la *Prose latine*, de North et Hillard, et dans un Xénophon bleu pâle. Il s'était remis aux classiques, en vue de la prochaine rentrée.

— Je ne peux pas en comprendre un mot à livre ouvert, dit Mr Crouchback, presque joyeusement. Je parie que ces sacrés gosses vont me coller. C'est arrivé bien des fois, le dernier trimestre ; mais il ont fait ça très gentiment.

Guy revint un jour plus tôt pour s'assurer que tout allait bien dans les préparatifs de sa compagnie. En traversant le camp à peu près vide, à la nuit tombante, il rencontra le général.

— Crouchback, dit ce dernier en le regardant avec attention, pas encore capitaine ?

— Non, monsieur.

— Mais vous avez votre compagnie.

Ils firent quelques pas ensemble.

— Vous avez le meilleur commandement qui existe, dit le général. Il n'y a rien dans la vie qui soit mieux que de mener une compagnie au combat. Ce qui vient après, c'est d'avoir l'initiative de ce que l'on fait. Tout le reste, ce n'est que de la paperasserie et du téléphone.

Sous les arbres, dans la lumière déclinante, on le voyait à peine.

— Nous ne partons pas pour quelque chose de bien sensationnel. Je ne suis pas censé vous dire où nous allons ; alors, je vais le dire. Un endroit nommé Dakar. Je n'en avais jamais entendu parler, jusqu'à ce qu'on commence à m'envoyer des renseignements « très secrets », principalement sur les cacahuètes. Une ville française en Afrique occidentale... Vraisemblablement toute en boulevards et en bordels, d'après ce que je sais des colonies françaises. Nous sommes là en renfort. Pire que ça en réalité : en renfort de la brigade de renfort. Ils font marcher l'Infanterie de marine avant nous, les salauds ! En tout cas, c'est une histoire de grenouilles. Ils pensent que l'on entrera sans opposition. Mais ça aidera à l'entraînement. J'ai eu tort de vous avoir raconté ça. Ils m'enverraient en conseil de guerre, s'ils le savaient. Je commence à être trop vieux pour les conseils de guerre.

Il tourna brusquement les talons et disparut dans les bois.

Le lendemain, on reçut l'ordre de déplacement. On prenait le train pour Liverpool. Leonard fut laissé en arrière, avec le détachement de queue, en position d'attente. Personne, excepté Guy et le colonel, ne savait pourquoi. La plupart pensaient que Leonard était malade. Depuis quelque temps, il avait l'air d'un revenant.

Il était arrivé quelque chose du même genre dans le régiment du capitaine Truslove. Un brillant joueur de polo, du nom de Congreve, avait donné sa démission, juste au moment où le régiment allait partir pour l'étranger. Le colonel avait déclaré au mess :

— Messieurs, je dois vous prier de ne plus jamais mentionner devant moi le nom du capitaine Congreve.

La fiancée de Congreve avait renvoyé sa bague. Depuis le colonel jusqu'au petit tambour, tous se sentaient souillés ; et beaucoup des actes d'héroïsme qu'ils devaient accomplir par la suite étaient inspirés par leur désir de rendre au régiment son honneur. (Ce n'est qu'à l'avant-dernier chapitre que Congreve faisait une nouvelle apparition. Il était soigneusement déguisé en marchand afghan et apportait les clefs de la forteresse pathan, où Truslove lui-même attendait d'être torturé jusqu'à la mort.) Mais Guy n'éprouvait aucune honte, à la suite de la défection de Leonard. Il lui paraissait plutôt – au moment où le train se dirigeait par à-coups vers Liverpool – que c'étaient eux qui l'abandonnaient. Leur destination n'était pas le poste Honolulu-Alger-Quetta – comme Mrs Leonard, victime du cinéma, se l'imaginait – mais c'était un endroit chaud, haut en couleur, bien installé loin des bombes, des gaz, de la famine et de l'occupation ennemie, loin du camp de concentration sans lumière qu'était devenue, tout d'un coup, l'Europe.

À Liverpool, le chaos. Les quais et les navires dans une complète obscurité. Des bombes qui tombaient quelque part, pas très loin. Les officiers chargés de l'embarquement examinaient les contrôles administratifs, à la lumière diffuse des lampes-torches. Guy et sa compagnie reçurent l'ordre de monter à bord d'un navire, puis l'ordre d'en descendre ; et ils restèrent sur le qui-vive, au bord du bassin, pendant une heure. Une sirène de fin d'alerte se fit entendre et quelques lampes s'allumèrent çà et là. Les officiers d'embarquement, qui étaient rentrés sous terre, émergèrent et reprirent leur service. Enfin, à l'aube, complètement engourdis, les Hallebardiers grimpèrent à bord et trouvèrent les installations qu'on leur avait aménagées. Guy s'assura que ses hommes étaient bien couchés et partit à la recherche de sa cabine.

Elle se trouvait dans les premières classes du navire. Rien n'y était changé depuis le temps de paix, alors que le bateau était rempli de touristes opulents. C'était un paquebot affrété, avec son équipage de la marine marchande. Déjà, les stewards, originaires de Goa, étaient sur pied, dans leur impeccable livrée blanc et rouge. Ils faisaient leur travail sans bruit, arrangeaient symétriquement les cendriers dans les salons et tiraient les rideaux pour la nouvelle journée. Ils vivaient dans une atmosphère complète de paix. Personne ne leur avait parlé de sous-marins ni de torpilles.

Mais la paix ne régnait pas partout. En recherchant son installation, Guy découvrit à un tournant une espèce de danse guerrière, exécutée à l'intérieur, puis à l'extérieur de sa cabine, par le Hallebardier Glass et un originaire de Goa. Celui-ci, d'aspect distingué, svelte, d'un certain âge, était porteur de splendides moustaches blanches ; il se tenait la tête entre les mains, et les larmes inondaient son visage brun.

— J'ai pris ce sacripant noir en plein sur le fait, monsieur. Il fouillait dans vos bagages.

— Je vous en prie, monsieur. Je suis le garçon de cabine, monsieur. Je ne connais pas ce soldat brutal.

— Tout va bien, Glass. Il fait tout simplement son travail. Maintenant, déguerpissez tous les deux. Je voudrais me coucher.

— Vous n'allez sûrement pas laisser cet indigène traîner chez vous, monsieur ?

— Je ne suis pas un indigène, monsieur. Je suis chrétien portugais. Maman chrétienne, Papa chrétien, six enfants chrétiens, monsieur.

Il tira de sa vareuse empesée une médaille d'or, attachée autour de son cou. Elle était très usée par le tangage et le roulis ; pendant de longues années, le navire l'avait frottée, d'un mouvement de va-et-vient, sur sa sombre poitrine non velue.

Guy se sentit brusquement attiré vers cet homme. Il y avait entre eux quelque chose de commun. Guy brûlait d'envie de montrer au steward la médaille qu'il portait, le souvenir de Lourdes de Gervase. Il y avait des hommes qui auraient agi exactement comme cela, des hommes qui valaient mieux que lui ; ceux-là, peut-être, auraient dit *Snap*[1], provoqué un bon rire chez le Hallebardier renfrogné et rétabli ainsi entre eux une paix sincère.

Mais Guy, avec tout cela dans l'esprit, se contenta de chercher dans sa poche deux demi-couronnes et de dire :

— Voilà. Cela ira-t-il mieux comme ça ?
— Oh ! oui, monsieur. Merci, beaucoup mieux, monsieur.

L'homme de Goa s'en retourna à ses affaires ; assez satisfait, mais non comme un frère qui a retrouvé la paix ; rien que comme un domestique qui vient de recevoir un fort pourboire inattendu.

À Glass, Guy déclara :

---

1. L'expression *snap* est employée dans un jeu de cartes enfantin, un peu analogue à « la bataille ». Lorsque deux cartes semblables sont retournées, le premier joueur ayant crié *snap* ramasse le paquet de l'adversaire. Guy, en montrant sa médaille, aurait dit *snap* au garçon de cabine, qui avait montré la sienne (*N.d.T.*).

— Si j'apprends que vous portez encore la main sur le personnel du bateau, je vous envoie au poste de police.

— Bien, monsieur, répondit Glass en regardant Guy exactement comme il aurait regardé le capitaine Congreve qui avait lâché son régiment.

On avait accordé aux hommes la grasse matinée. À 11 heures, Guy fit rassembler sa compagnie sur le pont. Un petit déjeuner exceptionnellement copieux et varié – le menu normal des troisième classe sur la ligne – avait dissipé les désagréments de la nuit. Le moral était bon. Guy laissa les hommes à leurs chefs de section pour le contrôle du matériel et des effets et partit en exploration. Le 2e bataillon avait mieux fait les choses que les gens qui étaient entassés sur le navire amarré à côté d'eux. Ils avaient leur transport pour eux tout seuls – excepté l'état-major de la brigade et un mélange hétéroclite d'étrangers : officiers de liaison de la France libre, canonniers de la marine de guerre, groupe de marins spécialistes des débarquements sur plages, aumôniers, expert d'hygiène tropicale, et ainsi de suite. Un petit fumoir portait l'écriteau : « Organisation des opérations. Interdit au personnel de tout grade. »

On pouvait apercevoir, mouillée en rivière, l'énorme et inélégante coque, de couleur indéfinie, d'un porte-avions. Toute communication avec la terre était interdite. Des factionnaires étaient placés aux coupées. La police militaire gardait le quai. Mais le but de l'expédition ne fut pas tenu secret longtemps, car, à midi, un aviateur qui balançait négligemment un paquet marqué : « Très secret, ne doit être transporté que par un officier », le laissa tomber en approchant de sa chaloupe. Le paquet se défit, et une légère brise fit s'envoler et s'éparpiller au loin des milliers de papiers bleu, blanc et rouge, sur lesquels était imprimée la proclamation suivante :

FRANÇAIS DE DAKAR!
Joignez-vous à nous pour délivrer la France.
GÉNÉRAL DE GAULLE

Personne, si ce n'est l'un des aumôniers, qui était nouveau dans la vie militaire, ne s'attendait sérieusement à voir ces préparatifs aboutir à quelque chose. Les Hallebardiers avaient été trop souvent transbordés, exhortés et déçus pendant les dernières semaines. Ils acceptaient comme faisant partie de leur journée normale les successions d'ordres, de contre-ordres et d'empoisonnements. L'autorisation de descendre à terre fut accordée, puis supprimée. La censure des lettres fut levée, puis rétablie. Le navire largua ses amarres, mouilla une ancre et revint à quai ; le matériel fut débarqué et réembarqué, en ordre tactique. Et puis, tout à fait brusquement, un après-midi, ils partirent. Les derniers journaux arrivés à bord parlaient de raids aériens plus durs. De Souza appela leur transport « le bateau des réfugiés ».

Il paraissait à peine vraisemblable qu'ils ne fissent pas demi-tour ; mais ils continuèrent à avancer dans l'océan Atlantique, jusqu'au moment où ils arrivèrent au rendez-vous. Là, le grand cercle d'eau grisâtre était rempli de navires de toute taille, depuis le porte-avions et le cuirassé *Barham* jusqu'à un petit bâtiment, nommé *Belgravia*, qu'on disait chargé de champagne, de sels pour les bains et autres douceurs pour la garnison de Dakar. Alors le convoi entier changea de route et se dirigea vers le sud, les destroyers d'escorte galopant autour d'eux comme des fox-terriers. De temps en temps, un avion ami piquait au-dessus d'eux. Et le brave petit *Belgravia* roulait bord sur bord à l'arrière.

Ils apprirent à se rendre rapidement aux postes de combat, deux fois par jour. Ils portaient des gilets de sauvetage « Mae West » partout où ils allaient. Mais ils se mirent en harmonie avec la mer calme, avec les stewards de Goa, qui faisaient tinter leurs gongs mélodieux le long des coursives tapissées. Tout était paisible. Quand le croiseur *Fiji* fut torpillé en pleine vue, à quelques milles devant eux, et que tous les convoyeurs s'affairèrent avec des grenades sous-marines, l'incident troubla à peine leur repos du dimanche après-midi.

Dunn et ses transmetteurs avaient fait leur réapparition et se trouvaient à bord avec l'état-major de la brigade, mais Apthorpe les ignorait. Peut-être même ne s'était-il jamais rendu compte de leur présence, si graves étaient ses entretiens avec le spécialiste en médecine tropicale. Les hommes faisaient de l'éducation physique, de la boxe, et écoutaient des conférences sur Dakar et sur le général de Gaulle, sur le paludisme et sur l'intérêt qu'il y avait à ne pas s'approcher des femmes indigènes. Ils s'allongeaient au hasard sur le pont avant et, le soir, les aumôniers organisaient des concerts.

Le général Ritchie-Hook, seul, était malheureux. Sa brigade avait un rôle secondaire et conditionnel. On pensait que les Français libres trouveraient la ville pavoisée en leur honneur. La seule opposition à laquelle on s'attendait viendrait du cuirassé *Richelieu*. L'Infanterie de marine et une unité de caractère inconnu, appelée « commando », s'occuperaient de cela. Les Hallebardiers pouvaient bien ne pas débarquer du tout ; s'ils débarquaient, ce serait pour le nettoyage et pour la relève de l'infanterie de marine dans le service de garde. Peu d'opérations de « rentre-dedans ». Dans son chagrin, le général se disputa avec le capitaine du navire et reçut l'ordre de quitter la passerelle. Il se mit à rôder tout seul sur le pont ; parfois, il portait avec lui une arme ressemblant à une faux à tailler les haies, arme qu'il avait trouvée précieuse dans la dernière guerre.

Bientôt la chaleur devint accablante, l'atmosphère lourde et humide. De la côte proche, mais invisible, venait une odeur étrange, qu'on reconnut pour celle des arachides. Et le bruit se répandit qu'on était arrivé à destination. On disait que les Français libres parlementaient avec leurs compatriotes esclaves. Il y eut des coups de feu, quelque part dans la brume. Puis le convoi s'écarta hors de portée et se rassembla. Des vedettes firent la navette entre les navires. Une conférence se tint sur le vaisseau-amiral. Le général Ritchie-Hook en revint, le visage épanoui. Il harangua le bataillon pour annoncer qu'un débarquement de vive force était prévu pour le lendemain. Puis il se rendit à bord du navire transportant ses autres bataillons et leur annonça la nouvelle sensationnelle. On distribua des cartes. Les officiers passèrent la nuit à étudier leurs plages, leurs limites, les deuxième et troisième vagues de progression. Pendant la nuit, les navires s'approchèrent de la terre. L'aube révéla, de l'autre côté de l'eau fumante, une ligne grise de côte africaine. Le bataillon, bourré de munitions et de vivres de réserve, se tint sous les armes aux postes d'évacuation. Les heures passèrent. Il y eut une violente canonnade en avant ; et le bruit se répandit que le *Barham* était touché. Un petit avion français non libre sortit des nuages en bourdonnant et laissa tomber une bombe tout près du bateau. Le général était retourné sur la passerelle ; il était maintenant dans les meilleurs termes avec le capitaine. Puis, une fois de plus, le convoi s'écarta hors de portée. Au coucher du soleil, on réunit une autre conférence. Le général en revint furibond et rassembla les officiers.

— Messieurs, tout est fini. Nous n'attendons plus, pour nous en aller, que la confirmation du ministère. Je suis désolé. Prévenez vos hommes. Qu'ils gardent un bon moral.

Le besoin de cet ordre se faisait peu sentir. D'une manière surprenante, une atmosphère de grosse gaieté prit brusquement possession du navire. Chacun avait appréhendé, un peu plus qu'il ne l'avait montré, le débarquement de vive force. On dansait et on s'amusait, sur les ponts et dans les mess de la troupe.

Immédiatement après le dîner, Guy fut convoqué dans la pièce marquée : « Interdit au personnel de tout grade. »

Il trouva là le général, le capitaine du navire et le colonel Tickeridge. Ils semblaient tous au comble de la joie et avaient un curieux air de préparer un mauvais coup. Le général dit :

— Nous allons nous amuser un peu, d'une façon pas du tout réglementaire. Cela vous intéresse-t-il ?

La question était si inattendue que Guy n'essaya pas d'en deviner la signification. Il répondit seulement :

— Oui, monsieur.

— Nous avons tiré au sort entre les compagnies. C'est la vôtre qui a gagné. Pouvez-vous trouver une douzaine d'hommes sérieux pour une patrouille de reconnaissance ?

— Oui, monsieur.

— Et un officier approprié pour les commander ?

— Puis-je y aller moi-même, monsieur ? demanda Guy au colonel Tickeridge.

C'était du plus pur style Truslove.

— Oui. Allez maintenant prévenir vos hommes qu'ils soient prêts dans une heure. Dites-leur que c'est une garde supplémentaire. Ensuite, revenez ici avec une carte pour recevoir vos ordres.

En revenant, Guy trouva les conspirateurs pleins d'entrain.

— J'ai un petit désaccord avec le commandant des Forces expéditionnaires, remarqua Ritchie-Hook. Il y a eu une différence de vue entre les services de renseignements de la Marine et de l'Armée à propos de la plage A. Vous l'avez pointée ?

— Oui, monsieur.

— Dans le dernier projet, on avait décidé de ne pas s'occuper de la plage A. Une espèce d'abruti a signalé qu'elle était protégée par des barbelés et, d'une façon générale, impraticable. Mon avis est que cette plage est tout à fait à découvert. Je n'entrerai pas dans les détails. Mais vous pouvez voir par vous-même que, si nous étions débarqués à la plage A, nous aurions pu prendre les grenouilles par derrière. Les gens de la Marine ont quelques saletés de photos, ils prétendent y voir des barbelés et ils ont le trac. Moi, je ne vois pas de fils de fer. Le commandant des forces expéditionnaires a dit des choses blessantes, à propos de deux yeux qui valaient mieux qu'un seul quand on se sert d'un stéréoscope. La discussion s'est un peu échauffée. L'opération est annulée et ça nous donne à tous des airs d'imbéciles. Mais je voudrais seulement montrer au chef des forces expéditionnaires que j'avais raison. Alors, j'envoie une patrouille à terre, rien que pour en avoir le cœur net.

— Oui, monsieur.

— Très bien, voilà le but de l'opération. Si vous trouvez là-bas des fils de fer, ou si on vous tire dessus, revenez vite et on n'en parlera plus. Si l'endroit est découvert, comme je le crois, vous pouvez rapporter un petit souvenir quelconque, que je puisse envoyer au chef des forces expéditionnaires. C'est un type méfiant. Prenez n'importe quelle petite chose, qui le fera se sentir idiot – une noix de coco ou une affaire comme ça… Nous ne pouvons pas nous servir du chaland de débarquement de la marine ; mais le capitaine ici présent a fait de son mieux et nous prête une chaloupe pour le voyage. Bon, maintenant, je vais me coucher. Je serai heureux d'entendre votre rapport dans la matinée. Arrangez les détails de l'opération avec votre colonel.

Ritchie-Hook les quitta. Le capitaine expliqua la position de la chaloupe et du sabord de la cale.

— Encore quelque chose à demander ? interrogea le colonel Tickeridge.

— Non, monsieur, dit Guy. Tout me paraît très clair.

V

Deux heures après, la patrouille de Guy se rassemblait dans la cale où s'ouvrait le sabord. Les hommes portaient des chaussures à semelles de caoutchouc, des shorts et des chemises à manches courtes. Pas de coiffures, pas de masques à gaz ; l'équipement était supprimé jusqu'à la ceinture. Ils avaient chacun une paire de grenades à main et leur fusil, excepté les deux hommes du fusil-mitrailleur qui devaient installer leur arme au premier emplacement convenable et se tenir prêts à protéger la retraite, si l'on rencontrait de l'opposition. Tous les hommes avaient la figure passée au noir. Guy leur donna ses consignes avec précision. Le sergent monterait dans l'embarcation le premier et en descendrait le dernier, après s'être assuré que tout le monde était débarqué sans dommage. Guy débarquerait le premier, et les hommes se déploieraient en éventail des deux côtés. Il porterait une lampe-torche garnie de papier de soie rose, avec laquelle il ferait de temps en temps des signaux derrière lui pour donner la direction. Les barbelés, s'ils existaient, seraient au-dessus du niveau de la marée haute.

Ils avanceraient à l'intérieur des terres, assez loin pour découvrir s'il y avait des barbelés ou non. Le premier à atteindre les fils de fer ferait passer le mot jusqu'à lui. Ils repéreraient l'étendue des fils. Un coup unique de son sifflet voudrait dire repli vers l'embarcation... Et ainsi de suite.

— Rappelez-vous, conclut Guy, que nous sommes simplement en reconnaissance. Nous n'essayons pas de conquérir l'Afrique. Nous ne tirons que si nous devons protéger notre retraite.

Bientôt, ils entendirent le treuil au-dessus de leurs têtes et se rendirent compte qu'on amenait leur embarcation.

— Il y a une échelle de fer à l'extérieur. Elle est à peu près à six pieds au-dessus de l'eau. Faites attention que l'homme qui est devant vous ait pris sa place avant que vous commenciez à descendre. Prêts ?

Les lumières furent éteintes dans la cale, puis le sabord fut ouvert par un homme d'équipage. Il révéla un carré un peu plus clair et l'effluve vaporeux de la mer.

— Paré en bas ?
— Paré, monsieur.
— Alors, allez-y, sergent.

Un par un, les hommes sortirent de l'obscurité dans la nuit sans limite. Guy suivit le dernier et prit sa place à l'avant. On pouvait à peine s'accroupir. Guy éprouva l'impression classique d'un compagnon inconnu et inattendu qui aurait été au milieu d'eux. Au-

423

dessus de leurs têtes, le sabord fut fermé bruyamment. Une voix dit :

— Plus personne pour le *Skylark*[1] ?

Skylark était le mot juste, pensait Guy. Ils débordèrent. Le moteur démarra, avec un grand vacarme ; et la chaloupe fila légèrement, dans la direction de la plage A.

Il y avait à peu près une heure de trajet. La plage occupait, au nord de la ville, une position qui, si l'on s'en était emparé, aurait pu permettre le débarquement au sud. L'odeur du moteur, la nuit tropicale, les corps à l'étroit, le bruit intermittent des petites vagues sur l'étrave... Enfin l'homme de barre dit :

— Nous ne devons plus être bien loin, maintenant, monsieur.

Le moteur ralentit. On voyait nettement, tout près, la ligne du rivage. Les yeux plus habitués des marins cherchèrent et trouvèrent la large échancrure de la plage. On arrêta le moteur. Dans un silence absolu, ils dérivèrent doucement sur leur erre vers la terre. Puis ils touchèrent le sable. Guy était debout, les mains sur le plat-bord, prêt. Il sauta dehors et se trouva dans l'eau tiède jusqu'à la poitrine. Il monta la pente en trébuchant. Il eut de l'eau jusqu'à la cein-

---

1. *Skylark* : alouette. Ce nom est souvent donné aux vedettes ou embarcations qui, sur les plages anglaises, font faire aux touristes de petites promenades en mer *(N.d.T.)*.

ture, puis jusqu'aux genoux, et enfin il se trouva au sec sur le sable dur. Il éprouvait l'impression la plus réconfortante de sa vie : c'était la première fois qu'il mettait le pied sur un sol ennemi. Derrière lui, il fit un signal avec sa lampe-torche, et il entendit des clapotements. L'embarcation dérivait vers le large ; les derniers hommes durent nager quelques brasses pour prendre pied. Guy vit des ombres qui émergeaient et qui se déployaient à sa droite et à sa gauche. Il fit les deux signaux qui voulaient dire : « En avant. » Il pouvait tout juste distinguer et entendre les deux servants du fusil-mitrailleur, qui s'écartaient sur le flanc à la recherche d'une position de tir. La patrouille remonta la pente. D'abord, du sable mouillé dur, puis du sable mou sec, enfin une herbe longue et épineuse. Les Anglais continuèrent à avancer sans bruit. Brusquement, ils trouvèrent devant eux des troncs de palmiers. La première chose que Guy rencontra fut une noix de coco tombée. Il la ramassa et la donna au Hallebardier Glass, qui se trouvait à côté de lui, sur la gauche.

— Portez ça au bateau. Et vous nous attendrez là-bas, dit-il tout bas.

Durant la première partie de l'expédition, le Hallebardier Glass avait manifesté son respect et un zèle inaccoutumé.

— Hein, moi, monsieur ? Cette noix-là, monsieur ? Retourner au bateau ?

— Oui, ne parlez pas. Dépêchez-vous.

Guy comprit alors que cela lui était devenu indifférent, d'avoir conservé ou perdu la considération de Glass.

La deuxième chose qu'il rencontra fut le barbelé, enchevêtré lâchement entre les troncs de palmiers. Guy fit les trois signaux lumineux qui signifiaient : « Avancez prudemment. Attention aux barbelés. »

Il entendit des heurts des deux côtés. Des messages chuchotés lui parvinrent :

— Barbelés sur la gauche, barbelés sur la droite.

Il projeta alors en avant une lumière faible et, en tâtonnant des mains et des pieds, il découvrit un réseau défensif de barbelés ; réseau bas, peu épais et mal construit. Puis il se rendit compte de la présence, à quatre pas devant lui, d'une silhouette sombre qui se glissait en rampant sous les fils de fer.

— Halte, vous, là-bas ! dit Guy.

La silhouette continuait à progresser. Dégagée des barbelés, elle se frayait bruyamment un chemin à travers les broussailles, l'herbe et les épines.

— Revenez, sacré nom d'un chien ! cria Guy.

L'homme était hors de vue, mais on l'entendait encore. Guy donna un coup de sifflet. Les hommes firent docilement demi-tour et redescendirent vers la plage. Guy resta où il était, attendant le délinquant. Il avait entendu dire que les hommes qui perdaient le contrôle d'eux-mêmes avaient quelquefois été ramenés à la raison par une réaction automatique au commandement.

— Pour la colonne devant moi ! cria-t-il, comme dans la cour de la caserne. Demi-tour à droite. Pas accéléré. Marche.

La seule réponse, tout près sur sa gauche, fut une sommation :

— Halte-là ! Qui vive ?

Ensuite, l'explosion d'une grenade. Et puis, brusquement, des coups de feu éclatèrent de tous côtés sur toute la longueur de la plage. Rien de bien formidable ; quelques balles éparpillées sifflant entre les palmiers. Immédiatement, le fusil-mitrailleur anglais, sur le flanc, commença le tir par trois rafales qui tombèrent, de façon peu rassurante, non loin de Guy. Il lui parut assez probable qu'il allait être tué, d'ici peu. Il répéta les paroles magnifiées sous le nom d'« acte de contrition » ; paroles si familières qu'il les prononçait lorsque, dans ses rêves, il tombait d'une hauteur. Mais il se disait aussi : quelle façon stupide de se faire tuer !

Il revint rapidement vers la plage. L'embarcation était là ; deux hommes, debout dans l'eau, la retenaient au rivage. Le reste de la patrouille se tenait à côté.

— Embarquez, dit Guy.

Il courut vers les mitrailleurs et les rappela. On entendait encore beaucoup de cris en français, et quelques coups de feu éparpillés vers l'intérieur des terres.

Le sergent rendit compte :

— Tout le monde présent, rien à signaler.

— Non, il y a un homme qui n'a pas rejoint, là-haut.

— Non, monsieur, je les ai comptés. Tous présents. Sautez dedans, monsieur. Il vaut mieux que nous filions, tant que nous le pouvons encore.

— Attendez une minute. Il faut que j'aille encore voir.

L'officier de marine de réserve qui commandait la chaloupe remarqua :

— Mes ordres sont de pousser dès que l'opération est terminée ; ou avant, si j'estime que l'embarcation est mise en trop grand péril.

— Ils ne vous ont pas encore vus. Ils tirent tout à fait au hasard. Donnez-moi deux minutes.

Guy le savait : dans la surexcitation de leur premier combat, les hommes ont parfois des hallucinations. Il aurait été bien commode de supposer que Guy avait purement imaginé cette silhouette sombre, qui s'était évanouie. Mais il remonta encore une fois la plage. Et il vit l'homme manquant qui rampait vers lui.

La seule réaction de Guy fut la colère. Et ses premières paroles furent :

— Je vous ferai passer en conseil de guerre pour ça.

Et ensuite :

— Êtes-vous blessé ?

— Évidemment, je suis blessé, répondit la silhouette rampante. Aidez-moi.

Il n'y avait pas de positions de défense allemandes, avec projecteurs et armes automatiques. Mais, manifestement, un certain renfort était arrivé ; la fusillade était plus nourrie. Dans sa hâte et dans sa colère, Guy ne remarqua pas la voix singulière qu'avait l'homme. Il souleva le blessé, qui ne pesait pas lourd, et se dirigea en chancelant vers l'embarcation. Sous son bras libre, l'homme serrait quelque chose. Ce n'est que lorsqu'ils eurent tous deux été hissés à bord, et que la chaloupe fut lancée à toute vitesse vers le large, que Guy prêta attention au blessé. Il tourna sa lampe-torche vers le visage de l'homme. Et un œil solitaire lui renvoya un regard étincelant.

— Arrangez ma jambe droite, dit le général Ritchie-Hook. Et que quelqu'un me donne un pansement individuel. Ce n'est pas grand-chose, mais ça fait un mal du diable et ça saigne trop. Et faites attention à la noix de coco.

Ritchie-Hook s'occupa alors lui-même de sa blessure. Mais non sans avoir d'abord posé sur les genoux de Guy la tête sanglante et crépue d'un nègre.

Guy était si épuisé qu'il s'endormit, tenant le trophée dans ses bras. Quand ils atteignirent le navire, toute la patrouille dormait. Seul Ritchie-Hook gémissait et, de temps à autre, jurait, dans un demi-coma.

VI

— Désirez-vous manger cette noix tout de suite, monsieur, ou plus tard ?

Le Hallebardier Hall, debout à côté du lit de Guy, regardait l'officier.

— Quelle heure est-il ?

— Onze heures juste, monsieur, comme vous m'avez dit.

— Où sommes-nous ?

— En route, monsieur, avec le convoi. Mais pas pour rentrer chez nous. Le colonel veut vous voir dès que vous serez prêt.

— Laissez la noix ici. Je la garde comme souvenir.

Guy se sentait encore fatigué. En se rasant, il se souvint des derniers événements de la nuit précédente.

Il s'était éveillé, très reposé, alors que l'embarcation montait et descendait sous la haute muraille du navire. Il serrait entre les mains la tête coupée d'un nègre.

— Nous avons un blessé avec nous. Pouvez-vous envoyer des cordes pour le hisser ?

En haut, il y eut un moment d'attente, puis, de la porte noire invisible, une lumière fut projetée vers le bas.

— Je suis le médecin du navire. Voulez-vous monter et me laisser passer ?

Guy grimpa à bord dans la cale. Le médecin descendit. Lui et deux infirmiers avaient un appareil spécial pour des cas semblables ; une espèce de cadre, que l'on descendit. On y attacha le général et on le remonta délicatement.

— Menez-le directement à la salle d'hôpital et apprêtez-le. Pas d'autre blessé ?

— C'est le seul.

— Personne ne m'a averti d'avoir à compter sur des blessés. C'est de la chance que nous ayons tout prêt ce matin. On ne m'a pas dit qu'il fallait s'attendre à quelque chose cette nuit, grognait le médecin, hors de vue et hors de portée de voix, derrière les infirmiers chargés.

Les hommes montèrent à bord.

— Vous vous êtes tous très bien comportés, leur déclara Guy. Vous pouvez disposer, maintenant. Nous parlerons de tout ça demain. Merci, les matelots. Bonne nuit.

Il éveilla le colonel Tickeridge pour rendre compte.

— Reconnaissance accomplie avec succès, monsieur. Une noix de coco.

Et il plaça la tête à côté du cendrier du colonel Tickeridge, sur le bord de sa couchette.

Le colonel Tickeridge se réveillait lentement.

— Pour l'amour du ciel, qu'est-ce que c'est que ça ?

— Infanterie coloniale française, monsieur. Pas d'identification.

— Eh bien ! pour l'amour de Dieu, enlevez-la ! Nous en parlerons dans la matinée. Tout le monde est bien revenu ?

— Toute ma patrouille, monsieur. Un blessé en excédent. Cas de transport sur civière. On l'a mis dans la salle d'hôpital.

— Que diable voulez-vous dire par « en excédent » ?

— Le général, monsieur.

— Quoi ?

Guy avait admis comme certain que le colonel Tickeridge était dans le secret ; qu'il avait contribué à le faire paraître idiot, lui, Guy. Maintenant, il perdit un peu de sa raideur.

— Vous ne saviez pas que le général venait avec nous, colonel ?

— Naturellement, je ne le savais pas !

— Il a dû se cacher dans la cale, la figure noircie, et se mêler au groupe, à la faveur de l'obscurité.

— Le vieux sacripant ! Est-il gravement blessé ?

— La jambe.

— Ça n'a pas l'air trop mauvais.

Le colonel Tickeridge, complètement éveillé maintenant, commença à rire en lui-même. Puis il reprit son sérieux.

— Dites, tout de même, ça va faire une histoire du diable. Enfin nous en reparlerons demain. Allez au lit, maintenant.

— Et ça ?

— Pour l'amour du ciel, flanquez-la à la flotte.

— Pensez-vous que je doive le faire, colonel, sans consulter le général ?

— En tout cas, enlevez-la d'ici.

— Très bien, monsieur. Bonne nuit.

Guy empoigna fermement la toison laineuse et enfila le couloir étouffant. Il rencontra un veilleur de nuit de Goa et lui fit voir la tête. L'homme poussa un cri perçant et s'enfuit. À présent, Guy était plein d'insouciance. La cabine d'Apthorpe ? Non. Il essaya d'ouvrir la porte du bureau des opérations. Elle n'était ni verrouillée, ni gardée. Toutes les cartes et les documents confidentiels avaient été rangés. Guy déposa son fardeau dans le casier du « Courrier reçu » du général ; puis, tout à coup, pour la seconde fois, il se sentit épuisé. Il rentra dans sa cabine, enleva sa chemise sanglante, se lava le torse et les mains, qui étaient aussi pleins de sang, et tomba profondément endormi.

— Comment va le général, colonel ? demanda Guy, se présentant à la salle de service.

— Il est d'excellente humeur. Il n'a pas été long à se remettre, après le chloroforme. Il réclame sa noix de coco.

— Je l'ai laissée sur son bureau.

— Il vaut mieux que vous la lui apportiez. Il veut vous voir. D'après lui, vous avez fait plutôt un drôle de travail, la nuit dernière ! Ce n'est vraiment pas de veine.

Ce n'était pas exactement sous cette forme que Guy s'attendait à recevoir des félicitations.

— Asseyez-vous, l'oncle. Vous n'êtes pas en prévention, pour le moment.

Guy s'assit et resta silencieux, cependant que le colonel Tickeridge arpentait le tapis.

— Ça n'arrive qu'une ou deux fois dans la vie d'un type, qu'il ait la chance de décrocher une médaille. Il y en a qui ne l'ont jamais. Vous avez eu la vôtre la nuit dernière, et vous avez été très bien. En toute justice, je devrais être en train d'établir votre proposition pour la *Military Cross*. Au lieu de cela, nous sommes dans un sacré pétrin. Je ne peux pas m'imaginer ce qui nous a pris, hier soir. Nous ne pouvons même pas étouffer l'affaire. S'il n'y avait en cause que le bataillon, nous aurions pu essayer ; mais le bateau est plein de gens de toute sorte ; et c'est vraiment impossible. Si le général n'avait pas été amoché, nous aurions pu vous mettre ça sur le dos : « Excès de zèle de la part d'un jeune officier... » Léger blâme. Mais il doit y avoir un rapport médical et une enquête. À l'âge du général, on ne peut absolument pas agir de cette façon et s'en tirer comme ça. Si je m'étais douté un peu de ce qu'il avait en tête, j'aurais refusé ma coopération. En tout cas, ce matin, c'est ce que je pense que j'aurais fait. Ça ne s'annonce pas trop bien non plus pour le capitaine du navire. Ça n'arrangera pas vos affaires. Évidemment, vous exécutiez un ordre. Réglementairement, il n'y a rien contre vous. Mais c'est une mauvaise note. Pour le reste de votre vie, quand votre nom viendra sur le tapis, quelqu'un ne manquera pas de dire : « Est-ce que ce n'est pas le type qui a fait l'imbécile à Dakar en 1940 ? » Non pas que je pense que ça vous fasse grand-chose. Vous ne serez plus dans le Corps. On ne parlera plus de vous, n'est-ce pas ? Allons, on va porter sa tête au général.

Ils le trouvèrent à l'hôpital, tout seul dans la salle des officiers. Son coutelas, qui venait d'être nettoyé, était à côté de lui.

— Ça n'a pas été du travail soigné, déclara-t-il. Cet idiot-là m'a vu trop tôt. Alors, j'ai dû lui lancer une grenade, et puis chercher la tête et la couper proprement. Eh bien ! Crouchback, comment avez-vous trouvé ça, d'avoir un général sous vos ordres ?

— J'ai trouvé qu'il était très indiscipliné, monsieur.

— C'était une petite affaire de rien du tout ; mais vous ne vous êtes pas trop mal débrouillé, pour une première fois. Est-ce que je vous ai bien entendu me menacer de conseil de guerre, à un moment donné ?

— Oui, monsieur.

— Ne faites jamais ça, Crouchback, particulièrement sur le champ de bataille, à moins que vous n'ayez à portée de la main une escorte pour le prisonnier. J'ai vu le cas d'un jeune officier qui promettait. Il a été descendu d'un coup de Lee Enfield pour avoir proféré des menaces sous le feu. Où est ma noix de coco ?

Guy lui tendit la tête emmaillotée.

— Ma parole, elle est magnifique, n'est-ce pas ? Regardez ses grandes dents. Je n'en ai jamais vu d'aussi belles. Je veux bien être pendu si je la donne au chef des Forces expéditionnaires. Je vais la mettre en conserve ; ça m'occupera, pendant que je suis obligé de rester étendu.

Quand ils partirent, Guy demanda :

— Sait-il ce que vous m'avez dit, colonel ? Je veux dire : qu'il va avoir des ennuis.

— Évidemment, il le sait. Il s'est tiré de plus d'histoires que n'importe qui dans l'armée.

— Alors, vous pensez que ça s'arrangera pour lui, cette fois-ci ?

Le colonel Tickeridge répondit tristement et gravement :

— C'est son âge qui ne va pas. Vous pouvez être un enfant terrible ; ou bien vous pouvez être un personnage national à qui personne n'osera toucher. Mais le général n'est ni l'un ni l'autre. C'est la fin pour lui. Au moins, il le pense, et il doit le savoir.

Le convoi descendit le long de la côte. Ensuite, il commença à se disloquer ; d'abord un navire changeait sa route, puis un autre. Les bâtiments de guerre allaient à un autre rendez-vous. Tous, excepté les navires endommagés, qui traînaient la patte vers les cales sèches de Simonstown. Les Français libres poursuivaient ailleurs leur mission de libération, le fidèle petit *Belgravia* avec eux. Les deux navires qui portaient la brigade de Hallebardiers mouillèrent dans un port anglais. Depuis la nuit de Dakar, une rare délicatesse avait empêché tout le monde de questionner Guy. On savait qu'il était arrivé quelque chose et que tout n'était pas pour le mieux. On feignait la discrétion. Il en était de même au mess des sous-officiers et sur le pont des hommes : le sergent de Guy le lui dit. Le général fut débarqué et transporté à l'hôpital. La brigade reprit son ancien service, qui consistait à se tenir prête à recevoir des ordres.

VII

Trois semaines plus tard, la brigade se tenait toujours prête à recevoir des ordres. Les transports avaient repris le large, et les Hallebardiers campaient sur le rivage. La doctrine de « dispersion » n'avait pas atteint l'Afrique occidentale. Les tentes étaient placées en lignes régulières sur une bande de plaine sablonneuse, à cinq milles de la ville et à quelques yards de la mer. L'expert en maladies tropicales s'était envolé ; et les rigoureuses précautions d'hygiène, difficiles à supporter, qu'il avait imposées tombèrent en désuétude. On accorda des permissions aux officiers, dans l'intérieur du pays, à des fins sportives. Apthorpe fut un des premiers à en profiter. La ville était zone interdite pour tous les grades. Personne n'avait envie de s'y rendre. Plus tard, lorsqu'il eut l'occasion de lire *Le Fond du problème*, Guy, sous le charme, se dit qu'à ce même instant « Scobie » était tout près de là, abattant des cloisons dans les cases indigènes et continuant consciencieusement à entraver la navigation des puissances neutres. À défaut du nouvel aumônier catholique, Guy aurait pu s'adresser au « père Rank » pour se confesser d'une paresse croissante, d'une morne affaire d'intempérance et de la rancune tenace qu'il éprouvait pour l'injustice dont il avait été victime, au cours de l'exploit qu'il avait nommé en lui-même : « Opération Truslove ».

Les nouvelles d'Angleterre reçues par radio ne parlaient que de raids aériens. Quelques-uns des hommes étaient dévorés d'inquiétude ; la plupart étaient consolés par un bruit, tout à fait sans fondement, qui parcourait incompréhensiblement le monde, et d'après lequel l'envahisseur avait pris la mer et avait été repoussé, de sorte que toute la Manche était remplie de cadavres allemands carbonisés. Les hommes faisaient l'exercice, défilaient, se baignaient, construisaient un polygone de tir et ne s'interrogeaient nullement sur leur avenir. Certains disaient qu'ils allaient rester là jusqu'à la fin de la guerre, en se maintenant en forme, en gardant un bon moral et en s'exerçant dans leur polygone de tir ; d'autres disaient qu'ils allaient être expédiés en Libye, en passant par Le Cap ; d'autres encore, qu'ils allaient devancer les Allemands en occupant les Açores.

Puis, trois semaines plus tard, un avion arriva apportant le courrier. La plupart des lettres avaient été envoyées avant que l'expédition fût seulement partie ; mais il y avait un sac officiel plus récent. Leonard était toujours inscrit à l'effectif du 2e bataillon, en attendant une affectation. On apprenait maintenant qu'il était mort, tué par une bombe au cours d'une permission dans le sud de Londres. Il y avait aussi un ordre de déplacement pour Guy. Il était convoqué devant une commission d'enquête sur les événements de la plage A. L'enquête devait avoir lieu en Angleterre dès que le général Ritchie-Hook serait transportable.

Il y avait aussi un nouveau général. Le jour de son arrivée, il envoya chercher Guy. C'était un homme assez jeune, massif, moustachu, d'un aimable naturel et, dans le cas présent, nettement mal à l'aise. Guy ne l'avait encore jamais vu, mais il aurait reconnu que c'était un Hallebardier, même sans ses boutons d'uniforme.

— Vous êtes le capitaine Crouchback ?

— Lieutenant, monsieur.

— Oh ! vous êtes inscrit là-dessus comme capitaine. Il faut que je voie ça. Peut-être que votre nomination a été transmise après votre départ d'Angleterre. De toute façon, ça n'a pas d'importance maintenant. C'était seulement à titre temporaire, pendant que vous commandiez une compagnie. Je crains que, pour l'instant, vous ne perdiez votre compagnie.

— Cela signifie-t-il que je sois prévenu, monsieur ?

— Bon Dieu, non. Tout au moins, pas exactement. J'entends par là que c'est simplement une enquête, pas un conseil de guerre. Le chef des Forces expéditionnaires a fait toutes sortes d'histoires à propos de ça. Je ne pense pas que ça arrive jamais au conseil de guerre. La Marine est assez montée aussi ; mais ils ont leurs méthodes à eux. Pour moi, je dirais que vous êtes hors de cause – officieusement, remarquez bien. Autant que j'aie pu comprendre l'affaire, vous agissiez simplement d'après des ordres. Ici, vous serez attaché à mon état-major, pour le service général. Nous vous expédierons tous les deux dès que Ben – votre général, je veux dire – pourra se déplacer. J'essaie de les décider à envoyer un hydravion. En attendant, vous n'avez qu'à rester par là, jusqu'à ce qu'on ait besoin de vous.

Guy resta par là. Il avait eu son grade de capitaine sans le savoir, et maintenant il l'avait perdu.

— Ça représente six ou sept livres de solde en plus, de toute façon, remarqua le capitaine d'état-major. Ça sera bientôt régularisé. Ou bien je peux courir le risque et vous payer maintenant, si vous êtes à court.

— Je vous remercie infiniment, répondit Guy. Je peux m'arranger.

— Il n'y a pas beaucoup d'occasions de dépenser de l'argent ici, certainement. Vous pouvez être sûr de toucher ça quelque part, un jour ou l'autre. La solde de l'armée vous suit partout, comme l'impôt sur le revenu.

Le bataillon voulait lui offrir un dîner en ville. Mais Tickeridge l'interdit.

— Vous serez revenu parmi nous dans quelques jours, dit-il.

— Croyez-vous que je revienne ? interrogea Guy lorsqu'ils furent seuls.

— Je n'y compterais pas trop.

Entre-temps, il y avait eu une suite de communiqués inquiétants, provenant d'Apthorpe ou le concernant.

Des messages téléphoniques, originaires de l'intérieur du pays, étaient transmis d'un opérateur indigène à demi illettré à un autre. Le premier message était : *Capitaine Apthorpe lui très désolé mauvaise mine demande prolongation congé.*

Deux jours après arriva un long message à peu près incompréhensible, adressé au médecin chef et réclamant une grande quantité de produits pharmaceutiques. Puis vint la demande que le spécialiste en maladies tropicales (qui était parti quelque temps auparavant) se rendît immédiatement près d'Apthorpe. Ensuite, le silence. Enfin, quelques jours avant l'arrivée du courrier, Apthorpe fit son apparition.

Deux porteurs le ballottaient dans son hamac recouvert d'un drap. Il ressemblait à une gravure d'un livre d'exploration de l'époque victorienne. Les porteurs le déposèrent sur les marches de l'hôpital et entamèrent immédiatement une discussion à propos de leur « course ». Ils parlaient très bruyamment, en dialecte mende, et Apthorpe faiblement, en dialecte swahili. Il fut transporté à l'intérieur en protestant :

— Ils comprennent parfaitement. Ils font semblant. C'est leur sabir.

Les boys indigènes restèrent là, jour après jour, comme des vautours, à discuter à propos de leur « course » et à admirer le spectacle grandiose et éphémère de la vie de la métropole.

Au mess de la brigade, tout le monde était particulièrement aimable pour Guy ; même Dunn, qui était sincèrement ravi de voir quelqu'un dans une situation plus ignominieuse que la sienne.

— Racontez-moi tout, mon vieux. C'est vrai, que vous êtes parti pour engager une bataille pour votre propre compte ?

— Je n'ai pas le droit de parler. L'affaire est « subjudice » !

— Comme l'affaire de la chaussure !... Vous avez entendu la dernière ? Ce cinglé d'Apthorpe s'est réfugié à l'hôpital. Je parie que c'est de la frime.

— Je ne crois pas. Il avait l'air bien malade, quand il est rentré de son congé dans l'intérieur du pays.

— Mais il est habitué au climat ! De toute façon, nous le rattraperons quand il sortira. Si vous voulez mon avis, il est dans de plus mauvais draps que vous.

Cet entretien à propos d'Apthorpe rappela à Guy les doux souvenirs des premiers jours à la caserne. Il demanda au major de la brigade l'autorisation de rendre visite à son camarade.

— Prenez une voiture, l'oncle.

Tout le monde cherchait à lui être agréable.

— Emportez une bouteille de whisky. J'arrangerai ça avec le président du mess.

(Ils étaient rationnés à une bouteille par mois, dans cette ville.)

— Est-ce que ça sera bien vu, à l'hôpital ?

— Ça sera très mal vu, l'oncle. C'est à vos risques et périls. Mais c'est l'usage. Ce n'est pas la peine d'aller voir un copain à l'hôpital, si vous ne lui apportez pas une bouteille. Mais ne racontez pas que je vous l'ai dit. C'est vous qui êtes responsable, si vous êtes pris.

Guy prit la route de latérite, passa devant les boutiques des Syriens et devant les vautours. Il ne remarquait rien, si ce n'est les indigènes oisifs qui encombraient le chemin ; plus tard, quelques pages imprimées ne lui rappelleraient pas la scène, mais la créeraient pour lui, en feraient un souvenir définitif. Les gens lui diraient, dans huit ans :

— Vous étiez là-bas pendant la guerre ? Était-ce comme cela ?

Et il répondrait :

— Oui, cela devait être ainsi.

Puis l'auto quitta la ville et arriva, par une route en pente raide, au vaste hôpital blanchâtre. Là, il n'y avait pas de poste de TSF pour exaspérer la douleur ; il n'y avait pas d'agitation désordonnée. Des pankas se balançaient ; les fenêtres étaient fermées ; et les rideaux tirés contre l'ardeur du soleil.

Guy trouva Apthorpe au lit, seul dans sa chambre, près de la fenêtre. Il était allongé sans rien faire. Il regardait le store ; ses mains vides reposaient sur le couvre-lit. Tout de suite, il se mit à remplir et à allumer une pipe.

— Je suis venu voir comment vous alliez.

— Bien mal, mon vieux, bien mal.

— On n'a pas l'air de vous avoir donné grand-chose à faire.

— Ils ne se rendent pas compte à quel point je suis malade. Ils n'arrêtent pas de m'apporter des jeux de patience et de la lecture soporifique. Une idiote de dame, la femme d'un boutiquier d'ici, m'a proposé de m'apprendre le crochet. Je vous demande un peu, mon vieux, je vous demande un peu !

Guy exhiba la bouteille, qu'il avait cachée dans la poche de sa chemise coloniale.

— Je me demandais si vous aimeriez un peu de whisky.

— C'est très aimable de votre part. En réalité, j'en serai content. Très content. On nous en apporte le contenu d'un verre gradué, le soir. Ce n'est pas suffisant. Souvent, on a besoin de davantage. C'est ce que je leur ai dit, assez énergiquement, et ils se sont contentés de rire. Dès le début, ils n'ont rien compris à mon cas. Je m'y connais plus en médecine que n'importe lequel de ces jeunes idiots. C'est un miracle que je sois encore en vie. Je suis coriace. Il en faut, pour tuer un vieux broussard ! Mais ils y arriveront. Ils vous épuisent peu à peu. Ils tarissent en vous la volonté de vivre, et alors – pfutt ! – vous êtes fichu. J'ai vu ça se produire des douzaines de fois.

— Où dois-je mettre le whisky ?

— À un endroit où je puisse l'atteindre. Il sera sacrément chaud dans le lit, mais je crois que c'est la meilleure place.

— Et l'armoire ?

— Ils sont tout le temps en train de fouiller là-dedans. Mais ils manquent de zèle pour faire le lit. Ils se contentent de tirer les couvertures avant la visite du docteur. Fourrez-le dans le fond, vous serez un brave type.

Il n'y avait qu'un drap mince et un léger couvre-lit de coton. Guy vit les grands pieds d'Apthorpe démunis de leurs « marsouins » ; ils pelaient de fièvre. Il essaya d'intéresser le malade au nouveau général et à la situation peu claire dans laquelle il se trouvait lui-même ; mais Apthorpe remarqua avec irritation :

— Oui, oui, oui, oui. Pour moi, c'est un autre monde, mon vieux !

Il tira des bouffées de sa pipe, la laissa s'éteindre, essaya, d'une main faible, de la poser sur la table à côté de lui la laissa tomber bruyamment dans ce lieu tranquille, sur le plancher nu. Guy se pencha pour la ramasser ; mais Apthorpe dit :

— Laissez-la où elle est, mon vieux. Je n'en ai pas besoin. J'essayais seulement d'être un peu sociable.

Quand Guy releva la tête, il vit des larmes sur les joues décolorées d'Apthorpe.

— Dites, voulez-vous que je m'en aille ?

— Non, non. Ça ira mieux dans un moment. Avez-vous apporté un tire-bouchon ? Vous êtes bien gentil. Je crois qu'un petit coup me fera du bien.

Guy ouvrit la bouteille, versa un doigt de whisky, reboucha la bouteille et la remit sous le drap.

— Rincez le verre, mon vieux, ça ne vous ennuie pas ? J'espérais que vous viendriez – vous spécialement. Il y a quelque chose qui me tracasse.

— Pas la chaussure du transmetteur ?

— Non, non, non, non. Croyez-vous que je me laisserais empoisonner par une quantité aussi négligeable que Dunn ? Non, c'est quelque chose que j'ai sur la conscience.

Il y eut un silence, pendant lequel le whisky parut répandre sa magie bienfaisante. Apthorpe ferma les yeux et sourit. Enfin il releva la tête et dit :

— Ah ! Crouchback, vous voilà ? C'est de la chance. Il y a quelque chose que je voulais vous dire. Vous rappelez-vous, il y a bien longtemps, quand nous nous sommes engagés ? J'ai parlé de ma tante ?

— Vous avez parlé de deux tantes.

— C'est bien ça. C'est ce que je voulais vous dire. Il n'y en a qu'une.

— Toutes mes condoléances.

On avait beaucoup parlé, en ce temps-là, de gens tués par des bombes.

— Était-ce dans un raid aérien ? Leonard en a reçu une...

— Non, non, non. Je veux dire qu'il n'y en a jamais eu qu'une. L'autre était une invention. Je crois qu'on peut appeler ça une petite plaisanterie. Enfin, je vous l'ai dit.

Après un silence, Guy ne put s'empêcher de demander :

— Laquelle avez-vous imaginée ? Celle de Peterborough ou celle de Tunbridge Wells ?

— Celle de Peterborough, évidemment.

— Alors, où vous êtes-vous fait mal au genou ?

— À Tunbridge Wells.

Apthorpe eut un petit rire nerveux en pensant à son astuce, comme Mr Toad dans *Le Vent dans les saules*.

— Vous m'avez certainement possédé à fond.

— Oui, c'était une bonne blague, n'est-ce pas ? Dites-moi, je crois que je prendrais bien encore une goutte de whisky.

— Vous êtes sûr que c'est bon pour vous ?

— Mon cher ami, j'ai déjà été aussi malade que je le suis maintenant et je m'en suis tiré – tout simplement en me soignant au whisky.

Après ce deuxième verre, il poussa un soupir de satisfaction. Il avait vraiment l'air d'aller beaucoup mieux et de reprendre des forces.

— Il y a autre chose dont je veux vous parler. Mon testament.

— Vous n'avez pas besoin d'y penser avant des années.

— J'y pense maintenant. J'y pense beaucoup. Je n'ai pas grand-chose. Rien que quelques milliers de livres, en valeurs de tout repos, que mon père m'a laissées. Tout cela revient à ma tante, naturellement. C'est l'argent de la famille, après tout, et ça doit retourner à la famille. Celle de Tunbridge Wells et non – avec un air coquin – la bonne dame de Peterborough. Mais il y a quelqu'un d'autre !

Guy pensa : cet homme impénétrable aurait-il un ménage caché et irrégulier ? De petits Apthorpe au teint foncé, peut-être ?

— Écoutez, Apthorpe, je vous en prie, ne me dites rien de vos affaires privées. Si vous le faisiez, ça me gênerait énormément plus tard. Vous serez complètement retapé dans quelques semaines.

Apthorpe envisagea cela.

— Je suis coriace, reconnut-il. Ils auront du mal à avoir ma peau. Mais toute la question est de vouloir vivre. Je dois mettre tout en ordre, pour le cas où ils finiraient par me faire passer l'arme à gauche. C'est ça qui ne cesse de me préoccuper.

— Très bien. De quoi s'agit-il ?

— C'est mon attirail, répondit Apthorpe. Je ne veux pas que ma tante s'en empare. Il y en a une partie chez le commodore, à Southsand. Le reste est à cet endroit, en Cornouailles, où nous avons campé en dernier. Je l'ai confié à Leonard. C'est un type en qui on peut avoir confiance, je l'ai toujours pensé.

Guy s'interrogea : allait-il dire la vérité, à propos de Leonard ? Il valait mieux attendre plus tard. Leonard avait vraisemblablement laissé le trésor d'Apthorpe à l'auberge, quand lui et sa femme étaient partis pour Londres. On pourrait éventuellement le retrouver. Ce n'était pas le moment d'ajouter aux inquiétudes d'Apthorpe.

— Si c'est ma tante qui l'a, je sais exactement ce qu'elle va en faire. Elle donnera le tout à de quelconques boy-scouts de l'Église anglicane, auxquels elle s'intéresse. Je ne veux pas que des boy-scouts anglicans saccagent mon équipement.

— Non, ce serait tout à fait déplacé.

— Exactement. Vous vous souvenez de Chatty Corner ?

— Très nettement.

— Je désire qu'il ait l'attirail en totalité. Je ne l'ai pas mentionné dans mon testament. J'ai pensé que cela pourrait faire de la peine à ma tante. Je ne crois pas qu'elle connaisse vraiment l'existence de l'attirail. Alors voilà : je désire que vous le rassembliez et que vous le remettiez discrètement à Chatty. Je ne crois pas que ce soit absolument légal, mais c'est tout à fait sans danger. Même si elle a vent de la chose, ma tante est la dernière personne à recourir aux tribunaux. Vous ferez ça pour moi, n'est-ce pas, mon vieux ?

— Très bien. J'essayerai.

— Alors, je peux mourir content — au moins si jamais quelqu'un meurt content. Croyez-vous qu'on meure content ?

— On faisait beaucoup de prières pour cela, à l'école. Mais, bonté divine ! ne vous mettez pas à penser à mourir maintenant.

— Je suis beaucoup plus près de mourir maintenant, dit Apthorpe, brusquement de mauvaise humeur, que vous ne l'avez jamais été à l'école.

On frappa à la porte. Une infirmière entra avec un plateau.

— Eh bien ! des visites !... Vous êtes la première qu'il reçoit. Je dois dire que vous avez l'air de lui avoir remonté le moral. Nous étions tombés dans les idées noires, n'est-ce pas ? dit-elle à Apthorpe.

— Vous voyez, mon vieux, ils m'épuisent. Merci d'être venu. Au revoir.

— Je sens une odeur que je ne devrais pas sentir, remarqua l'infirmière.

— Rien qu'une goutte de whisky que j'avais par hasard dans ma gourde, madame, répondit Guy.

— Bon, il ne faut pas que le docteur le sache. C'est tout ce qu'il y a de plus mauvais. Je devrais vraiment vous signaler au médecin-chef. Vraiment je le devrais.

— Le docteur est-il quelque part par là ? demanda Guy. J'aimerais lui parler.

— La deuxième porte à gauche. À votre place, je n'irais pas. Il est d'une humeur massacrante.

Mais Guy trouva un homme fatigué, l'air un peu fou, du même âge que lui.

— Apthorpe ? Oui. Vous êtes du même régiment, je vois. Les Pommadiers, hein ?

— Est-il vraiment très mal, Docteur ?

— Naturellement, il est très mal. Il ne serait pas ici s'il en était autrement.

— Il a beaucoup parlé de mourir.

— Oui, il m'en parle à moi, excepté quand il a le délire. Alors on dirait qu'il a peur de recevoir une bombe par-derrière. Est-ce qu'il lui est jamais arrivé quelque chose comme ça, à votre connaissance ?

— Je crois que oui.

— Alors c'est une explication. Drôle d'oiseau, l'esprit. Il dissimule des choses, et puis les voilà qui sortent. Mais je ne dois pas devenir trop technique. C'est un dada à moi, l'esprit.

— Je voudrais savoir : est-il sur la liste des cas graves ?

— Eh bien ! en fait, je ne l'y ai pas encore inscrit. Ce n'est pas la peine de répandre inutilement l'alarme et le découragement. Un mal comme le sien traîne souvent pendant des semaines ; et, quand vous croyez que vous avez tiré votre malade d'affaire, le voilà qui se laisse glisser. Apthorpe a le désavantage d'avoir vécu dans ce fichu pays. Vous autres, qui venez de quitter l'Angleterre, vous avez de la résistance. Les types qui vivent ici ont le sang rempli de toutes sortes d'infections. Et puis, naturellement, ils s'empoisonnent eux-mêmes avec le whisky. Ils claquent comme des mouches. Pourtant nous faisons de notre mieux pour Apthorpe. Heureusement, nous sommes presque à vide pour le moment, et chacun peut lui donner tous les soins nécessaires.

— Merci, monsieur.

Le docteur était colonel, mais on l'appelait rarement « monsieur[1] », en dehors de son propre personnel.

— Vous prendrez bien un verre de whisky ? dit-il avec reconnaissance.

— Je vous remercie infiniment, mais je dois partir.

— Quand vous voudrez, si vous passez par ici.

— À propos, monsieur, comment va notre général Ritchie-Hook ?

---

1. Voir note p. 73 *(N.d.T)*.

— Il va sortir d'ici d'un jour à l'autre, maintenant. Entre nous, c'est plutôt un malade difficile. Il a fait mettre, par un de mes jeunes assistants, une tête de nègre en bocal, pour la garder. C'est tout à fait inaccoutumé.

— Est-ce que la mise en bocal a été réussie ?

— Elle doit l'avoir été, je pense. En tout cas, il conserve cet objet grimaçant à côté de son lit.

VIII

Le lendemain matin, à l'aube, un hydravion amerrit à Freetown.

— C'est pour vous, annonça le colonel Tickeridge. On dit que le général sera en état de se déplacer demain.

Mais il y avait d'autres nouvelles, ce matin-là. Apthorpe était dans le coma.

— On ne croit pas qu'il arrive à s'en tirer, remarqua le colonel Tickeridge. Pauvre vieil oncle ! Enfin, il y a des manières de mourir plus pénibles ; et il n'a ni femme, ni enfants, ni rien.

— Une tante, seulement, dit Guy.

— Je crois qu'il m'avait dit deux tantes.

Guy ne le reprit pas. Tout le monde, à la brigade, se souvenait bien d'Apthorpe. Il y était un sujet de plaisanterie. Maintenant le mess était plongé dans la tristesse ; moins par suite de la disparition d'Apthorpe qu'à la pensée de la mort, si proche, si imprévue.

— On lui rendra les honneurs militaires pour l'enterrement.

— Cela lui aurait fait plaisir.

— Une excellente occasion de sortir en ville le drapeau.

Dunn se tracassait pour sa chaussure.

— Je ne vois pas comment je pourrai être remboursé, maintenant, dit-il. Cela aurait l'air un peu vampire, de s'adresser à la famille.

— Combien est-ce ?

— Neuf shillings.

— Je paierai.

— Dites, c'est très chic de votre part ! Comme ça, j'aurai mes états en ordre.

Le nouveau général se rendit à l'hôpital dans la matinée, pour avertir Ritchie-Hook de son départ imminent. Il revint à l'heure du déjeuner.

— Apthorpe est mort, dit-il brièvement. Je voudrais vous parler, Crouchback, après le déjeuner.

Guy pensait que cette convocation se rapportait à son ordre de déplacement. Il se rendit sans appréhension au bureau du général. Il y trouva réunis le général et le major de la brigade. Le premier regardait Guy d'un air irrité ; le second avait les yeux baissés vers la table.

— Vous avez entendu qu'Apthorpe était mort ?

— Oui, monsieur.

— Il y avait une bouteille de whisky vide dans son lit. Cela signifie-t-il quelque chose pour vous ?

Guy resta silencieux, stupéfié plutôt que honteux.

— Je vous ai interrogé : cela signifie-t-il quelque chose pour vous ?

— Oui, monsieur. Je lui ai apporté une bouteille hier après-midi.

— Vous saviez que c'était interdit ?

— Oui, monsieur.

— Vous avez quelque chose à dire ?

— Non, monsieur. Sinon que je savais qu'il aimait bien le whisky et que je ne me rendais pas compte que ça lui ferait du mal. Et qu'il le finirait tout de suite...

— Il délirait à moitié, le malheureux. Quel âge avez-vous, Crouchback ?

— Trente-six ans, monsieur.

— C'est bien ça. Voilà ce qui rend les choses irrémédiables. Si vous étiez un jeune imbécile de vingt et un ans, je pourrais comprendre. Sacré nom, mon ami, vous n'avez que quelques années de moins que moi.

Guy resta immobile et ne répondit pas. Il se demandait comment le général allait régler l'affaire.

— Le médecin-chef de l'hôpital est au courant de toute l'histoire. Il en est de même de presque tout son personnel, probablement. Vous pouvez imaginer quels sont ses sentiments. Je suis resté avec lui la moitié de la matinée, avant d'arriver à lui faire entendre raison. Oui, j'ai intercédé pour vous ; mais comprenez bien que je n'ai fait cela que pour le Corps. Vous avez commis une infraction beaucoup trop sérieuse pour que je la règle à la légère. Le choix était d'étouffer l'affaire ou de vous envoyer devant un conseil de guerre. Personnellement, en tout cas, rien n'aurait pu me faire plus de plaisir que de vous voir flanqué à la porte de l'armée. Mais vous avez déjà sur les bras une affaire embêtante à laquelle vous vous trouvez être mêlé. J'ai convaincu le toubib que nous n'avions pas de preuves. Vous avez été le seul visiteur du pauvre Apthorpe, mais il y a des infirmiers et des boys indigènes qui entrent et qui sortent de l'hôpital : ils auraient pu lui vendre la drogue.

Il parlait comme si le whisky, qu'il buvait lui-même avec régularité et modération, était un produit nocif, de la fabrication de Guy.

— Il n'y a rien de pire qu'un conseil de guerre trop précipité. Je lui ai aussi fait remarquer quel discrédit cela jetterait sur le nom de ce malheureux Apthorpe. Tout devrait être étalé au grand jour. J'ai compris qu'il était, pour ainsi dire, dipsomane, et qu'il avait deux tantes qui pensaient le plus grand bien de lui. Bien pénible pour elles d'apprendre la vérité !... Enfin, j'ai fini par obtenir son accord. Mais ne me remerciez pas. Et rappelez-vous ceci : je ne veux plus jamais entendre parler de vous. Je vais faire une demande pour que vous soyez rayé des contrôles de la brigade, dès qu'ils en auront fini avec vous en Angleterre. La seule chose que je souhaite pour vous, c'est que vous soyez profondément honteux de vous-même. Vous pouvez disposer, maintenant.

Guy quitta le bureau sans éprouver de honte. Il se sentait bouleversé, comme s'il avait assisté à un accident, sur la route, sans y être mêlé. Ses doigts tremblaient, mais les nerfs, et non la conscience, étaient la cause de ce tremblement. Guy avait l'habitude de la honte ; ce qu'il éprouvait, cette impression frémissante et désespérée de catastrophe, était quelque chose de tout à fait différent ; quelque chose qui passerait et ne laisserait pas de trace.

Il se tenait debout dans le vestibule, en nage et immobile. Au bout d'un moment, il se rendit compte qu'il y avait quelqu'un à côté de lui.

— Je vois que vous n'êtes pas occupé.

Il se détourna et vit Dunn.

— Non.

— Peut-être ne m'en voudrez-vous pas de vous en parler, alors ? Ce matin, vous avez proposé très aimablement de régler cette affaire de la chaussure.

— Oui, bien sûr. Combien était-ce ? J'ai oublié. Neuf livres, n'est-ce pas ?

— Seigneur, non ! Neuf shillings.

— Certainement. Neuf shillings.

Guy ne voulait pas que Dunn vît ses mains trembler.

— Je n'ai pas de monnaie sur moi. Faites-m'en souvenir demain.

— Mais vous partez demain, n'est-ce pas ?

— Ah ! oui. J'oubliais.

Ses mains, quand il les tira de ses poches, tremblaient moins qu'il ne l'avait craint. Il compta les neuf shillings.

— Je vais faire un reçu au nom d'Apthorpe, si ça ne vous fait rien.

— Je ne veux pas de reçu.

— Je dois avoir mes états en ordre.

Dunn alla mettre ses états en ordre. Guy resta là, debout. Bientôt le major de la brigade sortit du bureau.

— Dites-moi. Je suis désolé à propos de cette histoire, annonça-t-il.

— C'était une chose sacrément idiote à faire. Je m'en rends compte maintenant.

— J'ai dit que c'était vous le responsable.

— Bien sûr, bien sûr.

— Je n'aurais vraiment rien pu dire d'autre.

— Bien sûr que non. Rien.

Ils sortirent Ritchie-Hook de l'hôpital avant Apthorpe. Guy avait une demi-heure à attendre sur le quai. L'hydravion était amarré en rade. Tout autour, des pirogues vendaient des fruits et des noix.

— Avez-vous bien emballé ma noix de coco, Glass ?

— Oui, monsieur.

Le Hallebardier Glass était de mauvaise humeur. L'ordonnance de Ritchie-Hook retournait en Angleterre avec son maître. Glass devait rester.

Le colonel Tickeridge était venu sur le quai.

Il dit :

— Je n'ai pas l'air de porter chance aux officiers que je choisis pour l'avancement. D'abord Leonard. Et puis Apthorpe.

— Et maintenant moi, monsieur.

— Et maintenant vous.

— Les voilà qui arrivent.

Une ambulance s'approchait, suivie de la voiture du nouveau général. Ritchie-Hook avait une jambe énorme, comme atteinte d'elephantiasis, à cause du plâtre. Le major de la brigade lui prit le bras et le conduisit au bord du quai.

— Pas d'escorte pour les prisonniers ? dit Ritchie-Hook. Bonjour, Tickeridge. Bonjour, Crouchback. Qu'est-ce que j'entends raconter ? Vous empoisonnez mes officiers ? Hier, ces sacrées infirmières n'arrêtaient pas de parler de ça. Maintenant, sautez dedans. Les officiers subalternes montent à bord les premiers et sortent les derniers.

Guy embarqua et s'assit le plus loin possible, à l'écart des autres. Puis on descendit Ritchie-Hook. Avant que l'embarcation n'eût atteint l'hydravion, la voiture du général se frayait un chemin à coups d'avertisseurs à travers les groupes de Noirs apathiques ; ces messieurs n'avaient pas perdu de temps pour la cérémonie de l'enterrement...

L'hydravion transportait le courrier. Dans la moitié arrière de la cabine étaient entassés des sacs, au milieu desquels l'ordonnance Hallebardier s'installa voluptueusement pour dormir. Guy se rappela à quel point la censure de ces lettres était fastidieuse... De temps en temps, on tombait sur un homme qui, par suite d'une anomalie dans sa jeunesse, avait échappé à l'école. Ceux-là écrivaient, avec une extravagante orthographe phonétique, ce qui leur sortait tout droit du cœur. Les autres mettaient bout à bout des clichés qui, pensaient-ils, transmettaient tant bien que mal un échange de tendresse et de misère. Les vieux soldats écrivaient SWALK sur l'enveloppe, ce qui voulait dire « Fermé avec un tendre baiser[1] ». Toutes ces lettres servaient de couche au planton de Ritchie-Hook.

L'hydravion monta en faisant un grand cercle au-dessus de la verte contrée, puis tourna en survolant la ville. Il faisait déjà beaucoup plus frais.

Tout venait de la chaleur, pensait Guy ; toutes ces émotions artificielles des dernières vingt-quatre heures... En Angleterre, où l'hiver commençait à se faire sentir, où les feuilles brûlées et déchiquetées se mettaient à voltiger avec les bombes qui tombaient, en Angleterre, où les cadavres, à moitié nus, serrant contre eux un animal familier, étaient tirés, la nuit, des décombres de maçonneries et de verre brisé – les choses seraient autres, en Angleterre !...

---

1. *Sealed With A Loving Kiss (N.d.T.).*

L'hydravion vira encore au-dessus du cimetière des Blancs et prit sa route à travers l'Océan, emmenant les deux hommes qui avaient anéanti Apthorpe.

Le cimetière des Blancs. Le cimetière européen était commodément situé près de l'hôpital. Six mois passés à changer de poste et à se tenir prêts à tout ordre n'avaient pas ébranlé l'équilibre impeccable de la Marche lente[1] des Hallebardiers. À la nouvelle de la mort d'Apthorpe, le 2e bataillon avait commandé un défilé ; et le sergent-major avait poussé ses rugissements sous le soleil de plomb ; et les brodequins s'étaient levés et abaissés sur la route inégale. Ce matin, c'était parfait. Les porteurs du cercueil étaient exactement de la même taille. Les clairons sonnèrent le dernier appel en complet unisson. Les fusils tirèrent comme une seule arme.

Comme moyen de « sortir le drapeau », ce ne fut pas très goûté. Les civils de la région étaient grands amateurs de funérailles. Ils aimaient plus de spontanéité, plus de manifestations de douleur. Mais, en tant que défilé, c'était quelque chose que la colonie n'avait encore jamais vu. Le cercueil, recouvert du drapeau, descendit sans un heurt. La terre nourricière se referma. Deux Hallebardiers s'évanouirent. Ils tombèrent à plat, tout raides, et on les laissa là.

Quand tout fut terminé, Sarum-Smith, sincèrement ému, déclara :

---

1. Pas de défilé assez compliqué *(N.d.T.)*.

— C'était comme l'enterrement de sir John Moore à la Corogne.

— Vous êtes sûr que vous ne voulez pas dire le duc de Wellington à Saint-Paul ? demanda de Souza.

— Peut-être que si.

Le colonel Tickeridge demanda au capitaine-adjudant-major :

— Ne devrions-nous pas faire une quête pour mettre une pierre tombale, ou quelque chose ?

— Je crois que ses parents, en Angleterre, désireront s'occuper de cela.

— Ils sont à l'aise ?

— Tout à fait, je crois. Et de l'Église anglicane. Ils voudront probablement quelque chose de fantaisie.

— Les deux oncles sont partis le même jour !

— C'est drôle, je pensais la même chose ! Je préférais plutôt Crouchback, à tout prendre.

— Il avait l'air d'un assez brave type. Je ne l'ai jamais très bien compris. Dommage qu'il ait fait l'imbécile.

Déjà le 2e bataillon de Hallebardiers parlait de Guy au passé. Il avait, un moment, été des leurs ; maintenant, c'était un étranger ; quelqu'un de présent dans leur passé long et varié, mais quelqu'un d'oublié.

Titres parus

Peter Ackroyd
Un puritain au paradis

Woody Allen
Destins tordus

Margaret Atwood
Faire surface
La Femme comestible
Mort en lisière
Œil de chat
La Servante écarlate
La Vie avant l'homme

Nicholson Baker
À servir chambré
La Mezzanine

Robert Benchley
Le Supplice des week-ends

William Peter Blatty
L'Exorciste

Jorge Luis Borges, Adolfo Bioy Casares
Chroniques de Bustos Domecq
Nouveaux Contes de Bustos Domecq
Six problèmes pour Don Isidro Parodi

Mikhaïl Boulgakov
Le Maître et Marguerite
Le Roman théâtral
La Garde blanche

Vitaliano Brancati
Le Bel Antonio

Anthony Burgess
L'Orange mécanique
Le Testament de l'orange

Dino Buzzati
Bestiaire magique
Le régiment part à l'aube
Nous sommes au regret de...
En ce moment précis

Upamanyu Chatterjee
Les Après-midi d'un fonctionnaire très déjanté

Michael Chabon
Les Mystères de Pittsburgh
Les Loups-garous dans leur jeunesse

John Collier
Le Mari de la guenon

Avery Corman
Kramer contre Kramer

Helen DeWitt
Le Dernier Samouraï

Joan Didion
Maria avec et sans rien
Un livre de raison

Roddy Doyle
La Femme qui se cognait dans les portes
The Commitments
The Snapper
The Van

E. L. Doctorow
Ragtime

Lawrence Durrell
Affaires urgentes

F. Scott Fitzgerald
Un diamant gros comme le Ritz

Zelda Fitzgerald
Accordez-moi cette valse

Carlo Fruttero
Des femmes bien informées

Carlo Fruttero et Franco Lucentini
L'Amant sans domicile fixe

Graham Greene
Les Comédiens
La Saison des pluies
Le Capitaine et l'Ennemi
Rocher de Brighton
Dr Fischer de Genève
Tueur à gages
Monsignor Quichotte

Bohumil Hrabal
Une trop bruyante solitude
Moi qui ai servi le roi d'Angleterre

Kent Haruf
Colorado Blues

Jerry Hopkins et Daniel Sugerman
Personne ne sortira d'ici vivant

John Kennedy Toole
La Bible de néon

Pa Kin
Le Jardin du repos

Janusz Korczak
Journal du ghetto

Jaan Kross
Le Fou du Tzar

John Lennon
En flagrant délire

Siegfried Lenz
La Leçon d'allemand
Le Dernier Bateau

Ira Levin
Le Fils de Rosemary
Rosemary's Baby

Norman Mailer
Le Chant du bourreau
Bivouac sur la Lune
Les Vrais Durs ne dansent pas
Mémoires imaginaires de Marilyn

Dacia Maraini
La Vie silencieuse de Marianna Ucrìa

Guillermo Martínez
Mathématique du crime
La Mort lente de Luciana B

Somerset Maugham
Les Trois Grosses Dames d'Antibes
Madame la Colonelle
Mr Ashenden, agent secret
Les Quatre Hollandais

Arthur Miller
Ils étaient tous mes fils
Les Sorcières de Salem
Mort d'un commis voyageur
Les Misfits
Focus

Vítězslav Nezval
Valérie ou la Semaine des merveilles

Geoff Nicholson
Comment j'ai raté mes vacances

Joseph O'Connor
À l'irlandaise

Katherine Anne Porter
L'Arbre de Judée

Mario Puzo
Le Parrain

Mario Rigoni Stern
Les Saisons de Giacomo

Saki
Le Cheval impossible
L'Insupportable Bassington

J. D. Salinger
Dressez haut la poutre maîtresse, charpentiers, suivi de Seymour, une introduction
Franny et Zooey

Roberto Saviano
Le Contraire de la mort (bilingue)

Sam Shepard
Balades au paradis

Johannes Mario Simmel
On n'a pas toujours du caviar

Alexandre Soljenitsyne
Le Premier Cercle
Zacharie l'Escarcelle
La Maison de Matriona
Une journée d'Ivan Denissovitch
Le Pavillon des cancéreux

Quentin Tarantino
Inglourious Basterds

James Thurber
La Vie secrète de Walter Mitty

John Updike
Jour de fête à l'hospice

Alice Walker
La Couleur pourpre

Evelyn Waugh
Retour à Brideshead
Grandeur et décadence

Le Cher Disparu
Scoop
Une poignée de cendres
Ces corps vils

Tennessee Williams
Le Boxeur manchot
Sucre d'orge
Le Poulet tueur et la folle honteuse

Tom Wolfe
Embuscade à Fort Bragg

Richard Yates
La Fenêtre panoramique
Onze histoires de solitude

Titres à paraître

Sherwood Anderson
Le triomphe de l'œuf

Henry James
Voyage en France

Composé par Nord Compo Multimédia
7, rue de Fives, 59650 Villeneuve-d'Ascq

Cet ouvrage a été imprimé
en avril 2012 par

CPi

FIRMIN-DIDOT

27650 Mesnil-sur-l'Estrée
N° d'édition : 52432/01
N° d'impression : 110554
Dépôt légal : mai 2012

Imprimé en France